Friedrich Kalpenstein

Salute

DER LETZTE ESPRESSO

Ein Gardasee-Krimi

EDITION M

Deutsche Erstveröffentlichung bei
Edition M, Amazon Media EU S.à r.l.
38, avenue John F. Kennedy, L-1855 Luxembourg
August 2024

Umschlaggestaltung: bürosüd° München, www.buerosued.de
Umschlagmotiv: © Everilda © MM memo © Nadia Chi © K.Ladjimi / Shutterstock
Lektorat und Korrektorat: Media-Agentur Gaby Hoffmann, www.profi-lektorat.com
Gedruckt durch:
Amazon Distribution GmbH, Amazonstraße 1, 04347 Leipzig /
Canon Deutschland Business Services GmbH, Ferdinand-Jühlke-Str. 7, 99095 Erfurt /
CPI books GmbH, Birkstraße 10, 25917 Leck

ISBN: 978-2-49671-534-7
e-ISBN: 978-2-49671-535-4

www.edition-m-verlag.de

Der Espresso geht aufs Haus

»Nächstes Mal trinkst wenigstens einen Espresso! Hamma uns?«, rief Zeitler dem Mann hinterher, der mit schnellen Schritten aus seinem Café kam und gegen zwei Stühle rempelte. »Hey! Ich red mit dir!«

Der Angesprochene schenkte seinem Unmut keine Beachtung. Zeitler hasste es, wenn Menschen seine Toiletten benutzten, ohne etwas zu verzehren. Mit aufgestelltem Kragen seiner Windjacke und einem tief ins Gesicht gezogenen Baseballcap ging der Typ weiter, ohne sich umzudrehen, und verschwand in der nächsten Seitengasse.

»Scusi?«, machte sich die junge Dame bemerkbar, die Zeitler einen Schein entgegenstreckte, um ihren Aperol Spritz zu zahlen.

»Oh. Entschuldigung, ich hab nur ... Scusi.« Schnell legte er ihr das Wechselgeld auf den Tisch, von dem sie nur die Hälfte an sich nahm.

»Grazie mille«, bedankte er sich und reichte ihr eine der zahlreichen Tüten, als sie aufgestanden war. Sie lächelte flüchtig und nahm ein Gespräch auf ihrem Handy an, während sie sich langsam Richtung Uferpromenade entfernte.

Zeitler streckte seinen Arm nach dem leeren Glas aus, als ein kleiner Chihuahua zwischen seinen Tischen umherwetzte, um zwei Tauben zu jagen, die sich zum Schutz darunter verschanzt hatten.

»Principessa! Hörst du auf damit! Aus!« Der Barista griff nach ihrem Halsband, um sie davon abzuhalten, die Jagd erfolgreich zu Ende zu bringen. Protestierend bellte sie dem Taubenpärchen hinterher, das die Flucht angetreten und Schutz auf dem gegenüberliegenden Dach gefunden hatte.

»Principessa?«, rief eine junge Frau, die aus der kleinen, direkt an das Café Monaco angrenzenden Boutique trat.

Zeitler löste den Griff vom Halsband, woraufhin die kleine Hündin bellend zu der Frau lief und in ihre offenen Arme sprang.

»Was machst du denn wieder für Sachen?«, schimpfte sie verhalten mit der Jägerin, die sofort all ihren drolligen Charme einsetzte. Wohl wissend, dass man ihr daraufhin nur schwer böse sein konnte.

»Entschuldige, Paul! Sie weiß eigentlich, dass sie nicht alleine aus dem Laden darf.«

»Schon gut.« Zeitler lachte und deutete aufs Dach zu den Tauben. »Bei zwei so leckeren Täubchen werden alle schwach. Ich habe nur ein Blutbad verhindert.«

Lisa Kaiser, die Besitzerin der Boutique, war bereits vor drei Jahren an den Gardasee ausgewandert. Im Gegensatz zu Zeitler sprach sie fließend Italienisch, was ihm sehr zugutekam. Besonders dann, wenn es um Post von den hiesigen Behörden ging. Die junge Geschäftsfrau, die in ihrer Boutique unter anderem auch ihre eigene Damenkollektion anbot, war nicht nur bei den Urlaubern beliebt. Auch bei den Einheimischen kam sie gut an. Nicht zuletzt, weil sie einem mit ihrer freundlichen Art den Tag versüßen konnte. Da sie ausschließlich Damenbekleidung verkaufte, zählte sie Zeitler nicht zu ihrer

Kundschaft. Zwischen ihm und Lisa war eine nachbarschaftliche Freundschaft entstanden, die er nicht mehr missen mochte. Aufgrund des Altersunterschieds von mehr als zehn Jahren hatte er sich niemals Gedanken darüber gemacht, ob mehr zwischen ihnen beiden passieren könnte. Vielleicht war das auch der Grund, weshalb sie so ungezwungen miteinander umgingen.

»Hast du es für heute geschafft?«

»Ja«, antwortete Zeitler. »Und du?«

»Ich mach noch ein wenig.« Sie lächelte und verschwand mit Principessa wieder im Laden. Jedoch nicht, ohne ihm erneut einen längeren Blick zuzuwerfen.

Principessa warf ebenfalls einen letzten längeren Blick auf das gegenüberliegende Dach. Sie wusste, dass auch morgen noch ein Tag war, um das Taubenpärchen vielleicht doch noch zu erwischen.

Für Lisa begann die lukrativste Zeit dann, wenn die Sonne langsam versank und die Urlauber nach einem leckeren Abendessen durch die Gassen Bardolinos flanierten. Um diese Uhrzeit saßen die Geldbörsen der großzügigen Ehemänner etwas lockerer als zur Mittagszeit, wenn sie eher nach einem kühlen Getränk dürsteten als nach einem modischen Sommerkleid für ihre bessere Hälfte. Auch Freundinnen, die hier gemeinsam ihren Urlaub verbrachten, konnte man nicht selten dabei beobachten, wie sie sich gegenseitig in einen regelrechten Shoppingwettkampf begaben, mit dem Ziel, später daheim mit den schickeren Schuhen durch den Heimatort zu flanieren. Nach Tagliatelle con salmone al profumo di limone begleitet von einem spritzigen Roten aus der Region war es unumgänglich, in einem der klimatisierten Geschäfte etwas zu ergattern, das auch noch Monate später den romantischen Abend immer wieder aufs Neue in Erinnerung rufen sollte.

»Hallo? Wir würden auch gerne zahlen.«

»Selbstverständlich!« Zeitler lächelte dem Mann freundlich zu, der seine Geldbörse gezückt hatte. »So, das waren dann zweimal Cassata siciliana, zwei Cappuccini, einmal Acqua minerale naturale und ein Weizen. Waren die Herrschaften zufrieden?«

»Diese Cassata war ein Traum«, schwärmte die beleibte ältere Dame und linste zwischen Sonnenbrille und Strohhut hindurch zum smarten Cafébesitzer. »Sagen Sie, was macht die so cremig?«

»Ganz viel Liebe, Signora. Und noch mehr Ricotta.« Paul Zeitler lächelte charmant und platzierte den Beleg, den sein mobiler Drucker am Gürtel ausspuckte, mittig auf dem Tisch.

»Ach du grüne Neune!« Sie schlug die Hände über dem Kopf zusammen und stieß ihren Gatten von der Seite an. »Ricotta! Klaus, da muss das Essen in den nächsten Tagen etwas kleiner ausfallen. Sonst war deine Diät umsonst.«

Klaus zuckte wortlos mit den Schultern und legte den Betrag abgezählt auf den Tisch. Zeitler bedankte sich, steckte den Schein in die Kellnerbörse und wischte mit der Hand das Kleingeld ins Münzfach.

»Na dann, beehren Sie mich bald wieder.«

»Sie sind aber nicht von hier, nicht wahr?«, fiel der Dame auf, während sie sich aus dem Rattanstuhl schälte.

»Ich bin aus München. Sozusagen ein Wahlitaliener.« Er lächelte und stellte die leeren Gläser auf ein Tablett.

»Das hört man doch, Wiebke, dass er aus Bayern kommt«, knurrte ihr Mann und griff nach seiner Kamera, die er auf dem Stuhl neben sich abgelegt hatte.

Zeitler spürte am Klang seiner Stimme, dass ihm die Neugierde seiner Frau unangenehm war. Als die beiden sich verabschiedet hatten, sah ihnen der Cafébesitzer noch hinterher, während er das restliche Geschirr vom Tisch räumte und die Brösel mit der Getränkekarte vom Tisch kehrte. Sekunden später fanden sich ein paar Spatzen ein, die frech um Zeitlers

Schuhe herum die Kuchenreste aufpickten, bevor sie unerreichbar zwischen die Pflastersteine gerieten.

Er liebte es, um diese Uhrzeit die letzten Gäste abzukassieren, während sich die ersten Pärchen frisch geduscht und parfümiert auf den Weg zu den Restaurants ihrer Wahl begaben, in denen sie hoffentlich reserviert hatten. Denn in der Saison hier in Bardolino einen Tisch in erster Reihe mit Blick auf den Gardasee zu ergattern, bedurfte etwas Einsatz und vor allen Dingen Glück. Da Zeitlers Café nicht direkt an der Promenade, sondern in einer kleinen Nebengasse angesiedelt war, verirrten sich auch immer öfter Einheimische zu ihm. Wahrscheinlich, weil die ihren Affogato lieber in Ruhe genießen wollten statt unter Touristen, die fortwährend Selfies von sich schossen, um den Daheimgebliebenen Sehnsuchtstränen nach dem südlichen Flair in die Augen zu treiben. Vielleicht kamen sie auch zu ihm, weil sie sich einen Spaß daraus machten, ausschließlich Italienisch mit ihm zu sprechen. So lange, bis ihm die Verzweiflung im Gesicht stand und sie ihn erlösten. Dass er unbedingt seine Italienischkenntnisse aufbessern musste, hatte er ganz oben auf seine To-do-Liste geschrieben, als er vor eineinhalb Jahren an den Gardasee ausgewandert war. Und dort stand es immer noch.

»So, Feierabend«, sagte er zu sich selbst und räumte die restlichen Tische ab, bevor er sein kleines Café betrat, um den Gast abzukassieren, der sich seit knapp einer Stunde in der hintersten Ecke an seinem Espresso festhielt. Doch als er sich dem Tisch zuwandte, erkannte Zeitler, dass der Stuhl leer und er der Einzige war, der sich im Café befand.

»Na sauber. Und wer zahlt jetzt die Zeche? Verdammter Gauner!«, grummelte er. »Schlecht soll dir werden.«

Natürlich ging es ihm nicht um den einen Espresso. Der würde ihn sicherlich nicht in den Ruin treiben. Es war eine Sache der Ehre. Doch das Geschäft war an diesem Tag zu gut gelaufen, um sich darüber aufzuregen. Er schnappte sich die leere Tasse, räumte sie in den Spüler und stellte ihn an. Danach ging er wie jeden Abend die Stufen hinunter, um die Toiletten zu kontrollieren, bevor er sich in seinen wohlverdienten Feierabend verabschiedete.

Aus der kleinen Kammer neben den Toiletten holte er Papierhandtücher, mit denen er den Spender neben dem Waschbecken der Damentoilette auffüllte. Den Rest konnte seine Reinigungskraft erledigen, die jeden Morgen dafür sorgte, dass die ersten Gäste ein sauberes Monaco vorfanden, wenn sie ihn und sein Café dafür auserkoren hatten, mit einem starken Kaffee in den Tag zu starten.

In der Herrentoilette flimmerte die Lampe über dem Spiegel, was er jedoch mit einem leichten Hieb auf die Kunststoffabdeckung beheben konnte.

»Na bravo«, sagte er, als er den Sprung im Spiegel entdeckte, der quer von einem Ende zum anderen verlief. »Immer ist irgendwas.« Er atmete tief durch, warf einen kurzen Blick zu den Kabinen und löschte das Licht. Als er die Herrentoilette fast verlassen hatte, drehte er sich noch mal um und stellte das Licht wieder an.

»Hab ich mich doch nicht getäuscht«, murmelte er und eilte zur hintersten Kabine. Die Anzeige unter dem Griff stand auf Rot. Er klopfte.

»Hallo? Ist da jemand drin? Basta für heute!«

Als keine Rückmeldung kam, ging Zeitler auf die Knie. Unter der Tür hindurch blickte er auf abgewetzte Halbschuhe, die augenscheinlich länger als eine Saison getragen worden waren. Erneut klopfte er.

»Hallo? Brauchen Sie Ambulanza?«

Nachdem er wieder keine Antwort erhielt, öffnete er kurzerhand die Kabine mit einer Münze aus seiner Hosentasche, die perfekt in den Schlitz der Notöffnung passte. Der Mann auf der Toilette regte sich nicht. Komplett angekleidet saß er auf dem Toilettendeckel nach hinten an den Spülkasten gelehnt. Seine Augen waren geschlossen. Die buschigen Augenbrauen und die gelockten Haare waren bereits ergraut, der anthrazitfarbene Anzug hatte schon bessere Tage erlebt.

Zeitler berührte ihn vorsichtig an der Schulter. »Geht es Ihnen nicht gut?«, fragte er etwas lauter. Als der Kopf des Mannes leicht zur Seite kippte, erkannte er zirkulär verlaufende Striemen am Hals. Schlagartig wurde ihm klar, dass er sich noch so viel Mühe geben konnte. Dieser Gast würde das Monaco nicht mehr auf den heruntergelaufenen Sohlen seiner Schuhe verlassen.

Zeitler lehnte sich gegen die Trennwand der Kabine und rieb sich die Stirn. Es tat ihm leid, dass er ihn ein paar Minuten zuvor verflucht hatte. Schließlich hatte er gute Gründe, weshalb er nicht gezahlt hatte. Er ging in die Hocke und betrachtete den Mann nachdenklich.

»Was ist bloß mit dir passiert?«

Einmal Polizist, immer Polizist

»Wie spät, sagten Sie, war es, als Sie den Mann in der Toilette vorgefunden haben?«

»So kurz nach zwanzig Uhr. Nachdem ich den Laden abgeschlossen hatte«, antwortete Zeitler dem Commissario, der die Angaben des Cafébesitzers akribisch genau in einen kleinen Notizblock notierte.

Zwei Männer von der Spurensicherung nahmen sich den Tisch vor, an dem der Tote zuletzt gesessen hatte. Der Blitz der Kamera spiegelte sich in den großzügigen Glastüren und lockte immer mehr Schaulustige an, die sich vor dem Café hinter einem Absperrband nach und nach versammelten. Eifrig filmten und fotografierten sie mit ihren Handys und schenkten dem Monaco an diesem Abend mehr Aufmerksamkeit, als dem Besitzer lieb war.

»Schließen Sie jeden Tag um diese Zeit?«

»Ja, sieben Tage die Woche. Zumindest während der Saison.«

Der Commissario spähte an Zeitler vorbei durch die große Tür nach draußen. Anschließend sah er zur Theke, wo ein kleines Lämpchen an der stattlichen Siebträgermaschine blinkte.

»Ist sie kaputt?«

Zeitler drehte sich um. »Nein. Die blinkt schon lange. Der linke Kessel heizt nicht auf. Der Techniker kommt nächste Woche. Wollen Sie einen Espresso, Cappuccino …?«

»Danke, nein.«

Lorenzo Lanza wirkte ernst. Kein Wunder, ein Stockwerk tiefer lag eine Leiche auf der Toilette. Er trug ein schwarzes T-Shirt mit V-Ausschnitt unter seinem dunkelbraunen Cordsakko. Der kurz getrimmte Vollbart rahmte die untere Hälfte des Gesichts und die Mundpartie ein. Er sähe sicherlich jünger aus, wenn er auf den Bart, der bereits an einigen Stellen ergraut war, verzichten würde. Zeitler schätzte ihn auf Ende vierzig. Doch einem Mann wie Lorenzo Lanza war es bestimmt gleichgültig, wie alt er war. Was ihm jedoch nicht egal zu sein schien, war sein gepflegtes Erscheinungsbild, was nicht nur an den polierten Schuhen zu erkennen war. Es gab viele Männer, die tagtäglich das Monaco besuchten, egal, ob Touristen oder Einheimische. Die meisten von ihnen wirkten zunächst einmal, als würden sie Wert auf ihr Äußeres legen. Warf man jedoch einen zweiten Blick unter die Tische, entlarvten sich schnell die Blender unter ihnen. Es waren stets die Schuhe, die einen Gentleman von einem Poser unterschieden.

»Weshalb schließen Sie so früh?«, wollte der Commissario wissen, während er sich in dem kleinen Café umsah.

»Es hat sich herausgestellt, dass die Leute nach dem Essen lieber eine Bar als ein Café aufsuchen.«

»Und der Name? ›Monaco‹?«

»Ich stamme aus München«, erklärte Zeitler und trank den Rest seines Wassers.

»Verstehe. Monaco di Baviera.«

»Ganz genau. Äh, bitte entschuldigen Sie die Frage, aber … was hat das alles mit dem toten Herrn dort unten auf der Toilette zu tun?«

»Lassen Sie das meine Sorge sein«, entgegnete Lanza knapp, ohne Zeitler dabei anzusehen. »Hatten Sie in München auch schon ein Café?«

»Nein.«

»Was haben Sie dort gearbeitet?«

»Ich war bei der Polizei.«

Lanza stockte einen Moment, bevor er diese Information emotionslos in seinen Block niederschrieb.

»Interessant. Heißt es nicht ›Poliziotto una volta – poliziotto per sempre‹?«

»Äh, wie meinen Sie?«

»Einmal Polizist, immer Polizist?«, übersetzte der Commissario dem Deutschen, der innerlich in seinem kargen italienischen Wortschatz herumstöberte.

Zeitler wusste, dass er einem Mann gegenüberstand, der mehr Informationen aus den Gesten und Reaktionen der Leute auf seine Fragen gewann, als aus dem, was sie ihm darauf antworteten. Er selbst hatte es während seiner Dienstzeit in München nicht anders gehalten.

»Ich sage mal so, Commissario, ich hatte gute Gründe, meinen Dienst zu quittieren.«

»Quittieren?«, fragte Lanza nach.

»Aufhören«, half nun Zeitler seinem Gegenüber mit einem zufriedenen Gesichtsausdruck.

Lanza nickte. Es lag auf der Hand, dass dem Commissario diese Antwort nicht genügte.

»Hatten Sie Schwierigkeiten während Ihrer Dienstzeit in München?«

Zeitler lachte und drehte sein leeres Glas zwischen den Händen. »Sie wissen sicherlich selbst am besten, dass man sich in diesem Beruf keine Freunde macht.«

Lanza schaute Zeitler tief in die Augen. »Nun, es ist ein Unterschied, ob man sich keine Freunde macht oder sprichwörtlich eine Leiche im Keller hat. Letzteres trifft auf Sie zu.«

»Sie denken doch nicht, dass ich oder meine Vergangenheit etwas mit dem toten Mann dort unten zu tun haben.« In Zeitlers Stimme lag ein Hauch Protest. Er versuchte jedoch, Lanza gegenüber ruhig zu bleiben. Nur wer aufbrausend wurde, hatte etwas zu verbergen.

»Ich denke nicht, Signor Zeitler, ich analysiere. Welchen Dienstgrad hatten Sie bei der Polizei?«

»Hauptkommissar.«

Lanza entfloh ein überraschter Gesichtsausdruck, den er sofort korrigierte. »Es ist ein langer Weg, bis man Commissario wird. Und nun betreiben Sie ein Café?«

»Ja.«

»Warum?«

»Ich würde sagen, ich hatte Glück.« Der Cafébesitzer lächelte freundlich und beobachtete nebenbei die Männer von der Spurensicherung, die mit ihrer Ausrüstung hinter der Tür verschwanden, durch die man nach unten zu den Toiletten gelangte.

Lanza nickte. Es war ihm anzusehen, dass er sich mehr Informationen über Zeitlers Vergangenheit erhofft hatte. Doch er schien dessen Privatsphäre fürs Erste zu respektieren.

»War der Mann dort unten öfter in Ihrem Café?«

»Nein. Ich hab ihn heute zum ersten Mal gesehen. Es fällt mir auf, wenn jemand zum zweiten Mal das Monaco besucht. Das ist wichtig und gehört zum Geschäft.«

Lanza sah Zeitler an. »Wichtig, weil …?«

»Es gefällt den Menschen, wenn sie vom Inhaber eines Cafés, einer Bar oder eines Restaurants wiedererkannt werden. Das gibt ihnen das Gefühl, zur Stammkundschaft zu gehören. Es schmeichelt ihnen, weshalb sie im Umkehrschluss dann auch zu Stammkunden werden. Wenn jemand wiederholt den Weg in mein Café findet, gebe ich ihm dieses Gefühl.«

Der Commissario wirkte überrascht. Vermutlich hatte er nicht damit gerechnet, wie viel Psychologie an diesem Abend in einem kleinen Café in Bardolino auf ihn wartete.

»Betreiben Sie dieses Café alleine?«

»Ja, aber erst seit einem halben Jahr. Zuvor gehörte es einer Freundin von mir. Ich bin vor eineinhalb Jahren mit eingestiegen, als ich hierhergekommen bin. Sie hat mir das Café verkauft.«

»Was war der Grund? Lief es nicht gut?«

»Ganz im Gegenteil«, betonte Zeitler selbstsicher. »Sagen wir es so, sie ist nicht mehr auf das Café angewiesen.«

Lanza rieb Daumen und Zeigefinger aneinander. »Sie meinen finanziell?«

»Ja. Sie hat reich geheiratet.«

»Wie heißt die Signora?«

»Schmitt. Pauline Schmitt. Nein, entschuldigen Sie. Pauline Bianco. Sie hat seinen Namen angenommen.«

»Bianco … Ist sie verheiratet mit Gino Bianco?«

»Ja. Kennen Sie ihn?«

»Jeder im Umkreis von hundert Kilometern kennt die Biancos«, erwiderte Lanza knapp und drehte seinen Kopf zu der jungen Assistente, die ihm etwas zuflüsterte und gleich darauf wieder nach draußen zu ihrem Kollegen vor das Café zurückkehrte.

Natürlich kannte man die Biancos, dachte Zeitler. Sie waren quasi das Herzstück der High Society Norditaliens. Immobilien, ein paar Boutiquehotels und Investitionen in verschiedene Start-up-Unternehmen bildeten das Kerngeschäft dieser Familie. Auf Zeitler wirkte es noch immer surreal, dass Pauline, mit der er seit der Grundschule befreundet war, nun an der Seite von Gino Bianco la dolce vita in vollen Zügen genoss. Ausgerechnet Pauline, die in München eine alternative Lebensweise gepflegt hatte und der der Kapitalismus stets ein Dorn im Auge gewesen war. Genau diese Pauline war es, die es heute nicht wagte, mit einem Kleid eine Vernissage zu besuchen, das sie schon einmal in der Öffentlichkeit getragen hatte. Die Boulevardzeitschriften waren bei diesen Dingen unerbittlich.

»Meine Kollegin berichtete mir gerade, dass die Presse vor Ort ist. Ich würde Sie aus ermittlungstechnischen Gründen bitten, sich mit Informationen zurückzuhalten.«

»Natürlich, Commissario. Was denken Sie, wann kann ich mein Café wieder öffnen?«, fragte Zeitler und beobachtete die junge Polizistin vor dem Café dabei, wie sie versuchte, die Schaulustigen zum Weitergehen zu bewegen.

»Wir teilen Ihnen mit, wann es so weit ist«, erklärte Lanza knapp. Dann stand er auf und ging nach unten zum Tatort.

Zeitler wartete einen Augenblick, bevor er ihm folgte. Auf der untersten Stufe der Treppe blieb er stehen und lauschte, was der Commissario mit den Männern der Spurensicherung besprach. Er verfluchte sich innerlich dafür, dass er kaum ein Wort verstand. Schnell zückte er sein Handy und startete die Diktierfunktion. »Strangolato … specchio … lotta …«, hörte er die Leute von der Spurensicherung vereinzelt in der Toilette sagen.

»Wir melden uns, wenn wir Sie brauchen«, sagte Lanza, der plötzlich in der Tür der Herrentoilette stand.

Zeitler stopfte hastig sein Handy in die Hosentasche. Wortlos nickte er und stiefelte wieder nach oben. Er hasste es, wenn ihm jemand sagte, was er zu tun hatte. Besonders dann, wenn dies in seinen eigenen Räumlichkeiten geschah. Doch es war besser, jetzt klein beizugeben. Er kannte den Commissario zu wenig, um einschätzen zu können, mit wem er es zu tun hatte.

Zeitler stand an seinem Tresen, als Lanza wenig später nach oben kam. Er wechselte ein paar Worte mit einem Uniformierten, der daraufhin zwei Männern mit einem Zinksarg den Weg nach unten wies.

»Wir bringen den Mann nun zur weiteren Untersuchung in die Medicina Legale«, informierte er Zeitler und lehnte sich neben ihn an den Tresen. »Ist Ihnen sonst noch etwas eingefallen, das für uns wichtig wäre?«

»Nicht, dass ich wüsste. Wissen Sie, wer der Mann war?«

Lanza ließ sich mit seiner Antwort etwas Zeit. »Er trug einen Journalistenausweis bei sich. War er wirklich die ganze Zeit über alleine?«

»Ganz sicher. Ich hab mich noch gewundert, weshalb er sich bei diesem schönen Wetter nicht nach draußen setzte.«

»Gut. Wir sind hier dann so weit fertig. Bitte halten Sie sich fürs Erste zu unserer Verfügung.«

Als der Commissario das Café verlassen hatte, stellte der sich den Fragen der Presse. Es war wohl besser, den Vertretern der schreibenden Zunft ein paar Brocken hinzuwerfen, bevor sie sich eine Story aus den Fingern saugten, die womöglich den Ermittlungen schadete. Unter den Journalisten befand sich eine Frau, die besonders wissbegierig wirkte, so wie sie sich vehement im Pulk nach vorne durchkämpfte. Für Lanza schien sie keine Unbekannte zu sein. Nachdem der Commissario die Neugierde der Presse gestillt hatte, zog er die junge Journalistin zur Seite.

»Antonia Romana. Warum wundert es mich nicht, Sie hier anzutreffen?«

»Ich verstehe nicht, Commissario. Ich gehe nur meinem Beruf nach.«

Der Commissario lachte. »Wir beide wissen, dass die Möglichkeit besteht, dass es dabei nicht bleibt.«

Antonia Romana lächelte durch die lockigen Haare zurück, die ihr in die Stirn fielen. »Ich weiß nicht, was Sie meinen.«

Der Commissario wurde ernst. »Hören Sie gut zu. So etwas wie in Verona vor einem Jahr wird sich nicht wiederholen. Das hier ist mein Revier. Merken Sie sich das. Machen Sie Ihren Job und wir machen unseren.«

»Ist das eine Drohung?«

»Fürs Erste ein guter Rat.« Nach dieser Ansage ließ er von ihr ab und suchte das Gespräch mit seinen Kollegen.

Die Journalistin sah ihm hinterher, bevor sie ihre Aufmerksamkeit nochmals auf das Monaco richtete. Dann verschwand sie in Richtung Uferpromenade. Commissario Lanza schickte ihr noch einen flüchtigen Blick hinterher und atmete tief durch. Sein Gesichtsausdruck verriet, dass er selbst daran zweifelte, dass seine Worte bei Antonia Romana Wirkung zeigten.

Nachdem die Bestatter und auch die Polizei den Tatort verlassen hatten, verzogen sich auch die letzten Schaulustigen. Die Musik aus den umliegenden Bars war verstummt. Es war bereits nach Mitternacht, als Zeitler mit einem Glas Wein vor seinem Café saß und durch die große Scheibe den Tisch betrachtete, an dem der Mann zuletzt gesessen hatte. Natürlich machte er sich Gedanken darüber, ob es Zufall war, dass er in seinem Monaco getötet worden war. Eigentlich hatte er München und seinem dortigen Beruf als Hauptkommissar den Rücken gekehrt, um Konfrontationen dieser Art nicht mehr ausgesetzt zu sein. Wie sich in dieser Nacht herausstellte, war dies nur ein Wunschtraum gewesen.

»Ach Gott, die Benedetta!«, fiel ihm seine Reinigungskraft ein. In dem ganzen Trubel hatte er völlig vergessen, ihr Bescheid zu geben, dass sie am nächsten Morgen nicht zu kommen brauchte. Schnell zog er das Handy aus der Tasche und tippte eine Nachricht – in der Hoffnung, dass sie diese lesen würde, bevor sie das Haus zu früher Stunde verließ.

Er hatte die Nachricht gerade abgeschickt, als ihn ein grelles Licht von der Seite aus seinen Gedanken riss. Blinzelnd drehte er seinen Kopf und schaute in die Linse einer Kamera, die den Blitz ein weiteres Mal auslöste und ihn blendete. Bedient wurde die Kamera von einer brünett gelockten, jungen Frau, die keine Anstalten machte, den Rückzug anzutreten. Er erinnerte sich, dass er sie vorhin gemeinsam mit dem Commissario gesehen hatte, nachdem der sein Café verlassen hatte. Erst nachdem Zeitler aufgesprungen war, versuchte sie, die Distanz zwischen ihm und sich zu wahren. Immer wieder drückte sie auf den Auslöser und lichtete den Cafébesitzer ungefragt ab.

»Was soll das? Geht's noch?«, rief er der Frau zornig zu, während er sich mit großen Schritten auf sie zubewegte.

»Können Sie etwas über den Mann sagen, der in Ihrem Café ermordet wurde?«

»Schleichen Sie sich! Aber dalli!«, war das Einzige, was er auf die Frage der jungen Frau antwortete.

Beharrlich drückte sie auf den Auslöser, während sie sich rückwärts bewegte, um Zeitler auf Abstand zu halten. »Kannten Sie den Mann?«, fragte sie erneut in akzentfreiem Deutsch.

»Schluss jetzt! Sonst rufe ich die Polizei!«

Die Frau ließ von ihm ab und verschwand in einer Seitengasse. Grund dafür war sicherlich in erster Linie, dass Zeitler hatte durchblicken lassen, dass bei ihm keine Informationen zu holen waren. Von einer Drohung, die Polizei zu rufen, ließ sich wohl kaum ein Reporter abschrecken.

»Buonanotte«, grüßte ihn ein älterer Herr, der mit seinem kleinen Vierbeiner zu dieser späten Stunde des Weges kam.

»Ja, auch buonanotte«, grüßte Zeitler zurück, ohne seine Aufmerksamkeit von der Ecke zu nehmen, hinter der die Frau verschwunden war.

Kopfschüttelnd drehte er sich um und schlenderte zurück zu seinem Café. Dort öffnete er die Tür zum Seiteneingang und stieg mit seinem inzwischen leeren Glas in der Hand hinauf in seine Wohnung in den zweiten Stock. Er machte das Fenster auf und sah hinunter auf die Gasse. Sie war menschenleer. Um diese Zeit traf man nur noch an der Uferpromenade ein paar Nachtschwärmer an, die sich auf der Suche nach einem Absacker befanden. In den frühen Abendstunden war es romantisch, wenn sich die Lichter des gegenüberliegenden Ufers im Wasser spiegelten, während die Straßenkünstler per Halb-Playback die Songs spielten, die Touristen noch Jahre später mit ihrem Italienurlaub verbanden.

Zeitler drehte gerne eine abendliche Runde an der Uferpromenade entlang, nachdem er sein Café abgeschlossen hatte. Hin und wieder blieb er dann stehen, um den unverwechselbaren Duft von Jasmin zu inhalieren, der überall zwischen Juni und August Blüten trug. Er mochte es, die Menschen dabei zu beobachten, wie sie mit verklärtem Blick alles um sich herum aufsaugten und ihn daran erinnerten, wie gut er es getroffen hatte. Oft setzte er sich einfach nur auf eine Bank und schaute auf den See hinaus. Er bewunderte den Fontana dei Marinai, einen Brunnen, dessen meterhoher Wasserstrahl je nach Stand der Sonne einen Regenbogen über den See zauberte. Er empfand es als Privileg, dort leben zu dürfen, wo andere ihren Urlaub verbrachten. Ihm war jedoch im Gegensatz zu vielen Auswanderern von Anfang an bewusst gewesen, dass auch an einem Ort wie Bardolino nach kürzester Zeit der Alltag einkehren würde.

Zeitler ließ das Fenster offen und marschierte ins Badezimmer. Als er sich im Spiegel besah, erkannte er ein müdes Gesicht. Er fuhr sich durch seine kurzen, dunkelblonden Haare. Danach massierte er seinen Dreitagebart, den er allerdings nicht aus modischen Aspekten trug. Er war dem lockeren Lebensstil geschuldet, den er sich angewöhnt hatte. Er dachte an den Commissario Lorenzo Lanza, dessen Bart an einigen Stellen ergraut war. Zeitler ging etwas näher an den Spiegel heran und kontrollierte seine Kinnpartie. Tatsächlich ließen sich auch bei ihm mit seinen fünfundvierzig Jahren ein paar Haare erkennen, die man als grau bewerten konnte. Er spitzte die Lippen, nahm den Rasierapparat aus dem Spiegelschrank und stellte ihn an. Kurz bevor das Scherblatt seine Haut berührte, schaltete er den Apparat ab. Für einen Moment hatte er tatsächlich vergessen, was Stunden zuvor passiert war. Ohne sich zu rasieren, löschte er das Licht und legte sich auf sein Bett. *Nur einen Moment, um etwas zur Ruhe zu kommen. Vielleicht noch ein Glas Wein* … Mit diesen Gedanken schlief er ein.

Die Spezialität aus Neapel

Am nächsten Morgen saß Zeitler allein an seiner Theke im Monaco. Wie befürchtet war Benedetta Rosati eine Stunde zuvor im Café aufgekreuzt, da sie natürlich Zeitlers Nachricht frühmorgens nicht gelesen hatte. Die Reinigungskraft trank einen Espresso und zeigte sich sehr bestürzt über die Ereignisse. Da die Mittsechzigerin nur minimal besser Deutsch sprach als Zeitler Italienisch, konnte er bloß vermuten, ob sie alles verstanden hatte, bevor sie ihren Heimweg antrat.

Das Café blieb an diesem Tag geschlossen, weil zu erwarten war, dass seine Kundschaft überwiegend aus Schaulustigen bestehen würde, die den Ort des Geschehens inspizieren wollten. Natürlich würde dies auch in den nächsten Tagen nicht ausbleiben, jedoch wusste er aus Erfahrung, dass das Interesse der Menschen sehr sprunghaft war. Da reichte es bereits, wenn tags darauf der Seitensprung eines bekannten Schauspielers in der Presse breitgetreten wurde, um den Mord an einem Journalisten in einem Café in Bardolino zu vergessen. Zudem war er gezwungen, auf Lanzas Freigabe zu warten.

Er ließ sich einen weiteren Espresso aus der Maschine und stellte sich vor die Glasfront, durch die er auf seine Tische vor dem Café sehen konnte. Principessa, die kleine

Chihuahua-Hündin seiner Nachbarin, patrouillierte mutterseelenalleine auf dem Vorplatz. Bestimmt hoffte sie darauf, das Taubenpärchen vom Vortag zu treffen. Sein Blick wanderte zu den gegenüberliegenden Dächern, auf denen aufgrund der Präsenz des Vierbeiners weit und breit keine Vögel auszumachen waren. Da fiel ihm die italienische Tageszeitung auf, die außen am Griff der Glastür klemmte. Zeitler selbst verstand kaum ein Wort, das darin stand, doch hatte er sie für seine einheimischen Gäste abonniert, die sich bei einer Tasse Cappuccino und mit Marmelade gefüllten Cornetti über die neuesten Geschehnisse Italiens informieren wollten.

»Verdammt, die Cornetti, der Kuchen …«, fluchte er und wollte gerade sein Handy zücken, als sein Lieferant Manuel Leone mit seiner knallroten Ape vorfuhr.

»Klar! Heute bist du pünktlich.«

Zeitler öffnete die Tür, um den Meister der süßen Zunft in Empfang zu nehmen. Manuel Leone war die erste Adresse über den Gardasee hinaus, wenn es um süße Sünden ging. Egal, ob Panettoni, sizilianische Mandelkekse, Cannoncini oder Pignoli, bei ihm schmeckten sie am besten. Es war große Überredungskunst vonnöten gewesen, damit sich Zeitler den Konditor, der seinen Laden in der Via Madonnina hatte, verpflichten konnte. Vermutlich lag es jedoch einzig und allein an der Anwesenheit seiner Nachbarin Lisa Kaiser, die nur einmal lächeln musste, um einen Mann wie Manuel Leone um den Finger zu wickeln.

Doch der Konditormeister hatte auch seine Allüren. Eine davon war, dass man sich die Ware bei ihm nicht aussuchen konnte. Er selbst bestimmte, mit was er seine Kunden beglückte. Schließlich führte Leone sein Talent auf seine Leidenschaft zurück. Niemals hätte er eine Focaccia di mandorla backen können, wenn seine Liebe für Süßwaren an dem Tag einzig und alleine nach Zeppole verlangte.

»Paolo!«, rief ihm Leone zu, während er mit einer großen Kiste auf ihn zusteuerte. »Was machst du für Sachen? Schlimm, schlimm!« Er wiegte betrübt den Kopf hin und her und marschierte am Cafébesitzer vorbei zum Tresen, wo er seine Kiste abstellte.

Natürlich weißt du bereits Bescheid, dachte Zeitler. Aber auf die Idee, dass ich heute keinen Kuchen brauchen könnte, kommst du nicht.

Er schnappte sich die Zeitung, die am anderen Ende des Türgriffs steckte, und folgte dem Konditor.

»Was soll ich sagen, Manuel … Ich wollte dich gerade anrufen, dass ich heute keinen Kuchen …«

»Ach was!«, fiel ihm Leone ins Wort, lachte schallend und griff in die Kiste. »Sfogliatelle! Eine Spezialität aus Neapel. Musst du probieren. Sofort vergisst du die schlimme Sache!«

Zeitler bezweifelte, dass ein Gebäck die Ereignisse vom Vortag auslöschen konnte. Doch unversehens steckte das Teilchen in seinem Mund und entfaltete dort sein Aroma.

»Ich muss zugeben, sehr lecker«, urteilte er schmatzend mit vollem Mund. »Was ist das für eine fruchtige Note?«

Leone führte seine Fingerspitzen zusammen und küsste sie. »Orangenblütenaroma – eccellente! Siehst du, schon ist die schlimme Sache ciao!« Er wetzte in seiner roten Konditorjacke an Zeitler vorbei zur Tür. Dort drehte er sich nochmals um. »Bis morgen. Große Überraschung! Ich sage nur so viel: das Beste, was du je gegessen hast.«

»Aber … ich brauche wirklich nicht …«

»Ciao!«, rief Leone und war schneller in seiner Ape, als Zeitler Sfogliatelle aussprechen konnte. Im nächsten Moment knatterte der Konditor davon. Jedoch nicht, ohne die kleine Principessa anzuhupen, die ihm fast unter die Räder gelaufen war.

»Ein Vogel ist das!« Zeitler seufzte. »Aber backen kann er«, fügte er bewundernd hinzu und schob den Rest des Gebäcks in seinen Mund.

»Principessa!«, hörte er die Boutiquenbesitzerin von nebenan schimpfen.

Zeitler schmunzelte, während er an seinen Tresen zurückkehrte. Die Erziehung war sehr wichtig bei einem Vierbeiner und funktionierte hervorragend. Schließlich folgte Lisa ihrer Principessa auf Schritt und Tritt.

Er setzte sich auf einen der Hocker und zog die Zeitung näher zu sich. Erst jetzt erkannte Zeitler, dass das Café Monaco die Titelseite zierte. Darunter – mit ausgestreckter Hand und drohendem Blick – er selbst.

»Diese blöde Urschl …«, grummelte er und schob die Zeitung von sich.

»Na? Immer noch nicht Italienisch gelernt?«, hörte er plötzlich eine Frauenstimme.

Als er zur Tür sah, erkannte er Lisa Kaiser, die mit ihrer Hündin auf dem einen Arm und einem Sommerkleid in der anderen Hand in sein Café linste.

»Lisa. Guten Morgen. Komm nur rein. Nein, noch nicht. Zu viel zu tun. Gäste bedienen, Kaffee kochen, dann die ganzen Morde …«

»Es war nicht abgesperrt, da dachte ich …«

»Schon gut. Solange du nicht von der Presse bist.«

Sie setzte Principessa auf den Boden, kam näher und legte das Sommerkleid auf einem der Tische ab. Neugierig folgte ihr Blick dem von Zeitler, der wieder auf die Titelseite des IL NUOVO GIORNALE, der Tageszeitung Nummer eins in der Region, starrte.

»Soll ich dir vorlesen?«

Zeitler stand auf und schritt um den Tresen herum. »Im Gegenzug einen Kaffee und ein Sfogliatella?«

»Nur einen Espresso, bitte«, antwortete sie und schnappte sich die Zeitung.

»Kommt nicht infrage. Die sind von Manuel Leone. Er sagt, er hätte an dich gedacht, als er sie gebacken hat«, flunkerte Zeitler, legte die süße Sünde auf einen Teller und servierte.

»Na, dann kann ich wohl nicht anders.« Sie nahm einen Bissen und schloss die Augen. »Du meine Güte. Dieser Mann ist nicht von dieser Welt.«

Zeitler schob den Espresso hinterher und setzte sich neben sie.

Lisa musterte ihn. »Schlecht siehst du aus. Was ist denn eigentlich genau passiert?«

Er prustete und rieb sein Gesicht. »Tja, ich hatte Gäste, dann habe ich abgeschlossen und einer blieb ein bisschen länger. Ach, habe ich schon erzählt, dass er tot auf der Herrentoilette lag? Sorry, mein Fehler.«

»Das ist tragisch. Was sagt die Polizei?«

Zeitler zuckte mit den Schultern und deutete auf die Zeitung. »Was sagt die Presse?« Er bückte sich und nahm Principessa auf den Schoß.

Lisa räusperte sich und beugte sich über die Titelseite. *»Italienischer Journalist in deutschem Caffè ermordet – Zufall?«*

Zeitler setzte an, etwas zu kommentieren, schluckte die Worte jedoch hinunter. Er signalisierte Lisa mit einem versöhnlichen Zwinkern, dass er bereit für mehr Informationen war.

»Gestern Abend wurde ein italienischer Journalist auf der Toilette eines Caffès in Bardolino ermordet aufgefunden. Ob es einen Zusammenhang zwischen dem deutschen Besitzer des Caffès und der Tat gibt, ist derzeit nicht bekannt. Der Besitzer hatte das Caffè von Pauline Bianco übernommen. Pauline hatte vor ein paar Monaten Gino Bianco, den Sohn der einflussreichen Milliardärsfamilie Bianco, geheiratet. Ob es hier einen

Zusammenhang gibt, ist derzeit ebenfalls unklar. Die Polizei ermittelt, aber … und so weiter, und so weiter.« Lisa schob die Zeitung von sich.

»Na bravo. Da brauche ich gar nicht erst wieder aufzuschließen. Da kommt doch niemand mehr her, wenn man Angst haben muss, nach einem Kaffee ermordet zu werden.«

Lisa legte ihre Hand beruhigend auf die Schulter des Barista. »Dann bietest du deinen Gästen eben einen Limoncello an. Vielleicht werden sie dann nur leicht verletzt.«

Zeitler blickte Lisa genervt an, doch er verkniff sich jeglichen Kommentar.

»Sorry, ich wollte dich aufheitern.«

»Ist dir gelungen.« Zeitler deutete auf sein ernstes Gesicht. »Siehst du, wie ich lache?«

Für einen Moment überlegte er, ob er sich von Lisa auch die Sprachaufnahme, die er von Lanza und den Männern der Spurensicherung gemacht hatte, übersetzen lassen sollte. Er verwarf den Gedanken jedoch. Vielleicht war es besser, sie nicht in die Sache hineinzuziehen.

»Mal im Ernst … Mach dir nicht zu viele Gedanken. Das Ganze ist einfach ein dummer Zufall und du bist da unglücklicherweise hineingeraten. Es hätte auch mir passieren können, dass in einer meiner beiden Umkleiden … du weißt schon. In ein paar Tagen haben die Leute das längst vergessen.«

Zeitler wollte gerade ansetzen, etwas dazu zu sagen, als sein Handy klingelte.

»Geh nur ran. Ich muss sowieso wieder rüber.« Sie nahm Zeitler die Hündin ab, setzte sie auf den Boden und griff nach dem Sommerkleid, das sie auf dem Tisch abgelegt hatte. »Und wie gesagt – alles wird gut.«

Nachdem sie das Monaco verlassen hatte, bog sie nach rechts zu ihrer Boutique ab. Principessa zog die andere Richtung vor. Es dauerte einen Moment, bis Lisa ihr mit dem Kleid auf dem Bügel hinterherrannte, während sie ihren Namen rief.

»Sag ich doch. Gut erzogen.« Zeitler grinste und nahm das Gespräch an, ohne auf das Display zu sehen. »Zeitler?«

»Was ist denn bei dir los? Gino hat mir gerade den Zeitungsbericht vorgelesen!«

»Ah, Pauline. Schön, dass du anrufst. Wie geht es dir?«

»Sag du es mir«, kam es schnippisch von der anderen Seite.

»Pauline, du kennst doch die Presse. Die stürzen sich heute darauf und morgen ist wieder alles vergessen. Wie heißt es bei euch Prominenten so schön? Besser schlechte Presse als keine Presse.«

»Erzähl das mal meinen Schwiegereltern. Wie geht es dir denn?«

»Wie soll es mir schon gehen? Ich sitze hier als einziger Gast und esse Sfogliatelle.«

»Die von Manuel? Die hätte ich jetzt auch gerne.«

»Komm vorbei«, bot Zeitler an. »Ich habe hier ein oder zwei davon zu viel.«

Er hätte sich in diesem Augenblick tatsächlich gefreut, eine Freundin wie Pauline an seiner Seite zu haben. Schon zu Schulzeiten war sie diejenige gewesen, die ihn immer aufgemuntert hatte, wenn etwas nicht wirklich rund lief. Er hatte sich oft gefragt, ob aus ihnen beiden mehr hätte werden können als eine innige Freundschaft. Doch der Preis war ihm zu hoch gewesen, um es auszuprobieren. Hätte es zwischen ihnen beiden nicht geklappt, hätte er wohl auch eine Freundin verloren. Vermutlich ging es ihr nicht anders. Er erinnerte sich an einen Moment auf einer Geburtstagsparty eines gemeinsamen Freundes, als sie beide um die zwanzig Jahre alt gewesen waren. Als sie sich auf der Tanzfläche einen Moment länger angesehen hatten, während sie sich bei »Careless Whisper« näherkamen.

Glücklicherweise hatte der Song geendet, bevor mehr passiert war.

»Denkst du, es hat mit deiner Zeit in München zu tun?«, überlegte Pauline besorgt.

»Was meinst du?«

»Na ja, immerhin hast du dort ein paar schwere Jungs hinter Gitter gebracht. Klar, dass du dir nicht nur Freunde gemacht hast.«

»Mach dir da mal keine Sorgen, Pauline. Die Unterwelt hätte viel zu tun, wenn sie jedem Polizisten einen Toten aufs Klo liefern wollte. Außerdem, bei deiner These läge *ich* jetzt in einer Zinkwanne in der Pathologie und nicht dieser Journalist.«

»Auch wieder wahr«, lenkte Pauline ein. Dann kam nichts mehr von ihr.

»Pauline? Bist du noch da?«

»Was, wenn es etwas mit meiner Familie zu tun hat?«, flüsterte sie.

»Das glaube ich nicht, Pauline. Deine Eltern genießen ihren Ruhestand im Glockenbachviertel. Deine Mutter war Hausfrau und dein Vater Verkäufer im …«

»Nein«, ging Pauline dazwischen. »Ich rede von meiner Familie hier …«

»Ach so.« Zeitler dachte einen Moment lang nach. »Nein. Selbst der schlechteste Verbrecher, der es auf die Biancos abgesehen hat, sollte mitbekommen haben, dass dir dieses Café nicht mehr gehört. Meiner Meinung nach gibt es hier überhaupt keinen Zusammenhang.«

»Pass jedenfalls auf dich auf, hörst du?«

»Freilich. Solange mir der Kaffee nicht ausgeht und Leone mich weiterhin beliefert, sehe ich der Zukunft entspannt entgegen«, beruhigte er sie und verabschiedete sich.

Mit Blick auf das Titelblatt des IL NUOVO GIORNALE überdachte er nochmals Paulines Befürchtung, dass der Mord etwas mit den Biancos zu tun haben könnte. Dann verwarf er den Gedanken erneut und wanderte mit der Zeitung in der Hand durch sein Café. Als er vor der großen Fensterfront stehen blieb, betrachtete er das Foto, auf dem er äußerst unvorteilhaft aussah.

»So eine Frechheit!«, schimpfte er. »Ich schau viel besser aus.«

Die rasende Reporterin

Gerade als Zeitler die Zeitung zwischen seinen Händen zerknüllen wollte, entdeckte er auf der gegenüberliegenden Seite der Gasse die Reporterin vom Vorabend auf einer Bank. Ihre Aufmerksamkeit galt dem Monaco.

»Ja, geht es denn nicht noch dreister?«, wetterte er und öffnete schwungvoll die Tür.

Als die Reporterin ihn erblickte, stand sie auf und entfernte sich in Richtung Uferpromenade.

»Hey! Sie! Dageblieben!«, rief er ihr hinterher und streckte ihr die Zeitung entgegen. »Den Schmarrn hier drin hab ich doch Ihnen zu verdanken?«

Ohne sich umzudrehen, beschleunigte sie ihre Schritte. Zeitler dachte nicht daran, sie ziehen zu lassen, und folgte ihr. Immer wieder rief er der Frau hinterher, sie solle stehen bleiben, und weckte damit die Aufmerksamkeit der Menschen, die durch die Gasse flanierten.

»Jetzt bleiben Sie doch stehen, Herrgott!«, ließ er nicht locker und wurde schneller.

Kurz vor der Promenade überholte er sie und stellte sich ihr in den Weg. Sie wagte es nicht, ihn anzusehen, und schaute zu Boden. Zeitler hielt die Zeitung vor ihr Gesicht.

»Mille grazie für nix! Wem ist denn dieser stupido Schmarrn eingefallen in eurer Schmierwerkstatt? Waren Sie das?« Er beugte sich nach unten, um in ihr Gesicht zu sehen. »Hallo! Ich rede mit Ihnen!«

Sie hob den Kopf und sah ihn mit verweinten Augen an. Dann wischte sie sich die Tränen aus dem Gesicht, verschränkte die Arme und starrte auf den See. Zeitler war die Situation unangenehm. Hatte er sie zum Weinen gebracht? Und wenn schon! Schließlich hatte sie ihn in ganz Bardolino vorgeführt.

Ihre brünetten Locken fielen in ihr Gesicht und wirkten wie Scheuklappen, die ihr in diesem Augenblick vermutlich nur recht waren. Zeitler konnte nicht umhin, der jungen Frau ein großes Maß an Attraktivität zuzusprechen, trotz seines Zornes, der weiterhin in ihm brodelte. Die ausgewaschenen Jeans und die weiße Bluse verliehen ihr einen sportlichen Touch, der durch ihre weißen Leinensneakers unterstrichen wurde.

»Also, ich wollte Sie jetzt nicht zum Weinen bringen«, ruderte er etwas zurück und deutete auf die Zeitung. »Auch wenn ich das hier nicht in Ordnung finde, aber …«

»Es tut mir leid.« Ihren braunen Augen wirkten durch die Tränen, die auf dem unteren Lid lagen, etwas größer.

»Ja … also … ich glaube Ihnen das gerne. Aber …«

»Ich weine nicht wegen dem hier«, sagte sie und deutete auf die Zeitung. »Es ist wegen …«

Zeitler rollte die Zeitung zusammen. »Wegen?«

»Der Mann, der gestern getötet wurde … er … er …« Sie verstummte.

Zeitler atmete tief durch. »Kaffee?« Sie nickte. »Na, dann kommen Sie. Ich weiß zufällig, wo es den besten in Bardolino gibt.«

»Zucker?«, bot er der jungen Reporterin an, die an seinem Tresen Platz genommen hatte. Sie verneinte. Zeitler stellte die

Tasse auf den Unterteller, auf dem bereits ein Amarettino lag, und servierte. »Wie heißen Sie eigentlich?«

»Antonia. Antonia Romana.«

»Paul Zeitler«, stellte auch er sich vor und streckte seine Hand über den Tresen, die sie jedoch nicht bemerkte. Sie strich mit dem kleinen Löffel über den Milchschaum, der in perfekter Konsistenz auf dem Kaffee thronte und darauf wartete, von dort geschlürft zu werden.

Er ließ sich ebenfalls einen Kaffee aus der Maschine. Nach dem ersten Schluck sah er seinen einzigen Gast an. Da fielen ihm die Sfogliatelle ein, die in ausreichender Menge vorrätig waren. Ohne zu fragen, legte er eines davon auf einen Teller und stellte ihn vor sie.

»Geht aufs Haus«, verkündete er. Für einen Moment blickte sie auf und erwiderte sein Lächeln. »Sie sagten vorhin etwas wegen dem Mann, der gestern hier getötet wurde … Kannten Sie ihn?«

Sie zögerte, bevor sie nickte. Dann sah sie ihn erneut an. »Matteo Villa. Er war ein Kollege von mir. Wir haben es heute Morgen in der Redaktion erfahren.«

Zeitler nickte verständnisvoll. Es war ihr anzumerken, dass er nicht einfach nur ein Kollege gewesen war.

»Ich gehe davon aus, dass Sie ein gutes Verhältnis zu dem Mann hatten?«

»Ja. Er war so etwas wie mein Mentor. Von Anfang an hat er sich um mich gekümmert, damit ich in der Redaktion Fuß fassen konnte.« Sie trank einen Schluck und stellte die Tasse ab. »Hören Sie, es tut mir wirklich leid mit dem Artikel. Ich wollte Ihr Foto nicht veröffentlichen. Aber unser Chefredakteur … wie soll ich sagen … wenn nichts anderes los ist … Es konnte ja auch niemand ahnen, dass es sich bei dem Journalisten um Matteo handelt.«

»Ich verstehe. Schlagzeilen dieser Art verkaufen sich einfach gut«, tat Zeitler versöhnlich. »Und wer hat den Artikel verfasst?«

»Ein Kollege von mir. Martini. Er ist der Mann fürs Grobe, wenn Sie verstehen.«

Zeitler stutzte. »Nein, nicht so wirklich.«

»Er ist der, der aus dem Nichts eine Story zaubert, die sich dann noch für die Titelseite qualifiziert. Natürlich immer auf dem rechtlich sicheren Pfad.«

Zeitler spürte die Bewunderung, die sie für diesen Kollegen hegte. Ob sie ihm jedoch auch wohlgesinnt war, diese Frage blieb offen.

»Sie sagten, Sie hätten heute Morgen erfahren, dass …«

»Matteo ist heute nicht zur Arbeit erschienen. Was ungewöhnlich ist. Normalerweise ist er morgens der Erste. Unser Chefredakteur wusste, was passiert war. Der Commissario war schon da gewesen, als ich in die Redaktion kam.«

»Ah, der Commissario …« Zeitler trank seinen Kaffee aus. »Woher können Sie denn so gut Deutsch?«

Antonia Romana zupfte sich etwas vom Gebäck ab. »Ich hatte immer schon ein Talent für Sprachen. Und wenn man hier am Gardasee aufwächst, zwischen all den Touristen …«

»Gab es denn Anzeichen, dass Ihr Kollege so einer Tat zum Opfer fallen könnte?«, erkundigte sich der Barista betont beiläufig, um nicht in eine Befragung zu verfallen. Doch Antonia Romanas Blick signalisierte, dass ihr seine Art zu fragen ungewöhnlich vorkam.

»Sie hören sich an wie der Commissario.«

Zeitler schmunzelte. »Nun, sagen wir es so, es gibt da eine gewisse Gemeinsamkeit.«

Antonia Romana hakte nicht weiter nach. »Wenn Sie wüssten, wie viele Drohbriefe und E-Mails tagtäglich bei uns in der Redaktion ankommen, dann wäre Ihre Frage hinfällig.«

»Verstehe. Insofern stelle ich die Frage anders: Hat er Ihnen gegenüber mal etwas erwähnt? Einen Fall oder eine Geschichte, Recherche, irgendetwas?«

Antonia Romana atmete tief durch. Ihr erschienen die Fragen äußerst suspekt und nicht typisch für einen Cafébesitzer. Doch ihr war gleichzeitig anzumerken, dass sie jemanden brauchte, mit dem sie über diese Sache reden konnte. Und wie es schien, hatte sie diesen Jemand gefunden.

»Er hatte des Öfteren erzählt, dass er an einer Sache dran wäre und alle schauen würden, wenn er damit herauskäme. Das sagte er jedoch fast wöchentlich. Ich glaube, es war ein Wunschgedanke von ihm. Wie wahrscheinlich von jedem Journalisten. Die große Story, die die Aufmerksamkeit ganz Italiens auf sich ziehen würde.«

»Verstehe. Noch einen Kaffee?«

»Nein, danke. Ich muss weiter. Sie stellen komische Fragen für einen Barista.« Antonia kniff die Augen zusammen und rutschte vom Hocker.

»Ja? Ist das so?«

»Lesen Sie viele Krimis?«

»Ist nicht das ganze Leben ein einziger Krimi?«

Sie lächelte. »Gut möglich. Hatten Sie auch in Deutschland ein Café?«

»Nein.«

»Was haben Sie zuvor gemacht?«

»Dies und das«, antwortete Zeitler und räumte ihre leere Tasse in den Spüler.

Ihm gefiel dieses Katz-und-Maus-Spiel. Er war sich dessen bewusst, dass es eine Frage der Zeit war, bis Antonia Romana alles über seine Vergangenheit erfuhr. Irgendetwas an ihr suggerierte ihm, dass er ihr vertrauen konnte.

»Sagen Sie, würden Sie mir etwas übersetzen?«, fragte er vorsichtig und kniff die Augen zusammen.

»Natürlich. Um was handelt es sich?«

Zeitler zog das Handy aus der Tasche. Er zögerte. »Kann ich mich darauf verlassen, dass das hier nicht in der Zeitung …«

»Hat es mit gestern Abend zu tun?«

Zeitler nickte.

»Ein guter Freund ist gestern getötet worden. Es widerspricht meiner Ehre als Journalistin, diese Sache auszuschlachten.«

Zeitler blickte sie skeptisch an. »Da wären Sie die Erste, die ich kenne.«

»Soll ich Ihnen nun etwas übersetzen, oder …« Sie deutete zur Tür.

Er suchte die Datei, die er am Vorabend aufgezeichnet hatte, legte das Handy vor Antonia Romana und spielte sie ab. Aufmerksam lauschte sie den Worten, die zu hören waren. Hin und wieder ging sie etwas näher an das Gerät heran, ließ ganze Sätze wiederholen und machte sich Notizen. Zeitler gelangte zu der Erkenntnis, dass er mit seiner Übersetzerin einen guten Fang gemacht hatte. Immerhin hatte sie einen direkten Bezug zu Matteo Villa und sicher ein größeres Interesse, dessen Mord aufzuklären, als an einer flüchtigen Schlagzeile.

»Und?«, forschte er, nachdem sie die Datei zu Ende gehört hatte.

»Ist das Commissario Lanza, der dort spricht?«

»Ja, mit einem Mann von der Spurensicherung.«

Sie spitzte mit Blick auf ihre Aufzeichnungen die Lippen. »Nun, es dreht sich im Grunde um den Tathergang. Auf der Toilette hat es wohl einen Kampf gegeben. Einer der Männer spricht auf der Aufnahme von einem zerbrochenem Spiegel.« Sie hielt einen Moment inne. Ihre Hände zitterten, als sie das Handy zurück auf den Tresen legte. »Matteo wurde mit einem Draht oder Ähnlichem …« Sie verstummte.

Zeitler steckte das Handy wieder ein. »Tut mir leid, ich wollte nicht, dass …«

»Schon okay.« Sie atmete tief durch und lächelte den Cafébesitzer an. »Es tat gut, mit jemandem darüber zu sprechen.«

»Sie wissen ja, wo Sie mich finden. Was haben Sie jetzt vor?«

»Ich weiß nicht.« Antonia zuckte mit den Schultern. »Schätze, ich werde Augen und Ohren offen halten. Das bin ich Matteo schuldig.«

»Besuchen Sie mich wieder, wenn Sie etwas herausgefunden haben? Das sind Sie *mir* schuldig«, wiederholte Zeitler ihr Mantra und wies auf die Zeitung.

Antonia Romana griff nach dem Gebäck. »Gibt es dann auch wieder etwas aufs Haus?«

»Ich denke, das lässt sich einrichten.«

Sie verließ das Monaco in besserem Zustand, als sie es betreten hatte. Das lag nicht nur an Manuel Leones Backkunst, sondern auch an Zeitlers Art, die ihm schon während seiner Zeit als Hauptkommissar zugutegekommen war. Dabei konnte er sowohl auf eine Rentnerin, der man die Handtasche gestohlen hatte, beruhigend einwirken, als auch auf zwei Rockergangs, die stark alkoholisiert in einer Kneipe in München aneinandergeraten waren.

Er verschloss die Tür und ging die Treppe hinunter zu den Toiletten. Unbehagen stieg mit jeder Stufe mehr in ihm auf. Unten angekommen knipste er das Licht an, stützte sich auf dem Waschbecken ab und betrachtete den Spiegel. Sein Spiegelbild wurde durch den Sprung etwas versetzt. Allem Anschein nach hatte genau hier alles begonnen. Zeitler bemühte sich, mit den Informationen aus der Aufzeichnung auf dem Handy und seinen Erfahrungen die Tat zu rekonstruieren: Matteo Villa stand wohl vor dem Spiegel und wusch sich die Hände, als der Täter die Toilette betrat und ihn von hinten überraschte. Es kam zum Kampf. Dabei ging der Spiegel kaputt. Irgendwo zwischen hier und den Pissoirs war Villa letztendlich überwältigt worden.

Zeitler schritt zur letzten Kabine. Vielleicht war er hier drinnen zu Tode gekommen? »Nein«, sagte er zu sich selbst. Das Opfer wurde stranguliert. Da Matteo Villa bestimmt versucht hatte, sich zu wehren, hätte sich der Täter in der engen Kabine in eine missliche Lage bringen können. Für eine Tat dieser Art musste er sein Opfer von hinten erwischen. Vermutlich wurde Matteo Villa hier nur abgelegt, für den Fall, dass ein weiterer Gast zu früh die Toiletten betrat.

Zeitler erinnerte sich, dass die Tür der Kabine verriegelt gewesen war, und sah nach oben. Der Spalt zwischen den Abtrennungen der Kabinen und der Decke war zu schmal für eine erwachsene Person. Der Täter hatte also die Kabine verlassen und sie mit einer Münze von außen über die Notentriegelung verschlossen. Auf die gleiche Weise, wie Zeitler sie selbst am Vortag geöffnet hatte.

»Wem bist du auf die Füße getreten?«, fragte er mit Blick auf den Toilettensitz, auf dem er den Journalisten gefunden hatte.

Dann ging Zeitler nach nebenan und holte das Putzzeug aus der Kammer. Zeit, die Spuren der Forensiker zu entfernen. Die Fliesen, Trennwände und Türgriffe waren übersät von den Spuren des Rußpulvers, mit dem sich die Männer vergangene Nacht auf die Suche nach Fingerabdrücken begeben hatten. Kein Urlauber legte Wert darauf, an einem offensichtlichen Tatort sein Geschäft zu verrichten.

Jeder ist verdächtig

Zeitler spähte auf die Uhr und überlegte, ob es kurz nach Mittag zu früh für ein Glas Chardonnay war. Er zuckte mit den Schultern und goss sich ein Glas ein. Den ersten Schluck nahm er noch am Tresen, bevor er sich an den Tisch setzte, an dem er Matteo Villa den letzten Espresso seines Lebens serviert hatte. Lässig lehnte er sich zurück, nippte am Wein und betrachtete nachdenklich die Inneneinrichtung seines Cafés.

Wie er bald bemerkte, sollte man sich als Besitzer eines Lokals des Öfteren in die Position eines Gastes begeben. Dann wäre ihm längst aufgefallen, dass sich an den Lampen ein paar Spinnweben angesammelt hatten und der Bereich hinter dem Tresen nach einer Entrümpelung lechzte. Außerdem knarzte der Stuhl, auf dem er saß.

»Verdammt. Das schreit nach Arbeit. Hätte ich mich bloß woandershin gesetzt«, klagte er, nippte erneut und überlegte, was den Mann dazu getrieben hatte, sich in die hinterste Ecke des Cafés zu verziehen. Zumal herrliches Wetter geherrscht hatte und draußen einige Tische frei gewesen waren. Zeitler bemühte sich, sich immer mehr in Matteo Villa hineinzuversetzen. Nach einer Weile stand er auf und wechselte auf den Stuhl, auf dem dieser zuletzt gesessen hatte. Von dieser Position aus konnte er das ganze Café sowie den kompletten Außenbereich optimal ausmachen – sofern natürlich die großen Glastüren geöffnet waren, was am Vortag der Fall gewesen war. Genauso hatte man auch ihn sowohl vom Außenbereich aus als auch von der Eisdiele gegenüber hervorragend im Blickfeld.

»Hast du etwa auf jemanden gewartet«, murmelte er und richtete seine Wahrnehmung auf die Gelateria. »Oder wolltest du dort drüben jemanden observieren?«

Für einen Journalisten, der vielleicht einer großen Story auf der Spur war, nicht ungewöhnlich. Doch wie er es auch drehte, es blieben reine Spekulationen. Eines schloss er jedoch aus: Es war keine Zufallstat. Matteo Villa war gezielt umgebracht worden.

Verloren in seinen Gedanken griff er blind nach seinem Glas und setzte es an die Lippen, um zu trinken.

»Herrgott!«, fluchte er, als er das Glas etwas zu schwungvoll neigte und ihm der Wein über das Kinn auf die Hose und auf das Leder des Stuhls rann. »Doch zu früh für Alkohol«, grummelte er, stand auf und stellte das Glas auf den Tresen.

Mit einem Handtuch kehrte er an den Tisch zurück, um das Malheur auf dem Stuhl zu beseitigen, das mittlerweile auf den Holzboden tropfte. Sorgfältig wischte er mit dem Handtuch über das Leder, um unangenehmen Flecken vorzubeugen. Dabei drückte er das Tuch auch in die Ritze zwischen Lehne und Sitzfläche, für den Fall, dass der Wein diese Region ebenfalls erreicht hatte.

»Was ist …« Zeitler stockte. Er spürte irgendetwas Hartes, das an diese Stelle sicher nicht hingehörte, und legte das Handtuch beiseite. Daraufhin fuhr er etwas widerwillig mit seinen Fingern in den Schlitz, in den sich Brösel und andere klebrige Substanzen verirrt hatten. Mit etwas Mühe befreite er den Fremdkörper aus der Ritze und hielt ihn vor sein Gesicht.

»Ein USB-Stick«, wunderte er sich und angelte nach dem Handtuch. Er rieb den Stick und seine Finger damit sauber und linste prüfend zur Fensterfront, ob ihn jemand beobachtet hatte. Rasch ging er zum Tresen und zog das Notebook darunter hervor, mit dem er die tägliche Abrechnung erledigte. Als der Computer hochgefahren war, steckte Zeitler den Stick in die seitliche Buchse und öffnete die einzige Datei, die sich darauf befand.

»Was soll das denn sein?«, murmelte er und blickte immer wieder unruhig nach draußen. Seine Finger huschten auf dem Touchpad hin und her und scrollten sich durch die Liste, die hauptsächlich aus Abkürzungen und Zahlen bestand. »M. G. … 200 … mar …«

Auch die nächsten Zeilen gaben keinen Aufschluss darüber, um was es sich bei dieser Liste handelte. Vielleicht steckte ein System dahinter. Was es auch immer war, es schien so wichtig, dass es in diesem Stuhl dort in der Ecke versteckt worden war, damit es nicht in die falschen Hände geriet. Wenn diesen Stick tatsächlich Matteo Villa versteckt hatte, bevor er auf die Toilette ging, dann war der der Grund dafür, dass der Journalist hatte sterben müssen.

Zeitler schreckte auf, als ihn ein Klopfen aus seinen Gedanken riss. Vor der Tür stand Commissario Lanza. Zeitler zog den Stick ab und steckte ihn in die Hosentasche. Anschließend klappte er das Notebook zu, ging zur Tür und drehte den Schlüssel, der innen im Schloss steckte.

»Commissario!«

»Haben Sie einen Moment?«

»Natürlich.« Der Barista zeigte sich gastfreundlich und gewährte dem Commissario Einlass. Wohl wissend, dass ihm keine andere Wahl blieb.

»Darf ich Ihnen einen Kaffee anbieten?«

»Espresso bitte.«

»Ich hätte auch Sfogliatelle, wenn Sie mögen ...«

»Nein«, kam es bestimmt vom Commissario, der am Tresen stehen blieb.

Zeitler blieb nicht verborgen, dass Lanza einen Blick auf das Weinglas geworfen hatte. Fast hätte er sich dazu hinreißen lassen, ungefragt Rechenschaft abzulegen. Etwa »Das steht hier noch von gestern« oder »Für gewöhnlich warte ich, bis es später ist« ... Doch was auch immer er gesagt hätte, es hätte sich nach Rechtfertigung angehört. Und diese war er dem Commissario sicher nicht schuldig.

»Was verschafft mir die Ehre, Commissario? Haben Sie schon etwas herausgefunden?«

»Weshalb haben Sie den Dienst in München quittiert?«

Zeitler ließ diese Frage für einen Moment sacken. »Ich hatte meine Gründe.«

Lanza nickte und griff nach dem Espresso, den ihm Zeitler über den Tisch schob. »Es gab ein paar Schwierigkeiten mit Ihren Vorgesetzten, nicht wahr?«

Der Barista stutzte, doch er vergrub seine Überraschung über diese Frage hinter einer freundlichen Miene und fuhr mit dem Handtuch über seinen Tresen.

»Singular, Commissario. Es war *ein* Vorgesetzter.« Er drehte sich zu seiner Maschine und klopfte den Siebträger aus, durch den der Espresso gelaufen war. »Sie haben sich über mich erkundigt?«

Der Commissario tat belanglos. »Nein, nein. Ich hatte nur gestern ein Telefonat mit einem befreundeten Kollegen aus München. Sie wissen schon, grenzüberschreitende Amtshilfe ...«

»Verstehe. Und da sind Sie rein zufällig auf mich gekommen? Wie heißt denn der Kollege? Kenne ich ihn?«

Der Commissario schlürfte den Rest des Espresso und reagierte nicht auf die Gegenfrage. »Es heißt, Sie hatten Probleme mit Autorität?«

»Autorität?«

»Sagt man doch so auf Deutsch …?«

»Jaja. Stimmt schon. Das Wort gibt es.« Zeitler stützte sich auf dem Tresen ab. »Sagen Sie: Was hat das alles mit dem Fall zu tun?«

Lanza kniff die Augen zusammen. »Ich weiß einfach gerne, mit wem ich es zu tun habe. Ein Mann wurde gestern in Ihrem Café tot aufgefunden. Grund genug, um sich ein wenig umzuhören.«

Zeitler ließ Lanzas Erklärung unkommentiert, schnappte sich den Siebträger und befüllte ihn mit gemahlenem Kaffee. Er drückte das Pulver mit dem Tamper fest und klemmte den Träger in die Halterung der Maschine.

»Sie werden von Manuel Leone beliefert?«, folgerte Lanza.

Zeitler blickte zur Seite auf die Box mit dem Gebäck, auf der das Logo von Leones Konditorei aufgedruckt war. »Ja«, antwortete er und startete die Pumpe der Kaffeemaschine.

»Da haben Sie Glück«, meinte Lanza bewundernd. »Diese Ehre wird nicht jedem Café hier in Bardolino zuteil.«

Zeitler drehte sich zum Commissario um. »Stehe ich unter Verdacht?«

Lanza lächelte zum ersten Mal. Es hatte den Anschein, als wollte er auf den deutschen Ex-Polizisten deeskalierend einwirken, bevor er ihn zu sehr reizte.

»Herr Zeitler, Sie wissen es doch selbst am besten: In dieser Phase der Ermittlungen ist jeder, der mit einem Opfer in Berührung gekommen ist, verdächtig.«

»Natürlich.« Zeitler nahm seinen Kaffee von der Maschine und stellte sich Lanza gegenüber. Um mit ihm auf Augenhöhe zu bleiben, setzte auch er sich nicht.

»Wenn man sich so in der Gasse umhört, scheinen Sie sich auch mit den anderen Ladenbesitzern gut zu verstehen.«

Zeitler schmunzelte etwas ausgiebiger, damit es Lanza wahrnehmen konnte. Keinesfalls wollte er den Anschein erwecken, dass er sich vom Commissario durch dessen Äußerungen auf irgendeine Weise bedroht fühlte.

»Hätten Sie es lieber, wenn wir alle untereinander verfeindet wären?«

»Nein, nein«, entgegnete Lanza. »Doch für gewöhnlich bleiben die Einheimischen eher unter sich.«

Zeitler stellte seine Tasse in die Spüle. »Dann macht mich das jetzt verdächtig?« Er sah Lanza etwas länger an. »Hören Sie, Commissario … ich weiß nicht, was Sie von mir wollen oder in mir sehen. Fakt ist, dass gestern ein Mann in meinen Räumen umgebracht wurde, den ich nicht kannte. Er war noch nie hier und mir ist auch sonst nichts aufgefallen. Es war ein ganz normaler Tag wie jeder andere auch.«

Lanza nickte beiläufig und zog die Zeitung, die immer noch auf dem Tresen lag, zu sich. Mit Blick auf das Bild, das Zeitler zeigte, atmete er tief durch.

»Was ist in München passiert, dass Sie aufgehört haben, Polizist zu sein?«

Zeitler nahm die Zeitung und warf sie unter dem Tresen in den Mülleimer. »Sie haben doch recherchiert.«

»Nun, ich würde es gerne von Ihnen hören. Man munkelt, Sie wurden einem Vorgesetzten gegenüber handgreiflich?«

»Was die Leute so erzählen …« Zeitler stemmte die Hände in die Hüften und sah Lanza eindringlich in die Augen. »Commissario, mir ist es ehrlich gesagt egal, was Sie gehört haben. Diese Zeit liegt lange hinter mir und ich habe damit abgeschlossen.«

»Nun, es gibt Dinge, die holen einen immer wieder ein.«

Zeitler zog die Augenbrauen hoch. Die Aussage Lanzas, er wäre handgreiflich geworden, dann diese spitzfindigen Bemerkungen … Er wusste, worauf der Commissario hinauswollte. Er wollte testen, wie weit er gehen musste, um ihn aus der Reserve zu locken. Diesen Gefallen wollte er ihm sicher nicht tun.

»Lieben Sie Ihren Job, Commissario?«

Lanzas Mundwinkel zuckten. »Ich mag, was ich tue.«

»Das kann ich gut nachvollziehen. Verbrecher hinter Schloss und Riegel zu bringen, nachdem man sie wochen- oder monatelang gejagt hat. Zu sehen, wie die Gerechtigkeit siegt … Ja, das hat schon was.« Zeitler beugte sich etwas mehr zu Lanza. »Schon einmal einen Verbrecher geschnappt, ihn vor Gericht gezerrt und durch irgendeinen winzigen Formfehler ist er Tage später wieder auf freiem Fuß?«

Lanza spitzte die Lippen und verlagerte sein Gewicht auf das andere Bein. »Sie wissen ebenso wie ich: Das kommt vor.«

»Ist das nicht ein Gefühl, das einen innerlich zerreißt? Ich fühlte mich in diesen Situationen immer wie Don Quijote. Kennen Sie Don Quijote, Commissario?«

Lanza nickte. »Der Mann mit den Windmühlen.«

»Ganz genau. Es kommt einem alles total sinnlos vor. So, als würde die ganze Unterwelt über die Polizia lachen.«

Lanza blickte Zeitler ein paar Sekunden länger an. Dann klopfte er auf den Tresen. »Sie können Ihr Café wieder öffnen. Ich wünsche Ihnen einen schönen Tag … Herr Zeitler.«

»Ebenso, Commissario. Schauen Sie mal wieder vorbei. Meine Tür steht Ihnen jederzeit offen.«

Lanza hob nur die Hand, während er zur Tür ging. Bevor er nach ihr griff, drehte er sich noch einmal zu Zeitler um.

»Mir scheint, Ihre Nachbarn wissen nichts von Ihrer Tätigkeit in Deutschland?«

Zeitler schüttelte gelassen den Kopf. »Nein. Und es wäre schön, wenn es dabei bliebe.«

»Warum?«

»Nun, Commissario, es gibt Menschen, die trauen einem Barista mehr als einem Mann von der Polizia.«

»Sie sind keiner mehr.«

»Eben. Ich lebe in der Gegenwart, Commissario.«

»Arrivederci«, verabschiedete sich Lanza.

»Du nicht, Lanza. Du nicht«, sagte Zeitler zu sich und sah noch einen Moment länger zur Tür, die längst wieder ins Schloss gefallen war. Kurz darauf machte er sich daran, sein Monaco auf Vordermann zu bringen. Die Spinnweben an den Lampen verschwanden nicht von alleine.

Willkommen im Monaco

»Einen Cappuccino für die Dame und für den Herrn einen Latte macchiato.«

»Hätten Sie Zucker?«, fragte der Mann in der kurzen Hose und den braunen Ledersandalen. Seine rote Stirn zeugte davon, dass er den dunkelblauen Leinenhut, den er auf den freien Stuhl neben sich legte, am Vortag nicht getragen hatte.

»Selbstverständlich.« Zeitler nahm den Zuckerstreuer vom leeren Nebentisch und stellte ihn neben den Latte macchiato. »Wenn es etwas Süßes zum Kaffee sein soll, suchen Sie sich gerne in der Vitrine neben dem Tresen etwas aus. Ich habe auch Brioche col tuppo. Eine Spezialität aus Sizilien. Dazu Marmelade – köstlich.«

Das Paar bedankte sich lächelnd, bestellte jedoch nichts weiter. Zeitler warf einen Kontrollblick auf seinen Außenbereich und stellte die Getränkekarte zwei Tische weiter wieder auf, die von der frischen Morgenbrise, die vom Gardasee aus die kleinste Gasse erreichte, umgeweht worden war.

»Buongiorno!«, begrüßte ihn sein Nachbar, der soeben eine Weinlieferung für sein Restaurant erhielt.

»Buongiorno, Alessandro«, grüßte Zeitler zurück.

Er haderte mit sich, ob er an diesem Morgen zu ihm hinübergehen sollte. Immerhin war er derjenige, in dessen Café ein Mann ermordet worden war. Gut möglich, dass dieser Umstand auch den umliegenden Gastronomen geschadet hatte. Der Restaurantbesitzer nahm Zeitler die Entscheidung ab und kam näher.

»Paolo, was machst du für Sachen?« Er reichte dem Deutschen die Hand.

Zeitler spürte das Metall des protzigen Siegelringes, der mit seinen Initialen verziert war, als er den freundschaftlichen Handschlag des Nachbarn erwiderte.

»Was soll ich sagen, Alessandro. Ich hoffe, ihr alle habt durch diese Geschichte keine Nachteile?«

Alessandro lachte. »Machst du Witze? Ich war bereits gestern Abend ausgebucht und heute bin ich es auch. Die Zeiten haben sich geändert. Die Leute wollen dort ihre Piccata milanese essen, wo nebenan einer umgebracht wurde«, scherzte er. »Aber viel wichtiger ist, wie geht es dir? Alles in Ordnung, mein Freund?«

»Ja, ist okay. Ich muss mich erst daran gewöhnen, hinunter in die Toiletten zu gehen, verstehst du?«

»Würde mir nicht anders gehen, Paolo.«

Alessandro Burati war einer der Ersten in Bardolino gewesen, mit denen Zeitler Kontakt gehabt hatte. Erst zwei Wochen zuvor hatte ihn der Nachbar zu seiner Geburtstagsfeier eingeladen. Geschlossene Gesellschaft. Er wollte nicht verraten, wie alt er geworden war. Zeitler schätzte ihn auf etwas über fünfzig. Auch Pauline hatte er eingeladen. Natürlich in erster Linie, weil auch sie einmal Alessandros Nachbarin gewesen war. Jedoch auch, weil ihr Ehemann Gino Bianco war. Und die Biancos durften in diesen Kreisen nicht fehlen, dort, wo die High Society zwischen Riva del Garda und Sirmione verkehrte. Burati achtete sehr auf sein Äußeres. Er war schlank, trug nur

Designerkleidung und teure Uhren. Sein Restaurant spielte eher in einer höheren Preiskategorie. Wer bei ihm einfach nur eine Pizza essen wollte, konnte sofort auf dem Absatz kehrtmachen. Er war bekannt für seine gehobene italienische Küche, begleitet von Weinen, die niemals einen Supermarkt von innen sahen. Und die wurden von keinem geringeren Weinhändler als Luca Rossi geliefert, dem dunkelhaarigen Womanizer, der soeben die letzte Kiste in Buratis Restaurant getragen hatte und nun ebenfalls zu den beiden herüberkam.

»Paolo, mein Freund!« Rossis Dreitagebart kratzte an Zeitlers Wangen, als er ihn auf Italienisch begrüßte. »Wie geht es dir? Ich habe gehört, was passiert ist. Schlimme Sache. Weißt du schon etwas? Was sagt die Polizei?«

Wie gewohnt redete er ohne Punkt und Komma. Lässig strich er über seine schulterlange dunkle Mähne. Wie Alessandro Burati trug auch er sehr viel Schmuck und schob eine Parfumwolke vor sich her, die man sicherlich noch am gegenüberliegenden Seeufer riechen konnte.

»Es geht schon, Luca. Danke.«

»Was macht Pauline?«

Zeitler schmunzelte. Er wusste, dass er ein Auge auf seine Freundin geworfen hatte. Was er allerdings bei allen Frauen tat.

»Die genießt das Leben der High Society. Du, wo ich dich gerade sehe, ich bräuchte mal wieder eine Kiste von diesem Wein aus Kalabrien. Der kommt gut bei meinen Gästen an. Wie heißt er noch gleich …«

»Ich weiß. Terre di Cosenza Greco bianco. Siehst du, ich sagte dir, dass der zu dir passt. Nicht zu schwer, genau richtig für die Mittagszeit. Du warst übrigens in der Zeitung. Warum lächelst du nicht, wenn man dich fotografiert?« Er stupste Burati von der Seite an, der daraufhin schmunzelte.

»Mir ist das Lachen vergangen«, kam es knapp von Zeitler.

»Ich habe dich gestern mit der Journalistin gesehen«, sagte Alessandro zu Zeitler. Dann wandte er sich an den Weinhändler. »Die, die auch den Bericht über dich vor ein paar Wochen geschrieben hat.«

Luca Rossi schloss die Augen und fasste sich ans Herz. »Antonia Romana. Eine zauberhafte Frau. Diese Haare, questi occhi …«

»Das sagst du bei jeder Frau, die deinen Weg kreuzt«, bemerkte Burati und lachte.

»Aber bei ihr, da werde ich schwach.«

Zeitler sah die beiden fragend an. »Kanntet ihr auch den Journalisten, der in meinem Café … ihr wisst schon?«

»Nein, ich denke nicht«, antwortete Burati.

Rossi verneinte ebenfalls. »Vielleicht ist er jemandem auf die Füße getreten?«

»Was meinst du damit?«, fragte Zeitler interessiert und vertröstete das Paar für einen Moment, das vor seinem Café saß und nach ihm rief.

»Nun, wenn ein Journalist über dich schreibt, dann gibt es genau zwei Möglichkeiten. Schaut euch beide an. Luca hat sich über seinen Bericht im GIORNALE gefreut.« Er nickte zu Zeitler. »Du hingegen …«

»Ich muss dann auch wieder«, brach dieser die Unterhaltung ab. »Luca, du denkst an den Greco bianco?«

»So gut wie erledigt«, sicherte der ihm zu.

Daraufhin kümmerte sich Zeitler um seine Gäste.

Mittlerweile hatten sich auch zwei seiner wenigen Stammkunden eingefunden, die ihm in kürzester Zeit ans Herz gewachsen waren.

»Riccardo! Davide! Schön, euch zu sehen. Wie immer?«

Die beiden Rentner nickten und bauten auf dem Tisch neben dem Eingang ihr Schachspiel auf. Wie jeden Tag, an dem sie das Monaco besuchten.

Zeitler verschwand hinter seinem Tresen und befüllte den Siebträger mit feinem Kaffeemehl, das er zuvor frisch in seiner Mühle gemahlen hatte. Nebenbei blickte er nach draußen. Riccardo und Davide, beide Ende siebzig, kamen seit Monaten regelmäßig in sein Café. Er war stolz darauf, Einheimische zu seinen Stammkunden zählen zu dürfen, und mochte es, ihnen zuzuhören, wenn sie ihm aus vergangenen Tagen erzählten. Zwar war ihr Deutsch nicht sonderlich gut, jedoch um Klassen besser als sein Italienisch. Beide waren verwitwet und seit Schulzeiten unzertrennlich. Zeitler freute sich für die beiden, dass ihre Freundschaft bisher alle Stationen ihres Lebens überdauert hatte. Und es gefiel ihm, dass die beiden zwei Leidenschaften teilten, für die es sich lohnte, die Wohnung zu verlassen. Boccia und Schach. Für Letzteres fanden sie sich mehrmals wöchentlich im Monaco ein. Zeitler war sich sicher, dass die beiden schon einiges miteinander erlebt hatten. Auch Dinge, die nicht für seine Ohren bestimmt waren, weil sie manchmal sprunghaft ins Italienische wechselten, während sie mit ihm sprachen und aus vergangenen Tagen erzählten.

»Due espressi per favore«, gab sich Zeitler alle Mühe, während er die beiden Tassen vorsichtig neben dem Schachbrett platzierte.

»Grazie.«

»Wie geht es euch beiden an diesem sonnigen Tag?«

»Gut. Solange der hier meinen Turm in Ruhe lässt«, knurrte Davide zu seinem Gegenüber, ohne dabei das Spielbrett aus den Augen zu lassen.

»Ich hatte schon Angst, ihr beide würdet heute nicht kommen«, fühlte Zeitler vorsichtig den beiden Einheimischen auf den Zahn, um zu eruieren, wie die Stimmung ihm gegenüber im Ort war.

»Weshalb sollten wir nicht kommen?« Riccardo bewegte seinen Läufer schräg um drei Felder in die gegnerische Richtung.

»Na, ich dachte, dass sich meine Gäste nicht mehr zu mir trauen. Wo doch in meinem Café jemand ...« Zeitler ließ den Satz unvollendet.

Riccardo trank seinen Espresso, stellte die Tasse zurück auf den Unterteller und blickte zu Zeitler auf. »Heute Morgen kam ich wegen meiner Hüfte kaum aus dem Bett. Ich brauche mittlerweile eine halbe Ewigkeit im Bad und noch mal so lange zum Anziehen. Man würde mir einen Gefallen tun, wenn man mich erschießen würde.«

Davide betrachtete prüfend seinen Gefährten und lachte hämisch. »Dafür brauchst du so lange? Du siehst aus, als hättest du in diesem Hemd geschlafen.«

Riccardo sah wieder zu Zeitler. »Ich berichtige mich. Man würde mir einen Gefallen tun, wenn es ihn vor mir erwischen würde.«

Zeitler schmunzelte, nahm die leere Espressotasse und ging in sein Café. In der Zwischenzeit hatte sich ein Mann in das Monaco an einen der Tische vor der Glasfront gesetzt und studierte die Getränkekarte. Zeitler, der mittlerweile einen Blick für seine Gäste hatte, sah ihm an, dass er kein Tourist war. Umso verwunderlicher war es, dass er die Karte verwendete. Italiener wussten um diese Tageszeit für gewöhnlich, was sie wollten.

»Haben Sie schon gewählt?«

»Un caffè americano e un cornetto per favore.«

»Kommt sofort«, versicherte Zeitler höflich und verschwand hinter der Theke.

Während er den Kaffee zubereitete, betrachtete er seinen Gast aus den Augenwinkeln. Er sah nicht aus wie jemand, der sich sonst in das Monaco verirrte. Seine grauen Haare waren kurz, sein Anzug so glatt, als hätte er ihn zum ersten Mal an. Der Kragen seines weißen Hemdes blitzte aus dem Jackett hervor und in seinen schwarzen Lackschuhen konnte man sich fast spiegeln. Er starrte in sein Handy und wischte wild über das

Display, dann räusperte er sich kurz und las aufmerksam, während er sich das Kinn massierte.

Zeitler kehrte mit einem Tablett an den Tisch zurück und servierte Kaffee sowie Cornetto.

»Danke«, sagte der Mann und legte sein Handy beiseite.

»Ah, Sie sprechen Deutsch.« Zeitler klemmte das Tablett unter den Arm. »Ich habe Sie hier noch nie gesehen. Sind Sie aus der Gegend?«

»Malcesine«, antwortete der Gast knapp und schlürfte von seinem Kaffee.

»Ah! Die Perle des Gardasees. Sehr schön dort. Ich mag dieses mittelalterliche Flair.«

Der Mann biss in sein Cornetto, legte es ab und betupfte seine Mundwinkel mit einer kleinen Papierserviette. Anschließend lehnte er sich zurück, schlug die Beine übereinander und sah zu Zeitler.

»Haben Sie sich schon von dem Schreck erholt?«

Zeitler hielt einen Moment inne. Er wusste, worauf der Mann aus Malcesine anspielte. »So gut es eben geht.«

Der Gast nickte, dann lächelte er wohlwollend. »Ich hoffe, ich bin Ihnen nicht zu nahe getreten. Sie müssen verstehen, es ist nur meine Arbeit. Also nehmen Sie es nicht persönlich.«

Zeitler kniff die Augen zusammen. Was meinte der Mann?

»Wie sagten Sie, ist Ihr Name?«

Sein Gegenüber beugte sich vor und griff nach seiner Tasse. »Ich hatte ihn noch nicht erwähnt. Bitte entschuldigen Sie, wie unhöflich von mir. Ich heiße Martini.«

In Zeitlers Kopf arbeitete es. Er kannte diesen Namen nicht nur von der Flasche, die hinter seiner Theke im Regal stand. Endlich dämmerte es ihm. Antonia Romana hatte ihn erwähnt. Und er prangte unter dem Artikel über ihn im GIORNALE.

»Dieses Cornetto schmeckt übrigens ausgezeichnet. Von Manuel Leone, wenn ich richtig informiert bin, nicht wahr?« Er nahm einen weiteren Bissen.

»Na, Sie trauen sich ja was! Einfach hierherzukommen.« Zeitler wies zur Decke. »Wie hatten Sie geschrieben: Ob es einen Zusammenhang zwischen mir und der Tat gibt, ist noch unklar … Und jetzt sind Sie sich im Klaren, oder lieben Sie die Gefahr?«

»Na, kommen Sie! Das ist Showbusiness. Am nächsten Tag steht schon wieder etwas ganz anderes auf der Titelseite. Es ist mein Beruf, das zu schreiben, was die Menschen lesen wollen. Nämlich genau das, was sie sich längst von allein zusammengereimt haben. Und das erahne ich im Voraus. Nennen Sie es eine Gabe.«

Zeitler konnte nicht umhin, diesem Martini eine gehörige Portion Überheblichkeit zu attestieren. Er wusste nicht, ob er ihn für diese Unverfrorenheit bewundern oder verabscheuen sollte.

»Wenn Sie schon diese Gabe besitzen, dann wissen Sie ja sicher auch, was ich mir in diesem Moment über Sie in meinem Kopf zusammengereimt habe.«

»Das alles ist ein Spiel!«, versuchte Martini, den Barista zu besänftigen. »Und die Karten werden täglich neu gemischt.«

»Einen toten Mann auf der Toilette zu finden ist kein Spiel. Auch nicht, am nächsten Tag von einem Schmierfink verdächtigt zu werden, etwas damit zu tun zu haben.«

»Schmierfink? Ich verstehe nicht …«

»Sie verstehen ganz gut, was das bedeutet. Und nun darf ich Sie bitten zu gehen. Das Frühstück geht aufs Haus. Das ist das Mindeste, was ich für einen stümperhaften Journalisten tun kann.«

Martini verstand schnell, dass bei dem Deutschen nichts mehr zu holen war. Er erhob sich von seinem Stuhl, trank jedoch noch den letzten Schluck seines Kaffees.

»Ich wollte Ihnen wirklich nicht zu nahe treten. Matteo Villa war ein guter Kollege und Freund. Vielleicht können Sie mir weiterhelfen. Ich hätte da noch ein paar Fragen.«

Zeitler wies Martini den Ausgang. »Freilich. So weit kommt's noch. Wenn Sie Fragen haben, wenden Sie sich an Commissario Lanza. Den Rest saugen Sie sich gerne aus den Fingern wie sonst auch. Vielleicht hilft Ihnen ja Ihre Ahnung. Arrivederci.«

Nach diesen Worten drehte er sich um und marschierte zum Tresen.

Martini schloss die Tür des Cafés von außen.

Zeitler räumte ein paar Tassen in die Spülmaschine und klopfte den Siebträger aus, bevor er ihn mit einem Pinsel reinigte. Tätigkeiten, die wie geschaffen dafür waren, um den Puls auf ein entspanntes Niveau zu senken. Mit einem flüchtigen Blick versicherte er sich, dass Martini gegangen war. Er hätte in diesem Moment nicht die Hand für sich selbst ins Feuer gelegt, dass er ihm nicht noch eine Tasse hinterhergeworfen hätte. In diesem Moment wurde ihm wieder bewusst, dass jeder Mensch eine Schwelle hatte, die bei Überschreitung die Kontrolle über sich selbst ins Wanken brachte. Für ihn war dieser Martini ein Mensch, dem es egal war, ob er mit seinen Theorien die Existenzgrundlage seiner Mitmenschen in Gefahr brachte. Um eine auflagenstarke Schlagzeile zu kreieren, die er selbst schon wieder vergessen hatte, bevor die Druckmaschine angeworfen wurde.

Als sich Zeitler beruhigt hatte, ging er nach draußen. Zwischenzeitlich hatten sich weitere Gäste eingefunden. Riccardo und Davide orderten noch zwei Espressi. Als er zur Seite spähte, winkte ihm Lisa zu, die ein paar Kleider an den

Ständer vor ihrer Boutique hängte. Er winkte zurück. Na bitte. Und wenn Martini noch so wilde Theorien verbreitete, die leichte Brise, die morgens über den Gardasee wehte, nahm alle negativen Schwingungen auf und trug sie fort. Dann war wieder Platz für ein unbeschwertes Leben zwischen Vino, Pizza und italienischer Lebensfreude. Und die Hoffnung blühte auf, dass dieses Gefühl lange andauern würde.

Die Figuren der Signora Villa

»Es ergibt alles keinen Sinn«, wiederholte Giovanna Villa, die Frau des ermordeten Journalisten, unentwegt. »Warum Matteo? Er hat doch niemandem etwas getan.«

Commissario Lanza saß Signora Villa auf ihrem Balkon gegenüber. Er gab ihr Zeit und zeigte sich verständnisvoll, damit sie ihre Fragen in seinem Beisein immer wieder ins Universum schicken konnte. Sein Blick ging hinunter auf die Piazza Catullo. Da sich die Wohnung der Villas in zweiter Reihe zum See befand, musste sich Lanza ein wenig strecken, um auf den Hauptplatz der Stadt Garda schauen zu können. Verliebte Paare flanierten über die Uferpromenade, vorbei an dem kleinen Hafen, in den Lanza ein kleines Fischerboot einfahren sah. An Bord die Beute, die sich höchstwahrscheinlich abends auf den Tellern der hiesigen Restaurants wiederfand.

Giovanna Villa konnte der traumhaften Aussicht in diesem Moment bestimmt nichts abgewinnen. Eingefallen saß sie auf ihrem Stuhl und zerrieb ein Blatt zwischen ihren Fingern, das sie zuvor von dem kleinen Zitronenbaum, der an der Balkonbrüstung in einem Übertopf aus Terrakotta die Sonne genoss, gezupft hatte. Sie sah müde aus. Wie konnte man ihr es auch verdenken. Die dunklen Haare der zierlichen Frau, die sie zu einem Dutt hochgesteckt hatte, waren am Ansatz ein wenig ergraut. Ihr gepflegtes Äußeres ließ Außenstehende nur schwer erkennen, dass sie gerade in tiefer Trauer steckte. Einzig die Wimperntusche, die sie aufgetragen hatte, verschwand nach und nach mit jeder Träne, die ihr die Wangen hinunterlief. In regelmäßigen Abständen zog sie das zerknüllte Papiertaschentuch aus dem langen Ärmel ihres dunkelgrünen Kleides und tupfte die Tränen weg, bevor sie das Tuch wieder zurücksteckte.

»Signora Villa, hatte Ihnen Ihr Mann gesagt, wo er am besagten Tag hinwollte?«

»Er ist wie jeden Morgen in die Redaktion gefahren.«

»War an dem Morgen irgendetwas anders als sonst? Wirkte Ihr Mann aufgewühlt oder hat er sich sonst irgendwie anders verhalten, als Sie es von ihm gewohnt waren?«

»Mein Mann war morgens immer in Gedanken, wenn er das Haus verließ. Er nahm seine Arbeit sehr ernst.«

»Wie meinen Sie das?«

»Nun, Matteo war nicht derjenige, der auf eine flüchtige Schlagzeile aus war. In jeder Zeile, die er schrieb, lag die reine Wahrheit. Dafür nahm er sich auch viel Zeit. Das hat natürlich Tommaso überhaupt nicht gefallen.«

Lanza wurde hellhörig. »Tommaso Palma, der Chefredakteur des IL NUOVO GIORNALE? Er hat mir gegenüber in den höchsten Tönen von Ihrem Mann gesprochen.«

»Er ist ein Freund. Natürlich hat er das. Er ging bei uns ein und aus. Doch Tommaso trennt Privates strikt von der Arbeit. Er sagte oft zu Matteo, dass andere drei Storys aus dem Ärmel zauberten, bis er mit seinen Recherchen begonnen hätte.«

Im selben Moment begannen drei Musiker mitten auf der Piazza Catullo damit, italienische Klassiker zu interpretieren. Giovanna Villa verstummte, als die ersten Klänge ihre Ohren erreichten. Sie hielt die Luft an und schloss die Augen. Lanza musterte sie besorgt und griff nach ihrer Hand, die in ihrem Schoß lag.

»Signora Villa? Ist alles in Ordnung mit Ihnen?«

Sie öffnete die Augen und wies nach unten auf die Piazza. »Torna a Surriento … das Lieblingslied meines Mannes.«

Gerade als Lanza vorschlagen wollte, in die Wohnung zu gehen, begann Giovanna Villa leise zur Melodie zu summen, die von unten auf ihren Balkon drang. Für den Commissario hatte diese Situation gleichermaßen etwas Surreales wie Liebevolles. Er gab ihr den Moment, in dem sie etwas aufzublühen schien. Dann verklang die Melodie und das Trio stimmte ein weiteres Lied an. Giovanna Villas Blick verlor sich am Horizont.

»Wollen wir lieber hineingehen?«, schlug Lanza nun doch vor. Wortlos erhob sie sich und ging voran.

Die Witwe steuerte den Schrank im Wohnzimmer an und nahm eine der zahlreich vorhandenen Porzellanfiguren aus dem Regal. Behutsam strich sie mit ihren Fingern über den fein ausgearbeiteten Kopf des Mädchens, auf dessen Arm eine Taube saß.

»Diese Figur hatte ich ihm gleich nach unserer Hochzeit gekauft. Auf dem Antikmarkt in Brescia. Jedes Mal, wenn ich diese Figur in meinen Händen halte, denke ich an diesen Tag. Es war im Frühling und ein wenig frisch. Wir haben nach dem Besuch auf dem Markt noch lange in einem nahe gelegenen Café gesessen.« Sie blinzelte zu Lanza. »Wissen Sie, es gab damals viele Menschen, die nicht an unsere Liebe glaubten.«

Lanza ging ebenfalls zu dem Regal und interessierte sich für die stattliche Sammlung an Porzellanfiguren, die Matteo Villa sicherlich zu Lebzeiten Tag für Tag erfreut hatte. »Was war der Grund dafür?«

»Nun, Sie müssen wissen, dass ich sieben Jahre älter als Matteo …« Sie verstummte und stellte die Figur zurück an ihren Platz. »Einige dachten, Matteo hätte mich nur wegen des Geldes geheiratet.«

»Sie sind wohlhabend?«

Giovanna Villa lächelte. »Denken Sie, wir könnten uns diese Wohnung in der Lage von Matteos Journalistengehalt leisten? Meine Eltern sind früh gestorben und ich als Alleinerbin … Mein Vater war Immobilienhändler für Luxusimmobilien. Und er war gut in dem, was er tat.«

»Verstehe. Wie hatten Sie und Ihr Mann sich damals kennengelernt?«

Wieder lächelte sie. »Kennen Sie den Kreisverkehr in Lazise? Dort hatte er mir mit seinem Fiat 500 die Vorfahrt genommen. Ein Blechschaden war die Folge. Es war ihm äußerst unangenehm. Er wollte mich unbedingt zum Essen einladen. Ich fühlte mich natürlich geschmeichelt.«

Sie ging zur Couch und setzte sich auf die Lehne. Lanza ließ ihr die Muße, in Erinnerungen zu schwelgen, und hörte aufmerksam zu. Es war nicht selten, dass er auf diese Weise mehr erfuhr als bei üblichen Befragungen, die seine Gegenüber auf dem schnellsten Weg wieder beenden wollten.

»Weshalb fühlten Sie sich geschmeichelt?«, fragte er, ohne den Blick von der Figurensammlung zu nehmen.

»Wie ich schon sagte, uns trennten sieben Jahre. Je älter wir wurden, desto mehr verdichtete sich dieser Altersunterschied zwischen uns. Doch damals … Gut sah er aus. Ich dachte mir: ›Was will so ein junger Kerl von mir?‹ Ich weiß noch, wie er zu unseren ersten Treffen immer mit dem Bus kam, weil er sich kein neues Auto leisten konnte. Trotzdem hat er mich dann groß zum Essen ausgeführt. Erst viel später habe ich erfahren, dass er sich das Geld dafür bei Freunden geliehen hatte.«

»Das sind wirklich sehr viele Figuren«, bemerkte Lanza erstaunt.

»Ja. Matteo liebte sie. Er war fasziniert von ihrer Zerbrechlichkeit. Ein paar der Figuren sind über hundert Jahre alt, und das ohne Beschädigung. Und damit das auch so blieb, hat er sie gekauft. Nicht selten musste ich ihn bremsen. Sonst hätte er wahrscheinlich waschkörbeweise Figuren auf den Antikmärkten gekauft. Ja, so war er. Sein Beitrag für eine heile Welt.«

Lanza ließ von den Porzellanfiguren ab und drehte sich um. »Kommen wir nochmals auf Tommaso Palma zurück. Sie sagten, dass er nicht sonderlich zufrieden mit der Arbeitsweise Ihres Mannes war. Was sollte er dagegen haben, dass er sorgfältig recherchierte? Immerhin wirkt es sich auf die Glaubwürdigkeit einer Zeitung aus, wenn ein Bericht der Wahrheit entspricht.«

Giovanna Villa runzelte die Stirn. »Die Menschen wollen die Wahrheit nicht hören. Sie ist uninteressant und in den meisten Fällen langweilig. Und mit einer Titelstory, die niemanden interessiert, verkaufen Sie keine Zeitung.«

»Ich verstehe. Musste Ihr Mann somit Angst haben, irgendwann gekündigt zu werden?«

»Nein. Dafür mochte ihn Tommaso zu sehr. Matteo war fest davon überzeugt, dass er ihn eines Tages überraschen würde.«

»Mit was genau?«

»Das kann ich Ihnen nicht sagen. Ich glaube, Matteo wusste es selbst nicht.«

Lanza überlegte. Hatte Matteo etwa ein festes Ziel vor Augen? Sicherlich gab es einen Grund, weshalb er auf diese Weise hatte sterben müssen.

»Hatte Ihr Mann gerade an etwas gearbeitet?«

»Matteo hat wenig über seine Arbeit gesprochen. Meist machte er Reportagen über die Wasserqualität des Sees, berichtete über Theateraufführungen oder über Menschen, die etwas Gutes für die Region getan hatten. Organisationen, soziale Einrichtungen … Sie verstehen? Es wurde zwar niemals laut ausgesprochen, aber mir war immer klar, dass Matteos Aufgabe in der Redaktion die war, die Zeitung zu füllen. Um nicht Gefahr zu laufen, zu einem reinen Boulevardblatt zu verkommen, konnte ein wenig Kultur nicht schaden. Und wie Sie sehen, geht das Konzept auf. Das IL NUOVO GIORNALE ist über den Gardasee hinaus das auflagenstärkste Blatt.«

Der Commissario kam nicht umhin zu erkennen, dass Giovanna Villa eine intelligente Frau war, die einen Blick für das große Ganze besaß. Damit mochte er Matteo nicht absprechen, dass er diese Fähigkeit nicht auch hatte. Vielleicht war er einfach nur ein zu großer Idealist gewesen, um zu erkennen, dass er mit seiner Sichtweise entweder in der falschen Zeit lebte oder bei der falschen Zeitung arbeitete. Gut möglich, dass ihn diese Ideale, denen er hinterherjagte, letztendlich sein Leben gekostet hatten.

»Sagen Sie, Signora Villa, hat Ihr Mann einmal den Namen Paul Zeitler erwähnt?«

»Zeitler, Zeitler … nicht, dass ich wüsste. Wer ist das?«

»Der Betreiber des Cafés, in dem Ihr Mann ums Leben gekommen ist.«

»Wir waren selten in Bardolino. Matteo war kein Mann, den es in die Welt hinauszog.«

»Bitte entschuldigen Sie, Signora, aber Bardolino ist keine fünf Kilometer von Garda entfernt.«

Sie schmunzelte. »Da kannten Sie meinen Mann nicht. Sein Kosmos beschränkte sich in seiner Freizeit auf Garda. Abends hinunter auf die Piazza und einmal die Woche nach Brescia auf den Antikmarkt.«

»Und Sie? Wo hat es Sie hingezogen?«

Sie blickte zu Boden, überlegte kurz, dann sah sie Lanza hoffnungsvoll an. »Immer dorthin, wo Matteo war. Mehr brauchte ich nicht.«

Lanza ließ diese Worte einen Moment auf sich wirken. Dann ging er einen Schritt auf sie zu. »Signora Villa, das war es fürs Erste. Bitte melden Sie sich, wenn Ihnen noch etwas einfällt, das für uns wichtig sein könnte.«

»Ich bringe Sie zur Tür.«

»Danke, Signora, ich finde alleine hinaus.«

Als er auf der Piazza Catullo angekommen war, pausierten die Musiker, die zuvor Signora Villa unwissentlich einen Glücksmoment beschert hatten. Der Commissario ging ein paar Schritte zur Seite und linste zwischen den Häusern hindurch zum Balkon mit dem Zitronenbaum hinauf, auf dem er zuvor gesessen hatte. Danach galt seine Aufmerksamkeit den Restaurants und Cafés, die mit riesigen Sonnenschirmen ihren Gästen Schatten spendeten. Davor die Anlegestelle, in der kleinere Motorboote dicht an dicht auf die nächste Ausfahrt warteten. Bis auf die Lieferanten, die mit ihren Wagen vor den Restaurants parkten, um Getränke, Gemüse und Mehl zu liefern, war es um diese Uhrzeit noch ruhig auf der Piazza, was sich jedoch fast minütlich ändern würde. Dann pulsierte auch hier das Leben. Ungewöhnlich, dass ein Mann wie Matteo weiter im Hinterland leben wollte. Signora Villa vermittelte den Eindruck, dass er nicht derjenige gewesen war, der den Trubel suchte. Andererseits war es auch eine gute Gelegenheit, unter den vielen Menschen unsichtbar zu sein. Vielleicht genau das, was er wollte. Was, wenn Matteo unter gesellschaftlichem Druck stand? Wenn er seiner Frau unbedingt beweisen wollte, dass sie einen guten Griff getan hatte? Auch wenn er finanziell in einer ganz anderen Liga spielte. Vielleicht war es diese Gesellschaft, der er privat aus dem Weg ging, um sich nicht erklären zu müssen.

Als die drei Musiker wieder zu ihren Instrumenten griffen, setzte sich Lanza an einen Tisch der Espressobar, die an die Piazza grenzte. Auch wenn er Matteo Villa nicht kannte, so konnte er gut verstehen, dass er abends nicht mehr brauchte als dieses Fleckchen Erde.

»Un espresso per favore«, orderte der Commissario bei dem Kellner, der am Nebentisch einen Aschenbecher abstellte. Er schlug die Beine übereinander und beobachtete einen Hobbyfotografen, der am Ufer der Anlegestelle kniete, um die kleinen Motorboote perfekt abzulichten. Lanza war sich sicher, dass der Mann bereits unzählige Aufnahmen der gleichen Szene in den Tiefen seines heimischen Computers gespeichert hatte. Fotografen waren Wiederholungstäter, die dazu neigten, die letzte Aufnahme zu perfektionieren. Vielleicht würde eine kleine Welle das letzte Boot in der Reihe etwas anheben, um noch etwas mehr Atmosphäre zu erzeugen.

»Un espresso.«

»Grazie.« Der Commissario ergriff die Tasse. Er verharrte einen Augenblick und stellte sie wieder ab.

Wiederholungstäter. Vielleicht gab es einen Fall, der diesem ähnelte. Auch wenn Matteo Villa kein Journalist war, der für skandalöse Schlagzeilen sorgte, so hatte er dennoch der schreibenden Zunft angehört. Einem Täter, dessen Leben durch die Presse ins Wanken geriet, war es sicherlich egal, ob ein Reporter über die Wasserqualität schrieb oder dubiose Machenschaften prominenter Persönlichkeiten aufdeckte. Genauso wenig interessierte es Gauner, die mit dem Gesetz ihre Schwierigkeiten hatten, ob sie einem Commissario oder einem Verkehrspolizisten gegenüberstanden.

Lanza trank den Espresso, legte Geld auf den Tisch und stand auf, während die drei Musiker »Tarantella napoletana« anstimmten. Er lauschte noch eine Weile den melodischen Klängen, dann trat er den Weg zu seinem Wagen an.

Nachts in Bardolino

»Alessandro, dieser Classico schmeckt wirklich ausgezeichnet. Von wann ist der noch gleich?«

»2008.«

»Oh, wie komme ich denn zu der Ehre?«, wunderte sich Zeitler und trank einen weiteren Schluck.

»Uns bleibt nichts anderes übrig, als diese edlen Tropfen selbst zu trinken.« Alessandro Burati stellte zwei Aperol Spritz auf ein Tablett, das von einem Kellner umgehend aufgenommen wurde. »Das ist es, was die Leute wollen. Und zum Essen ein Bier. Porca merda. Selbst in Venedig spricht man über unser Trancio di salmone al limone. Und was trinken die Gäste dazu? Ein Pils. Diese Region ist berühmt für ihre Weine. Schmeckst du die feinen Blumennoten, deren harmonisch weicher Geschmack den Gaumen sanft streichelt? Aber nein, die Touristen verlangen Bier aus ihrer Heimat. Das sind deine Landsleute, Paolo«, schimpfte der Restaurantbesitzer, schmunzelte jedoch im selben Moment versöhnlich.

Zeitler drehte sich um und warf einen Blick über die Tische. »Stimmt nicht, Alessandro. Die Jungs dort hinten am runden Tisch sind Engländer.«

Burati reagierte darauf nicht. Er schnappte sich ein Glas aus dem Regal, drückte es in den Gläserspüler und hielt es unter den Zapfhahn. Zeitler mochte Abende wie diese, wenn er an der Bar des BELLA VITA, das sich neben seinem Café befand, noch einen Absacker zu sich nahm. Und er mochte es, wenn er Paolo genannt wurde. Ein Indiz für ihn, dass man ihn in den engeren Kreis der Gastrowelt aufgenommen hatte.

Das BELLA VITA war wie jeden Abend bis auf den letzten Platz ausgebucht. Dass es aufgrund der Lage in der kleinen Gasse keinen Außenbereich hatte, störte nicht weiter. Buratis Restaurant war um den gesamten Gardasee herum bekannt und berühmt für seine gehobene Küche. Hausgemachte Salsiccia siciliana, Gamberoni alla griglia oder Spaghetti alle vongole … das BELLA VITA ließ keine Wünsche offen. Hier gab es alles – außer Pizza. Was vermutlich der Grund dafür war, dass das Publikum ausschließlich aus Erwachsenen bestand. Zeitler erinnerte sich an seine Kindheit, als er im Urlaub mit seinen Eltern als Achtjähriger in Jesolo zwei Wochen lang ausschließlich mit Pizza al prosciutto ernährt worden war. Der Urlaub wäre sofort beendet gewesen, hätte man ihn gezwungen, Vitello tonnato oder gar ein Risotto ai funghi di bosco zu essen. Daran hätte auch der größte Eisbecher Italiens nichts geändert.

»Magst du noch einen Schluck?« Burati streckte ihm die Flasche Barolo entgegen.

»Nein, danke. Ich habe genug für heute. Ich gehe rüber in meine Wohnung. Sag mir nur noch eines. Spricht man in Venedig wirklich über euer Trancio di salmone al limone?«

Burati schmunzelte. »Ja, wenn ich dort bin und davon erzähle.«

»Das kann man gelten lassen. Was bin ich dir schuldig?«

»Sei invitato.«

»Du kannst mich nicht ständig einladen, Alessandro. Hier, für deine Mitarbeiter«, bedankte sich Zeitler und drückte einen

Zehner in das Schwein, das neben der Holzsäule am Tresen stand und eine Kochmütze trug.

»Paolo, mein Haus ist dein Haus. Versprich mir nur, dass du auf dich aufpasst.«

»Ich gebe mein Bestes.«

Als Zeitler das Restaurant verließ, wusste er, dass sich seine Nachbarn über ihn Gedanken machten, weil sein Nachbar mit seiner Äußerung auf die jüngsten Ereignisse angespielt hatte. Ein Grund mehr, seine berufliche Vorgeschichte für sich zu behalten. Spekulationen, seine Zeit als Kommissar in München könnte mit der Sache zu tun haben, konnte er nicht gebrauchen. Schon gar nicht, wenn dadurch womöglich die Vermutung aufkam, er könnte ehemalige Straftäter, die auf Rache aus waren, in die beliebte Ferienregion locken.

Er öffnete die Tür des Seiteneingangs, über den er in seine Wohnung gelangte. Sofia Barone, seine Vermieterin, die im Stockwerk zwischen ihm und dem Café wohnte, wollte im selben Augenblick das Haus verlassen. Sie winkte, als sie ihn sah.

»Sofia, so spät noch unterwegs?«

»Buonasera, Paul. Eine kleine Runde am Seeufer kann nicht schaden. Wie geht es dir? Hast du dich schon von dem Schreck erholt?«

»Es geht mir gut, Sofia. Ich danke dir. Es tut mir leid, dass diese Sache so viel Aufmerksamkeit auf das Café und somit auf dein Haus …«

»Mach dir da mal keine Sorgen«, unterbrach sie ihn und legte die Hand auf seine Schulter. »Die Leute reden immer. Lass sie reden. Dann stellen sie nichts Schlimmeres an, hat Emilio immer gesagt.« Sie bekreuzigte sich. Das tat sie stets, wenn sie über ihren verstorbenen Mann sprach.

Sofia Barone wirkte um Jahre jünger, als sie in Wirklichkeit war. Zeitler wusste, dass sie sechzig Jahre alt war, weil er zwei Monate zuvor zu ihrer Geburtstagsfeier eingeladen gewesen war. Alles an ihr verkörperte die typische italienische Mama, wie man sie sich vorstellte. Zeitler fühlte sich wohl in ihrer Nähe. Sie war in der glücklichen Lage, ein paar Immobilien um den Gardasee zu besitzen, weshalb sie von den Mieteinnahmen sehr gut leben konnte. Doch er war sich sicher, dass er bei ihr unter all ihren Mietern eine Sonderstellung genoss. Nicht zuletzt, weil sie ihm bereits zwei Wochen, nachdem er eingezogen war, das Du angeboten hatte.

»Müde siehst du aus. Hast du heute schon etwas gegessen? Ich habe noch Lasagne …«

»Du verwöhnst mich zu sehr, Sofia. Aber danke. Ich werde einfach ins Bett gehen und mich gründlich ausschlafen.«

»Dann mach aber die Fenster zu. Eine Straße weiter wird gefeiert. Das wird vermutlich die ganze Nacht andauern. Die Klimaanlage geht jetzt übrigens. Der Techniker war endlich da. Ich habe deine Wohnung wieder abgeschlossen.«

»Grazie mille«, bedankte sich Zeitler und hielt seiner Vermieterin die Tür auf. Im Vorbeigehen wehte ihr Parfum um seine Nase, von dem sie wie immer etwas zu viel aufgetragen hatte. Anschließend drückte er die Tür ins Schloss, betätigte den Lichtschalter im Treppenhaus erneut und ging hinauf in seine Wohnung.

Er ließ das Licht aus und marschierte über das Wohnzimmer hinaus auf seinen kleinen Balkon, der in den Hinterhof hinausragte. Sofia Barone hatte recht. In der näheren Umgebung wurde gefeiert. Doch das störte ihn nicht. Er mochte es, wenn er Menschen hörte, die sich amüsierten. Das hielt sie fern von schlechten Gedanken. Seine Vergangenheit als Polizist hatte ihn gelehrt, dass einer schlimmen Tat meist Missmut, Frust oder Neid vorangegangen war. Gepaart mit etwas Zeit konnte sich daraus schnell ein Motiv entwickeln.

Der Barista verschwand nochmals für einen kurzen Moment in der Wohnung und kehrte mit einem Glas Wasser und seinem

Notebook zurück. Er setzte sich auf seine kleine Bank, beugte sich zur Seite und griff unter das Sitzpolster. Schnell ertastete er den USB-Stick, den er in seinem Café gefunden hatte, und steckte ihn in das Notebook. Erneut öffnete er die Datei, auf die er sich einfach keinen Reim machen konnte. M. G., O. Z., A. B. ... Was sollten diese Kürzel bedeuten? Daneben standen jeweils Zahlen und am äußeren rechten Rand der Liste die Abkürzungen »mar, apr, mag«, die er wenigstens als Monatsangaben deuten konnte.

Zeitler sah in die Richtung, wo ein paar Partygäste lautstark im Chor »Azzurro« von Adriano Celentano angestimmt hatten. Er summte ein paar Takte mit, bevor er sich erneut auf die Liste konzentrierte. Es gab also Kürzel, Monatsangaben und dreistellige Zahlen, die untereinander aufgereiht waren. Zeitler schlussfolgerte, dass es sich nur um Beträge handeln konnte, die dort den Buchstaben zugewiesen waren. Vielleicht Einnahmen? Er dachte wieder an Sofia Barone. Sie hatte sicherlich auch eine Liste für ihre Buchhaltung, aus der die Einnahmen ihrer Mieter hervorgingen. Doch die Beträge auf der Liste waren vom Wert überschaubar und aufgrund der geringen Höhe wohl eher nicht als Mietzahlungen zu verzeichnen. Für hundertfünfzig oder dreihundert Euro gab es in der Region vielleicht höchstens eine Doppelgarage. Zeitler begann zu zweifeln, dass Matteo Villa den Stick in seinem Café versteckt hatte. Wer sollte ihm wegen dieses Buchstaben- und Zahlenwirrwarrs etwas antun wollen? Erneut klickte er einen Schritt zurück, um zu prüfen, ob dies die einzige Datei auf dem Stick war. Wenn es wenigstens Verträge, Audioaufnahmen oder Bilder gegeben hätte. In dem Fall wäre es offensichtlich, dass jemand ein Auge auf diesen Datenträger geworfen hatte. Bei dieser Liste bestand jedoch auch die Möglichkeit, dass ein Jugendlicher die Highscores eines Computerspiels von sich und seinen Kumpels eingetragen hatte. Was, wenn dieser Stick einzig und allein durch Zufall in die Ritze des Stuhls geraten war?

Zeitler klappte das Notebook zu und legte es vor sich auf dem kleinen Tisch ab. Aus der Ferne drang »Senza una donna« an seine Ohren. Zumindest das, was vom Original übrig blieb. Die Partymeute wich stark von Zuccheros Darbietung ab, was vermutlich dem gestiegenen Alkoholspiegel geschuldet war. »Senza … senza …«, überlegte Zeitler. Senza gas, so bestellten seine Gäste oft das Wasser. Also ohne. Una … klingt wie uno … also eins. Donna wie Madonna … Natürlich. Ohne eine Frau! Zufrieden lehnte er sich zurück. »Da sage noch einer, ich beherrsche diese Sprache nicht«, murmelte er und schlug ein Bein über das andere.

Doch das Gefühl der Zufriedenheit währte nur für kurze Zeit. Ihm wurde klar, dass er womöglich Beweismaterial zurückhielt. Was, wenn die örtliche Polizei das Rätsel auf dem Stick entschlüsseln würde? Nicht auszudenken, wenn durch ihn der Mörder niemals gefasst werden würde, weil er die entscheidenden Hinweise zurückgehalten hatte. Zeitler hatte dem Polizeidienst den Rücken gekehrt. Was er jedoch nicht abgelegt hatte, war sein Sinn für Gerechtigkeit. Vielleicht sollte er Lanza den Stick einfach übergeben? Nein. Der Commissario hatte ihm nur zu deutlich gezeigt, dass er ihm nicht über den Weg traute. Niemals würde er ihm glauben, dass er den Stick erst jetzt gefunden hatte. Und es würde den Verdacht gegen ihn erhärten, dass er etwas mit der Sache zu tun haben könnte. Es war besser, wenn er ihm keinen weiteren Grund für sein Misstrauen lieferte.

Zeitler nahm das Notebook wieder auf den Schoß, speicherte die Datei auf seine Festplatte und zog den Stick ab. Es war an der Zeit, das Richtige zu tun. Er beendete die kurze Balkonsession und begab sich nach drinnen. Dort nahm er aus der Schublade ein Kuvert heraus und steckte den Stick hinein.

Dann kramte er nach einem Stift und schrieb »Matteo Villa« auf den Umschlag. Trotz sommerlicher Temperaturen entschied er sich für eine leichte Jacke, um nicht zu offensichtlich spätnachts das Beweisstück durch die Gassen Bardolinos zu tragen.

Als er seine Wohnungstür öffnete, wartete er noch einen Moment, bis Sofia Barone, die im selben Moment den Hausflur betrat, in ihrer Wohnung unter ihm verschwunden war. Unten angekommen zog er sein Baseballcap etwas weiter ins Gesicht und verließ das Haus.

Die Wache, die sich mitten in Bardolino im Rathaus befand, war lediglich tagsüber besetzt. Dennoch gab es ein wachsames Auge, das den Eingang der Polizia rund um die Uhr fest im Blick hatte. Und damit auch den Briefkasten der Dienststelle, der sich links vom Eingang an der Hausecke befand. Zeitler wusste, dass die Kamera direkt unter dem Dach an der vorderen Ecke des Gebäudes angebracht war. Unmöglich, sich unbemerkt von der Hafenseite her über den Platz dem Rathaus zu nähern. Auch wenn es Nacht war, hatte die Kamera genügend Umgebungslicht, um ihn zu identifizieren. Der Gedanke lag nahe, den Stick einfach mit der Post zu schicken. Doch das würde zu lange dauern. Er wusste aus Erfahrung, dass in einer Mordsache jeder Tag zählte. Außerdem war die Gefahr zu groß, dass der Brief verloren gehen könnte. Nein, es musste jetzt geschehen. Und er wusste auch schon, wie er es anstellen würde. Er drehte um und bog in den Corso Umberto ein. Nach etwa fünfzig Meter ging er links in die Via Palestro. Die enge Gasse war nur spärlich beleuchtet und führte direkt zum Eingang und so auch zum Briefkasten der Polizia Municipale.

Zeitler beschleunigte seine Schritte und zog die Schirmmütze noch etwas weiter ins Gesicht. Die Gasse war menschenleer. Er hielt sich ganz rechts an den Häuserfassaden, um möglichst lange der Kameralinse zu entgehen. Dann kam der entscheidende Moment, als er das letzte Stück der Gasse erreicht hatte. Zeitler senkte seinen Kopf und griff, während er sich dem Eingang näherte, in seine Jacke. Für den Fall, dass ihm doch noch ein Nachtschwärmer entgegenkam, hielt er den Umschlag weiter verborgen. Wenige Schritte später hatte er den Briefkasten erreicht und stand direkt unterhalb der Kamera. Im Gegensatz zum Hin- und Rückweg die beste Position, um unerkannt zu bleiben. Schnell öffnete er die Klappe, zog den Umschlag heraus und schob ihn durch den Schlitz. Ohne auch nur eine weitere Sekunde verstreichen zu lassen, machte er auf dem Absatz kehrt und wandte sich in die Richtung, aus der er gekommen war, um in die Dunkelheit einzutauchen.

Weniger ist mehr

»Buongiorno!«, grüßte Zeitler am nächsten Morgen die junge Mitarbeiterin der Eisdiele, die gerade die Tische abwischte.

Er wirkte noch etwas verschlafen, weil er die halbe Nacht wach im Bett gelegen hatte. Der Mord, Commissario Lanza, der USB-Stick … das alles beschäftigte ihn mehr, als ihm lieb war. Außerdem haderte er mit sich, ob er das Richtige getan hatte, der Polizia den Stick anonym zuzuspielen. Doch daran ließ sich nichts mehr ändern.

Wie jeden Morgen bestückte er seine Tische mit den Getränkekarten, nachdem er sie vom morgendlichen Tau befreit hatte. Aus dem Inneren seines Cafés drang Musik nach draußen ins Freie und versprühte ein wenig dolce vita, was ihn auch an diesem Tag trotz aller Widrigkeiten zum Mitsummen veranlasste, obwohl ihm das Lied nicht bekannt war.

»Guten Morgen!«, rief Lisa zu ihm herüber und rollte einen Kleiderständer vor ihre Boutique.

»Guten Morgen!« Zeitler winkte freundlich. »Heute wird es warm!«

»Tja! Italien!« Sie lachte und meckerte im nächsten Augenblick mit ihrer Chihuahua-Hündin, weil sie ihr ständig um die Füße herumlief. Eine Szene, die sich täglich wiederholte, seit er sie kannte.

Gerade als er zurück ins Café gehen wollte, dröhnte der unvergleichliche Klang einer Ape durch die morgendliche Idylle, und er wusste auch, wem sie gehörte. Sein Lieferant Manuel Leone rollte an und hupte zweimal, was er immer tat. Entweder, um Principessa davor zu bewahren, unter die Räder zu kommen, oder aber, um Aufmerksamkeit auf sich zu ziehen. Zeitler lehnte sich in die Tür und beobachtete ihn dabei, wie er singend sein Gefährt so nah wie möglich an das Café rangierte und den Motor abstellte.

»Paolo!«, rief er, als er aus der Ape sprang. »Che bella giornata!«

Zeitler lächelte nur und nickte zustimmend, ohne zu wissen, zu was er ihm beipflichtete.

»Du bist früh dran! Hast du die Nacht über durchgearbeitet?«

»Arbeit! Immer Arbeit!«, rief Leone, während er nach hinten zu seiner Ladefläche eilte. »So viele Menschen wollen Kuchen von Manuel Leone! Was soll ich sagen! Keine Zeit für Amore!«

Zeitler lachte, ging ihm entgegen und nahm ihm die Bäckerkiste ab, die ihm der Konditormeister in die Hände drückte. »Dann komm rein. Ich mach dir mit ganz viel Amore einen Espresso.«

Leone wehrte sich nicht gegen das Angebot und folgte mit einer weiteren Kiste dem Barista ins Café.

»Was hast du mir denn heute Schönes gebracht?«, fragte der Cafébesitzer neugierig und kümmerte sich um den Espresso.

Leone stellte seine Kiste neben den Tresen und küsste seine Fingerspitzen. »Musst du probieren. Hat meine Großmutter schon gemacht. Ein altes Familienrezept. Wenn ich es dir verrate, müsste ich dich …« Er verstummte.

»Schon gut«, besänftigte Zeitler den Konditor. »Was passiert ist, ist passiert. Sag nur, dass du mich töten müsstest. Und weißt du was? Ich bin mir sicher, wenn ich sie erst einmal probiert habe, würde ich es verstehen.«

»Das mag ich so an dir!« Leone lachte. »Du bist ein Mann mit Humor!«

Er griff in eine der Kisten und zauberte eines seiner kleinen Kunstwerke hervor. »Aragostina al pistacchio.«

»Ich vermute, mit Pistazie?«

»Natürlich. Sage ich doch. Pistacchio.«

Er reichte Zeitler das Gebäck, der umgehend einen Bissen davon nahm und mit geschlossenen Augen darauf wartete, bis sich der Geschmack in seinem Mund entfaltet hatte.

»Manuel … ganz ehrlich … dich würde ich heiraten.«

»Das würde meine Frau nicht zulassen.« Leone trank grinsend den Espresso. Dann wurde er etwas ernster und senkte seine Stimme. »Weißt du schon etwas?«

Zeitler kapierte, auf was der Konditor anspielte. Er legte den Rest des Blätterteiggebäcks auf einen Unterteller und putzte sich die Finger an einem Handtuch ab.

»Nichts, Manuel. Und wenn die Polizei ebenfalls wie die Presse einen Zusammenhang zwischen mir und dem Mord sieht, dann werden sie mir sicher nichts erzählen.«

»Ach, die Presse«, prustete Leone. »Die schreiben viel und wissen nichts.«

»Kennst du jemanden beim IL NUOVO GIORNALE?«

Leone richtete die Gebäckstücke in den beiden Kisten aus, die beim Transport verrutscht waren. Zeitler hatte das Gefühl, dass der Konditor abwägte, was er ihm erzählen wollte.

»Es ist lange her, da hat man etwas über meine Pasticceria geschrieben. Warum auch nicht? Es gibt die Leones seit Generationen.«

»Und … weißt du noch, wer das war?«

»Wie gesagt, es ist lange her.«

»Und sonst kennst du niemanden? Die Leute gehen bei dir ein und aus. Sicherlich auch die Presse.«

»Ich kenne die Menschen, nicht ihre Berufe«, erklärte Leone wenig überzeugend und klopfte auf den Tresen. »Ich muss weiter.«

»Sagt dir der Name Matteo Villa nichts?«, startete Zeitler einen letzten Versuch, vielleicht doch etwas aus Leone herauszubekommen.

Der drehte sich an der Tür nochmals zu ihm um und hob den Zeigefinger. »Lass dir eines sagen, Paolo. Stell dich immer gut mit der Presse. Sie kann dich hochleben lassen, und sie kann dich vernichten.« Nach diesen weisen Worten ging er zu seiner Ape, stieg ein und fuhr davon.

Zeitler warf das Geschirrtuch über die Schulter und ging nach draußen. Die Rauchwolke, die Leone mit seinem Gefährt hinterließ, stand noch eine Weile in der Gasse, bevor die Morgenbrise einen Teil davon mit sich nahm. Der Konditor hatte sicher recht mit seiner Äußerung über die Presse. Doch irgendetwas verschwieg er. Blieb nur die Frage, ob er allgemein nicht über dieses Thema reden wollte, oder nur nicht mit ihm.

»Buongiorno«, grüßte Sofia Barone, die sich mit zwei vollen Einkaufskörben dem Café näherte. Als sie vor Zeitler stand, stellte sie die Körbe ab und wedelte mit der Hand vor ihrem Gesicht. »War Manuel hier?«

»Tja, was soll ich sagen … er hinterlässt immer wieder einen bleibenden Eindruck. Warst du schon so früh auf dem Markt?«

Sie deutete auf die Selleriestangen und Orangen, die aus den Körben herauslugten. »Wer früh kommt, wird auch mit erstklassiger Ware belohnt. Sei so lieb und mach mir einen Cappuccino.«

»Kommt sofort«, erwiderte er und zog ihr einen Stuhl beiseite, damit sie sich setzen konnte. Dann griff er nach den Körben. »Ich nehm die zwei mal aus der Sonne und stell sie zu mir rein. Ach ja, es gibt Ara… Ich muss nachsehen. Blätterteig mit Pistazie.«

»Aragostine.« Sie lächelte. »Könnte ich dazu Nein sagen?«

Zeitler trug die Körbe hinter den Tresen und sah auf den Lieferschein. »Aragostine al pistacchio. Sag ich doch.« Dann bereitete er den Cappuccino zu und servierte ihn mitsamt dem Gebäck.

»Ich danke dir, Paul. Setz dich ein bisschen zu mir.«

Zeitler vergewisserte sich, dass nicht zwischenzeitlich ein weiterer Gast gekommen war, und folgte der Bitte seiner Vermieterin.

»Lass dir dein Frühstück schmecken. Du bist eingeladen, wegen der Klimaanlage.«

Sofia Barone boxte ihn mit finsterer Miene. »Wie oft muss ich dich noch daran erinnern: Was bestellt wird, das wird auch bezahlt. Du kommst zu nichts, wenn du ständig Freunde und Bekannte einlädst. Hast du Leone heute Morgen einen Espresso spendiert?«

»Ja, freilich. Wie immer.«

Wieder boxte sie ihn. »Warst du schon einmal in seiner Konditorei?«

»Klar. Oft.«

»Und hat er dir schon einmal etwas geschenkt, weil er dich kennt?«

»Nein.«

Sie griff nach ihrem Cappuccino. »Siehst du. Bei mir hat er seinen Espresso immer bezahlt. Ein Gast wird bedient. Und wer bedient wird, bezahlt auch für das, was er bekommt. Du hast nichts davon, wenn dein Café voll ist, deine Kasse abends jedoch nicht. Geh lieber hin und wieder eine Stunde, bevor du schließt, mit einer Flasche Ramazzotti an die Tische und gib einen aus. Das ist es, was bei den Gästen hängen bleibt. Du wirst sehen, sie kommen am nächsten Tag wieder.«

Zeitler schmunzelte innerlich. Er genoss es sehr, dass sich Sofia Barone offensichtlich dazu berufen fühlte, ein schützendes Auge auf ihn zu werfen. Doch so ganz war er noch nicht dahintergekommen, ob dies einfach nur ihre mütterliche Seite war oder sie ihm die alleinige Leitung des Cafés nicht zutraute.

»Dort hinten hat er gesessen, nicht wahr?«, wurde die Vermieterin plötzlich ernst und blickte durch die große Scheibe der Tür hinein ins Café. Zeitler nickte. »Was sind das nur für Menschen, die so etwas tun. Nicht auszudenken, wenn so etwas passiert wäre, als ich noch das Café geleitet habe. Vermutlich hätte ich nie wieder geöffnet.«

»Das Leben geht weiter«, tat der Münchner hoffnungsvoll. »Dieses Café ist die Grundlage dafür, dass ich an einem wunderschönen Ort wie diesem hier leben darf. So schnell gebe ich nicht auf.«

»Hat er denn zuvor nichts zu dir gesagt?«

»Was sollte er sagen? Er hat einen Espresso bestellt, den habe ich ihm gebracht, und er hat sich bedankt. Hätte er geahnt, dass so etwas passiert, wäre er vermutlich nicht zu den Toiletten in den Keller gegangen.«

Sofia biss in das Aragostina und sah wieder ins Café. »Wie kann jemand unbemerkt dort hinuntergehen und ebenso wieder verschwinden? Nun, der Commissario wird es schon herausbekommen.«

Sie steckte das letzte Stück des Gebäcks in den Mund und griff nach der kleinen Papierserviette. »Es gibt übrigens Rotondi gefüllt mit Feigen. Soll ich dir nachher welche vorbeibringen? Dann kannst du sie dir abends warm machen.«

Er spitzte die Lippen und schloss für einen Moment die Augen. Dann legte er seine Hand auf die ihre. »Sofia, sollte ich jemals ein solches Angebot ablehnen, dann nimmst du bitte das IL NUOVO GIORNALE, das dort drinnen auf dem Tresen liegt, rollst es zusammen und ziehst es mir über den Schädel.«

Nach dieser Ansage stand er auf, um sich um die neuen Gäste zu kümmern, die bereits die Getränkekarte studierten. Sofia Barone drehte ihren Stuhl etwas zur Seite, um die Wärme der Morgensonne zu genießen, während sie den Rest ihres Cappuccinos trank.

Nachdem Zeitler die Bestellung aufgenommen hatte, ging er zurück an den Tresen und befüllte den Siebträger der Kaffeemaschine. Während er mit dem Tamper das Kaffeemehl verdichtete, dachte er an Matteo Villa. Was sollte ihm aufgefallen sein? Er hätte viel zu tun, wenn er sich jeden Gast gründlich einprägen würde. Es war ein Tag wie jeder andere gewesen: Gäste kamen und gingen, es wurde bestellt, getrunken, gegessen und gezahlt. Es gab mal mehr, mal weniger Trinkgeld … Plötzlich hielt er inne. Natürlich.

Wie gesagt, es war ein Tag wie jeder andere gewesen. Und wie so oft hatte er sich auch an diesem darüber geärgert, dass seine Toiletten als öffentliche Einrichtung angesehen wurden. Der Mann mit dem Baseballcap. Er rügte sich innerlich dafür, dass er diesen wichtigen Hinweis verdrängt hatte. In seiner aktiven Zeit als Polizist wäre ihm das nie passiert. War er in der Hinsicht so eingerostet? Klar. Warum auch nicht? Er betrieb ein kleines Café am Gardasee. Wäre er immer noch derselbe wie damals, hätte er seinen Beruf nicht an den Nagel zu hängen brauchen. Dann würde er weiterhin versuchen, die ganze Welt vor Unheil zu bewahren. Und er würde ebenso unzufrieden sein, wenn er wieder einmal erkennen musste, dass auch das Böse siegen konnte. Diese Zeit hatte er hinter sich gelassen. Wer also sollte es ihm verübeln, dass er nicht ständig sein Umfeld scannte, um präventiv einschreiten zu können. Das war nicht mehr seine Aufgabe. Dafür gab es Menschen wie Commissario Lanza.

Als er seine Aufmerksamkeit auf den Siebträger richtete, klopfte er das Kaffeemehl heraus und begann von Neuem. Er hatte es dermaßen verdichtet, dass sein Gast durch den Kaffee für die restliche Zeit seines Urlaubs kein Auge zugetan hätte. Während er seine Arbeitsschritte wiederholte, kam ihm Lanzas Äußerung in den Sinn. Einmal Polizist – immer Polizist. Vielleicht hatte er recht. Warum sonst hatte er die Datei vom Stick auf seine Festplatte geladen? Wie es schien, befand sich der Barista bereits mitten in den Ermittlungen. Und er wusste, was er zu tun hatte. Er musste Lanza von dem Mann mit dem Baseballcap erzählen. Auch wenn er befürchtete, dadurch noch mehr ins Visier des Commissario zu geraten.

***

»Könnte ich bitte einen Affogato al caffè bekommen?«

»Selbstverständlich«, bestätigte Zeitler dem beleibten Herrn mit norddeutschem Akzent und blickte zu dessen Begleitung. »Für die Dame ebenfalls?«

»Nein«, antwortete der Mann für seine Frau. »Nur für mich. Und sagen Sie, könnte ich die Kugel Vanilleeis in einem Extraschälchen kriegen?«

»Also einen Espresso und eine Kugel Vanilleeis für den Herrn?«

»Nein. Einen Affogato al caffè. Nur eben getrennt voneinander.«

»Natürlich. Das kriege ich hin«, versicherte der Barista und vergewisserte sich nochmals, ob die Begleitung nun doch etwas wünschte, die jedoch keinerlei Anstalten machte, ebenfalls zu bestellen.

Da der Münchner seine Rolle als Dienstleister sehr ernst nahm, erfüllte er den Wunsch seines Gastes. Auch wenn das bedeutete, dass er mit seinem Extrawunsch mehr bezahlte als für einen Espresso und eine Kugel Eis.

Zeitler griff nach dem Eisportionierer, als der Commissario das Monaco betrat. Er telefonierte mit seinem Handy und würdigte den Besitzer keines Blickes, während er sich dem Tresen näherte. Mitten im Café blieb er stehen und musterte den Tisch in der hinteren Ecke, an dem Matteo Villa gesessen hatte. Lanza sagte nur immer wieder »Sì … sì …« und nickte. Dann verabschiedete er sich von seinem Gesprächspartner und steckte das Handy ein. Wortlos setzte er sich an den Tresen.

Zeitler ließ sich nicht beirren und stellte den fertigen Espresso neben das Schälchen mit der Eiskugel auf das Tablett.

»Wenn das ein Affogato werden sollte, ist er missglückt«, urteilte Lanza trocken, während er sich die Stirn massierte.

»Aller Anfang ist schwer«, konterte Zeitler, fest gewillt, dem Commissario zu zeigen, dass er sich vor ihm in seinem eigenen Café nicht zu rechtfertigen hatte. Dann griff er unter das Tablett und brachte die Bestellung nach draußen.

Als er zurückkehrte, stand Lanza vor dem Tisch in der Ecke. Zeitler fragte ihn nicht, ob er etwas wollte, sondern ließ ihm einen Espresso aus der Maschine. Zwischenzeitlich hatte sich der Commissario an den Tisch gesetzt und betrachtete durch das Café hindurch draußen die Gasse. Zeitler servierte den Espresso und setzte sich ebenfalls an den Tisch.

»Sie überlegen, ob Matteo Villa jemanden beobachtet hat, nicht wahr? Zum Beispiel in der Eisdiele gegenüber.«

Lanza griff nach dem kleinen Löffel und rührte im Espresso. Er legte ihn zurück auf den Unterteller. Dann nahm er die Tasse und trank, ohne seinen Nebenmann anzusehen.

»Sie machen guten Kaffee«, bemerkte der Commissario und stellte die Tasse zurück.

»Vielen Dank. Das hört man gerne.« Zeitler lehnte sich zurück. »Sind Sie in dem Fall schon weitergekommen?«, erkundigte er sich, obwohl er genau wusste, dass der Commissario Informationen dieser Art nicht mit ihm teilen würde. Auch würde er sich allgemein über seine ermittlungstechnischen Erkenntnisse ihm gegenüber ausschweigen. Doch zu Zeitlers Verwunderung tat er das nicht.

»Ich frage mich nicht, ob Matteo Villa jemanden beobachtet hatte, sondern ob er beobachtet wurde.«

»Was lässt Sie da so sicher sein, dass Villa nicht jemanden ins Visier genommen hatte?«

»Nichts ist sicher. Es ist bloß eine Überlegung«, antwortete Lanza mürrisch, ohne von der Eisdiele abzulassen. »Der Mann war Journalist. Vielleicht war er einer guten Story auf der Spur. Vielleicht passte es jemandem nicht, dass er etwas wusste, was der Öffentlichkeit verborgen bleiben sollte?«

»Und was sollte das sein?«, hakte Zeitler nach. Er spürte, dass der Commissario ihn nicht ohne Grund an seinen Gedanken teilhaben ließ.

»Da gibt es viele Motive.«

Zeitler atmete tief durch. »Commissario, ich hatte Ihnen letztes Mal schon gesagt, dass ich diesen Mann zuvor noch nicht gesehen habe.«

»Das glaube ich Ihnen. Was aber, wenn er Sie auf etwas angesprochen hat? Zum Beispiel auf eine Sache, die in München passiert ist?«

»Und was genau sollte das sein?«

Lanza warf Zeitler einen mahnenden Blick zu. »Ich hatte gehofft, dass Sie mir das sagen. Sie sind sich immer noch sicher, dass Matteo Villa nur einen Espresso bei Ihnen bestellt hatte?«

»Ganz sicher. Außerdem … Sie wissen, dass ich Polizist war. Ich weiß sehr wohl, wodurch man sich verdächtig macht. Denken Sie wirklich, ich würde eine Person, aus welchen Gründen auch immer, in meinem eigenen Café töten?«

Lanza schmunzelte und schob die Tasse von sich. »Und eben weil es Ihnen niemand zutrauen würde, wäre es doch ein gelungener Schachzug, nicht wahr?«

Zeitler stimmte ihm zu. »Trotzdem, Commissario, das ist ein bisschen weit hergeholt.«

»Versetzen Sie sich in meine Lage.«

»Glauben Sie mir, das tue ich unentwegt, seit Sie das erste Mal in mein Café gekommen sind.«

Lanza schien verwundert über Zeitlers Aussage. »Und? Zu welchem Schluss sind Sie gekommen?«

»Ich denke, dass ich derzeit alles bin, was Sie haben.«

»Manchmal ist weniger mehr.«

Zeitler atmete tief durch. »Ich gebe Ihnen trotzdem etwas mehr. Mir ist noch etwas eingefallen. Am Tag, als Matteo Villa ermordet wurde, kam eine Person aus meinen Waschräumen und ist dort hinten in die Seitengasse verschwunden, kurz bevor ich mein Café schließen wollte.«

Lanza reagierte genau so, wie es der Cafébesitzer bereits befürchtet hatte.

»Und das ist Ihnen jetzt erst eingefallen?«

»Ich bin mir durchaus bewusst, wie das auf Sie wirken muss. Dennoch sage ich es Ihnen.«

»Männlich? Weiblich?«

»Männlich.«

»Ist Ihnen sonst noch etwas an dem Mann in Erinnerung geblieben? Haarfarbe? Alter? Irgendetwas?«

»Dunkle Windjacke, aufgestellter Kragen, Baseballcap tief ins Gesicht gezogen. Mit mehr kann ich leider nicht dienen. Mir ist nur aufgefallen, dass die Windjacke für den sonnigen Tag unpassend war.«

Lanza schrieb sich die Aussage des Barista auf. Anschließend klopfte er mit dem Stift auf die Tischplatte und überlegte.

»Saß Matteo Villa auf diesem Platz, als der Mann das Café verließ?«

»Das kann ich Ihnen leider nicht beantworten. Es ging alles sehr schnell, ich war im Bereich vor dem Café und habe abkassiert. Matteo Villa saß bereits sehr lange an diesem Platz, sodass ich ihn schon vergessen hatte. Erst, als ich wieder hineinging und die leere Espressotasse sah, habe ich wieder an ihn gedacht.«

Lanza steckte seinen Notizblock ein. »Ich bin etwas enttäuscht. Als Polizist ist man irgendwann dazu verdammt, alles und jeden zu beobachten. Das bringt dieser Beruf so mit sich. Schauen Sie nicht immer noch nachts in jede Seitenstraße, wenn Sie spazieren gehen?«

Zeitler stand auf und schob den Stuhl unter den Tisch. »Nicht mehr so genau wie früher. Es ist nicht gut, wenn man alles sieht. Würde ich immer noch alles um mich herum beobachten, hätte ich den Polizeidienst nicht zu quittieren brauchen.«

»Quittieren?«

»Beenden«, erklärte Zeitler und ging zu seinem Tresen. »Ich muss mich wieder um meine Gäste kümmern.«

»Tun Sie das!« Lanza stand ebenfalls vom Tisch auf. Mitten im Café blieb er erneut stehen. »Heute Nacht hat unsere Überwachungskamera an der Polizeiwache einen Mann gefilmt. Er passt genau zu Ihrer Beschreibung.«

Zeitler wich dem Blick des Commissario aus und spähte nach draußen zu einem Gast, der ihm bedeutete, dass er zahlen wollte.

»Und? Haben Sie den Mann erkannt?«

»Es scheint, als hätte er es darauf angelegt, nicht erkannt zu werden.«

Der Barista schnappte sich sein mobiles Kartenlesegerät und blieb vor Lanza stehen. »Was ist verwerflich daran, nachts spazieren zu gehen? Die Polizeiwache liegt direkt an der Uferpromenade. Hat der Mann etwas angestellt, weil Sie ein Auge auf ihn geworfen haben?«

Lanza sah Zeitler einen Moment tief in die Augen. Dann verabschiedete er sich knapp und verließ das Café.

Zeitler wusste nun, dass der Speicherstick seinen Empfänger gefunden hatte. Warum sonst hätte die Polizei das Videomaterial der vergangenen Nacht ausgewertet. Und er konnte davon ausgehen, dass er unerkannt blieb. Lanza hätte ihn sicher nicht vom Haken gelassen, wenn er ihm irgendetwas hätte nachweisen können.

Er ging nach draußen und sah, wie Lanza mit schnellen Schritten Danilo Carta folgte und ihn aufforderte, auf ihn zu warten. Der Bürgermeister von Bardolino war wie immer sehr gut gekleidet. Zeitler konnte sich nicht erinnern, dass er Carta auch nur einmal ohne Anzug gesehen hätte. Es lag schon ein paar Wochen zurück, dass er mit zwei Männern und einer Frau in seinem Café gewesen hatte. Er hatte einen Cappuccino und ein paar Cantuccini verzehrt. Na bitte! Was Lanza nur hatte. Er besaß sehr wohl ein Auge für das Wesentliche.

Lanza gestikulierte hitzig vor dem Sindaco, wie man den Bürgermeister in Italien nannte. Er schien, als würde er sich rechtfertigen. Zeitler hätte zu gerne gewusst, um was es bei dem Gespräch ging.

»Ich würde jetzt wirklich gerne zahlen!«, rief ihm der Gast verärgert zu.

»Scusi. Natürlich«, entschuldigte Zeitler sich und vertröstete kurz zwei weitere Tische, die eine Bestellung aufgeben wollten. Anscheinend war der Zeitpunkt gekommen, um den Rat seiner Vermieterin Sofia zu befolgen, um seine ungeduldigen Gäste, die er durch den Commissario vernachlässigt hatte, zu besänftigen. Nichts schmeckte so gut wie ein Ramazzotti aufs Haus.

Jeder kämpft für sich

»Commissario! Kommen Sie, gehen wir in mein Büro«, begrüßte Tommaso Palma den Ermittler freundschaftlich, als er ihm auf dem Flur der Redaktion des IL NUOVO GIORNALE über den Weg lief. »Ich habe leider nicht viel Zeit, weil ich gleich zu einer wichtigen Besprechung muss. Es dreht sich dabei auch um Matteo.«

»Das ist kein Problem«, tat der Commissario verständnisvoll. »Ich hätte nur ein paar Fragen an Sie.«

Palma eilte voran in sein Büro, schloss das Fenster und setzte sich an seinen Schreibtisch, bevor er Lanza einen Stuhl anbot. Der Chefredakteur lehnte sich zurück und schlug die Beine übereinander, wodurch die nackten Fußknöchel unter der dunklen Anzughose, die modisch etwas kürzer war, hervorblitzten. Lanza blickte auf die dunkelbraunen Slipper, dann hoch zu den Manschettenknöpfen, auf denen Palmas Initialen eingraviert waren. Der Chefredakteur war erfolgreich. Und das demonstrierte er auch. Immerhin war das IL NUOVO GIORNALE das umsatzstärkste Tagblatt weit über den Gardasee hinaus.

»Wir sind alle noch sehr bestürzt über das, was unserem geschätzten Kollegen widerfahren ist«, zeigte Palma Mitgefühl, während er das Display seines Handys checkte, ob in seiner Abwesenheit ein Anruf eingegangen war. Dann nahm er die runde schwarze Brille ab und fuhr durch seine Haare. »Wie kann ich Ihnen weiterhelfen, Commissario?«

»Ich würde gerne von Ihnen erfahren, was für ein Typ Matteo Villa war.«

Tommaso Palma zog die Augenbrauen zusammen. Er schien überrascht über diese Frage. Es blieb Lanza nicht verborgen, dass er sich mit seiner Antwort Zeit ließ. Der Commissario zweifelte, ob er eine ehrliche Auskunft erhalten oder ob Palma ihm gleich eine Lobeshymne über Villa singen würde, die einem Nachruf auf der Titelseite glich.

»Matteo war bei allen hier sehr beliebt. Zuverlässig, freundlich und blieb sich selbst immer treu. Eigentlich alles Eigenschaften, die man einem Journalisten unseres Blattes am wenigsten zutrauen würde.«

»War das ein Nachteil für ihn?«

Palma schmunzelte. »Menschlich gesehen sicher nicht. Beruflich allerdings …«

Lanza überlegte einen Moment, ob er seinen Notizblock aus der Innentasche seines Sakkos hervorholen sollte, entschied sich jedoch dagegen. Er wollte diesem Gespräch keinen offiziellen Anstrich verleihen.

»Wie lange hat Signor Villa schon für dieses Blatt gearbeitet?«

»Länger als sonst irgendjemand hier. Mich eingeschlossen«, berichtete der Chefredakteur. »Letztes Jahr hatte er sein zwanzigjähriges Jubiläum.«

»Eine lange Zeit dafür, dass er nicht mit seinen Kolleginnen und Kollegen mithalten konnte, nicht wahr?«

»Das habe ich nicht gesagt. Seine Arbeitsweise und die damit verbundene Ausbeute war eben eine andere.«

»Waren Sie zufrieden mit Matteo Villas Arbeit?«

Palma blinzelte erstaunt über die Direktheit des Kommissars. Dann schien er zu verstehen, auf welcher Grundlage diese Frage gestellt wurde.

»Sie haben mit Giovanna gesprochen, nicht wahr? Giovanna Villa.«

»Und? Waren Sie zufrieden?«

Palma nahm seinen Fuß vom Schenkel und rückte mit dem Stuhl näher an seinen Schreibtisch heran. »Da schlugen zwei Herzen in meiner Brust, Commissario. Das IL NUOVO GIORNALE ist keine Zeitung, auf dessen Titelblatt über eine neue Hängebrücke am Tennosee berichtet wird. Unsere Leser sind auf echte Schlagzeilen aus. Matteo war ein Weltverbesserer. Er glaubte an Gerechtigkeit. Das ist nicht das, was unser Publikum lesen möchte.«

»Ich denke schon«, widersprach ihm Lanza. »Wird nicht in fast allen Krimis der Mörder gefasst?«

Palma nickte wohlwollend. »Das mag im Kino oder im Fernsehen funktionieren. Doch die wahre Welt ist voller Widersprüche. Die Leute kaufen eher eine Zeitung, wenn auf dem Titel steht, dass die Polizei bei ihren Ermittlungen im Dunkeln tappt.«

»Ich weiß, Signor Palma. Sie haben oft genug so getitelt.«

»Nehmen Sie es uns nicht übel, Commissario. Wir berichten nur, was auch wirklich belegbar ist. Und … was wir von unseren zuverlässigen Quellen erfahren. Einige unserer Leser kaufen sicherlich auch eine Zeitung, wenn eine freudige Nachricht den Titel ziert. Doch einen höheren Absatz erzielen wir laut unserer Auswertung, wenn eine Schlagzeile sie erzürnt. Sie wissen ja, der alte Spruch: ›Bad news are good news.‹«

»Liegt es da nicht nahe, alle journalistischen Möglichkeiten auszureizen, bis ein Artikel genau diesen Effekt erzielt?«

Palma hob den Zeigefinger. »Aber Commissario … Sie werden uns doch nicht unterstellen, dass wir …«

»Ich ermittle in einem Mordfall, Signor Palma. Unser Gespräch ist kein Interview. Mein Ziel ist es nicht, die Menschen zu begeistern oder sie zu erregen. Ich will den Mörder von Matteo Villa finden. Vielleicht konzentrieren wir uns wieder darauf. Ist Signor Villa vielleicht jemandem bei Recherchen zu einem Artikel auf die Füße getreten?«

Palma lehnte sich erneut zurück. »Wie gesagt, Matteo war zu gut für diese Welt. Er wollte die Leser mit seinen Zeilen erheitern. Er schrieb über Theateraufführungen, Konzerte am See, einer seiner letzten Artikel handelte von einer Dame, die seit zwanzig Jahren jedes Jahr einmal zu Fuß von Bardolino nach Venedig wandert.«

»Und an was arbeitete er zuletzt?«

»Das läuft ein bisschen anders, Commissario. Matteo war kein Auftragsreporter, den man zu einem Unfall schickt, um ein paar Augenzeugen zu befragen. Unsere Journalisten arbeiten mehr oder weniger freiberuflich. Das allerdings exklusiv für uns. Ich trete nicht für eine Story in einen Wettbewerb mit einem anderen Blatt. Dafür zahlen wir auch besser als alle anderen. Was ich damit sagen möchte, ist, dass ich nicht weiß, woran er zuletzt gearbeitet hat. Das kann ich Ihnen bei unseren Jungjournalisten wie zum Beispiel Carmelo Poli oder Antonia Romana erzählen. Doch bei den Dienstältesten wie Martini oder Villa … Jetzt, wo wir darüber sprechen … Matteo hatte da etwas geäußert, das ungewöhnlich …« Er verstummte.

Lanza wurde hellhörig, verbarg jedoch geschickt seine Neugierde, um nicht den Anschein zu erwecken, er wäre auf Palmas Informationen angewiesen.

»Was hat er gesagt?«, trieb ihn der Commissario in ruhigem Ton nach einer Weile des Schweigens an.

»Er hatte mir einen Artikel vorgelegt, den er ausgearbeitet hatte«, erklärte der Redakteur. »Es ging darum, ob sich

Touristen, die alljährlich unsere Region besuchen, im Lauf der Zeit verändern. Alter, Nationalität und so weiter …«

»Das klingt doch interessant.«

Palma prustete. »Interessant ist die Frage, ob in den letzten Jahren die Kriminalität gestiegen ist. Und wie sich dieser Anstieg prozentual zu den Touristen verhält. Ob es in den Gassen rund um den Gardasee nachts noch sicher ist. Das wollen die Leute lesen. Was soll ich sagen. So war Matteo eben.«

»Kam es zu einem Streit zwischen Signor Villa und Ihnen?«

»Ach woher!«, wehrte er ab. »Ich gehe bei ihm und Giovanna ein und aus, und das seit Jahren. Trotzdem hatte ich ihn wie so oft dazu ermutigt, sich an seinen Kollegen zu orientieren. Glauben Sie mir, Commissario, ich habe mir täglich gewünscht, dass er mir eine Story liefert, die es auf den Titel schafft. Das habe ich ihm auch an diesem Tag gepredigt. Und da sagte er zu mir: ›Du wirst noch Augen machen.‹«

Lanza ließ den Satz sacken. »Was meinte er damit?«

»Das, Commissario, kann ich Ihnen leider nicht beantworten.«

»Keine Notizen oder Aufzeichnungen?«

Erneut schüttelte Tommaso Palma den Kopf. Dann linste er auf seine Uhr. »Maledetto! Ich bin wirklich spät dran. Wenn Sie keine Fragen mehr haben …?« Er schnappte sich ein paar Unterlagen von seinem Schreibtisch und stand auf.

»Natürlich, gehen Sie nur. Ich melde mich, wenn ich noch Fragen habe.«

»Immer gerne, Commissario. Das IL NUOVO GIORNALE ist stets bemüht, die Polizei zu unterstützen.«

Lanza behielt jeglichen Kommentar darauf für sich. Als Palma die Bürotür öffnete, stand der Journalist Martini davor und unterhielt sich mit einer Kollegin.

»Francesco! Warum bist du noch nicht im Besprechungszimmer?« Palma drehte sich zu Lanza um und deutete auf den Kollegen. »Sie kennen Francesco Martini? Mein bestes Pferd im Stall«, lobte er den smarten Typen und klopfte ihm auf die Schulter. Der ließ sich den Zuspruch gerne ohne Widerworte gefallen und lächelte erhaben zum Commissario.

Lanza wusste genau, mit wem er es zu tun hatte. Zwar hatte er bisher nicht persönlich mit ihm gesprochen. Doch die kritischen Berichte über die Polizia waren ihm sehr wohl bekannt.

»Wenn Sie noch einen kleinen Augenblick für mich hätten?«, fragte Lanza den Journalisten, der ohne Zögern Gesprächsbereitschaft signalisierte.

Martini bedeutete Palma, dass er gleich nachkommen würde, und wich mit dem Commissario in eine kleine Nische des Flurs aus, um nicht im Weg zu stehen.

»Was kann ich für Sie tun, Commissario? Konnten Sie schon etwas in Erfahrung bringen? Ich zermartere mir ständig den Kopf darüber, wer Matteo nur so etwas antun konnte.«

»Wir folgen derzeit allen Spuren, die uns zur Verfügung stehen«, äußerte sich Lanza vorsichtig. Ein Gespräch mit einem Mann wie Martini glich in etwa Topfschlagen auf einem Minenfeld.

»Sie müssen wissen, dass Signor Villa kein Mann war, dem man etwas Böses wollte. Umso mehr sind wir hier in der Redaktion bestürzt darüber, dass er ermordet wurde.«

Lanza zog die Augenbrauen zusammen und fixierte Martini. »Hätte es lieber jemand anderem passieren sollen? Warum nicht Signor Villa?«

»So habe ich das nicht gemeint«, wehrte sich der Journalist. »Aber ja, wenn Sie so wollen … Ich zum Beispiel hatte bereits den einen oder anderen zerstochenen Reifen oder eine eingeschlagene Scheibe zu beklagen. Wir von der Presse treten öfter jemandem auf die Füße. Aber Matteo … Das wäre, als wenn Sie jemandem etwas antun wollten, der Ihnen einen schönen Tag wünscht. Verstehen Sie?«

»Ja, mir ist bekannt, dass Signor Villa allseits beliebt war. Mich interessiert jedoch etwas völlig anderes, Signor Martini.«

»Natürlich. Was wollen Sie wissen?«

»Unter Kollegen redet man doch hier auf dem Flur, vor der Redaktion oder geht zusammen auf ein Glas Wein, nicht wahr?«

»Worauf wollen Sie hinaus?«

»Hat Matteo Villa Ihnen gegenüber erwähnt, woran er zuletzt gearbeitet hat?«

Martini atmete tief durch und blickte auf seine Schuhe. Dann versenkte er seine Hände in den Hosentaschen.

»Commissario, ich denke, ich muss Ihnen da etwas erklären. Wir Journalisten arbeiten vielleicht für ein und dieselbe Zeitung. Und ja, wir verfolgen alle dasselbe Ziel: Jede einzelne Ausgabe des IL NUOVO GIORNALE bis auf das letzte Blatt zu verkaufen. Aber hier kämpft jeder für sich. Würde ich meinen Kollegen erzählen, an welcher Sache ich gerade dran bin, würde jeder einzelne davon eine Minute später im Auto sitzen und mir die Story vor der Nase wegschnappen.«

»Ich verstehe. Trotzdem hört man doch hier und da etwas, nicht wahr?«

»Tut mir leid, Commissario. Mir scheint, da fragen Sie den Falschen. Ich bin ein Einzelkämpfer. Das ist der Grund, weshalb ich so erfolgreich bin. Ich halte keinen belanglosen Small Talk im Flur oder auf dem Parkplatz. Alles, was ich zu sagen habe, steht morgen in der Zeitung.«

Martini räusperte sich und trat aus der Nische heraus.

»Eine Frage noch«, bremste ihn der Commissario. »Das Café Monaco … wissen Sie da etwas darüber?«

»Über den Deutschen? Nicht sonderlich viel. Er scheint sich gut integriert zu haben. Manuel Leone beliefert ihn.«

Lanza schmunzelte. »Ja, das will in der Tat etwas heißen. Ich danke Ihnen … Signor Martini.«

»Immer gerne, Commissario.« Dann ging er in die Richtung, in die sich zuvor Palma gewandt hatte.

Lanza sah ihm noch hinterher, bis er am Ende des Flurs abbog. »Bandito«, murmelte er kopfschüttelnd und verließ die Redaktion.

Palermo liegt nicht am Gardasee

»Man kann sich nicht daran sattsehen, nicht wahr?«

Benedetta Rosati schreckte auf, als Paul Zeitler an diesem Morgen das Monaco betrat und sie dabei überraschte, wie sie Leones Kunstwerke in der kleinen Vitrine neben dem Tresen bestaunte.

»Guten Morgen, Paolo«, grüßte sie ihn und griff nach dem Lappen, den sie über die Lehne eines Barhockers gelegt hatte. »So früh heute?«

»Glaub mir, Benedetta, ich hätte gerne noch eine halbe Stunde länger geschlafen. Eine Taube oberhalb meines Schlafzimmerfensters war jedoch der Meinung, es wäre Zeit aufzustehen.« Er warf die Zeitung, die er beim Betreten seines Cafés vom Türgriff genommen hatte, auf den Tresen.

Benedetta Rosati gehörte quasi zum Inventar. Sofia Barone hatte sie vor Jahren, als sie selbst das Café leitete, eingestellt. Pauline hatte sie selbstverständlich weiterbeschäftigt und Zeitler sah nach seiner Übernahme keine Veranlassung, die Stelle neu zu besetzen. Er mochte Benedetta. Mit ihrem brünetten Pagenschnitt und der roten Brille wirkte sie um einiges jünger als fünfundsechzig. Zeitler hatte schon ein paarmal den Versuch unternommen, sie auf ein paar Ecken im Café aufmerksam zu machen, die sie regelmäßig übersah. Doch jedes Mal, wenn er ansetzte, etwas zu sagen, klagte sie über den frühen Tod ihres Mannes, dass ihr erwachsener Sohn sie viel zu selten besuche oder dass ihr neuerdings das warme Wetter zu schaffen mache. Mit großen Kulleraugen sah sie ihn dann an und fragte, was er denn nun sagen wollte, und entlockte ihm stets warme Worte, wie zufrieden er mit ihr sei. Was auch der Wahrheit entsprach. Seit er das Monaco führte, war sie keinen einzigen Tag krank gewesen. Sie hatte nur zwei Bedingungen gestellt, als er sie übernahm. Sie stieg nicht auf Stühle und putzte keine Fenster, diese Aufgabe hatte sie jemandem aus ihrer weitläufigen Familie zuschanzen können. Das wusste er natürlich schon von seiner Freundin Pauline, als er damals nach Bardolino gekommen war. Dennoch war es ihm bis zum heutigen Tag ein Rätsel, dass sie die Stelle überhaupt bekommen hatte, wo das Monaco doch zur Hälfte aus Fenstern bestand.

Zeitler ging hinter den Tresen und holte eine kleine Pappschachtel hervor, in die er seiner Laufkundschaft Kuchen verpackte. Danach öffnete er die Vitrine und füllte sie mit den Leckereien, die Benedetta zuvor bewundert hatte.

»Schau, Benedetta, die lässt du dir heute so richtig schmecken. Schön, dass du jeden Tag so zuverlässig das Café sauber machst.«

Benedetta nahm die Schachtel entgegen und errötete. »Paolo, was machst du mit mir? Meine Figur, ich darf nicht …«

»Ach was. Du bist doch schlank. Wenn du sie nicht essen darfst, wer dann? Außerdem haben von Herzen geschenkte Cantuccini alle mandorle keine Kalorien.«

Sie schloss die Schachtel und lächelte ihn an. »Das hast du schön gesagt. Na, wenn das so ist …«

Da war er wieder, dieser Moment, in dem er ihr nie hätte sagen können, dass zwischen den Sitzpolstern ebenfalls wieder mal gereinigt werden sollte. Vielleicht lag es an ihren braunen Augen, die durch die Brillengläser hindurch größer wirkten. Einzig die sehr stark gezupften Augenbrauen schienen ihm etwas suspekt. Heimlich seufzend dachte er darüber nach, ob er nach Feierabend Polster saugen sollte.

Benedetta verstaute das Putzzeug in der Kammer im Keller, verabschiedete sich mit einem Lächeln und verließ mit den Cantuccini unter dem Arm das Café. Zeitler sah auf die Uhr und verfluchte erneut die Taube, die ihn um seinen Schlaf gebracht hatte. Es war noch genügend Zeit, bis das Monaco öffnete. Er griff unter den Tresen und holte das Notebook hervor. Die Liste, die darauf gespeichert war, beschäftigte ihn nach wie vor. Der Barista warf einen prüfenden Blick durch die große Scheibe hinaus auf die Gasse, als der Müllwagen vorbeifuhr. Dann öffnete er die Datei.

Die rechte Spalte zeigte die Monate, dessen war er sich sicher. Irgendetwas bestärkte ihn in der Annahme, dass es sich bei den Beträgen um Schweigegeld oder gar Schutzgeld handeln könnte. Sofern der Speicherstick, auf dem die Datei war, wirklich Matteo Villa gehörte, dann mussten dies Beweise sein, die etwas mehr Gewicht hatten als eine Liste, auf der Mietbeträge zu finden waren. Allem Anschein nach war Villa wegen dieser Liste ermordet worden. Und Geld war der häufigste Grund, weshalb Taten wie diese begangen wurden. Bei den Buchstaben in der linken Spalte der Liste konnte es sich nur um Initialen handeln. Und wenn diese Liste Grund für einen Mord war, dann standen diese Initialen nicht für irgendwelche Personen. Es mussten welche aus dem öffentlichen Leben sein. Menschen, die etwas zu verlieren hatten. Ihre Existenz zum Beispiel. Zeitler überlegte. Die Initialen wiederholten sich. Und mit jedem weiteren Monat kamen neue hinzu. Matteo war Journalist. Wem also konnte man am meisten Schaden zufügen, wenn man etwas über ihn wusste?

Er fuhr mit dem Finger über den Bildschirm die Spalte entlang. G., Z., D. … Er kannte niemanden, dessen Nachname mit einem dieser Buchstaben begann. G., G., B., wieder G. … Moment. B. wie sein Nachbar, der Restaurantbesitzer Burati. Und davor A. wie Alessandro. Er wusste, dass der Gastronom ein Faible für das Glücksspiel hatte. Dass sein Restaurant eine Klientel anzog, die in der oberen Preisklasse angesiedelt war. Und er wusste auch, dass es bei einigen Geschäftsleuten wie Alessandro Burati einen schmalen Grat zwischen legal und illegal gab. Verwunderlich war nur der Betrag, der sich hinter den Initialen befand. Bereits mit drei Flaschen seiner erlesensten Weine hätte er mehr eingenommen.

Zeitler klappte das Notebook zu, legte es zurück unter den Tresen und wunderte sich über sich selbst. Vielleicht sollte ihn die Taube jeden Morgen etwas früher wecken. Wie es schien, lief sein Gehirn zu dieser Stunde auf Hochtouren. Er ließ sich einen Espresso aus der Maschine und stellte sich damit vor die Tür. Mit jeder Minute, die die Sonne weiter emporstieg, verkürzten sich die Schatten, die von den Dächern auf das Straßenpflaster geworfen wurden. Das perfekte Licht, um die Kamera wieder einmal aus der Tasche zu holen. Er erinnerte sich, wie er oftmals morgens kurz nach Sonnenaufgang in München an die Isar gegangen war, um den Morgentau abzulichten, wie er an den Spitzen der Gräser hing und das Licht sich darin spiegelte. Wie oft hatte er sich fest vorgenommen, dieses Hobby, das ihn seit seiner Jugend begleitet hatte, hier in Bardolino wieder aufleben zu lassen. Morgen vielleicht.

Als sein Blick in Richtung See schweifte, erkannte er eine junge Frau, die ihm sehr wohl bekannt war. Zumindest war er sich anhand der brünetten Lockenpracht sicher, dass sie es war. Sie saß auf einem der großen Steine, die am Seeufer als Sitzgelegenheit dienten, und schaute aufs Wasser.

Zeitler stellte seine Tasse auf einem Tisch ab und schlenderte zu ihr.

»Signora Romana?«

»Buongiorno«, kam es von ihr erleichtert, nachdem sie sich erschrocken umgedreht hatte. »Ich hatte nicht bemerkt, dass Sie hinter mir stehen. Sind Sie immer so früh wach?«

»Ich überlasse es meist der Natur, wann ich den Tag beginne«, erklärte er freundlich und deutete auf den Platz neben ihr. »Darf ich?«

»Natürlich«, willigte sie lächelnd ein, rückte etwas zur Seite und warf die Locken schwungvoll nach hinten.

»Und? Was treibt Sie zu dieser Stunde auf die Straße? Bekommt man in der Welt der Journalisten die besseren Storys, wenn man morgens früher dran ist? Frei nach dem Motto, der frühe Vogel fängt den Wurm?«

»Ein witziges Sprichwort. Sagt man das so bei Ihnen?«

»Ich bin mir sicher, dass es auch in Ihrer Sprache ein Sprichwort mit dieser Bedeutung gibt, nicht wahr?«

Antonia Romana kniff die Augen zusammen und sah zum Himmel auf. »Meglio un uovo oggi che una gallina domani, was so viel heißt, wie … besser ein Ei heute als ein Huhn morgen.«

»Wir sagen dazu: Besser den Spatz in der Hand als die Taube auf dem Dach.«

Sie sah ihn von der Seite an. »Dieses Sprichwort passt eher zum Journalismus. Bei uns ist es so, dass man lieber eine schlechte Story abgibt als gar keine.«

»Ich verstehe.«

Wortlos saßen die beiden einen Moment nebeneinander und beobachteten einen der wenigen Berufsfischer, der mit seinem Boot den Anlegeplatz von Bardolino ansteuerte. Zeitler spürte, was die junge Journalistin um diese Uhrzeit umtrieb.

»Es ist nicht leicht, einen Freund zu verlieren, nicht wahr?«

Sie nickte zustimmend. »Wie ich es auch drehe und wende … es ergibt keinen Sinn.«

»Wie gehen Ihre Kollegen mit der Sache um?«

Signora Romana zuckte mit den Schultern. »Ich habe bisher eigentlich nur mit einem darüber gesprochen. Er kannte Matteo von allen am längsten.«

Zeitler ließ vom Fischerboot ab und drehte seinen Kopf zu ihr. »Sie meinen nicht diesen Martini, oder?«

»Nehmen Sie es ihm nicht übel. Es ist sein Beruf.«

Zeitler prustete. »So ähnlich hat er sich auch ausgedrückt. Er hatte nämlich die Frechheit, in mein …«

»Er hat mir schon erzählt, dass er Sie besucht hat«, kam sie ihm zuvor. »Sehen Sie es als ein Friedensangebot an. Er ist ein harter Journalist, jedoch kein schlechter Mensch. Vielleicht waren auch bei ihm ein paar Emotionen zu viel im Spiel, als er den Artikel verfasst hat. Ein Journalist wurde ermordet. Auch wenn er nicht gewusst hatte, dass es sich bei dem Toten um Matteo handelte.«

Zeitler presste die Lippen aufeinander und suchte erneut das beruhigende Fischerboot, das im selben Moment anlegte. »Bitte verstehen Sie mich nicht falsch, aber ich kann Ihr Verständnis Ihrem Kollegen gegenüber nicht teilen.«

Antonia Romana spürte offenbar, dass sie Zeitlers Meinung zu Martini zu diesem Zeitpunkt nicht ändern konnte. Vielleicht wollte sie es auch nicht. Was scherte es sie, was der deutsche Cafébesitzer über ihren Kollegen dachte? Sie schien jedoch überrascht, als er doch etwas Interesse zeigte.

»Und? Was meint Ihr Kollege denn zu dieser Sache? Wo er ihn doch schon so lange kannte?«

Sie atmete tief durch, stützte sich nach hinten ab und schlug die Beine übereinander. »Francesco ist ebenso ratlos wie ich. Auch für ihn ergibt es keinen Sinn, weshalb irgendjemand

Matteo etwas anhaben wollte. Besser gesagt … Sie wissen schon.«

Zeitler spähte verstohlen auf seine Uhr, um nicht unhöflich zu wirken. »Lust auf einen Cappuccino? Ich öffne bald.«

»Nein, danke. Ich fahre in die Redaktion und stürze mich in die Arbeit. Es ist gut, wenn ich mich ein wenig ablenke.«

»Verstehe. Das Angebot gilt. Auch wenn Sie eine Journalistin sind, meine Tür steht Ihnen jederzeit offen.« Er lächelte sie verschmitzt an und stand auf.

Ihre Reaktion auf den kleinen Seitenhieb signalisierte ihm, dass sein Versuch, sie etwas aufzuheitern, erfolgreich war. Dann schlenderte er gemütlich zurück zu seinem Café und war sich sicher, dass sie ihm wenigstens für einen Moment nachgeschaut hatte.

Zeitler war überrascht, als er zu seinem Café zurückkehrte und Alessandro Burati sah, wie er die Speisekarte im Schaukasten vor seinem Restaurant wechselte. Der Nachtschwärmer war unter Insidern, zu denen sich der Münchner ebenfalls zählen durfte, bekannt dafür, dass man ihn vor zehn Uhr morgens nicht in seinem BELLA VITA antraf, geschweige denn auf der Straße. Anscheinend waren heute alle etwas früher aus den Federn gekrochen, dachte Zeitler und winkte dem Nachbarn zu, als der ihn die Gasse heraufkommen sah.

»Alessandro! Welch seltene Erscheinung um diese unchristliche Uhrzeit. Zerfällst du nicht zu Staub, wenn die frühen Sonnenstrahlen auf deine Haut treffen?«, witzelte der Barista und erntete dafür einen müden Blick, der ihm verriet, dass der Gastronom noch nicht aufnahmefähig war.

»Nicht so laut, Paolo. Ich bin noch nicht wach«, murmelte Burati verträumt und schloss den Schaukasten. »Was bist du denn heute schon so gut gelaunt?«

»Die Sonne scheint.«

Burati blinzelte zum Himmel. »Das ist keine Seltenheit. Komm, ich gebe dir einen Espresso aus.«

»Wäre das nicht vielmehr meine Aufgabe?«, stellte Zeitler das Angebot infrage.

»Gerne ein anderes Mal. Bei dir ist es mir jetzt zu hell«, murrte er und schlurfte voran in sein Restaurant.

Zeitler mochte das BELLA VITA. Die hellen Möbel, die großzügige Bar, die keine Wünsche offenließ, und nicht zuletzt die modernen Designerleuchten, die über den Tischen hingen, wirkten mehr als einladend. Er hätte zu gerne gewusst, wie viel die Einrichtung gekostet hatte. Doch er vermied es, Burati danach zu fragen. Der smarte Italiener spielte in einer ganz anderen Liga. Wenn etwas gefiel, wurde es angeschafft, egal zu welchem Preis. Er machte sich sicher erst später darüber Gedanken. Zeitler ließ sich dennoch nicht zu sehr von dieser erfolgreichen Fassade blenden. Aus seiner Zeit bei der Münchner Kriminalpolizei wusste er nur zu gut, dass man nicht selten auch in diesen Kreisen weit über die Verhältnisse lebte. Burati war ein Lebemann und verkörperte la dolce vita wie kein anderer. Gute Weine, schicke Autos, teure Uhren und nicht zuletzt das Glückspiel, dem er verfallen war. Doch das wusste er nicht von Burati selbst. Das erzählte man sich in den Straßen und Gassen rund um den Gardasee und war ihm beiläufig zu Ohren gekommen. Dem Gastronomen selbst schien das nur recht zu sein. Ein paar Gerüchte hier, vielleicht ein kleiner Skandal dort … Hauptsache, die Leute redeten über ihn. Im Gegensatz zu Zeitler mochte er es, im Rampenlicht zu stehen. Kein Wunder. »Burati ist ein Spieler« hörte sich weniger geschäftsschädigend an als »Im Monaco ist ein Mord geschehen«.

»Und, Paolo … ist der Alltag wieder bei dir eingekehrt?«

»Was soll ich sagen? Es geht weiter, so schlimm die Sache auch ist. Zum Glück lesen Touristen keine italienischen Zeitungen.«

Burati drückte Zeitler einen Espresso in die Hand. »Glaube mir, sie würden dennoch kommen. Und sie würden Selfies von sich schießen, nachdem sie bei dir ihren Kaffee bezahlt haben. Sie würden die Fotos ins Internet stellen und darunterschreiben: ›Ich habe überlebt.‹«

»Da könntest du recht haben«, bestätigte Zeitler schmunzelnd und trank vom Kaffee.

»Und? Was sagt der Barista? Kann mein Espresso mit deinem mithalten?«

»Alessandro, wir nutzen die gleichen Bohnen und haben die gleiche Maschine.«

Der Restaurantbesitzer lachte. »Wer weiß, vielleicht presst du das Kaffeemehl ein wenig stärker in den Siebträger als ich. Oder du hast eine Geheimzutat?«

»Weder – noch. Sogar der Tamper ist der gleiche. Wir sollten einfach die Mauer zwischen unseren Läden herausreißen und gemeinsame Sache machen.«

»Ein interessanter Gedanke!« Burati nickte wohlwollend und stellte seine leere Tasse neben die Kaffeemaschine.

»Du, Alessandro, was mich schon lange interessieren würde … haben hier in der Gegend ein paar Kollegen von uns Probleme?«

»Was meinst du?«

»Na ja, du weißt selbst am besten, dass der Konkurrenzkampf in der Gastronomie hoch ist. Jeden Tag beginnt der Kampf aufs Neue.«

»Das war schon immer so und wird auch immer so bleiben. Il denaro fa girare il mondo.«

Zeitler breitete die Arme aus und schaute Burati vorwurfsvoll an.

»Oh, scusa. Ich vergesse immer, dass du kein Italienisch sprichst. Obwohl du schon so lange hier lebst.«

»Ja, ich habe es verstanden. Wärst du dann bitte so freundlich?«

»Ich sagte, Geld regiert die Welt. Verstehst du? Natürlich kämpfen wir um jeden Gast. Niemand hat etwas zu verschenken. Du nicht, ich nicht und alle anderen ebenso wenig.«

Zeitler ließ die Worte des Nachbarn sacken und wägte ab, wie er sich vorsichtig an Burati annähern konnte.

»Der Commissario scheint zu denken, dass der Mord in meiner Toilette vielleicht etwas mit mir zu tun haben könnte. Wurdest du schon einmal bedroht?«

Burati lachte. »Zeig mir einen, der noch nicht bedroht wurde.« Er griff nach zwei Weingläsern, die vom letzten Abend auf einem Tisch übrig geblieben waren, und stellte sie neben das Spülbecken. Dann warf er den Ball an Zeitler zurück. »Und? Hat er recht, unser Commissario? Hat Signor Monaco etwas mit der Sache zu tun?«

»Natürlich nicht«, winkte Zeitler entschieden ab und lehnte sich gegen Buratis Theke. »Und … wie sieht es mit Erpressung aus? Schutzgeld oder Ähnliches? Ist dir so etwas schon passiert?«

Burati stockte einen Augenblick. Er öffnete die Klappe seines Spülers und stellte die schmutzigen Gläser hinein. »Du siehst zu viele Krimis. Wir sind am Gardasee und nicht in Palermo.«

»Ich dachte nur«, schwächte Zeitler schnell seine Neugierde ab, um seinen Nachbarn nicht zu verprellen. »Vielleicht hat mich auch der Commissario mit all seinen Fragen völlig verrückt gemacht.«

»Wollte er wissen, ob du Schutzgeld bezahlst?«, interessierte sich Burati plötzlich, während er ein paar Flaschen Gin aus einer Kiste nahm und hinter sich ins Regal sortierte.

Zeitler spürte, dass sein Nachbar diese Frage nicht nur beiläufig gestellt hatte.

»Er hat so viel gefragt, vielleicht … vielleicht auch nicht. Ich habe es natürlich verneint. Wer will schon von einem kleinen

Café wie dem Monaco Schutzgeld kassieren? Wie viel sollte das sein? Mehr als ein paar Hundert Euro vielleicht …«

Burati drehte Zeitler weiter den Rücken zu und richtete noch ein paar andere Flaschen so aus, dass das Etikett exakt nach vorne zeigte. Die restlichen Flaschen in den beiden Regalen verrieten, dass diese penible Vorgehensweise nicht an der Tagesordnung war.

Der Barista war sich nicht sicher, ob er mit dieser Aussage etwas zu weit gegangen war, weshalb er kurzum zurückruderte.

»Na ja, der Commissario wird die Sache schon aufklären. Hauptsache, das Wetter bleibt schön und die Touristen besuchen uns mit vollen Geldbörsen, nicht wahr?«

Burati drehte sich um und lachte. »Wie ich vorhin schon sagte. Il denaro fa girare il mondo.«

»Ja, das mit dem Geld und der Welt. Ich lerne es noch. Versprochen. Danke für den Kaffee. Ich revanchiere mich.«

Zeitler stellte seine leere Tasse auf den Tresen und verließ das BELLA VITA. Als er nach draußen kam, lief ihm Principessa vor die Füße, die an diesem Morgen erneut ihr Glück versuchte, einem Taubenpärchen zu zeigen, wer der Chef im Ring war. Doch die Jagd war schnell vorbei. Zum einen, weil Lisa, die Boutiquenbesitzerin, nach ihr rief, und zum anderen, weil sich erneut herausstellte, dass zweimal zwei Flügel wendiger waren als vier Pfoten. Die Chihuahua-Hündin bellte den beiden aufgeregt hinterher hinauf zur Dachrinne. Zeitler blickte ebenfalls nach oben und meinte, ein leichtes Grinsen um die Schnäbel zu erkennen.

»Paul! Könntest du vielleicht …?«

Zeitler sah zu Lisa hinüber und kapierte, was sie von ihm wollte.

»Selbstverständlich!«, rief er zurück und schnappte sich mit einer Hand die kleine Jägerin, die noch in der Luft mit ihren Pfoten strampelte, ohne die Tauben aus den Augen zu lassen.

»Ist es so weit? Hast du jetzt auch das BELLA VITA übernommen?«, fragte die hübsche Blonde kess, während sie sich eine Strähne aus dem Gesicht hinters Ohr strich.

Zeitler drehte sich um und verstand, dass sie ihn aus dem Restaurant hatte kommen sehen. »Ach so! Nein. Das wäre nichts für mich. Ich habe genug mit meinen paar Tischen zu tun. Hier, deine vierbeinige Alarmanlage«, feixte er und streckte ihr die Prinzessin entgegen.

»Wie oft habe ich dir gesagt, du sollst das lassen?«, schimpfte Lisa verhalten mit der Kleinen, deren Augen überall waren, nur nicht beim Frauchen. Kaum auf dem Boden, verschwand sie im Laden und hüpfte in ihr Plüschkörbchen, das an der Wand hinter der Theke stand.

»Und? Alles klar bei dir?«

»Freilich«, tat Zeitler zufrieden.

»Ich habe den Commissario letztens aus deinem Café kommen sehen. Weiß er denn schon etwas?«

»Leider nicht. Und ich fürchte, daran wird sich nichts ändern. Nicht mal mehr die Zeitung schreibt darüber.«

»Was dich sicher nicht stört, nicht wahr?«

Zeitler schnippte mit dem Finger. »Sì, Signora.«

»Oha. Dein Italienisch wird immer besser.«

»Merci«, flachste er und kehrte in sein Café zurück.

Die ersten Touristen schlenderten bereits durch die Gassen und Manuel Leone musste jeden Moment auftauchen. Auch war zu erwarten, dass der Commissario ihm einen weiteren Besuch abstatten würde. Zeitler war sich sicher, dass er Lanza eine Nasenlänge voraus war. Auch wenn Burati mit einem Pokerface seine Fragen verneint hatte, hatte der Gastronom vielmehr mit seiner Körpersprache geantwortet. Und die erzählte dem Ex-Polizisten, dass die Initialen auf der Liste die Abkürzungen zweier Namen waren. A. wie Alessandro und B. wie Burati.

Eine Boutique ist kein Outlet

»So, was haben wir denn da … das waren zwei Tartelette al limone, zwei Cannoli siciliani alla nocciola, ein Cappuccino, ein Eiskaffee und ein Wasser. Hat denn alles gepasst?«, fragte Zeitler das junge Pärchen am späten Nachmittag und legte den Bon auf den Tisch, den sein kleiner Drucker am Gürtel ausgespuckt hatte.

»Die Kekse waren super«, schwärmte der Bursche mit dem fränkischen Akzent. Dessen Freundin hatte mehr Farben im Gesicht, als auf den Bildern der Künstler zu finden waren, die hin und wieder abends am Seeufer zum Kauf angeboten wurden. »Von welcher Firma sind die denn? Besonders die mit Nutella waren eins a.«

»Die sind von einem Konditormeister hier aus der Gegend handgefertigt und auch die Haselnusscremefüllung ist aus eigener Herstellung«, erklärte Zeitler freundlich und nahm das Geld entgegen, das ihm der Kerl entgegenstreckte.

»Schade. Na ja, richten Sie ihm aus, dass er was draufhat. Ich muss es wissen, ich esse viele Kekse.«

»Mache ich gerne. Da wird er sich freuen«, versicherte er und steckte das Geld ein. Natürlich würde er Leone niemals von diesem Gespräch erzählen. Die Gefahr war zu groß, dass der Zuckerbäcker ihn nicht mehr beliefern würde, wenn seine Kundschaft die kleinen Kunstwerke als Kekse mit Nutella abtat.

»Geht noch ein Selfie?«

»Ich lasse mich nur ungern fotografieren.«

»Nein. Ich dachte, ein Bild von uns beiden«, ruderte der Franke zurück, deutete auf seine Freundin und hielt Zeitler das Handy unter die Nase.

»Ach so, klar. Warum nicht. Dann ist es aber kein Selfie mehr.«

»Egal.«

Er rückte etwas näher an seinen Schatz und zog sie zu sich. Sie lächelte gequält, was Zeitler vermuten ließ, dass sie entweder rasch weiter zum Shoppen wollte, oder mit ihrer Wahl der Urlaubsbegleitung nicht zufrieden war. Er machte zur Sicherheit ein paar Fotos mehr und gab das Handy zurück.

»Danke, Meister«, sagte der Typ und griff nach den unzähligen Tüten, die unter dem Tisch standen.

Zeitler nahm die leeren Teller und blickte am BELLA VITA vorbei die Gasse hinauf, wo ein Brautpaar Richtung See marschierte und dabei auf Schritt und Tritt von einem Fotografen abgelichtet wurde. Links und rechts blieben die Leute stehen und bewunderten das junge Glück.

Plötzlich traute der Barista seinen Augen nicht. Unter den Schaulustigen erkannte er eine Person, die ihm sehr wohl bekannt war und mit der er an diesem Tag nicht gerechnet hätte. Seine Ex-Frau Kerstin stand mit einem Mann, den er nicht kannte, vor dem Schaufenster eines Schuhladens und begutachtete wie alle anderen anwesenden Frauen das wehende Brautkleid.

Seines Wissens wusste Kerstin nicht, dass er in Bardolino ein neues Leben begonnen hatte. Nachdem sie sich noch während seiner Zeit bei der Polizei von ihm hatte scheiden lassen, hatten sie sich aus den Augen verloren. Er war ihr sicher keine Rechenschaft schuldig, doch er hatte keine Lust, dass das erste Wiedersehen nach langer Zeit hier vor seinem Café stattfinden würde. Die Hälfte der Tische war besetzt, was eine kurzzeitige Schließung unmöglich machte. Schnell kehrte er Kerstin, die ihn noch nicht gesehen hatte, den Rücken zu. Eine Sekunde später kam ihm die einzige Frau in den Sinn, die ihm aus seiner Misere helfen konnte.

Er stellte die Teller ab, vertröstete einen Herrn, der mit seiner Geldbörse winkte, wetzte schnurstracks ein Haus weiter und bog nebenan in die Boutique ein.

»Lisa, du musst mir helfen!«

Sie sah ihn besorgt an und legte das Kleid, das sie gerade von der Stange genommen hatte, neben der Kasse ab. Auch Principessa, die in ihrem Korb ruhte, hob ihr Köpfchen und sah verunsichert drein.

»Was ist denn passiert? Du bist ja ganz aufgeregt. Als wärst du auf der Flucht.«

»Im Grunde bin ich das auch. Meine Ex-Frau ist mit irgend so einem Kerl im Anmarsch und es liegt nahe, dass die beiden sich vor mein Café setzen.« Er hastete zur Eingangstür der Boutique und linste um die Ecke zu seinen Tischen. Schnell zog er seinen Kopf wieder zurück. »Ich korrigiere, die beiden sitzen bereits.«

Lisa schmunzelte. »Und jetzt soll ich deine neue Freundin spielen, damit du neben ihr nicht doof aussiehst.«

»Wie? Freundin … ach so! Nein, das ist mir eigentlich egal. Wir haben uns nur seit der Scheidung nicht mehr gesehen und ich habe keine Lust auf einen Small Talk mit ihr und diesem …«

Lisa wirkte etwas enttäuscht, als hätte sie sich gerne als Interimsfreundin präsentiert. Sie zog Zeitler von der Tür weg und spähte zum Café.

»Wer ist es denn? Die Aufgespritzte mit den Extensions? Ihr Haaransatz schreit ja förmlich nach Farbe.«

»Ach was. So jemanden traust du mir zu?«

»Ich weiß doch nicht, auf welche Frauen du stehst.«

»Es ist die mit den langen roten Haaren und dem Sommerkleid.«

Lisa pfiff leise. »Holla! Die ist ja hübsch. Und wer ist das neben ihr?«

»Keine Ahnung. Ich habe ihn mir noch nicht genauer angesehen. Vielleicht ihr Scheidungsanwalt. Würde mich nicht wundern, wenn ich mich erinnere, wie er sie selbst im Gerichtssaal angeschmachtet hat. Ich hatte schon die Befürchtung, dass er alle Anwesenden darum bittet, für einen Moment rauszugehen. Inklusive des Scheidungsrichters. Könnte allerdings auch ein Onkel oder Cousin sein.«

»Negativ. Er hat sie geküsst.«

»Vielleicht ein angeheirateter Cousin?«

Lisa drehte sich zu ihm. »Und was genau erwartest du jetzt von mir? Soll ich sie verscheuchen?«

»Nein. Ich dachte, du könntest mein Café übernehmen, bis die beiden wieder weg sind. Du hast doch schon mal ausgeholfen und weißt, wie alles funktioniert.«

»Du bist lustig. Und wer übernimmt solange meinen Laden?«

»Das kann ich doch machen«, bot Zeitler mit ausgebreiteten Armen an.

»Jetzt? Um diese Uhrzeit? Während des Kerngeschäfts?«

Zeitler blickte sich um. »Ich bin seit drei Minuten hier und wir sind immer noch allein.«

»Von mir aus«, quälte sie sich über die Lippen.

Er freute sich und übergab ihr den Gürtel mit der Geldbörse und dem Drucker für die Bons. Dann legte er die kurze Schürze ab und streckte sie ihr ebenfalls entgegen.

»Lisa, du bist ein Schatz. Hast was gut bei mir.«

»Nach Saisonende muss mein Laden neu gestrichen werden. Ich komme gerne auf dein Angebot zurück.«

»Was soll ich eigentlich machen, wenn jemand kommt und etwas anprobieren will?«

»Hier sind zwei Umkleiden. Weitere Größen der neuen Ware sind hinten im Lager, ansonsten ist nur da, was hängt und liegt. Ach und ... es gibt keinen Rabatt. Das ist eine Boutique und kein Outlet«, mahnte sie, schnallte sich den Gürtel um und stellte sich vor ihn. »Wie sehe ich aus?«

Zeitler verschränkte die Arme. »Als wärst du eine Boutiquenbesitzerin und würdest in einem Café aushelfen.«

»Na, dann passt es doch. Und pass mir auf Principessa auf. Die Leute wollen sie mit allem Möglichen füttern. Als ob sie so klein wäre, weil ich ihr nichts zu fressen gebe.«

»Ach ... Tisch sieben will zahlen.«

»Welcher ist das noch mal?«

»Der in der Mitte. Und danke!«, rief er ihr hinterher, als sie den Laden verließ.

Als er sich zu der Chihuahua-Dame umdrehte, visierte die ihn immer noch verunsichert an.

»Sag mal, Principessa, gibt dir dein Frauchen wirklich nichts zu essen? Bist du vielleicht in Wirklichkeit ein Retriever?«

Er hatte den Satz kaum vollendet, da enterten vier Damen mittleren Alters die Boutique.

»Buongiorno, die Damen. Nur hereinspaziert«, begrüßte er die kleine Gruppe charmant und lehnte sich gegen die Kassentheke.

Eine der Damen hatte ein Kleid in der Hand, das sie vom Ständer vor der Tür mit hereingebracht hatte.

»Hallo. Haben Sie das in vierundvierzig?«

Zeitler blinzelte nervös. »Ist das die neue Ware?«

»Das müssen Sie doch wissen.«

»Einen Moment bitte, ich sehe schnell im Lager nach.«

Er wetzte an Principessa vorbei durch die kleine Tür hinter der Theke und stellte das Licht an. Vor ihm stapelten sich unzählige Kartons. Unbeschriftet. Er war sich sicher, dass es in diesem kleinen Lager ein ausgeklügeltes System gab. Leider war er darüber nicht in Kenntnis gesetzt worden, weshalb ihm nichts anderes übrig blieb, als sich auf die Suche zu begeben.

Blusen, Gürtel, kurze Hosen, lange Hosen, Röcke … dann endlich wurde er fündig.

»Brauchen Sie noch lange?«

»Hab's schon«, rief er in den Laden hinaus und kehrte ein paar Sekunden später stolz mit seinem Fund zurück. »So, bitte schön. Sie können es gerne hier in einer der Kabinen anprobieren.«

Die Kundin warf einen kritischen Blick auf das Teil, sah ihre Freundinnen an und dann Zeitler. »Junger Mann, das ist ein Jumpsuit. Größe zweiundvierzig und außerdem in Blau.«

»Ja, ich weiß«, überspielte er frech seinen Fauxpas. »Ich habe ihn jedoch gerade entdeckt und mir gedacht, dass es genau das Richtige für Sie ist. Sie können so etwas tragen. Das betont Ihre Figur. Und keine Sorge, die fallen immer etwas größer aus. Wollen Sie nicht kurz hineinjumpen?«

»Probier ihn doch mal an, Birgit«, riet eine der Freundinnen, während sie etwas Unordnung in die Shirts brachte, die auf dem Tisch mitten im Laden lagen.

»Diese Shirts haben wir gestern erst reinbekommen«, pries Zeitler ihr die Ware an, während er der anderen einladend den Vorhang der Umkleidekabine beiseitezog.

»Haben Sie das hier in Grün?«

»Einen Moment …« Zeitler griff sich den ganzen Stapel und durchforstete ihn nach der gewünschten Farbe, während ein Paketbote mit einer Sackkarre den Laden betrat und weitere Ware brachte.

Er gab der Frau das gewünschte Shirt und unterzeichnete nebenbei den Wareneingang. Dann kam die Dame mit dem Jumpsuit aus der Garderobe und betrachtete sich im Spiegel. Zu seiner Überraschung stand er ihr hervorragend und auch die Größe schien zu passen. Das rief nun ihre Freundinnen auf den Plan, die Kleider an den Stangen wild von links nach rechts schoben, Stapel von Hosen durchforsteten und sämtliche Gürtel um ihre Hüften schnallten. Währenddessen kam ein Ehepaar den Laden und schaute sich ebenfalls um. Principessa tat das einzig Richtige und blieb in ihrem Körbchen. Es war ihr anzusehen, dass für sie eindeutig zu viel Bewegung zwischen den Regalen und Umkleidekabinen stattfand.

»Gibt es dieses Sweatshirt nur mit diesem Print?«, fragte die nächste der vier Damen und streckte ihm das Teil entgegen.

Zeitler vertröstete sie, verschwand kurz im Lager und holte irgendetwas in gleicher Größe aus den Kartons, das einfarbig und nicht bedruckt war. Da er das Sweatshirt, das sie ihm gegeben hatte, im Lager ließ, fiel es nicht weiter auf, dass die Alternative überhaupt nichts mit dem Ausgangsmodell zu tun hatte. Zwischenzeitlich ging das Ehepaar wieder und machte Platz für eine Gruppe junger Mädchen, die sich von der mittlerweile stark frequentierten Boutique angezogen fühlten. Zeitler hatte alle Hände voll zu tun, um nicht den Überblick zu verlieren.

»Haben Sie auch Sonnenbrillen?«

»Freilich«, bestätigte er die Frage eines der jungen Mädchen. »Gleich hier an der Wand neben der Umkleide.«

Langsam wurde es eng im hinteren Bereich des Ladens. Immer mehr Kleidungsstücke fanden den Weg auf den

Verkaufstresen mit der festen Absicht, später mitgenommen zu werden. Zwischenbilanz nach etwa einer halben Stunde: drei Jumpsuits, zwei Brillen, fünf Shirts, eine Hose und vier Gürtel.

Als erneut die Tür der Boutique aufging, ahnte Zeitler, dass das Ende der Fahnenstange noch lange nicht erreicht war.

Etwa eine Stunde später kehrte Lisa zurück in ihren Laden und wurde aufs Herzlichste von der kleinen Chihuahua-Dame begrüßt. Der Laden war leer und Zeitler betrieb Schadensbegrenzung, indem er versuchte, die zerrupften T-Shirt-Stapel wieder einigermaßen gleichmäßig in Form zu bringen.

»Dein Leben möchte ich haben«, prustete Lisa. »Normalerweise ist um diese Uhrzeit etwas mehr los.«

Der Barista riss die Augen auf und deutete auf die Kasse. »Schau selbst nach. Hier war die Hölle los.«

»Ach ja?«, wunderte sich Lisa. »Bei dir war es ganz gemütlich. Ich hatte sogar Zeit, deine Zuckerstreuer aufzufüllen. Und deine kleinen Blätterteigteilchen sind aus. Die musst du nachbestellen. Zugegeben, ich habe das letzte gegessen.«

»Die heißen Aragostine«, belehrte er die Modespezialistin und wischte sich den Schweiß von der Stirn. »Du solltest deine Kartons im Lager besser beschriften. Da findet man sich ja überhaupt nicht zurecht.«

»Warum Kartons? Die Neuware ist in den Regalen dahinter. In den Kartons ist die Ware der letzten Saison. Die schicke ich einer Freundin aus Berlin. Die fotografiert die Sachen und verkauft sie im Netz.«

»Ganz ehrlich Lisa … die Sachen waren der Hit. Du solltest die neuen Sachen aufheben und nächstes Jahr verkaufen.«

Lisa schaute für einen Moment verwundert drein, fragte jedoch nicht weiter nach. Sie wollte etwas ganz anderes loswerden und lächelte bereits verschmitzt.

»Die ist total nett, deine Ex.«

»Ja? Haben sie wenigstens gutes Trinkgeld dagelassen, damit sich der ganze Aufwand hier für mich gelohnt hat?«

»Hey!«, rief Lisa mahnend. »Das Trinkgeld gehört der Servicekraft.«

»Ja, schon gut«, winkte Zeitler ab und blickte verstohlen durch das große Schaufenster nach draußen. »Sind sie weg?«

»Ja, sind sie. Aber sie bleiben noch ein paar Tage. Sie sind auf einem Campingplatz kurz vor Garda. Mit einem Wohnmobil. Er fährt semiprofessionell Rennrad.«

Der Münchner breitete die Arme aus. »Wie … was … woher weißt du das alles? Hast du sie ausgefragt?«

»Was hast du denn? Ich interessiere mich eben für meine Kundschaft. Außerdem hat er mir das alles erzählt, als ich abkassiert habe, während sie auf der Toilette war. Sie ist auch wieder nach oben gekommen. Sorry!«, erschrak sie vor sich selbst. »Das war vielleicht ein bisschen unpassend.«

»Mach dir da mal keine Gedanken, Lisa. Es ist zwar schlimm, was passiert ist, trotzdem habe ich etwas übrig für ein wenig schwarzen Humor. Ich geh dann mal wieder rüber. Danke noch mal. Du hast mir echt den Hintern gerettet.«

»Du hast mir mehr zu danken, als du ahnst. Bei dem Typen sitzt nämlich die Geldbörse locker.«

Zeitler zeigte sich verwirrt. »Was meinst du damit?«

»Sie hat gefragt, ob man die Boutique nebenan empfehlen könne. Ich habe gesagt, gehen Sie lieber in die Parallelstraße. Die hier drüben verkaufen nur überteuerten Billigramsch und alte Kollektionen.«

»Wie wir seit ein paar Minuten wissen, stimmt Letzteres sogar.«

Lisa griff nach ihrem Kartenlesegerät und setzte zum Wurf an.

»Schon gut! Schon gut!«, stimmte der Nachbar sie milde. »Ich mache es wirklich wieder gut. Versprochen.«

»Nun, wenn ich mir den Umsatz so ansehe, könntest du hin und wieder für zwei Stunden einspringen, während ich mit Principessa an der Uferpromenade Gassi gehe.«

»Warte, lass mich kurz überlegen … äh, nein. Dabei könnte jemand umkommen.«

»Du wirst doch nicht meine Kunden …«

»Die Rede ist von mir, liebe Lisa«, unterbrach er sie und griff nach der Tür.

»Wir werden schon etwas für dich finden. Übrigens, Tisch vierzehn möchte zahlen.«

Zeitler zog die Augenbrauen zusammen. »Ich habe keinen Tisch vierzehn.«

»Dann eben der ganz vorne links.«

»Das Links, wenn man davorsteht, oder das, wenn man vom Café nach draußen blickt?«

Lisa atmete tief durch. »Er trägt einen Vollbart und sie einen Gips am linken Arm.«

»Komisch, was die Leute heutzutage alles tragen.« Grinsend verließ er den Laden.

Sie sah zu Principessa, die vor der Ladentür stand und sich allem Anschein nach darüber ärgerte, dass sie den Moment verpasst hatte, in dem sie mit dem Nachbarn hätte nach draußen laufen können.

»Wir gehen nachher Gassi, meine Kleine.« Sie begutachtete ihre Ware, die zerzaust in den Regalen und auf den Tischen lag. Dann griff sie nach einem Kleid und hängte es ordentlich auf den Bügel, bevor sie ins Lager ging. Als sie die geöffneten Kartons sah, wunderte sie sich. Sie griff in den obersten, zog die restlichen Jumpsuits heraus und betrachtete sie. Nach einer Weile löschte sie das Licht und ging wieder in ihren Verkaufsraum. Dort schnappte sie sich ein paar Bügel und hängte die Suits präsent an den Kleiderständer direkt neben den Eingang. Die Einteiler mochten vielleicht nicht aus der neuen Kollektion sein. Was jedoch immer ging, war ein lässiger Retrolook.

Jetzt erst recht

Zeitler lehnte in der Tür seines Cafés und beobachtete die Urlauber, die sich für den Abend schick gemacht hatten und gemütlich an ihm vorbeischlenderten. Eines der Pärchen ging besonders langsam, was der Ex-Kommissar auf das zarte Schuhwerk der Dame zurückführte, das sie perfekt auf ihre Garderobe abgestimmt hatte. Ihr Partner mit dem hochroten Gesicht schien darüber nicht unglücklich zu sein. Zeitler vermutete, dass er Hemd und Sakko hatte anziehen müssen, um neben ihr nicht unangenehm aufzufallen. Er selbst hätte sich bei diesen Temperaturen sicher für ein Poloshirt entschieden.

Seine letzten Gäste hatten endlich die Nüsschen verspeist, die er zu den Aperol serviert hatte, und brachen ebenfalls ins Nachtleben auf. Zeitler bedankte sich für das großzügige Trinkgeld und schob die Stühle unter die Tische. Während er die Getränkekarten und Aschenbecher zusammenräumte, sah er den Commissario die Gasse heraufkommen.

»O mei«, murmelte Zeitler, der genau wusste, dass er das Ziel von Lanzas Fußmarsch war.

»Signor Zeitler … haben Sie einen Moment?«

»Habe ich eine Wahl?«, konterte der Barista abweisend und trug die Sachen in sein Café. Der Commissario folgte ihm.

»Noch einen Espresso, bevor ich die Maschine reinige?«

»No. Grazie.«

Lanza legte sein beigefarbenes Sakko über eine Stuhllehne und lehnte sich gegen den Tresen. Während Zeitler die Aschenbecher mit dem kleinen Pinsel über dem Mülleimer säuberte, krempelte Lanza seine Ärmel hoch.

»Was ist diesmal der Grund Ihres Besuches, Commissario? Haben Sie den Fall schon gelöst?«

»Ich denke, dass Sie lange genug Polizist waren, um die Antwort auf diese Frage zu kennen.«

»Manchmal hat man Glück.«

Lanza reagierte nicht auf die Äußerung und ging zu dem Platz, an dem Matteo Villa gesessen hatte. Zeitler beobachtete ihn aus den Augenwinkeln und räumte die restlichen Tassen in den Spüler. Anschließend griff er nach dem Siebträger seiner Kaffeemaschine.

»Sie sind sich sicher, dass Sie nicht doch einen Kaffee wollen?«

Lanza verharrte noch einen Augenblick an dem Tisch, ohne auf Zeitlers Angebot einzugehen. Abrupt drehte er sich um.

»Sie haben mir den Speicherstick zugespielt, nicht wahr?«

Zeitler stockte, dann stellte er die Kaffeemaschine ab. Hätte Lanza einen klaren Beweis, dass er mit seiner Annahme recht hatte, hätte er keine Frage gestellt. Es wäre also ein Leichtes gewesen, sich umzudrehen und zu fragen, wovon er eigentlich sprach. Doch der Ex-Polizist wusste auch, dass Lanza nicht lockerlassen würde. Und je mehr er den Unwissenden gab, desto mehr würde er sich verdächtig machen.

Der Barista legte den Siebträger nieder und ging zu seinem Weinschrank. Unter den wachsamen Augen des Commissario öffnete er ihn und holte eine Flasche heraus. Dann schnappte er sich zwei Gläser und ein Kellnermesser und setzte sich an Matteo Villas Tisch.

»Mögen Sie Rotwein?«

Lanza spitzte die Lippen. Es war ihm anzumerken, dass er mit sich haderte, wie er die Situation zu bewerten hatte.

»Nicht, wenn ich im Dienst bin.«

Zeitler klappte den Korkenzieher aus dem Kellnermesser und setzte ihn an. »Es ist nach zwanzig Uhr, Commissario. Ich denke, ein Glas kann nicht schaden.«

Lanza verharrte noch einen Moment, bevor er einen Stuhl unter dem Tisch hervorzog und sich niederließ.

»Das ist ein Giorgio Primo Toscana von 2009. Ein kraftvoller Wein, dennoch frisch«, erklärte Zeitler, während er den Korken aus der Flasche zog und daran roch.

»Ich bevorzuge Weine aus der Region.«

»Ich doch auch«, stimmte der Cafébesitzer dem Commissario zu. »Meine ehemalige Geschäftspartnerin hat mir eine Kiste davon geschenkt, als sie mir den Laden übergeben hat. Das ist die letzte Flasche. Eine passende Gelegenheit, wie ich finde.«

»Sollte er nicht noch etwas atmen?«

Zeitler legte den Korken ab und zog eines der Gläser zu sich heran. »Ich denke, der Wein wird es uns verzeihen. Er hat lange genug darauf gewartet, sich zu entfalten.«

Langsam ließ der Münchner den Wein in das Glas fließen und stellte es vor Lanza. Der nahm es an sich und roch daran. Als auch Zeitler das seine befüllt hatte, hob er es an.

»Salute.«

Lanza erwiderte den Trinkspruch wortlos mit einer knappen Geste und nippte am Wein. Danach zog er etwas Luft ein und ließ die Aromen sich in seinem Mund entfalten, bevor er schluckte. Der Commissario nickte wohlwollend und stellte das Glas ab.

»Sie sind mir noch eine Antwort schuldig.«

Zeitler stellte ebenfalls sein Glas ab und spielte etwas damit. Dann sah er Lanza geradewegs in die Augen.

»Sie wissen doch längst die Antwort, nicht wahr?«

»Ich würde sie gerne von Ihnen hören.«

»Ja, ich war es, der den Stick nachts in den Briefkasten der Polizia Municipale geworfen hat.«

Lanza nahm einen weiteren Schluck, während Zeitler aufstand, die Tür seines Cafés abschloss und sich wieder setzte.

»Woher hatten Sie ihn? Von Villa?«

»Nein. Ich habe ihn gefunden.«

»Wo?«

Zeitler ließ einen Moment verstreichen. Dann deutete er auf den Stuhl, der neben Lanza stand. »Zwischen Sitzfläche und Lehne.«

»Haben Sie gesehen, wie Villa ihn dort versteckt hat?«

»Nein.«

»Dann wissen Sie nicht, ob er Matteo Villa gehörte?«

Zeitler verneinte.

»Weshalb haben Sie ihn mir nicht direkt gegeben?«

Der Barista lächelte und füllte beide Gläser auf. »Hätte ich mich verdächtig gemacht, wenn ich Ihnen den Speicherstick am nächsten Tag überreicht hätte?«

Lanza überlegte. »Sie haben sich nicht weniger verdächtig gemacht, indem Sie es heimlich getan haben.«

»Das ist wohl wahr«, stimmte Zeitler dem Commissario betrübt zu und trank vom Wein. Dann stand er auf, befüllte eine Schüssel mit Taralli al finocchio, die perfekt zum Giorgio Primo passten, und kehrte damit zum Tisch zurück.

Lanza zögerte nicht lange und griff zu. »Ich nehme an, Sie wissen, was sich auf dem Stick befindet?«

»Wenn ich eine Geldbörse finde, sehe ich hinein, in der Hoffnung, dass darin etwas ist, womit ich den Besitzer ausfindig machen kann.«

Lanza nickte. »Und? Denken Sie, er gehörte Matteo Villa?«

Zeitler schwenkte sein Glas, um dem 2009er etwas Sauerstoff zuzuführen. Er hätte antworten können, dass er es nicht wisse. Es war Sache des Commissario, die Wahrheit herauszufinden.

»Ja, da bin ich mir ganz sicher. Und was auch immer diese Abkürzungen bedeuten, Villa musste deswegen sterben.«

Lanza ließ die Einschätzung des Ex-Polizisten etwas sacken und genehmigte sich noch einen Schluck. Es war offensichtlich, dass er Zeitlers Meinung teilte.

»Dann sind Sie der Ansicht, dass Matteo Villa jemanden erpresst hat?«

»Commissario, ich habe dem Polizeidienst vor ein paar Jahren den Rücken gekehrt und habe ein neues Leben begonnen.«

Lanza schmunzelte. »Wie ich schon einmal sagte. Poliziotto una volta – poliziotto per sempre. Ich glaube nicht, dass Sie einfach wegsehen können. Zumal Matteo Villa hier an dem Platz, an dem Sie gerade sitzen, seine letzten Minuten lebend verbracht hat.«

»Vielleicht ist das der Grund, der uns beide voneinander unterscheidet. Vielleicht bin ich deshalb kein Polizist mehr.«

Zeitler schob das Tarallo in seinen Mund, nahm die Flasche und setzte an, Lanza etwas nachzugießen. Doch der Commissario hielt die Hand über das Glas.

»Sie würden mir es dennoch sagen, wenn Ihnen zu dieser Sache noch etwas einfällt?«

»Ich habe Ihnen den Speicherstick gegeben. Ich denke, das beweist, dass ich auf Ihrer Seite bin.«

Lanza nahm den letzten Schluck aus seinem Glas und stand auf. Bedächtig drapierte er das Sakko über seinen Arm. »Grazie per il vino.«

»Immer gerne«, erwiderte Zeitler, der aufgrund der Wörter »Grazie« und »Vino« annahm, dass sich der Commissario für den Wein bedankt hatte.

»Ich finde allein hinaus.« Lanza wandte sich um, drehte den Schlüssel, der innen an der Tür im Schloss steckte, und verließ das Café.

Zeitler nahm sich noch einen Augenblick. Dann stand auch er auf und ging zur Tür. Er sah dem Commissario durch die Scheibe hinterher, wie er sich in Richtung See entfernte. Es lag auf der Hand, dass Lanza unter Druck stand.

Der Münchner schmunzelte über seinen Besucher, der ihn einerseits zu verdächtigen schien, andererseits jedoch unterschwellig ausfragte, ob er Indizien in dem Fall hatte. Es gefiel ihm, dass Lanza anscheinend nicht wusste, mit wem er es bei dem Barista zu tun hatte. Umso verwunderlicher, dass er mit ihm ein Glas Wein getrunken hatte. Irgendetwas sagte Zeitler, dass er der örtlichen Polizia eine Nasenlänge voraus war, was diesen Fall betraf. Und es lag auch auf der Hand, dass die es überhaupt nicht mochte, wenn man sich in ihre Angelegenheiten mischte.

»Jetzt erst recht, Lanza. Jetzt erst recht.« Gut gelaunt drehte er den Schlüssel im Schloss und zog ihn ab.

Prosecco für das einfache Volk

Am nächsten Morgen saß Zeitler am Seeufer und sah zufrieden aufs Wasser, das ihm in der Morgensonne verführerisch entgegenschimmerte. Er hatte es noch nie bereut, dass es ihn vor gut eineinhalb Jahren hierher verschlagen hatte. Pauline hatte schon gewusst, weshalb sie sich ausgerechnet dieses kleine Städtchen zwischen Garda und Lazise ausgesucht hatte, das sowohl Urlauber wie auch Einheimische magisch anzog. Bardolino war bekannt für seinen leichten Rotwein, die lange Uferpromenade und die zahlreichen Geschäfte, die sich in den breiten Gassen angesiedelt hatten. Bis in die späten Abendstunden pulsierte hier la dolce vita, untermalt von Musik, feinen Gerüchen und milder Wärme, die nach einem sonnigen Tag vom aufgeheizten Pflaster emporstieg.

Natürlich konnte er auch anderen Orten rund um den See etwas abgewinnen. Riva am nördlichen Teil des Sees zum Beispiel, vor dessen Ufer sich zahlreiche Windsurfer die ersten zwölf Stunden des Tages eifrig abmühten, den Pelér zu bändigen, bevor die Ora im Süden um die Mittagsstunden die Segler begeisterte. Sie blies sanft bis in den Sonnenuntergang hinein und ließ die Wassersportler lautlos übers Wasser gleiten, während sich die Sonnenanbeter an den Ufern in Sicherheit wiegten. Sanft streichelte die Brise über die Haut und ließ die Sonnencreme, die in der Strandtasche lag, in Vergessenheit geraten. Spätestens nach der abendlichen Dusche machte ein Blick in den Spiegel deutlich, dass sich die Sonne nicht von dem Lüftchen hatte blenden lassen.

In Zeitlers Kopf hallte noch immer Lanzas letzter Besuch nach. Er war sich nach wie vor nicht im Klaren darüber, welchen Zweck der Commissario mit seinen Fragen verfolgte. Einerseits wirkte er, als wollte er Zeitlers Einschätzung zu dem Fall Villa hören. Andererseits war es auch möglich, dass er versuchte, ihn aufs Glatteis zu führen, um ihn vielleicht doch als Täter zu entlarven. Der Münchner hatte es während seiner beruflichen Laufbahn mit den unterschiedlichsten Typen zu tun gehabt. Der Commissario jedoch gab ihm Rätsel auf. Er ließ sich nicht hinter die Fassade schauen. Vielleicht gründeten Lanzas Besuche auch darauf, weil er über ihn das Gleiche dachte. Der Gedanke gefiel Zeitler und er stand von dem großen Stein auf, der sich um diese Morgenstunde noch etwas frisch anfühlte. Es war noch Zeit, bis er sein Café öffnete. Die nutzte er des Öfteren, um die leeren Gassen zu genießen, bevor die ersten Urlauber vom Frühstück gestärkt in den Tag starteten.

Gemütlich schlenderte er die Via S. Martino hinauf und schaute in die Schaufenster der kleinen Läden, die um diese Uhrzeit noch geschlossen waren. An der Piazza Statuto bog er rechts ab und hielt seine Nase in die Luft. Ein unverkennbarer Duft stand in der Gasse, der ein paarmal pro Woche auch vor seinem Café zu riechen war, wenn Manuel Leone seine Köstlichkeiten auslieferte. Nach wenigen Schritten erkannte Zeitler, dass er sich nicht getäuscht hatte. Leones feuerrote Ape parkte mitten in der Via Giuseppe Verdi vor einem kleinen Boutiquehotel. Er erkannte Leone, der sich vor seiner

Ladefläche mit zwei Männern unterhielt. Doch je näher Zeitler der Ape kam, desto weniger wirkte die Szene wie eine flüchtige Unterhaltung. Die beiden gut gekleideten Männer mit Vollbart und Sonnenbrille bedrängten Leone, der bereits mit dem Rücken direkt an seiner Ape stand.

Zeitler verschanzte sich in einer Nische zwischen den Häusern und beobachtete das Geschehen, das unweit von ihm stattfand. Leone gestikulierte wild und schien aufgeregt. Plötzlich packte einer der Männer Leones Mütze, zog sie ihm vom Kopf und warf sie in hohem Bogen von sich, während der andere den Konditor am Kragen packte. Leone ruderte mit seinen Händen umher und redete auf die Männer ein. Doch das schien sie nicht zu beeindrucken. Wie aus dem Nichts holte der Kräftigere der beiden aus und verpasste ihm einen Haken in die Magengrube. Zeitler hatte genug gesehen und stürmte aus seinem Versteck. Er pfiff auf seinen Fingern, um auf sich aufmerksam zu machen, was ihm auch gelang.

»Hey, Burschen! Gibt es ein Problem?«, rief ihnen der Barista unerschrocken zu und realisierte, dass er vielleicht doch ein wenig zu blauäugig an die Sache heranging. Schließlich wusste er nicht, mit wem er es zu tun hatte.

Leone verharrte gekrümmt vor seiner Ape. Die beiden Männer standen breitbeinig daneben und wirkten nicht, als hätte sie der Ex-Polizist eingeschüchtert. Zeitler blieb nichts anderes übrig, als energisch nachzulegen.

»Polizia ist schon unterwegs. Schön hierbleiben!«, rief er um einiges lauter, in der Hoffnung, dass er auch die Aufmerksamkeit der Anwohner weckte. Sein Plan ging auf, als sich ein Fenster über ihm öffnete und eine Frau neugierig nach unten blickte. Lautstark fuhr die Jalousie am Haus gegenüber hoch. Zeitler war noch gut zehn Schritte von der Ape entfernt, als die Männer den Rückzug antraten. Um sicherzugehen, dass sie es sich nicht doch noch anders überlegten, beschleunigte

Zeitler selbstbewusst seine Schritte, was einem der Typen, der sich nochmals umgedreht hatte, nicht verborgen blieb.

»Schaut bloß, dass ihr abhaut. Ich weiß genau, wer ihr seid!«, rief er ihnen hinterher und beließ es dabei, um nicht doch noch eine Umkehr der Männer herauszufordern.

Leone stand wieder aufrecht, als Zeitler ihn erreicht hatte. Er hielt seinen Bauch und deutete auf seine Mütze, die drei Meter von ihm entfernt auf dem Boden lag. Zeitler bückte sich danach und hob sie auf.

»Alles klar, Manuel? Soll ich dir einen Krankenwagen rufen?«

»Geht schon wieder«, hauchte Leone verhalten und richtete sich auf. Er nahm Zeitler die Mütze ab und setzte sie auf.

»Was waren das für Typen? Kanntest du sie?«

»Ach«, tat er mild. »Das waren nur ein paar Kerle, die sich einen Spaß erlauben wollten.«

»Manuel … das sah aber ganz anders aus. Die wollten dich ausrauben. Oder noch viel Schlimmeres.«

»Ach was!«, winkte er ab und öffnete die Ladefläche seiner Ape. »Halb so wild. Das passiert eben hin und wieder.«

Zeitler glaubte Leone nicht. Er schien irgendetwas zu verbergen. Die beiden Typen waren nicht einfach zwei Kerle, die sich aus Langeweile an einem Konditor abreagieren wollten. Es gab keinen Zweifel, dass sie ihn gezielt abgepasst hatten. Doch er spürte auch, dass es Leone unangenehm war, weshalb er ihn vom Haken ließ.

»Warte, ich helfe dir«, bot er dem Konditor an und nahm eines der Bleche, auf denen sich herrliche Cornetti aneinanderreihten. »Wohin?«

»Da, in das Hotel. Ich nehme das andere.«

Zeitler ließ Leone vorangehen und folgte ihm. Dass er ihn an diesem sonnigen Morgen vor zwei Schlägern retten musste, damit hatte er kurz nach dem Aufstehen nicht gerechnet.

Und noch viel weniger, dass er daraufhin auch noch dessen Backwaren ausliefern würde.

»Ich danke dir, Paolo. Soll ich dich zu deinem Café mitnehmen? Du wärst sowieso der Nächste auf meiner Tour«, bot ihm der Konditor an und schloss die Tür seiner Ladefläche.

»Klar«, nahm Zeitler das Angebot an. »Wer soll dir sonst öffnen, wenn nicht ich?«

Es war das erste Mal im Leben des Ex-Polizisten, dass er in einer Ape saß. Ihre Schultern berührten sich, als auch Leone hinter dem Steuer Platz nahm.

»Ich dachte immer, diese Fahrzeuge wären nur für eine Person gebaut.«

Leone lachte. »Nicht meine 703. Trotzdem wird mein Mädchen gleich einiges zu schnaufen haben. Zwei Männer auf einmal, das ist sie nicht gewöhnt.«

»Wie viele PS hat denn das Schätzchen?«

»Normalerweise elf.«

»Normalerweise?«

»Ich habe da einen guten Freund. Hier ein Schräubchen, da etwas verstellt … schon hat sie drei PS mehr.«

Er startete den Motor und fuhr los. Leone steuerte das Vehikel selbstbewusst durch die engen Gassen Bardolinos. Offensichtlich vertraute er darauf, dass man ihn bereits von Weitem hörte. So schnittig, wie er um die Kurven fuhr, wäre es unmöglich gewesen, rechtzeitig zu bremsen oder gar auszuweichen, wenn plötzlich ein Hindernis aufgetaucht wäre. Zeitler grinste, während es ihn ordentlich durchschüttelte. Er wagte es jedoch nicht, sein Gesicht zu Leone zu drehen. Die Gefahr war zu groß, dass sich ihre Nasenspitzen berührten, wenn der im selben Moment ebenfalls zu ihm sah.

Lisa Kaiser sperrte gerade ihre Boutique auf, als die beiden Männer im Tiefflug um die Kurve kamen und das Monaco ansteuerten. Glücklicherweise befand sich Principessa auf Lisas

Arm, als die Ape an ihnen vorbeidonnerte und ein paar Meter weiter zum Stillstand kam.

»Manuel, du führst ein Leben am Limit!« Zeitler klopfte ihm lachend auf die Schulter, bevor er ausstieg.

»Man lebt nur einmal!«, rief ihm Leone über das Wagendach hinweg zu, als auch er ausgestiegen war. »Wenn ich schneller fahre, habe ich am Ende mehr erlebt.«

Während Zeitler das Monaco aufschloss, zog Leone die Kisten mit der italienischen Backkunst heraus, die für seinen Retter bestimmt waren. Der eilte ihm entgegen, als der Konditor zwei der schweren Kisten auf einmal nehmen wollte.

»Mach langsam, Manuel. Ich helfe dir. Das ist doch viel zu schwer.«

Leone prustete. »Ach, die paar Kisten! Was glaubst du, was ich in meinem Leben schon geschleppt habe.«

Zeitler ließ sich dennoch nicht davon abhalten, die oberste Kiste zu packen, und trug sie in sein Café. Leone machte den Anschein, dass er an der morgendlichen Begegnung mit den beiden Männern zu knabbern hatte. Er wirkte auf Zeitler, als wollte er mit seinen Fahrkünsten und der Muskelkraft seine Männlichkeit herausstellen, weil er sich zuvor nicht zur Wehr gesetzt hatte.

»Was hast du mir denn heute Leckeres gezaubert, Manuel?« Zeitler lugte neugierig in die Kisten.

»Feinste Cannoli, wunderbare Pizzicotti und die besten Amaretti morbidi, die du je gegessen hast. Hier! Probier mal!«

So schnell konnte er nicht gucken, wie er sie im Mund hatte. Gespannt wartete Leone ab, bis sich die Aromen in Zeitlers Mund entfaltet hatten und sein zufriedener Gesichtsausdruck ihm verriet, dass er ganze Arbeit geleistet hatte.

»Also, Manuel, ganz ehrlich … das schmeckt verboten gut.«

»So soll es sein.« Der Konditor lächelte stolz und klopfte zum Abschied zweimal auf den Tresen. Dann kam er nochmals zurück und senkte seine Stimme.

»Paolo, das, was da heute passiert ist … eine Kleinigkeit. Das bleibt doch unter uns, nicht wahr? Die Leute reden sonst und meine Frau macht sich Sorgen, wenn sie davon erfährt. Ein dummer Streich von zwei Idioti … du verstehst?«

»Natürlich, Manuel. Du kannst dich auf mich verlassen. Lass es mich aber wissen, wenn du in Schwierigkeiten bist. Und du kennst die zwei Männer wirklich nicht?«

Leone zuckte mit den Schultern. »Vielleicht schon einmal gesehen, vielleicht auch nicht. Italia ist klein, die Welt ist groß. Hauptsache, die Sonne scheint, nicht wahr?« Scheinbar entspannt verließ er pfeifend das Café, stieg in sein Gefährt und knatterte davon.

Zeitler blickte nochmals auf die Amaretti morbidi, die perfekt aneinandergereiht in der Kiste lagen. Als Klein-Gastronom hatte er die Pflicht, sich ausgiebig von der Qualität der Ware zu überzeugen, die er seinen Gästen anbot. Er sah zur Tür, um sicherzugehen, dass er nicht gestört wurde. Dafür waren Leones kleine Kunstwerke zu schade.

***

»Bekommt man denn hier auch einen guten Kaffee, oder sollte ich lieber einen Prosecco trinken?«

Zeitler, der gerade einen Espresso zubereitet hatte, stand mit dem Rücken zu seinem Tresen, als ihn diese Frage erreichte. Er verharrte kurz, dann schmunzelte er. Diese Stimme kannte er nur zu gut.

»Prosecco? Ist das nicht etwas für das einfache Volk? Trinkt man in deinen Kreisen um diese Uhrzeit nicht den ersten Champagner?«, konterte er süffisant, bevor er sich umdrehte.

»Ach, Mist! Dabei habe ich extra meine Stimme verstellt!«

»Pauline … und wenn du dir noch so viel Mühe gibst, deinen bayerischen Akzent zu verbergen … Ich höre ihn auf dem Oktoberfest in einem vollen Festzelt unter tausend Menschen heraus. Sogar, während sie ›Ein Prosit der Gemütlichkeit‹ grölen«, behauptete Zeitler, als er seiner ehemaligen Geschäftspartnerin in die Augen schaute.

Pauline ging um den Tresen herum und umarmte ihren Jugendfreund. Zeitler erwiderte die Geste und freute sich sichtlich über den Besuch an diesem Vormittag.

»Nicht viel los heute, wie ich sehe.«

»Kommt noch. Es ist gerade mal halb elf. Der moderne Gardasee-Urlauber schläft neuerdings gerne aus«, tat er lässig und stellte die Espressotasse auf den Unterteller. »Ich bringe nur den hier schnell nach draußen und bin gleich wieder da.«

Pauline setzte sich auf einen der Hocker und legte ihre kleine Gucci-Tasche ab. Sie sah sich um, als wolle sie überprüfen, ob seit der Übergabe Änderungen vorgenommen worden waren. Fast hatte es den Anschein, als würde sie das Café vermissen. Diese Vermutung hatte wohl auch Zeitler, als er wieder zurück an den Tresen kam.

»Du schaust so sehnsüchtig. Ich kann dich jederzeit einstellen, wenn dir das High-Society-Leben zu langweilig wird.«

»Schlag mir nichts vor, was du am Ende nicht einhalten kannst«, gab sie zurück, öffnete ihre Handtasche und legte die Sonnenbrille hinein, die noch ein paar Sekunden zuvor in ihren Haaren gesteckt hatte. »Vielleicht komme ich irgendwann auf dein Angebot zurück.«

»Magst du einen Kaffee?«

»Cappuccino. Gießt du mir bitte mit der Milch ein Herz hinein? Ich liebe das.«

»Pauline, ich kann dir mit viel Liebe und Hingabe Milch in den Kaffee gießen. Das Herz musst du dir hinzudenken.«

»Paul, hast du es immer noch nicht gelernt? Die Leute stehen auf diesen Schnickschnack.«

Zeitler prustete. »Das mag vielleicht in Monaco oder auf Ibiza gelten. Hier bei mir werfen die Leute ihren Amarettino in den Kaffee und warten, bis er sich zersetzt hat. Da hat es sich dann mit deinem Herz schnell erledigt und meines wird nebenbei verschont. Quasi eine Win-win-Situation.«

»Du vergisst, dass mir dieses Café vor dir gehört hat, mein Lieber. Von daher weiß ich, dass du dich sicher nicht überarbeitest bei deinem Nine-to-five-Job.« Pauline lachte und nahm den Cappuccino entgegen.

»Erstens habe ich bis zwanzig Uhr auf, und zweitens kommen neuerdings Gäste vorbei, die mir meinen Arbeitsalltag völlig durcheinanderwirbeln. Bei dir hat sich nicht zufällig Kerstin gemeldet?«

»Kerstin? Welche Kerstin?«

»Na, welche Kerstin wohl? Gut aussehend, groß, schlank, rötliche Haare … du hast damals auf ihrer Hochzeit ›Wonderful Tonight‹ einen Halbton höher gesungen, was dazu geführt hat, dass der Gitarrist der Band zu weinen begonnen hat. Ach ja, ich war auch auf der Hochzeit. Du warst meine Trauzeugin.«

»Ach, die Kerstin! Wie soll ich denn hier in Bardolino nach der langen Zeit auf Ex-Kerstin kommen? Außerdem, wie sich später herausstellte, hatte der Gitarrist geweint, weil ›Wonderful Tonight‹ das Lied von seiner Freundin und ihm war. Woher sollte ich denn wissen, dass die zwei Tage zuvor mit dem Schlagzeuger einer anderen Band durchgebrannt ist?«

»Wie viele Kerstins kennst du denn noch?«

»Keine. Ich hatte sie nur nicht mehr auf dem Schirm. Warum sollte sie sich bei mir gemeldet haben? Sie war damals nicht begeistert, dass ich deine Trauzeugin war.«

»Das bildest du dir doch nur ein.«

»Sie hat es mich spüren lassen. Noch bevor die Torte angeschnitten wurde.«

Zeitler beließ es dabei und eilte nach draußen, um einen Gast abzukassieren, der nach ihm verlangte. Als er wieder zurückkam, saß Pauline erwartungsvoll am Tresen und rührte in ihrem Cappuccino.

»Und? Sagst du mir nun, was mit Kerstin ist?«

Zeitler atmete tief durch. »Sie war gestern hier. Mit ihrem Neuen.«

»Oh, wie schön. Familienzusammenführung in Bardolino. Mir scheint, da eröffnet sich ein neuer Geschäftszweig. Und? Wie war's? Ist die alte Liebe neu entflammt?«

Er bedachte sie mit einem Blick, der ihr signalisierte, dass sie eindeutig die falschen Fragen stellte.

»Geflüchtet bin ich. Lisa hat sich darum gekümmert. Ich hatte wirklich keine Lust darauf, die beiden zu bedienen und mich womöglich noch für das Trinkgeld zu bedanken.«

»Wer weiß, vielleicht hättest du keins bekommen. Die Leute geben immer weniger.«

»Das kommt darauf an«, revidierte er. »Wenn sie noch kreidebleich sind, geben sie mehr. Nur die Braungebrannten knausern. Liegt wahrscheinlich daran, dass gegen Ende des Urlaubs auch die Spendierhosen enger sitzen.«

»Das heißt, sie weiß nicht, dass du München den Rücken gekehrt hast, um hier Amarettini auf Unterteller zu legen?«

»Von mir nicht.« Er räumte die beiden Gläser, die er von draußen hereingebracht hatte, in den Spüler. »Und? Wie sieht es bei dir aus? Was macht die Liebe?«

»Ich kann mich nicht beklagen. Gino liest mir jeden Wunsch von den Augen ab.«

Zeitler lachte. »Sag Bescheid, wenn er eine Schwester hat, die auf gut aussehende Bayern Mitte vierzig steht.«

»Bescheid! Ist allerdings nicht seine Schwester, sondern eine Cousine. Und vergeben.«

»Warum sagst du dann Bescheid?«

»Weil sie dir gefallen würde. Vielleicht ein bisschen zu jung für dich. Aber sehr hübsch.« Sie nippte an ihrem Cappuccino und deutete zum Abgang zu den Toiletten. »Wie geht es dir denn wegen dieser Geschichte …«

Zeitler trank einen Schluck Leitungswasser und lehnte sich gegen den Tresen. Er zuckte mit den Schultern und ließ die Frage etwas auf sich wirken.

»Vielleicht kommt es mir zugute, dass ich jahrelang mit solchen Dingen zu tun hatte. Vermutlich härtet das ab. Frag mich jedoch nicht, ob das gut oder schlecht ist.«

»Weiß denn die Polizei schon etwas?«

Er zog die Augenbrauen hoch und stellte das Glas ab. »Selbst wenn sie etwas wüssten, wäre ich vermutlich der Letzte, der etwas erfährt.«

»Warum? Immerhin geschah das Ganze hier in deinem Café.«

»Da gebe ich dir recht. Es ist jedoch so, dass die Herrschaften höchstwahrscheinlich der Ansicht sind, dass ich was damit zu tun haben könnte.«

Pauline haderte etwas und spielte mit dem kleinen Löffel, den sie zuvor neben ihrer Tasse abgelegt hatte. »Ganz ehrlich, der Gedanke drängte sich mir auch schon auf. Sei doch ehrlich. Du hattest lange Zeit mit Menschen zu tun, die zu so etwas fähig wären. Und du bist bestimmt während deiner Zeit als Kommissar dem einen oder anderen auf die Füße getreten.«

»Hauptkommissar bitte«, belehrte er sie scherzhaft. »Ich weiß, worauf du hinauswillst. Immerhin scheint der Commissario genauso zu denken. Trotzdem ergibt das keinen Sinn. Wenn jemand etwas gegen mich hätte, würde ich in der Pathologie mit einem Zettel am Zeh liegen und nicht Matteo Villa.«

»Vielleicht möchte man dich ruinieren? Vielleicht hoffte jemand darauf, dass durch diesen Mord deine Gäste ausbleiben.«

»Und dafür einen wildfremden Menschen töten? Unwahrscheinlich. Wenn jemand geschossen und mich verfehlt hätte, dann könnte man darüber nachdenken. Aber ein Mord unten bei den Toiletten, dem ein Kampf vorausging … nein.«

Ihr Gesichtsausdruck verriet, dass sie seine Worte als plausibel erachtete und innerlich ad acta legte. Zeitler sah zum Tisch in der Ecke und griff nochmals einen Gedanken auf, den er eigentlich vor Tagen bereits verworfen hatte.

»Haben sich deine Schwiegereltern denn schon wieder beruhigt?«

»Du meinst, wegen dem Zeitungsbericht?« Zeitler nickte. »Ich denke schon. Zumindest sprechen sie mir gegenüber nicht mehr davon, was jedoch nichts heißen muss. Weshalb fragst du?«

»Du hattest doch mir gegenüber am Telefon die Befürchtung geäußert, dass mit der Sache vielleicht die Biancos zu tun haben könnten …«

»So habe ich das nicht gesagt«, fuhr sie ihm dazwischen. »Wie du das sagst, könnte man annehmen, jemand aus meiner Familie ist für den Mord verantwortlich.«

»Nein, so meine ich das doch nicht. Ich habe nur noch einmal nachgedacht. Vielleicht wurde Villa zufällig ausgewählt. Quasi als Warnung.«

»Und welche Warnung sollte das sein?«

»Keine Ahnung. Ich weiß nicht, in welche Geschäfte die Biancos verwickelt sind. Weißt du es?«

Pauline wich seinen Blicken aus und nippte an der Tasse, die längst leer war.

»Siehst du. Was, wenn es doch jemand auf deine neue Familie abgesehen hat?«

»Paul, warst du es nicht, der gesagt hat, dass selbst der schlechteste Verbrecher mitbekommen haben müsste, dass es nicht mehr mein Café ist?«

Zeitler schnappte sich einen Lappen und wischte über die Theke. »Ja, hast ja recht. Ich denke nur laut.«

»Toll, jetzt hast du mich wieder verunsichert.«

»Das war nicht meine Absicht. Magst noch einen Cappuccino? Ich könnte dir zur Versöhnung mit der Milch statt eines Herzens einen weißen Punkt in die Mitte zaubern.«

Sie lachte. »Nein, lass gut sein. Ich muss noch ein paar Besorgungen machen.«

»Hat man dafür in deinen Kreisen nicht Angestellte, die so etwas erledigen?«

»Es scheint dich ganz schön zu beschäftigen, dass ich einen einflussreichen Mann geheiratet habe.«

»Ach was«, winkte Zeitler ab. »Ich ziehe dich doch nur auf.«

»Stell dir vor, ich war letztens im Supermarkt und habe Weintrauben gekauft. Ganz alleine.«

»Respekt.« Er nahm ihre leere Tasse und räumte sie beiseite.

»Pauline!«, rief Sofia Barone überschwänglich, als sie ins Café kam und die Blondine erkannte. Mit ausgebreiteten Armen flog sie auf sie zu.

»Sofia! Wie schön, dass ich dich noch sehe. Gut siehst du aus. Trägst du die Haare anders?«

»Ach was. Nur ein bisschen Farbe. Was machst du hier? Wie geht es dir mit deinem Mann? Bist du glücklich?«

»So viele Fragen!« Pauline drückte Sofia herzlich.

»Na, wenn du mich so selten besuchst? Du wirst aber nicht gleich wieder gehen, nicht wahr?«

Pauline wandte sich vertrauensvoll an den Cafébesitzer. »Vielleicht doch zwei Prosecco. Wir sitzen draußen.«

Zeitler nickte die Bestellung mit einem Grinsen im Gesicht ab und fischte zwei Gläser aus dem Regal hinter sich. Pauline Bianco, ehemals Schmitt. So kannte er sie. Auch wenn sie es noch so eilig hatte … für ein Gläschen Prickelwasser unter Freunden war stets Zeit.

Einen Zahnarzt kann man immer gebrauchen

»Habe ich mich doch nicht getäuscht«, drang es an Zeitlers Ohren, als er am frühen Nachmittag mit dem Kehrblech die Überreste der Cantuccini beseitigte, die ihm ein Gast beim Aufstehen vom Tablett gefegt hatte.

Instinktiv drehte er sich um, als er sich aufrichtete. Hinter ihm stand seine Ex-Frau Kerstin in einem leichten Sommerkleid, Riemchensandalen und einer kleinen Tasche, die sie quer über dem Oberkörper trug. Ihre langen roten Haare, die sie sich aus dem Gesicht strich, fielen offen über die Schultern.

»Kerstin. Das ist ja eine Überraschung. Was machst du denn hier?«

Sie spitzte die Lippen und hielt ihren Kopf schräg, während sie ihn musterte.

»Tu nicht so. Du weißt, dass ich hier bin. Weshalb sonst bist du gestern sofort in die Boutique nach nebenan geflüchtet, als du mich gesehen hast. Du hast wohl gedacht, dass ich zu sehr auf das junge Brautpaar fixiert war.«

»Brautpaar? Boutique?«

»Die junge hübsche Frau, die uns gestern bedient hat, ist eine noch schlechtere Schauspielerin als du. Sie war ein bisschen zu sehr an uns interessiert. Zuerst dachte ich, sie will sich an Bernd ranmachen.«

»Bernd?«

Zeitler öffnete mit einem Tritt auf das Pedal den Mülleimer, der neben der Tür stand, und klopfte das Kehrblech gegen den Rand.

»Paul, wir sind seit vier Jahren geschieden. Wollen wir unser erstes Wiedersehen wirklich so gestalten, dass ich etwas sage und du es wiederholst?«

Zeitler nahm den Fuß vom Pedal des Eimers, damit sich der Deckel wieder schloss. Dann warf er einen prüfenden Blick über die Handvoll Gäste, die seinen Außenbereich besiedelt hatten. Die waren fürs Erste versorgt.

»Na, dann komm mit«, bot er seiner Ex-Frau an und ging voran in sein Café.

Lieber wäre es ihm zu diesem Zeitpunkt gewesen, wenn es gar nicht erst zu einem Wiedersehen gekommen wäre. Wie bereits am Vortag war er überhaupt nicht darauf vorbereitet, Kerstin gegenüberzustehen. Es war jedoch auch blauäugig von ihm anzunehmen, dass sie nur einmal das Monaco aufsuchen würde. Lisa hatte ihm noch erzählt, dass sie die Aragostine probiert hatte. Es war klar, dass sie danach nochmals hereinschauen würde. Verdammter Leone!

»Magst du einen Kaffee?«

»Espresso, bitte.«

Kerstin sah sich im leeren Café um, bevor sie sich setzte. Zeitler linste flüchtig über die Schulter. Der Gedanke drängte sich ihm auf, allgemeine Sprechzeiten vor das Café zu hängen. Niemand sonst setzte sich an den Tresen. Nur Menschen, die Redebedarf hatten.

»Ich habe erst vor Kurzem erfahren, dass du nicht mehr in München lebst. Du hättest ruhig etwas sagen können.«

Er klopfte den Siebträger aus und befüllte ihn mit Kaffeemehl. »Wir haben damals gemeinsam das Amtsgericht verlassen. Du bist nach links gegangen, ich nach rechts. Seitdem haben wir nichts voneinander gehört. Weshalb hätte ich mich abmelden sollen?«

»Ich weiß nicht. Nur so. Und? Was ist das hier? So etwas wie ein Ferienjob? Sabbatjahr oder Selbstfindung?«

»Nichts von alldem«, erwiderte er knapp und stellte die Kaffeemaschine an. Er drehte sich um, schob ihr einen Unterteller hin und legte einen kleinen Löffel darauf. »Ich lebe hier.«

Kerstin schluckte. Diese Antwort schien sie zu überraschen. »Was heißt das, du lebst hier …«

»Wie ich sage. Ich bin ausgewandert. Habe hier meine Zelte aufgeschlagen.« Er zog die volle Espressotasse unter dem Auslass der Maschine hervor und servierte ihn.

»Warst du es nicht, der immer sagte, dass man, statt an den Gardasee zu fahren, gleich daheimbleiben könne, weil man dort sowieso alle Nachbarn und Bekannte träfe?«

»Ja, das habe ich gesagt. Und wie sich herausgestellt hat, lag ich damit falsch. Du bist quasi die Erste seit eineinhalb Jahren, die ich von zu Hause kenne. Außer Pauline natürlich.«

»Was heißt hier kennen? Wir waren immerhin sechzehn Jahre verheiratet.«

»Deshalb kennt man sich ja.«

Kerstin nahm sich etwas Zeit, um die neuesten Informationen zu verdauen, und schlürfte von ihrem Espresso. Er dachte nicht daran, die Stille zu unterbrechen.

»Dann hat dich also Pauline auch schon hier besucht?«

»Nicht nur besucht«, erklärte er. »Ich habe ihr dieses Café abgekauft.«

Sie zuckte und stellte die Tasse ab. »Das gehört dir?«

»Erwähnte ich das nicht?«

»Du sagtest, du arbeitest hier.«

»Sorry, mein Fehler.« Er griff nach einem Handtuch und polierte die kleinen Löffel, was er sonst nie tat.

Sie stand auf und schlenderte ein wenig durch das Monaco, während er seine Polierarbeiten unterbrach und sich draußen vor dem Café um die Belange eines Gastes kümmerte. Unter den wachsamen Augen seiner Ex-Frau bereitete er zwei Aperol Spritz zu und schenkte ein Weißbier ein. Bevor er mit dem leeren Tablett zurückkehrte, saß Kerstin wieder am Tresen.

»Du wolltest nie mit mir nach Italien reisen.«

»Ich bin ja nicht auf Reisen. Ich bin umgezogen und lebe hier. Bevor sich Pauline bei mir gemeldet hat, war mein Plan, nach Moosinning zu ziehen. Ich bin einfach nur ein bisschen weiter gefahren.«

Er wagte es nicht, sie anzusehen, und polierte weiter. Italien, insbesondere der Gardasee, war zu Ehezeiten stets Streitthema gewesen.

»Ich fasse also zusammen. Ich habe dich jedes Jahr angefleht, mit mir an den Gardasee zu fahren. Und du weißt, dass es immer schon mein Traum war, ein eigenes Café zu eröffnen. Wie oft habe ich davon gesprochen, irgendwann hierher auszuwandern. Davon wolltest du nie etwas hören. Und nun lebst du hier in Bardolino und betreibst dein eigenes Café.«

»Was soll ich sagen. Es ist einfach so passiert.«

»Und Pauline? Seid ihr jetzt zusammen? Ich wusste schon vor unserer Hochzeit, dass sie ein Auge auf dich geworfen hatte.«

Zeitler lachte. »Kerstin, da muss ich dich leider enttäuschen. Dieses Auge ist geradewegs an mir vorbeigeflogen und bei einem gewissen Gino gelandet.«

»Und hat der auch ein Café?«

»Keine Ahnung. Vielleicht steckt eins in einer der zahlreichen Immobilien, die er besitzt.«

Kerstin bohrte nicht weiter nach. Pauline war ihr seit jeher ein Dorn im Auge gewesen. Dass sie ihren Traumprinzen gefunden hatte, war sicherlich eine Information, auf die sie gerne hätte verzichten können.

»Warum jetzt? Warum änderst du plötzlich dein Leben?«

Er zuckte mit den Schultern. Gereizt legte er das Handtuch ab und lehnte sich auf den Tresen. »Kerstin, ich fasse auch gerne zusammen. Du hast dich von mir getrennt, weil du mit meinem Beruf nicht zurechtgekommen bist. Ich denke nicht, dass das Fundament einer Ehe darin besteht, welche Tätigkeit man ausübt. Ich bin immer noch derselbe.«

»Aber kein Polizist mehr.«

»Der ich übrigens schon war, als ich dir damals einen Antrag gemacht habe.«

»Manche Dinge merkt man eben erst nach einiger Zeit.«

»Ganz richtig, Kerstin. Aus diesem Grund bin ich hier und betreibe ein Café. Vielleicht hast du mich ja mit deinen Schwärmereien die ganzen Jahre unterschwellig inspiriert.«

Kaum hatte er diesen Satz ausgesprochen, hätte er ihn am liebsten zurückgezogen. Er sah ihr an, dass sie verletzt war. Trotzdem mochte er den Gedanken nicht, er wäre am Scheitern ihrer Ehe schuld gewesen, weil er nicht blind ihren Wünschen gefolgt war.

»Und du? Bist du noch Zahnarzthelferin bei diesem … wie hieß er noch gleich?«

»Wir bevorzugen ›Zahnmedizinische Fachangestellte‹, und nein, ich arbeite dort nicht mehr.«

»Aha. Und wohin hat es dich verschlagen?«

»Zu Doktor Schüler.«

»Kenn ich nicht.«

»Das stimmt nicht ganz«, sagte sie stolz und richtete sich auf.

Zeitler spürte, dass sie Oberwasser bekam. Er gönnte es ihr. Das tröstete sie über den kleinen Seitenhieb hinweg, den er ihr verpasst hatte.

»Ist das der Typ von gestern?«

Sie schmunzelte. »Sieh einer an! Dann hast du mich ja doch wahrgenommen.«

»Wir wissen beide, dass dem so ist. Und? Was macht ihr hier? Ist ein Zahnärztekongress am Gardasee?«

»Nein. Wir sind liiert.«

»Ah! Der Klassiker!«, tat Zeitler wenig überrascht und polierte weiter. »Und? Ist es was Ernstes?«

»Ich denke schon.«

»Kerstin, bitte entschuldige meine Neugierde. Da steckt immer noch ein wenig der Kommissar in mir. Weshalb bist du dann hier? Alleine … bei deinem Ex-Mann?«

»Bernd ist passionierter Radsportler. Er kommt mit seinem Wohnmobil schon seit Jahren her, um zu trainieren. Er fährt Rennen.«

»Ach was. E-Bike?«

»Nein, natürlich nicht. Rennrad, wenn du es genau wissen willst. Und er ist richtig gut. Als Mediziner und auch im Sport.«

»Das trifft sich ja gut, wenn bei einem Wettkampf einer stürzt und mit dem Gesicht bremst. Einen Zahnarzt kann man immer gebrauchen.«

»Mach du nur deine kleinen Witze. Ich bin glücklich.«

»Und ich gönne es dir wirklich von ganzem Herzen, Kerstin«, sagte er und warf das Handtuch über seine Schulter. »Magst noch einen Espresso oder einen Aperol?«

»Nein, danke. Ich gehe wieder zurück auf den Campingplatz. Sie werden sicher bald zurückkommen.«

»Sie?«

»Er trainiert mit seinen Kumpels vom Verein.«

»Verstehe. Und die haben alle ihre Frauen dabei?«

Sie ging nicht auf die Frage ein und griff nach ihrer Handtasche. »Tu mir einen Gefallen. Falls wir noch mal vorbeikommen sollten … wir kennen uns nicht.«

»Das ist natürlich kein Problem. Aber wenn die Frage erlaubt ist … hat er keine Vergangenheit?«

Sie spitzte die Lippen und hängte sich die Tasche um. Nervös fuhr sie durch ihre rote Mähne. »Ich war es, die unbedingt mit an den Gardasee wollte. Zu behaupten, ich hätte nicht gewusst, dass mein Ex-Mann hier ein Café betreibt, klingt ziemlich unglaubwürdig. Auch wenn es der Wahrheit entspricht.«

»Mich unsichtbar machen kann ich.«

Sie kniff die Augen zusammen. »Ich möchte dir deine Illusion ja nicht rauben, aber gestern hat gezeigt, dass da noch etwas Übungsbedarf besteht.«

Er ging um den Tresen herum und nahm sie versöhnlich in seine Arme. »Ganz ehrlich, es hat mich gefreut, dich wiederzusehen.«

Sie verharrten für einen Moment in dieser Position. Langsam löste sie sich von ihm und wies zu dem Bild, das an der Wand hing und den Gardasee zeigte.

»Fotografierst du eigentlich noch?«

»Lange nicht mehr. Aber ich habe erst kürzlich wieder daran gedacht.«

Sie nickte und betrachtete erneut das Bild. »Kennst du noch das Foto, das du frühmorgens in Schwabing geschossen hast? Die Leopoldstraße hinunter?«

»Das wir vergrößern haben lassen?«

»Ja.«

»Was ist damit?«

Sie schmunzelte. »Es hängt noch immer bei mir im Flur. Ich bringe es nicht übers Herz, es abzunehmen.«

»Was sagt denn dein Rennfahrer dazu?«

»Ich habe ihm erzählt, dass ich es irgendwann einmal nach unserer Trennung im Baumarkt gekauft habe.«

Zeitler kommentierte ihre Flunkerei nicht. Er lächelte nur in sich hinein, während Kerstin den Ausgang ansteuerte.

»Paul Zeitler. Hauptkommissar a. D. Jetzt Cafébesitzer in Bardolino. So etwas kann man sich nicht ausdenken.«

Sie hob die Hand zum Gruß, ohne sich umzudrehen. Draußen setzte sie die Sonnenbrille auf und tauchte ein in die Masse der Touristen, die die Gasse frequentierten.

»So!«, sagte er zu sich selbst. »Das war wie Pflaster abziehen.«

Er hatte gewusst, dass der Tag irgendwann kommen würde, an dem sie sich nach all der Zeit begegneten. Und allen Befürchtungen zum Trotz war es nicht so unangenehm gewesen, wie er es sich hin und wieder vorgestellt hatte. Und das unerwartete Treffen hatte einen angenehmen Nebeneffekt. Seine kleinen Löffel hatten noch nie so geglänzt.

Die Jagd auf der Via Marconi

»Zwei Campari, ein Prosecco, zwei Espressi und dann vierzig Cent Trinkgeld. Da kosten ja die Nüsschen schon das Dreifache, die ihr zweimal nachbestellt habt«, knurrte Zeitler leise in sich hinein, als er zur Theke zurückkehrte, um das Tablett mit den leeren Gläsern und Tassen abzustellen.

Er warf einen flüchtigen Blick auf den Barhocker, auf dem ein paar Stunden zuvor seine Ex-Frau gesessen hatte. Es blieb nicht aus, dass seit ihrem Besuch vereinzelte Bilder der Vergangenheit aufblitzten, während er die Gäste bediente. Immer wieder stellte er sich die Frage, wie sein Leben an ihrer Seite verlaufen wäre. Vielleicht wäre er noch Hauptkommissar in München? Sicher wäre er das. Hätte er mit Kerstin gemeinsam die Zelte abgebrochen, um mit ihr ein Café am Gardasee zu eröffnen? Bestimmt nicht. Zumal Pauline dann niemals auf ihn zugekommen wäre, um ihn nach Italien zu locken.

Seine Gedanken verflogen schlagartig, als er zwei Männer an seinem Café vorbeigehen sah, die ihm bekannt vorkamen. Ohne die beiden aus den Augen zu lassen, schlenderte er nach draußen und verfolgte mit den Augen ihren Weg, der zu seinem Nachbarn Alessandro Burati führte. Zeitler erinnerte sich. Es waren die beiden Typen, die am selben Morgen Manuel Leone auf den Leib gerückt waren und die er durch sein forsches Handeln in die Flucht geschlagen hatte. Sie trugen beide ihre Sonnenbrillen, die sie vermutlich nicht einmal zum Schlafen absetzten. Der Barista sortierte die Aschenbecher und Getränkekarten, die an der Wand vor seinem Café auf einem kleinen Tisch standen, um nicht die Aufmerksamkeit der beiden auf sich zu ziehen, indem er sie dreist anstarrte. Einer der beiden trug eine kleine schwarze Umhängetasche. Zeitler hatte auch schon in Erwägung gezogen, sich so ein modisches Accessoire zuzulegen. Da er jedoch nicht rauchte und all seine Utensilien, die er beim Verlassen des Hauses bei sich trug, in den Hosentaschen Platz fanden, hatte er sich dagegen entschieden. Es wäre Quatsch, womöglich unnütze Dinge hineinzupacken, um diesem Täschchen eine Daseinsberechtigung zu geben.

Der Typ ohne Tasche setzte seine Sonnenbrille ab und spähte nach beiden Seiten, als er die Tür zum BELLA VITA öffnete. Sein Blick war finster. Zeitler wusste, dass das BELLA VITA noch nicht geöffnet hatte. Doch das schien die beiden Männer nicht zu stören.

Er sah auf die Uhr, als die Gestalten nebenan im Restaurant von Alessandro Burati verschwanden. Rasch kassierte er zwei Tische ab, ohne die Tür seines Nachbarn aus den Augen zu lassen. Ihm war unwohl bei dem Gedanken, dass die Männer Alessandro ebenso in die Mangel nehmen könnten wie zuvor Manuel Leone.

»Könnte ich bitte zahlen?«, bat eine junge Frau, die am äußeren Tisch saß, der bereits von der tief stehenden Sonne erfasst wurde.

»Selbstverständlich.«

Zeitler wurde unruhig. Was sollte er tun? Sollte er es wagen und unter einem Vorwand zu Alessandro ins Restaurant gehen?

Es war nicht auszuschließen, dass die beiden bewaffnet waren. Was aber würde er tun, wenn es Freunde seines Nachbarn waren?

Die junge Frau griff nach ihrem Rucksack, als sie gezahlt hatte, und ging. Er sah zu dem Ehepaar auf der anderen Seite seines kleinen Außenbereichs hinüber. Sie waren seine letzten Gäste für diesen Tag und hatten kurz zuvor zwei Gläser Wein bestellt. Plötzlich öffnete sich erneut die Tür des Restaurants und die beiden Männer kamen heraus. Sie unterhielten sich kurz. Dann telefonierte der mit der Umhängetasche, während sich sein Kompagnon eine Zigarette anzündete. Nachdem er das Gespräch beendet hatte, steckte er das Handy weg. Auch er zündete sich eine Zigarette an. Sie besprachen etwas und machten sich dann auf den Weg die Gasse hinauf.

»Na? Hast du es für heute geschafft?«, fragte Sofia Barone, die mit ein paar Einkäufen hinter ihm auftauchte.

»Sofia. Gut, dass du da bist. Sag, könntest du mir einen Gefallen tun und auf das Café aufpassen? Ich muss schnell weg. Ich habe etwas vergessen.«

»Ja, natürlich. Aber kann ich dir was besorgen?«

»Das ist nett, Sofia. Aber ich muss selbst …«

Zeitler legte seine Schürze ab und drückte ihr die Geldbörse in die Hand. Dann spurtete er hinter den Tresen und schnappte sich Autoschlüssel und Handy.

»Es ist doch nichts Ernstes?«

»Mach dir keine Sorgen, Sofia. Alles in Ordnung. Wenn du mir nachher nur die beiden da drüben abkassierst und das Café abschließt. Wirf mir den Schlüssel einfach in den Briefkasten. Du findest ihn …«

»Paolo, ich habe über zwanzig Jahre dieses Café geführt. Ich weiß, wo der Briefkasten ist.«

»Du bist ein Schatz. Ich mache es wieder gut!«, rief er noch und nahm die Verfolgung der Männer auf.

Es erübrigte sich, nach Alessandro zu sehen, der seinen Kopf aus der Tür reckte, als Zeitler auf gleicher Höhe war.

»Paolo! Schon Schluss für heute?«, rief ihm der Gastronom verwundert zu, als Zeitler schnellen Schrittes an ihm vorbeimarschierte.

»Ich muss noch was besorgen«, informierte er ihn knapp, worauf Burati nur nickte und wieder in seinem Restaurant verschwand.

Der Münchner musste sich sputen, um den Vorsprung der Männer wettzumachen. Drei Ecken weiter hatte er sie. Er war sich ziemlich sicher, wohin sie unterwegs waren. Zwei Typen wie die beiden waren sicher nicht gewillt, sämtliche Wege zu Fuß zurückzulegen. Ihr Ziel war bestimmt die Area parcheggio, auf der auch Zeitlers metallicblauer Punto stand, den er Pauline abgekauft hatte.

Die Männer überquerten die Via Marconi und steuerten, wie von Zeitler vermutet, den Parkplatz auf der anderen Straßenseite an, auf dem nur wenige Fahrzeuge in den Genuss kamen, im Schatten der Bäume zu verweilen. Wenn auch nur für ein paar Stunden.

Sie stiegen in einen rabenschwarzen Alfa Romeo Giulia ein, der sicher weit mehr als zweihundert PS unter der Haube hatte. Zeitlers Wagen parkte auf der gegenüberliegenden Seite. Die Beule hinten links unterhalb der Rückleuchte seines Punto ging auf Paulines Konto. Ihrer Ansicht nach stellte sie keine Wertminderung dar. Die erste Delle eines Fahrzeugs war die schlimmste und sie war es schließlich persönlich gewesen, die dieses Leid durchleben musste.

Er startete den Motor und linste in den Rückspiegel. Der Alfa Romeo setzte sich in Bewegung, verließ den Parkplatz und fuhr auf der Via Marconi in Richtung Lazise. Zeitler legte den Rückwärtsgang ein, preschte aus seiner Parklücke und nahm die Verfolgung auf. Dummerweise hatte sich ein Lastwagen zwischen ihn und den Alfa gedrängt. Zeitler riskierte einen Blick und setzte zum Überholen an, wurde jedoch durch einen hupenden Audi in die Schranken gewiesen. Er konnte allerdings erkennen, dass die beiden Männer ihren Vorsprung ausgebaut hatten. Wieder fuhr er etwas über den Mittelstreifen und lugte am Lastwagen vorbei. Der Gegenverkehr wies zwei Fahrzeuge später eine Lücke auf, die er nutzen konnte. Er wartete die beiden Autos ab, schaltete einen Gang runter und setzte zum Überholen an. Zu seinem Pech nutzte ein Vespafahrer die Gelegenheit, noch vor dem Lastwagen auf die Via Marconi einzuscheren. Zudem tauchte nun auch aus einer Seitenstraße der Gegenfahrbahn ein weißer Seat Leon auf und kam schnell näher.

»Sakra!«, fluchte Zeitler und trat das Gaspedal voll durch.

Der Seat machte per Lichthupe auf sich aufmerksam, was den Barista jedoch nicht dazu veranlasste, seinen Überholvorgang abzubrechen. Mittlerweile war er am LKW vorbeigezogen und hatte den Vespafahrer neben sich, der nicht den Anschein machte, als würde er seine Position kampflos aufgeben. Zeitler trat weiter aufs Gaspedal und kämpfte sich an der Vespa vorbei. Um eine Kollision zu vermeiden, bremste der Seat stark ab und wich mit zwei Reifen auf den Gehweg aus, der an dieser Stelle nicht frequentiert war. Zeitler hob im Vorbeifahren versöhnlich die Hand, was den einsichtigen Fahrer des Seat dennoch nicht davon abhielt, lange anhaltend auf die Hupe zu hämmern.

Nachdem er vor der Vespa eingeschert war und die Verfolgung des Alfa Romeo weiter fortsetzte, warf er nochmals einen Blick über die linke Schulter. Er hatte den Fahrer des weißen Seat erkannt.

»Herrgott, das war doch … Zefix. Das fehlte noch!« Verärgert sah er in den Außenspiegel.

Der Seat drehte und nahm nun ebenfalls die Verfolgung auf.

Doch Zeitler ließ sich davon nicht abhalten und verkürzte weiter die Distanz zu den beiden Typen, die allem Anschein nach von seiner waghalsigen Aufholjagd nichts mitbekommen hatten. Beide Fenster des Alfa Romeo waren heruntergelassen. Aus der Beifahrerseite schaute eine Hand heraus, die eine Zigarette hielt. Kein Zweifel. Die Jungs fuhren entspannt die Via Marconi entlang, passierten den Kreisel und setzten ihre Fahrt Richtung Lazise fort. Zeitler behielt den Seat im Spiegel weiter im Auge, der glücklicherweise noch immer den LKW vor sich hatte und am nächsten Zebrastreifen gezwungen war anzuhalten, bis ein paar Passanten die Straße überquert hatten.

»Na bitte, geht doch«, sagte Zeitler beruhigt und atmete tief durch.

In Lazise bremste der Alfa an einem weiteren Zebrastreifen ab und kam zum Stehen, weil eine Gruppe von Geistlichen die Straße überquerte. Zeitler ließ seinen Punto langsam ausrollen, während er im Handschuhfach nach seiner Sonnenbrille suchte und sie aufsetzte. Er hielt etwas Abstand, um nicht aufzufallen. Er drehte seinen Kopf zur Seite, ohne den Wagen vor sich aus dem Fokus zu lassen. Die Männer unterhielten sich. Der Fahrer grüßte freundlich einen Pastore per Handzeichen, der sich für das Warten lächelnd bedankte. Dann fuhren sie weiter. Zeitler studierte den Rückspiegel. Der Seat war weit und breit nicht zu sehen.

Der Alfa Romeo bog in die Corso Cangrande ein, fuhr fast bis ans Ende und blieb am Straßenrand stehen. Zeitler kurvte in eine Parklücke etwa hundert Meter entfernt und stellte den Motor ab. Der Beifahrer stieg aus, überquerte die Straße und verschwand in einer Pizzeria, während der andere ebenfalls ausgestiegen war und sich mit verschränkten Armen gegen den Kotflügel lehnte. Der Typ senkte seine Sonnenbrille, als zwei junge Frauen in kurzen Shorts und Bikinioberteil an ihm vorbeiflanierten. Er sah ihnen noch lange hinterher, bis seine Aufmerksamkeit wieder dem Eingang der Pizzeria galt, in der sein Kumpel verschwunden war. PIZZERIA FRANCO las Zeitler über dem Eingang und notierte sich den Namen in seinem Handy.

Wenig später kam der Kerl aus der Tür, überquerte die Straße und wechselte ein paar Worte mit seinem Kumpel, bevor sie wieder in den Wagen stiegen. Zeitler griff nach dem Zündschlüssel, als plötzlich der weiße Seat auftauchte und sich quer vor ihn stellte. Der Fahrer des Wagens stieg aus. Er wirkte leicht angespannt.

»Commissario Lanza! Was machen Sie denn hier?«, fragte Zeitler freundlich durch das offene Fenster der Fahrertür und lächelte.

»Was sollte das?«

»Was sollte was?«

»Die Aktion vorhin auf der Marconi. Maledetto! Sie hätten mich fast umgebracht!«, rief Lanza wütend in den Punto hinein.

»Ach, das waren Sie?«, tat Zeitler unschuldig. »Da haben wir alle noch mal Glück gehabt, was? Überholt mich diese Vespa doch glatt rechts. Ich hatte Mühe, wieder vor ihr einzuscheren. Haben Sie sich das Kennzeichen gemerkt? Ich bin Zeuge.«

»Halten Sie mich nicht für dumm. Aussteigen.«

Zeitler nahm die Finger von seinem Zündschlüssel und folgte der Aufforderung des Commissario.

»Also, was treiben Sie hier?«

»Commissario, ich fahre ein wenig herum. Luftveränderung, kurze Auszeit, nennen Sie es, wie Sie wollen.«

»Sie waren sehr schnell unterwegs. Haben Sie jemanden verfolgt? Oder … wurden Sie etwa verfolgt?«

Zeitler prustete übertrieben und spähte an Lanza vorbei. Der Alfa Romeo setzte sich in Bewegung und fuhr davon.

»Commissario, jetzt gehen aber die Pferde mit Ihnen durch. Ich stehe hier mit meinem Wagen und …«

»Observieren. Nicht wahr?«

»Ich wollte gerade aussteigen und mir Lazise ein wenig genauer ansehen. Vielleicht möchte ich hier ebenfalls ein Café eröffnen.«

Lanza visierte Zeitler eindringlich an. »Ich warne Sie. Ich habe ein Auge auf Sie.«

»Das ist beruhigend, Commissario. Dann brauche ich mir um meine Sicherheit ja keine Sorgen zu machen.«

»Sie sind kein Polizist mehr«, erinnerte er den Barista und stieg wieder in seinen Seat. Dann wendete er den Wagen und fuhr zurück auf die Hauptstraße.

Zeitler atmete tief durch. Er ärgerte sich, dass ihm wegen Lanza die beiden Typen entwischt waren. Nur zu gerne hätte er gewusst, was ihr nächstes Ziel war.

»Wunderbar, wenn einen die Polizia daran hindert, Polizeiarbeit zu machen«, knurrte er und öffnete die Wagentür. Dann verharrte er einen Augenblick und schloss sie wieder. Sein Café war bestens versorgt. Ein kurzer Spaziergang durch Lazise konnte nicht schaden. Jetzt, wo er schon mal hier war.

Gina Lollobrigida mit Basilikum

»PIZZERIA MEXICO«, rief Zeitler laut aus, als er sich abends am Tresen seines Cafés durch Lazises Gastrowelt scrollte. »Nicht zu fassen!« Er schüttelte den Kopf. Er fragte sich, ob es im Gegenzug dazu irgendwo auf der Welt ein mexikanisches Restaurant namens »Italia« gab.

Draußen flanierten Pärchen, Familien und Singles am Café vorbei. Er hatte Mitleid mit einem jungen Kerl in pinkfarbenem Body samt Ballerina-Röckchen, der vor seiner Tür stehen blieb und sich am Hintern kratzte. Die Vermutung, dass es sich um einen Junggesellenabschied handelte, bewahrheitete sich, als weitere Jungs mit einschlägigen T-Shirts hinzukamen. Er erinnerte sich, dass er damals keinen Junggesellenabschied gehabt hatte. Der Kerl in Pink war der Beleg dafür, weshalb er diesem Brauch nicht hinterherweinte.

Der Ex-Polizist widmete sich wieder seinem Notebook. Nach einer Weile fand er die Website der PIZZERIA FRANCO in Lazise. Schnell wurde klar, dass der Betreiber des Gewerbes keinen allzu großen Wert auf die Gestaltung seiner Internetpräsenz gelegt hatte. Zeitler klickte auf den Link zur

Speisekarte und schreckte bei deren Anblick zurück. Man sollte Speisen definitiv nicht mit dem Handy fotografieren. Wie so oft stellte er sich die Frage, weshalb auf der Pizza Sophia Loren Schinken, Artischocken und zwei Spiegeleier lagen, während die Gina Lollobrigida nur mit Basilikum aufwarten konnte. Ein Geheimnis, das Commissario Lanza vielleicht hätte aufklären können. Er selbst kannte die Pizza Gina Lollobrigida aus einer Münchner Pizzeria mit Schafskäse und Grana Padano. Dafür lockte die Ornella Muti mit Oregano und Champignons. Vielleicht war es reine Interpretationssache und es verbarg sich kein tieferer Sinn dahinter.

Zeitler rief das Impressum auf.

»Titolare ... Michelangelo Grassi.«

Seine mageren Italienischkenntnisse genügten, um zu erkennen, dass es sich bei Grassi um den Geschäftsführer der PIZZERIA FRANCO handelte. Zeitler verkleinerte das Fenster auf dem Bildschirm und öffnete die Datei von Matteo Villas Speicherstick. Er ging die Liste von oben bis unten durch und stieß sehr schnell auf Initialen, die zu Michelangelo Grassi passten.

»Zefix«, schoss es aus Zeitler heraus. Hatte er es womöglich mit der Mafia zu tun? Er versuchte, seine Gedanken zu sortieren. Diese Liste war eine Sache. Doch was, wenn Matteo Villa in seinem Café ermordet worden war, um ein Zeichen zu setzen? Vielleicht war er gewissen Leuten ein Dorn im Auge? Hatte man sich über ihn erkundigt? Wusste jemand aus der italienischen Unterwelt, dass er in München für die gegnerische Mannschaft gespielt hatte? Wurde ihm deshalb eine Leiche in den Keller gelegt und Matteo Villa war einfach nur zur falschen Zeit am falschen Ort gewesen? Vielleicht hatte er mit dem Stick überhaupt nichts zu tun und er war von einer anderen Person in seinem Café platziert worden?

Zeitler stockte der Atem, als es plötzlich an der großen Scheibe klopfte. Mit einem Ruck klappte er das Notebook zu und sah zur Tür. Dann atmete er erleichtert auf und ging mit einem milden Lächeln zum Eingang, um dem späten Gast Einlass zu gewähren.

»Signora Romana, was für eine Überraschung! Was machen Sie hier? Sind Sie zufällig vorbeigekommen, oder …«

»Haben Sie einen Moment?«, unterbrach sie ihn und wirkte dabei, als ob sie ein Nein nicht gelten lassen würde.

»Selbstverständlich. Kaffee?«

Sie nickte und ging an ihm vorbei zum Tresen. Zeitler verschloss die Tür. Es war ihm nicht entgangen, dass sie nervös war.

»Viel los da draußen heute, nicht wahr?«, sagte er und verstaute das Notebook. »Es scheint, als wären alle Junggesellenabschiede, die nach Mallorca wollten, aus Versehen hier bei uns gelandet. Gerade eben ist eine Ballerina …«

»Matteo wurde höchstwahrscheinlich ermordet, weil er hinter ein Geheimnis gekommen war«, fiel ihm die Journalistin ins Wort.

Zeitler streckte sich und nahm eine Tasse aus dem Regal. »Wie kommen Sie darauf?«

Sie wich seinem Blick aus und setzte sich wortlos an den Tresen.

Er erweckte die Kaffeemaschine aus dem Schlaf. »Und … was kann ich für Sie tun?«

»Ihnen muss doch irgendetwas aufgefallen sein. Wirkte er angespannt, hatte er …«

»Nun beruhigen Sie sich erst einmal«, redete er sanft auf sie ein und stellte die Tasse zurück. Stattdessen griff er nach den Weingläsern. »Vielleicht doch etwas anderes zu trinken?«

Antonia Romana reagierte nicht auf das Angebot, was Zeitler eindeutig als Einwilligung verstand und eine Flasche Lugana Riserva öffnete.

»Er hatte wohl einen Speicherstick, auf den es der Mörder abgesehen hatte«, verriet sie, nachdem sie sich etwas beruhigt hatte.

Zeitler staunte innerlich, wie gut die Journalistin vernetzt war. Zu diesem Zeitpunkt dürfte es nur eine Handvoll Menschen gegeben haben, die davon wussten. Er, Lanza, der Mörder natürlich und Villa selbst. Letzterer hatte jedoch das gesamte Wissen darüber mit ins Grab genommen.

»Woher wissen Sie das?«

»Ich weiß es eben«, erklärte sie knapp, kramte in ihrer Handtasche nach dem Handy und checkte, ob eine Nachricht eingegangen war.

Zeitler servierte den Lugana und schenkte sich ebenfalls einen Schluck ein. Er machte keine Anstalten, mit ihr anzustoßen. Die Tatsache, dass sie hinter ein mögliches Mordmotiv an ihrem geschätzten Kollegen gekommen war, war kein Grund, die Gläser klingen zu lassen.

»Signora Romana, ich möchte nicht unhöflich erscheinen, aber Sie kommen abends in mein Café, konfrontieren mich mit Ihren neuesten Erkenntnissen, weihen mich jedoch nicht komplett in Ihr Wissen ein. Ich weiß wirklich nicht, was ich davon halten soll. Das Vertrauen, das Sie mir entgegenbringen, in allen Ehren. Aber meine Devise lautet von jeher: ganz oder gar nicht. Wollen Sie mir nun erzählen, was …«

»Ich weiß es von einer Kontaktperson bei der Polizia«, rückte sie heraus und wirkte ebenso erleichtert wie unsicher, dass sie dem Barista dieses Geheimnis anvertraut hatte.

Für Zeitler selbst war es nichts Neues, dass Journalisten einen guten Draht zu der einen oder anderen Person bei der Polizei hatten.

»Ich kann Ihnen doch vertrauen, nicht wahr?«

»Wären Sie sonst hierhergekommen?«, stellte er die Gegenfrage und trank vom Wein.

Sie lächelte und schwieg einen Moment, während sie allem Anschein nach ihre Gedanken sortierte. »Sie haben recht. Ich weiß von dem Datenstick von Serena. Sie ist Assistente bei der Polizia. Wir sind gemeinsam zur Schule gegangen. Sie hatte Frühschicht und fand ihn im Briefkasten.«

»Verstehe«, tat Zeitler interessiert. »Und? Was war auf dem Stick?«

Antonia Romana zuckte mit den Schultern. »Eine Liste. Die Polizia ist fest davon überzeugt, dass es einen Zusammenhang zu Matteos Tod gibt. Serena meinte, dass es vielleicht um Schutzgelderpressung ging.«

»Was macht die Polizei da so sicher? Sind Namen auf der Liste aufgetaucht? Fingerabdrücke auf dem Stick …?«

»Mehr weiß ich nicht. Jedenfalls bin ich mir sicher, dass Matteo …« Sie verstummte. Es schien ihr immer noch schwerzufallen, über ihn zu sprechen. »Er war in letzter Zeit etwas unnahbar und kurz angebunden. So kannte ich ihn nicht.«

Zeitler nahm sein Weinglas, verließ den Tresen und setzte sich auf den Barhocker neben die Journalistin.

»Gibt es denn niemanden in Ihrer Redaktion, der oder die etwas wissen könnte? Vielleicht ist jemandem ebenfalls etwas aufgefallen?«

Sie presste die Lippen aufeinander und schüttelte den Kopf. »Ich weiß nicht, wem ich in dieser Sache vertrauen kann. Sie kennen sich nicht aus in der Welt der Journalisten, nicht wahr?« Zeitler verneinte. »Wir sind ständig auf der Suche nach der einen Story. Da gehen manche über Leichen. Allen voran Tommaso Palma. Er ist nicht umsonst Chefredakteur geworden. Glauben Sie mir … Ein Wort von mir über einen Datenstick und es steht morgen auf dem Titelblatt. Egal, ob er etwas Handfestes hat oder nicht. Ihm würde schon etwas einfallen.«

»Signora Romana, ich fühle mich wirklich geehrt, dass Sie mir vertrauen. Dennoch weiß ich nicht, was ich für Sie tun kann. Signor Villa kam in mein Café, ich hatte ihn zuvor noch nie gesehen, er bestellte einen Espresso und war sehr wortkarg. Das ist alles.«

»Ich hatte gehofft, dass Sie sich vielleicht ein wenig umhören könnten.«

»Bei wem?«

»Bei Ihren Kollegen zum Beispiel. Unter Gastronomen erzählt man sich viel. Vielleicht hatte Matteo bei einem von ihnen einmal etwas erwähnt oder recherchiert? Ein paar Worte hier, eine Frage dort …«

»Signora Romana, bei aller Liebe, aber ich …«

»Antonia. Sag Antonia.«

Zeitler verharrte einen Augenblick und griff nach seinem Glas, das er ihr entgegenstreckte.

»Paul. Oder wie man hier sagt … Paolo.«

»Salute, Paul.«

Zeitler grinste, bevor er trank. Es gefiel ihm, dass sie ihn in der ursprünglichen Version seines Namens nannte. Dann stellte er das Glas ab und fuhr mit den Fingern über seine Lippen.

»Antonia, es hat etwas gedauert, bis mir die Menschen hier um mich herum ihr Vertrauen geschenkt haben. Ich bin mir sicher, dass Männer wie Alessandro von nebenan sehr gerne deine Fragen beantworten, wenn du sie ihm stellst.«

Antonia lächelte etwas verlegen. Sie wusste, worauf der Münchner hinauswollte.

»Paul, ich bin von der Presse. Burati flirtet vielleicht mit mir und lädt mich auf ein Glas Wein ein, mehr jedoch nicht.«

»Signor Villa muss doch irgendwo ein paar Informationen mehr versteckt haben. Vielleicht bei sich zu Hause oder an seinem Arbeitsplatz.«

»An Matteos Schreibtisch in der Redaktion habe ich mich bereits umgesehen. Seitenweise Notizen von ihm, doch nichts, das Sinn machen würde.«

»Aber es wird doch einen Kollegen geben, dem Villas Tod ebenso nahegeht wie dir. Vielleicht hatte er sich doch jemandem anvertraut«, gab Zeitler zu bedenken und goss in beide Gläser etwas Wein nach.

»Du kanntest Matteo nicht. Er war ein Einzelgänger. Das heißt, mit Martini hat er sich hin und wieder ausgetauscht. Ihm könnte ich vielleicht noch trauen. Er hat mir auch schon ein paarmal bei einer Story geholfen oder mir eine kleine Schlagzeile zugeschanzt, damit ich mich in der Redaktion beweisen konnte.«

»Martini?«, merkte Zeitler auf. »Der Typ, der diesen Verriss über mich geschrieben hat?«

»Was ist ein Verriss?«

»Sorry, mein Fehler. Müll.«

Sie lächelte mild. »Martini ist erfolgsorientiert. Er lebt nach der Devise: Lieber entschuldigen, als um Erlaubnis fragen.«

»Antonia, Typen wie er sind der Grund dafür, weshalb Gastronomen aus der Gegend nicht mit Journalisten reden.«

»Für eine gute Titelstory überschreitet er hin und wieder Grenzen. So ist er nun mal. Unter seiner rauen Schale steckt jedoch ein weicher Kern. Ich konnte ihm ansehen, dass ihn Matteos Tod tief getroffen hat. Als Tommaso Palma uns alle über die schreckliche Tat unterrichtet hatte, war Francesco der Erste, der vorgeschlagen hat, für Matteos Frau zu sammeln, um sie bei den Kosten für die Beerdigung zu unterstützen.«

Zeitler haderte innerlich mit sich. Antonia Romana schenkte ihm ihr Vertrauen, während er weiter den Unwissenden mimte. Dennoch wusste er nicht, wie er ihren Feuereifer in diesem Fall zu bewerten hatte. Er glaubte ihr, dass es ihr um einen guten

Freund ging. Trotzdem war sie Journalistin. Was, wenn es ihre Taktik war, an Informationen zu kommen?

»Antonia, bitte verzeih mir, aber ich muss dich das fragen. Geht es dir wirklich nur darum, den Mord eines guten Freundes aufzuklären, oder pocht tief in dir drin das Journalistenherz und du möchtest mit Typen wie diesem Martini auf Augenhöhe sein?«

Antonia verharrte einen Moment mit dem Weinglas in der Hand, bevor sie es abstellte. Dann sah sie Zeitler auf eine Art an, die ihm ganz klar signalisierte, dass ihr diese Frage ganz und gar nicht gefiel. Wortlos rutschte sie vom Barhocker, griff nach ihrer Tasche und stürmte zum Ausgang.

»Antonia, so warte doch! Ich habe das nicht so gemeint.«

Sie dachte nicht daran, sich umzudrehen. Entschlossen legte sie ihre Finger an den Schlüssel, der im Schloss der großen Glastür steckte.

»Ich habe der Polizei den Speicherstick zugespielt.«

Antonia erstarrte und blieb stehen. Dann, nach einem kurzen Moment, ließ sie von der Tür ab und wandte sich ihm zu.

»Ja, du hast richtig gehört. Jetzt verstehst du vielleicht, weshalb ich dich das fragen musste. Niemand weiß, dass ich den Stick gefunden habe. Gut, der Commissario vermutet allem Anschein nach, dass ich …«

»Wo hast du ihn gefunden?«, unterbrach sie ihn und kam ein paar Schritte zurück.

Zeitler deutete zum Stuhl an dem Tisch, neben dem Matteo Villa zuletzt gesessen hatte.

»Bist du dir sicher, dass Matteo ihn dort versteckt hatte?«

Er nickte. »Ich denke schon.«

Antonia kam zurück und setzte sich wieder. »Hast du dir angesehen, was drauf war?«

Der Barista musterte sie für einen Augenblick, dann stand er auf, ging um den Tresen herum und holte das Notebook hervor. Er öffnete die Datei und drehte den Bildschirm zu ihr.

Sie begriff schnell, was sie vor sich hatte. Ohne die Augen von der Liste zu nehmen, griff sie nach dem Weinglas und trank es auf einen Rutsch aus. Zeitler würdigte den großen Schluck in aller Stille, um sie nicht in ihren Gedanken zu stören, und schenkte nach.

»Dann stimmt es also, was Serena erzählt hat.«

Er stellte sich wieder neben sie und schaute ebenfalls auf den Bildschirm. »Namen – Beträge – Monat«, erklärte er mit knappen Worten und trank von dem Lugana.

»Schutzgeld?«

»Vielleicht. Könnte auch Schweigegeld sein, oder Raten, die monatlich an einen Kredithai gezahlt werden. Ich bin mir da nicht so sicher.«

»Weshalb hast du den Stick nicht direkt Commissario Lanza gegeben?«

»Nicht zuletzt wegen deinem Kollegen Martini. Ich habe den Stick erst am nächsten Tag gefunden. Wie glaubwürdig ist der deutsche Barista, der das Titelblatt des IL NUOVO GIORNALE zierte und dem der Commissario nicht über den Weg traut?«

Er setzte sich wieder neben sie und zog das Notebook zu sich.

»Ich vermute, dass es sich bei diesen Initialen um meinen Nachbarn Burati handelt. Noch ein Grund mehr, weshalb ich nicht gerne zu ihm gehe, um ihn auszuhorchen. Und das ist hundertprozentig Manuel Leone«, deutete er auf den Bildschirm und fuhr mit dem Finger eine Zeile tiefer. »Und bei diesem Kandidaten handelt es sich um Michelangelo Grassi aus Lazise. Geschäftsführer der PIZZERIA FRANCO. Ach, Antonia, du als Italienerin kannst mir bestimmt eine Frage beantworten.

Pizza Gina Lollobrigida mit Basilikum oder Schafskäse und Grana Padano?«

»Wie kommst du auf Manuel Leone?«, fragte sie verwundert, ohne auf seine kulinarische Frage einzugehen.

»Weil ich Zeuge wurde, wie er von zwei finsteren Typen bedroht wurde. Und die waren auch bei meinem Nachbarn Alessandro Burati, bevor sie nach Lazise gefahren sind, um unserem Pizzabäcker Grassi einen Besuch abzustatten.«

»Und woher weißt du das?«

»Ich bin ihnen hinterhergefahren.«

Sie sah ihn erstaunt an. »Was für ein Cafébesitzer bist du eigentlich?«

»Ein aufmerksamer.«

»Du sagst das alles so selbst… selbstver…«

»Selbstverständlich.«

»Sì, selbstverständlich. Man möchte meinen, du tust so etwas öfter.«

Er lächelte nur und drehte den Stiel seines Glases zwischen den Fingern.

»Und weißt du nun etwas mehr über die beiden Männer?«

»Nur, dass sie einen schwarzen Alfa Romeo Giulia fahren.«

»Hast du dir die Autonummer gemerkt?«

»Nein, da muss ich leider passen.«

Antonia atmete tief ein und brachte ihre Enttäuschung darüber zum Ausdruck, indem sie die Luft ihrer Lungen in einem Rutsch auspustete und dabei eine Schnute zog. »Na gut, also doch kein Profi. Der hätte sich die Nummer gemerkt.«

Zeitler musste sich eingestehen, dass sie recht hatte. Dennoch, dieser kleine Seitenhieb schmerzte etwas.

»Und wenn wir doch zur Polizei gehen und erzählen, was du bisher in Erfahrung gebracht hast?«

Zeitler presste die Lippen aufeinander und runzelte die Stirn. »Antonia, wie bereits erwähnt traut mir der Commissario nicht über den Weg. Wenn er erfährt, dass ich in dieser Sache tätig geworden bin, hilft uns das überhaupt nicht weiter, und er wird verstärkt ein Auge auf mich haben und somit auch auf dich. Wenn wir etwas erreichen wollen, dann sollten wir so unauffällig wie möglich bleiben.«

Er sah ihr an, dass sie seiner Meinung war. Sie schaute wieder auf den Bildschirm.

»Weißt du schon, wer die anderen sein könnten?«

»So weit bin ich noch nicht gekommen«, erklärte er und erkannte, dass die Flasche Wein fast leer war.

»Hast du heute noch was vor?«

Er schmunzelte. »Ich dachte, ich öffne eine Flasche Wein und durchforste das Internet, um die Liste zu vervollständigen.«

»Hast du etwas zu essen?«

Er deutete auf die Vitrine. »Fagottini und Aragostine. Ich glaube, es sind auch noch ein paar Cannoli da.«

»Aragostine zum Wein?«, sagte sie skeptisch und krempelte die Ärmel ihrer Bluse hoch.

»Du weißt, die sind von Leone. Die passen zu allem. Vermutlich schmecken sie auch zu Hustensaft. Ich kann dir aber gerne doch eine Tasse Kaffee aus der Maschine lassen.«

»Keine schlechte Idee. Könnte eine lange Nacht werden.«

»Na dann … einen Caffè doppio.«

Burati am Boden

»Du kannst keine Rochade machen.«

»Weshalb denn nicht?«

»Weil du deinen Turm bereits bewegt hast«, wetterte Davide seinem Spielpartner entgegen, griff nach dessen Dame und stellte sie wieder auf ihren ursprünglichen Platz zurück.

»Mein Turm steht auf A 8. Dort, wo er stehen muss, damit ich ihn mit der Dame tauschen kann. Was ich somit tue. Und zwar genau jetzt.«

Riccardo nahm erneut Dame und Turm auf und tauschte deren Position.

»So, mein Lieber. Schach!«

»Du hattest zuvor bereits den Turm bewegt.«

»Che cazzo vuoi? Er steht, wo er immer steht.«

»Dici davvero? So macht das keinen Spaß.«

»Meine Herren ... die Sonne scheint«, versuchte Zeitler, die beiden Streithähne zu besänftigen. »Es ist doch nur ein Spiel.«

»Schach ist kein Spiel. Und erst recht nicht mit ihm«, protestierte Davide. »Weil er jetzt schon nicht mehr weiß, was vor einer Minute war.«

»Das weiß ich sehr wohl. Vor einer Minute saß mir ein sturer Ochse gegenüber. Ach, sieh einer an. Da sitzt er ja immer noch«, spielte Riccardo den Ball zurück, griff nach seiner Dame und setzte Davide schachmatt.

Zeitler legte präventiv die Hand auf Davides Schulter. »Was haltet ihr beide denn von einem Kaffee aufs Haus? Denkt ihr, damit lassen sich eure erhitzten Gemüter wieder ein wenig besänftigen?«

Er wertete das Schweigen der beiden Streithähne als ein klares Ja und verschwand im Café. Die zwei Männer ließen sich meist durch ein Gratisgetränk dazu überreden, sich zu vertragen. In letzter Zeit gerieten sie jedoch immer häufiger lautstark aneinander, weshalb nicht auszuschließen war, dass dies reines Kalkül war. Denn kaum hatte der Barista das Angebot unterbreitet, waren beide wieder ein Herz und eine Seele, noch bevor das Kaffeepulver im Siebträger war. Er verzieh ihnen diesen Schachzug, da er sie gerne bei sich im oder vor dem Café sitzen hatte. Riccardo und Davide verliehen dem Monaco ein typisch italienisches Flair. Und sie waren für die Urlauber wichtig, die Wert darauf legten, dass sich auch Einheimische in diesem Etablissement aufhielten.

»So, hier sind zwei Kaffee, da sieht die Welt doch wieder ganz anders aus«, sagte Zeitler besänftigend, als er kurz darauf die beiden Tassen neben das Schachbrett abstellte. Davide nickte zum Dank, während er einen seiner Bauern in die nächste Schlacht schickte.

Zeitler wollte gerade die leeren Gläser vom Tisch nebenan abräumen, als er Principessa entdeckte, die sich neben einen seiner Stühle platziert hatte und unschuldig zu ihm aufsah.

»Principessa! Besuchst du mich schon wieder? Weiß dein Frauchen, dass du hier bist?«

Principessa hatte diesen Augenaufschlag, den Zeitler nur zu gut kannte.

»Junge Dame … untersteh dich«, mahnte er, während er sie mit strenger Miene anvisierte. »Du machst jetzt nicht …«

Principessa markierte Zeitlers Stuhl, ohne ihn länger zu beachten. Schnurstracks steuerte der Münchner auf die kleine Hündin zu, packte sie mit einer Hand und hob sie hoch. Dass dies ein schlechter Zeitpunkt war, spürte er, als ihn ein paar letzte Tropfen ebenfalls trafen. Genervt marschierte er geradewegs ein Haus weiter und betrat die Boutique.

»Lisa! Sie hat es schon wieder getan. Ich habe da drüben fast fünfzig Stühle. Sie kann doch nicht alle markieren?«

»O du böses, böses Mädchen«, schimpfte Lisa in verschmustem Tonfall und rieb ihre Nase an der Hündin, nachdem Zeitler sie ihr übergeben hatte.

»Lisa, vielleicht gibst du ihr jetzt gleich noch ein Leckerli. Dann hättest du sie so richtig gemaßregelt und sie wird sich hüten, das noch einmal zu machen. Jedes Mal muss ich mit der Gießkanne meine Stuhlbeine sauber machen, wenn Madame ihr Revier markiert hat. Das wohlgemerkt meins ist.«

»Aber das weiß sie doch nicht.« Wieder herzte sie die Vierbeinerin. »Gell, Principessa, das weißt du nicht.«

»Ihr zwei schafft mich. Dabei reichen mir schon Davide und Riccardo, die ihre Zweikämpfe nicht nur auf dem Schachbrett austragen.«

Lisa setzte ihren Chihuahua auf den Boden. »Was soll ich denn sagen? Ich hatte heute eine Kundin, die vier weiße Kleider probiert hat. Und keines davon hat sie gekauft, allerdings war sie frisch mit Sonnenöl eingecremt.«

»Verkaufe sie doch etwas teurer und schreib dazu: ›Mit Sonnenschutzfaktor dreißig.‹ Jetzt, wo das Zeug schon mal im Stoff ist.«

»Paul, ich versuche wirklich alles, damit Principessa von deinen Stühlen fernbleibt, wenn du mir nur nicht noch mal solche Tipps gibst.«

»Deal!« Zeitler lachte und verließ die Boutique.

Auf dem Weg zurück zu seinem Café sah er auf die Uhr. Bis in die frühen Morgenstunden hatte er gemeinsam mit Antonia recherchiert, wer im näheren Umkreis noch Teil der Liste sein könnte. Dies war auch der Grund dafür, dass der Tag wie in Zeitlupe verging. Doch an Feierabend war noch lange nicht zu denken und der Barista zählte die Stunden, bis er sein Café endlich schließen konnte. Nicht etwa, um den verlorenen Schlaf der vergangenen Nacht nachzuholen. Kurz nach Mitternacht hatte Antonia einen Treffer gelandet. Es war nur eine vage Vermutung. Andererseits gab es keinen anderen Gastronomen von Bedeutung, auf den diese Initialen gepasst hätte. Das LEO'S war in der Region eines der bekanntesten Restaurants und Leonardo Ventura einer der erfolgreichsten Gastronomen rund um den Gardasee. Dies würde hinter den Initialen auf der Liste auch den mit Abstand höchsten Betrag erklären. Grund genug, ihn sich etwas näher anzusehen.

***

Zeitler gähnte, als er um kurz nach halb zehn Uhr abends mit seinem Punto Sirmione erreicht hatte. Es war reines Glück, um diese Uhrzeit direkt vor den Toren der historischen Altstadt einen Parkplatz ergattern zu können. Es wäre sicherlich klüger gewesen, das Südufer über den Wasserweg anzufahren. Zeitler liebte jedoch die Unabhängigkeit, weshalb er lieber auf seinen metallicblauen Flitzer setzte als auf ein Wassertaxi.

»Scusi«, entschuldigte er sich bei dem Herrn, den er versehentlich auf der kleinen Brücke, die wie ein Nadelöhr in die Altstadt führte, angerempelt hatte. Doch der Herr sollte nicht der Letzte an diesem Abend sein, mit dem er auf Tuchfühlung ging. Auf der Piazza Castello war der Teufel los. Zeitler wählte die Flucht nach vorne und steuerte die kleine Gasse an, die geradewegs auf seinem Weg lag. Je tiefer er in die Altstadt eindrang, desto mehr verteilten sich die Menschen auf die Gelaterias, Restaurants und Geschäfte.

Zeitler passte sich der Geschwindigkeit der Passanten an und schlenderte über das warme Pflaster, das den Tag über von der Sonne aufgeheizt worden war, und blickte in die Schaufenster. Das Flair, das hier herrschte, ließ ihn fast vergessen, weswegen er gekommen war. Und wie auch schon auf der Fahrt nach Sirmione stellte er sich erneut die Frage, was er sich hier erhoffte. Was wollte er herausfinden, wenn er das LEO'S erreicht hatte? Sollte in großer Leuchtschrift an der Fassade stehen: *Hier geht es nicht mit rechten Dingen zu?* Bestand die Chance, dass genau dann, wenn er dort ankam, auch die beiden Typen mit dem Alfa Romeo aufschlugen? Er wusste es nicht. Doch tatenlos auf seinem kleinen Balkon oder am Seeufer zu sitzen, während Matteo Villas Mörder frei herumlief, war keine Option. Auch wenn er keinen Bezug zu diesem Mann hatte, so zwang ihn sein Gerechtigkeitssinn dazu, nicht tatenlos dabei zuzusehen, wie die Dinge ihren Lauf nahmen. Er war sich nicht sicher, ob diese Haltung während seiner Zeit bei der Kripo in ihm gewachsen war oder er diesen Beruf gewählt hatte, weil sie von jeher in ihm gesteckt hatte. Vielleicht war es auch Antonia, die ihn dazu animiert hatte, die Klärung dieses Falles nicht einfach dem Schicksal oder der Polizia zu überlassen.

Ein paar Gassen weiter hatte er sein Ziel erreicht. Wie zu erwarten war, fand sich im Außenbereich des LEO'S kein freier Platz mehr. Er linste auf die Uhr. Sicher war jeder dieser Tische bereits zum zweiten Mal besetzt. In dieser Liga, in der das LEO'S spielte, war es nicht unüblich, zwei Essenszeiten für die Reservierung aufzurufen. Es lag auf der Hand, dass die spätere die begehrteste war. So konnte man nach dem Essen in Ruhe den Abend bei einem guten Glas Wein ausklingen lassen, ohne während der Nachspeise in Hektik zu verfallen, weil die nächsten Gäste bereits zwei Meter entfernt mit den Hufen scharrten.

Er schlenderte gemächlich näher an das Restaurant heran. Eine Mischung aus Meeresfrüchten und dem unvergleichlichen Duft eines Steinofens lag in der Luft, der Zeitlers Magen zu Wort kommen ließ. Doch er wagte es nicht, den Oberkellner, der neben dem kleinen Stehpult am Eingang stand, nach einem freien Platz zu fragen. Die Gefahr, dass der in schallendes Gelächter verfiel, war einfach zu groß.

Er steuerte geradewegs das kleine Café gegenüber an und nutzte den Moment, als sich ein Pärchen von einem Tisch erhob, diesen umgehend in Beschlag zu nehmen. Der Platz war perfekt, um sowohl den Außenbereich als auch den Eingang des LEO'S weiter im Auge zu behalten.

»Un caffè e un'acqua naturale per favore«, orderte er bei dem jungen Kerl mit dem Bun, der die leeren Gläser mitnahm und kurz mit einem feuchten Lappen die Spuren der Vorgänger entfernte.

Das Publikum des LEO'S war bunt gemischt. Am Rand des Außenbereichs, von dem aus man einen wunderbaren Blick auf den See hatte, saß eine größere Gesellschaft. Mit Sicherheit einer der begehrtesten Plätze des Restaurants. Er selbst würde diesem Platz jedoch einen unter der großzügigen Markise vorziehen. Es kam in diesen Breitengraden nicht selten vor, dass ein kurzer, aber heftiger Schauer die Gäste fluchtartig mit ihren Tellern und Gläsern ins Innere der Lokale zwang.

»Grazie«, bedankte er sich, als der Bunträger seinen Kaffee servierte.

Während er mit einem Auge das LEO'S observierte, studierte er nebenbei die Getränkekarte. Zeitler betrieb öfter Marktforschung, wenn sich die Gelegenheit dazu bot. Es war von Vorteil, die Konkurrenz im Auge zu behalten, um eventuelle Trends frühzeitig zu erkennen.

Gerade als er nach seiner Tasse greifen wollte, kam Leonardo Ventura aus dem Restaurant heraus und trat auf die Straße. Zeitler erkannte ihn sofort dank des Bildes auf seiner Restaurantseite im Internet, die ihm Antonia in der Nacht zuvor gezeigt hatte. Er trug einen dunkelblauen Anzug und ein weißes Hemd, das er für Zeitlers Geschmack etwas zu weit aufgeknöpft hatte. Seine dunklen Haare waren akkurat zur Seite gekämmt und auch der Vollbart zeugte davon, dass er großen Wert auf sein Äußeres legte. Kurz darauf kam noch eine weitere Person aus dem LEO'S, die der Barista nur zu gut kannte. Es war Commissario Lanza, der dem Restaurantbesitzer auf die Straße folgte und sich währenddessen angeregt mit ihm unterhielt. Obwohl er etwas entfernt von den beiden saß, konnte er dennoch erkennen, dass es sich bei dem Gespräch nicht um eine dienstliche Angelegenheit handelte. Die beiden wirkten sehr vertraut miteinander. Besonders, wenn sie gemeinsam schallend lachten, was sehr surreal auf Zeitler wirkte. Ihm gegenüber hatte er bisher nicht einmal ansatzweise ein leichtes Lächeln auf Lanzas Lippen ausmachen können.

Ventura zog eine Zigarettenschachtel aus seinem Sakko und bot dem Commissario eine an, die der jedoch ablehnte. Während sich der Gastronom eine Zigarette anzündete, sah Lanza sich um. Zeitler vergrub sein Gesicht hinter der Getränkekarte und verweilte dort einen Augenblick, bis er sich wieder aus der Deckung traute. Seine beiden Zielpersonen standen nicht mehr vor dem Restauranteingang. Sie entfernten sich, während sie sich weiter angeregt unterhielten. Für einen Moment verlor Lanza die Aufmerksamkeit seines Gesprächspartners, als der sich nach einer hübschen jungen Dame umdrehte, die an ihnen vorbeispaziert war. Schnell kramte Zeitler in seiner Hosentasche und legte seine Zeche inklusive eines stattlichen Trinkgeldes auf den Tisch, da er keine Zeit hatte, um auf das Wechselgeld zu warten. Den letzten Schluck seines Kaffees gönnte er sich noch, bevor er aufstand und die Verfolgung aufnahm.

Es bedurfte keines großen Geschicks, die beiden Männer im Auge zu behalten, da sowohl Lanza als auch Ventura aufgrund ihrer Körpergröße nicht in der Menge verschwanden. Zeitler freute sich innerlich, als er sich daran erinnerte, dass er mit seinen knapp eins neunzig sogar etwas größer als der Commissario war. Zugleich ließ er sich aufgrund dieser Tatsache etwas zurückfallen. Denn wenn er die beiden schon gut erkennen konnte, war er sicher ebenfalls sofort zu sehen, sollte sich Lanza umdrehen.

Die beiden Männer spazierten in die Richtung, aus der er gekommen war. Zeitler nahm an, dass Lanza ebenfalls auf dem Parkplatz vor dem Eingang zur Altstadt geparkt hatte. Zweihundert Meter später jedoch bog Ventura mit Lanza in eine Nebenstraße ab, die zum See führte. Zeitler ließ einen Moment verstreichen, bevor er ein paar Schritte an der Gasse vorbei machte, um sich davon zu überzeugen, dass sich der Abstand zu seinen Zielpersonen nicht allzu sehr verringert hatte. Dann bog auch er in die Gasse ein. Lanza und Ventura unterhielten sich nach wie vor angeregt, während sie dem Seeufer immer näher kamen. Für Zeitler war es an der Zeit, sich einen guten Platz zu suchen, von dem aus er die beiden Männer aus sicherer Entfernung weiter observieren konnte.

Sie betraten einen zierlichen Steg, der Platz für ein paar kleinere Motorboote bot. Zeitler war nicht sehr im Thema, was Boote betraf. Doch sein Wissen reichte aus, um zu erkennen, dass Lanza in eine Riva Iseo einstieg, nachdem er sich mit einem freundschaftlichen Handschlag von Ventura verabschiedet hatte. Der Gastronom unterstützte den Commissario beim Ablegen, indem er ihn vom Pfosten, an dem die Riva vertäut war, befreite und das Tau ins Heck des Bootes warf. Lanza startete den Motor, winkte zum Abschied und fuhr auf den See hinaus. Der Restaurantbesitzer sah ihm noch eine Weile hinterher, bevor er erneut die Zigarettenschachtel aus der Tasche zog und sich noch eine ansteckte. Dann machte er kehrt. Zeitler zückte sein Handy, lehnte sich gegen die Hauswand und wischte beiläufig übers Display, während er zu Ventura linste, der nur wenige Schritte von ihm entfernt vorbeiging.

Es machte keinen Sinn, ihn zurück zu seinem Restaurant zu verfolgen. Er hatte genug gesehen. Die Riva war nur noch als kleiner Punkt zu identifizieren, bevor sie gänzlich mit dem Commissario im Dunkel der Nacht auf dem See verschwand.

Zeitler steckte sein Handy ein. Was wollte der Commissario bei Ventura? Und noch viel wichtiger, in welcher Beziehung stand er zu dem Gastronomen? Die beiden wirkten sehr vertraut miteinander, weshalb er davon ausgehen konnte, dass Lanza ihn privat besucht hatte. Er konnte es drehen und wenden, wie er wollte. Seit der Commissario mit Ventura aus dem LEO'S gekommen war, beschlich ihn das Gefühl, dass Lanza etwas mit der ganzen Sache zu tun haben könnte. Das hätte auch erklärt, dass er ihm gegenüber so reserviert war. Zugegeben, er hatte sich in die Ermittlungen der Polizei eingemischt. Auch wenn er es abgestritten hatte … Lanza war nicht dumm. Und er wusste, dass Zeitler ebenfalls Kommissar gewesen war, bevor er sich in Bardolino niedergelassen hatte. Gut möglich, dass das der Grund für die abweisende Haltung ihm gegenüber war. Falls der Commissario wirklich etwas mit Matteos Tod oder der Liste zu tun hatte, dann konnte er eines sicher nicht gebrauchen: einen Ex-Polizisten, der ihm auf den Zahn fühlte.

Der Barista begab sich auf den Weg zurück zu seinem Wagen. Im Gegensatz zu Lanza würde seine Rückfahrt sicher länger dauern. Ein wenig beneidete er den Commissario. Die nächtliche Fahrt über den Gardasee in einem schicken Motorboot war sicherlich romantischer als in einem Fiat Punto, der hinten links eine Beule hatte. Die Riva Iseo verkörperte mit ihrem edlen Design la dolce vita wie kein anderes Boot. Sein Auto hingegen verkörperte nur eines: das einfache Leben. Doch er wollte mit seinem Boliden nicht zu hart ins Gericht gehen. Er brachte ihn trocken von A nach B. Er schmunzelte bei dem Gedanken, dass Lanza von einem kleinen Regenschauer überrascht werden könnte. Er spähte zum Himmel. Verdammt! Sternenklare Nacht.

***

Nachdem Zeitler aus Sirmione zurückgekehrt war und seinen Wagen auf dem Parkplatz abgestellt hatte, wanderte er durch die verlassenen Gassen Bardolinos nach Hause. Außer einem Hundebesitzer, der mit seinem Vierbeiner unterwegs war, und ein paar Streunern war nicht mehr viel los auf der Straße. Von Weitem sah er, dass die äußeren Tische vor seinem Café wie so oft als Ablage für Eisbecher und Pizzakartons benutzt worden waren.

»Herrgott, wie oft denn noch. Meine Tische sind keine Müllhalde«, wetterte er vor sich hin, wohl wissend, dass sich daran nie etwas ändern würde.

Er schluckte seinen Gram über dieses rücksichtslose Verhalten hinunter, schnappte sich die Kartons und Becher und warf sie in den öffentlichen Mülleimer, der keine zwanzig Meter entfernt an einer Straßenlaterne befestigt war.

»Keinen Meter zu viel gehen«, knurrte er nochmals auf dem Rückweg zur Haustür. Gerade als er in den schmalen Weg neben seinem Café einbiegen wollte, fiel ihm auf, dass die gläserne Eingangstür des BELLA VITA nebenan einen Spalt offen stand, was etwa ein- bis zweimal im Monat vorkam.

»O mei, Alessandro … wenn du mich nicht hättest«, murmelte Zeitler und stopfte den Hausschlüssel zurück in die Hosentasche.

Vorsichtshalber überprüfte er, ob Burati den Schlüssel hatte stecken lassen. Auch das war keine Seltenheit. Doch diesmal war das nicht der Fall. Zeitler wollte die Tür gerade ins Schloss drücken, als er ganz leise ein paar Laute aus dem Inneren des Restaurants vernahm. Ohne auf sich aufmerksam zu machen, öffnete er die Tür einen weiteren Spalt und horchte in den schmalen Gang. Stille. Er sah zu beiden Seiten in die Gasse, doch es war niemand sonst zu sehen.

Als er die Türe schließen wollte, vernahm er erneut ein paar Laute. Doch diesmal mischte sich noch der unverkennbare Klang eines Glases hinzu, das auf dem Boden in tausend Teile zersprang.

»Alessandro? Bist du da?«, rief er ins Restaurant, fackelte nicht lange und trat ein.

Das Licht war gedimmt, doch seine Augen hatten sich schnell an die schummrige Stimmung gewöhnt.

»Alessandro!?«, wiederholte er etwas lauter, folgte dem schmalen Gang weiter ins Innere des Gebäudes und stand wenige Schritte später im Speisesaal.

Ein paar Tische und Stühle waren umgeworfen und zerbrochenes Geschirr lag auf dem Boden. Zeitler blickte nervös nach allen Seiten, um nicht von einem Einbrecher, den er überrascht hatte, angegriffen zu werden. Da entdeckte er, dass jemand neben der Theke auf dem Boden lag.

»Alessandro«, rief Zeitler besorgt, als er ihn erkannt hatte.

Er war bei Bewusstsein und mühte sich ab, auf die Beine zu kommen. Doch der Versuch blieb erfolglos und er räumte dabei ein Glas von der Theke, was das Geräusch, das der Barista von draußen vernommen hatte, erklärte.

»Ist noch jemand hier?«, fragte er Burati besorgt und streckte ihm die Hand entgegen. Sein Nachbar griff danach und stand Sekunden später auf wackeligen Beinen.

»No. Siamo soli«, hauchte Burati mit schmerzverzerrtem Gesicht und setzte sich auf den Stuhl, den ihm Zeitler herangezogen hatte.

»Was ist denn passiert?«

»Nichts weiter«, tat Burati belanglos und hatte Mühe, sich auf dem Stuhl zu halten.

»Wie, nichts weiter? Du siehst nicht gerade aus, als wärst du auf einem Klecks Ricotta ausgerutscht.«

»Was ist Klecks und dieses gerutscht ... sprich anständiges Deutsch mit mir«, wetterte Burati auf die ihm eigene Art und zuckte erneut zusammen, während er sich den Bauch hielt.

»Lenk nicht ab«, konterte Zeitler, der sofort bemerkte, dass sein Nachbar so schnell wie möglich das Thema wechseln wollte.

Er ging zum Spülbecken hinter der Bar und befeuchtete ein Handtuch.

»Hier, damit kannst du dir den Klecks Blut abwischen, der aus deiner Unterlippe kommt.«

»Ich mag deinen Humor.«

»Alessandro, Spaß beiseite. Was ist passiert?«

»Das kann vorkommen. Ein paar Jugendliche, die ihren Frust ablassen. Was weiß ich? Auf einmal standen sie vor mir, haben ein paar Sachen kaputt gemacht und weg waren sie wieder.«

»Alessandro, das kann nicht vorkommen. Du wurdest zusammengeschlagen.«

»Das? Ach was. Einer der Jungs hat mich geschubst und ich bin hingefallen.« Burati versuchte, von dem Stuhl aufzustehen. Doch er merkte schnell, dass er noch Zeit brauchte.

»Und … wie oft bist du hingefallen? Zweimal auf jede Seite? Was wollten die Typen? Geld?« Zeitler nahm ihm das Handtuch ab und befeuchtete es erneut.

»Paolo, mach dir keine Gedanken. Ich danke dir für deine Hilfe. Ich räume ein wenig auf und die Sache ist vergessen. Passiert eben.«

Burati stellte sich an die Bar und wartete einen Moment, bis er sein Gleichgewicht gefunden hatte. Danach zog er das Sakko seines Armani-Anzugs aus und entdeckte den Riss am linken Ärmel.

»Maledetto! Scusi, Giorgio!« Fluchend legte er das Sakko auf den Stuhl und hob ein paar Scherben auf. Zeitler beobachtete ihn eine Weile. Dann griff er nach Schaufel und Besen, die unter der Theke lagen, und half ihm, das Dilemma zu beseitigen.

»Wir sollten die Polizei anrufen. Die werden sicher …«

»Polizia?«, unterbrach Burati. »Das ist nicht nötig. Ich meine, was will ich denen erzählen?«

»Keine Ahnung. Personenbeschreibung, Anzeige … du wirst diese Typen doch nicht einfach so davonkommen lassen? Wie viele waren es überhaupt?«

»Was weiß ich … du machst eine viel zu große Sache daraus. Polizia im Haus ist schlecht fürs Geschäft.«

Zeitler dachte an Leonardo Ventura, der sich mit Commissario Lanza sehr vertraut in der Öffentlichkeit zeigte. Ihn schien es nicht zu stören, dass man ihn mit der Polizia sah.

»Kann es sein, dass es zwei Typen waren? Dunkelhaarig? Sie waren letztens bei dir. Sonnenbrille, Bart …«

Burati stutzte einen Augenblick. Hektisch warf er ein paar Scherben in den Mülleimer, trat vor Zeitler und sah ihm tief in die Augen.

»Es waren ein paar Jugendliche, die im Vorbeigehen ein paar Euros ergattert haben. Né più, né meno. Es ist mein Restaurant, mein Geschirr und mein Anzug. Ich danke dir, dass du dich um mich gekümmert hast. Ich schaffe den Rest alleine.«

Zeitler spürte, dass er einen Nerv bei seinem Nachbarn getroffen hatte. Es machte keinen Sinn, weiter auf ihn einzureden. Sein Nachbar wusste sehr wohl, wer ihn in dieser Nacht besucht hatte. Ein Wort zur Polizei und sie würden wiederkommen. Und es würde mehr zu Bruch gehen als ein paar Gläser und Teller.

»Wenn was ist … du weißt, wo du mich findest«, lenkte Zeitler ein. Er wollte nicht den Beleidigten spielen. Zumal er nicht wusste, ob Burati womöglich unverschuldet ins Visier der beiden Typen geraten war. Er wollte ihn nicht noch mehr unter Druck setzen, als er ohnehin schon stand.

»Grazie«, verabschiedete Burati seinen Helfer und schenkte sich einen Grappa ein. Zeitler verließ das Restaurant und drückte die Eingangstür ins Schloss. Er schlenderte gemächlich nach Hause. Jedoch nicht, ohne sich wenigstens einmal umzudrehen. Gut möglich, dass sich die Schläger noch in der Nähe befanden, um zu beobachten, ob Burati vielleicht doch die Polizei geholt hatte. Zeitler wusste aus seiner Zeit in München, dass Typen wie die beiden sicher nicht alleine agierten. Sie waren zum Geldeintreiben und Einschüchtern unterwegs. Es musste jemanden im Hintergrund geben.

Angst ist ein guter Grund

»Guten Morgen, Paul! Hast du einen Kaffee für mich? Ich habe verschlafen, was bedeutet, dass ich nicht gefrühstückt habe.«

»Freilich, Lisa. Guten Morgen. Du hast Glück, Leone hat gerade die Lieferung gebracht.«

»Nein, keine Umstände. Mach du nur in Ruhe deinen Laden auf.«

Zeitler beugte sich über den Tresen und kniff die Augenbrauen zusammen. »Lisa, wenn der Tag kommt, an dem ich keine Zeit für meine Nachbarn und Freunde habe, dann sperre ich zu und gehe zurück nach München. Wir müssen doch zusammenhalten.«

»Was bin ich denn dann? Nachbarin oder Freundin?«

»Ich würde sagen, eine sehr gute Freundin aus der Nachbarschaft«, antwortete Zeitler, wohl wissend, dass diese Frage vielleicht etwas tiefer gehen sollte, und stellte die Kaffeemaschine an. Er hingegen fühlte sich an der Oberfläche pudelwohl.

Principessa nutzte die kleine Pause und legte sich neben dem Tresen auf den Boden des Cafés. Wie es schien, hatte auch sie verschlafen.

»Magst du lieber etwas von dem Panettone, wie auch immer er ihn genannt hat, oder ein Stück von der Torta della nonna? Das habe ich mir gemerkt, weil es so schön flüssig klingt. Torta della nonna! Mürbteig mit Puddingcreme gefüllt. Obendrauf Pinienkerne. Weißt du was? Da trödeln wir beide gar nicht erst lange herum«, entschied er übermütig, schnappte sich einen Teller aus dem Regal und legte beides darauf.

»Wenn du nicht aufpasst, verschlafe ich öfter.«

»Kein Thema. Ich mag angenehme Kundschaft.« Er reichte ihr den Teller und stellte die Tasse Kaffee auf den Tresen. »Geht heute mal aufs Haus. Sag nur Sofia nichts davon. Sie schimpft immer, wenn ich hin und wieder Gäste einlade.«

»Ist sie denn auch eine gute Freundin aus der Nachbarschaft?«

»Lisa, sie ist meine Vermieterin und im Übrigen sechzig Jahre alt. Ich weiß genau, worauf du hinauswillst.«

Lisa lachte. »Ich meine ja nur. Weil sie dich immer so … du weißt schon … so ansieht.«

»Tja, ich bin eben ein Womanizer mit bayerischem Akzent. Da kann niemand widerstehen. Aber fürs Protokoll: Ich zähle euch alle hier in der Gasse zu meinen Freunden. Somit auch Sofia Barone.«

Lisa nahm die Kuchengabel und stach ein Stück von der Torta della nonna ab. Unter Principessas kritischem Blick kostete sie Leones Kuchen mit geschlossenen Augen.

»Mmmh … weißt du, man sollte Leone einen Orden verleihen«, schlug sie vor und nahm einen Schluck Kaffee.

»Ich würde ihm einen Platz in der Politik geben. Da wären alle entspannter, wenn er was mitbringt.«

»Sag mal, was ist denn eigentlich bei Alessandro passiert? Da hängt ein Schild an der Tür, dass er heute aus familiären Gründen nicht geöffnet hat. Weißt du was?«

»Keine Ahnung«, tat Zeitler unwissend. »Vielleicht gönnt er sich auch nur eine Auszeit.«

»Alessandro?« Sie lachte laut auf. »Sein Motto war schon immer: Kein Tag ohne Party! Deshalb macht es mich ja so stutzig. Hoffentlich ist nichts Schlimmes passiert.« Sie sah auf die Uhr. »O Gott, ich muss meine Boutique aufschließen. Kann ich das hier …?«

»Freilich. Bring das Geschirr einfach irgendwann vorbei.«

»Falls du mal einen Rock oder eine Bluse brauchst … ich helfe gerne. Ich hätte auch tolle Taschen.«

»Vielleicht komme ich auf das Angebot zurück.« Grinsend reichte er ihr Principessas Leine. »Sag mal, hattest du eigentlich schon mal Probleme mit deiner Boutique?«

»Was genau meinst du?«

»Keine Ahnung … ob du bedroht wurdest oder so … du weißt schon, was man immer in den Filmen sieht oder in der Zeitung liest.«

»Du meinst …«

»Ja, genau das«, kürzte Zeitler ab.

»Nein, noch nie. Warum? Hast du?«

»Ach was.«

Sie riss die Augen auf. »Denkst du, dass bei Alessandro …«

»Nein, nein. Vergiss es! Ich habe heute nur schlecht geträumt. Da drängte sich der Gedanke auf. Alles gut.«

»Du guckst zu viele Krimis, mein sehr guter Freund aus der Nachbarschaft«, spottete sie und verließ mit ihrer an der Leine ziehenden Chihuahua-Dame das Café. Wobei es vielmehr den Anschein erweckte, dass Lisa an der Leine hinausgeführt wurde.

Zeitler stellte ein paar Zuckerstreuer auf ein Tablett und ging damit nach draußen, um sie auf den Tischen zu verteilen. Er liebte diese Minuten des Tages, wenn Bardolino ganz langsam aus dem Schlaf erwachte und die morgendliche Brise vom See her durch die Gassen strich. Zufrieden stellte er das leere Tablett auf einem Tisch ab, stemmte die Hände in die Hüften und atmete tief durch. Als er sich nach beiden Seiten umsah, erkannte er von Weitem Antonia, die mit der frischen Brise auf ihn zusteuerte. Die Morgensonne legte einen Schein um ihre brünette Mähne, als wäre sie eine Heilige. Seine gute Laune änderte sich schlagartig, als er erkannte, dass die Heilige an diesem Morgen den Teufel im Schlepptau hatte. Der Teufel trug den Namen Francesco Martini. Es lag auf der Hand, dass das Ziel der beiden das Monaco war, und der Gedanke drängte sich ihm auf, schnell das Schild von Buratis Tür abzunehmen, um es an seine zu hängen. Doch bevor er reagieren konnte, winkte ihm Antonia bereits freudig zu, was er aufgrund ihrer Begleitung lediglich mit einem milden Lächeln erwiderte.

»Buongiorno«, grüßte sie ihn, wirkte jedoch etwas verhaltener als sonst. Sie wusste, wie Zeitler zu ihrem Kollegen stand.

»Buongiorno, Antonia. So früh schon unterwegs?«

»Na ja, so früh ist es nun auch wieder nicht.« Sie schaute erwartungsvoll zu Martini, der Zeitler seine Hand hinstreckte.

»Buongiorno, Signor Zeitler.«

»Servus«, grüßte Zeitler den Begleiter etwas abgeklärter zurück. »Herr Martini, es tut mir leid. Ich kann heute leider nicht mit einem Todesfall in meinem Café dienen. Ich befürchte, Sie müssen sich noch ein bisserl woanders für eine pfundige Schlagzeile umsehen.«

»Was ist dieses … pfundig …«

»Reißerisch, super, gewichtig, toll … und so weiter«, übersetzte Zeitler dem Journalisten und griff nach seinem Tablett.

Martini strich mit den Fingern über sein Kinn. Er lächelte freundlich, nahm seine Sonnenbrille ab und steckte sie in die äußere Brusttasche seines Sakkos. Er spürte sicher, dass es Zeitler Freude bereitete, ihm gegenüber Wörter zu benutzen, die er nicht verstand.

»Signor Zeitler, wollen wir beide nicht noch einmal von vorne beginnen? Es wäre doch schade, wenn an so einem schönen Tag eine dunkle Wolke über uns schwebt.«

»Tja, Signor Martini, manchmal ist vielleicht das IL NUOVO GIORNALE für das schlechte Wetter verantwortlich. Da kann unsereins wenig ausrichten.«

Zeitler atmete tief durch und blickte zu Antonia, die ihn erwartungsvoll anblinzelte. Sie wusste genau, an welchen Stellschrauben sie bei dem Barista drehen musste.

»O mei, dann setzt euch halt. Was soll es denn sein?«

»Un cappuccino per favore«, orderte Martini freundlich. Antonia schloss sich an.

Er verschwand im Café hinter seinem Tresen und kümmerte sich um die erste Bestellung des Tages. Antonia und Martini waren sicher nicht vorbeigekommen, um nur einen Kaffee zu trinken. Zeitler vermutete, dass sie sich ihrem Kollegen anvertraut hatte. Diese Vorstellung gefiel ihm überhaupt nicht. In dem Fall lag auf der Hand, dass sie ihn ebenfalls erwähnt hatte. Und sicher auch den Speicherstick. Zeitler war sich nicht mehr sicher, ob es eine gute Idee gewesen war, sein Wissen mit ihr zu teilen. Doch schnell versöhnte er sich innerlich mit ihr. Gut möglich, dass er in ihrer Lage ebenfalls nach jedem Strohhalm gegriffen hätte.

Zeitler stellte die beiden Cappuccini aufs Tablett und wollte gerade nach draußen gehen, als Antonia mit Martini im Schlepptau das Café betrat.

»Vielleicht ist es besser, wir sitzen hier drinnen. Wer weiß, ob wir beobachtet werden«, erklärte sie, legte ihre Handtasche auf einem Barhocker ab und setzte sich daneben.

»Zwei Journalisten, die einen Kaffee trinken. Nicht gerade ungewöhnlich«, warf Zeitler ein und stellte das Tablett wieder ab.

»Du weißt, dass ich mit Francesco nicht wegen dem Kaffee hier bin. Ich habe ihm alles erzählt.«

»Aha«, tat Zeitler überrascht und musterte Martini abermals, bevor er die Cappuccini servierte. »Dann ist ja alles gesagt. Ich wüsste nicht, wie ich mich noch einbringen könnte.«

Antonia griff nach ihrer Tasche. »Vielleicht war es eine dumme Idee, hierherzukommen.«

»So warte doch.« Immer geht sie gleich, murrte er still vor sich hin. »Okay, ich spiele mit.«

Antonia blieb stehen, drehte um und setzte sich wieder. Martini stand weiterhin unbeeindruckt an ein und derselben Stelle am Tresen und trug mit seinem Löffel den Milchschaum ab. Zeitler schwor sich im selben Augenblick, das nächste Mal Antonia nicht einzubremsen. Ihn hätte zu sehr interessiert, ob sie wirklich gehen würde.

Der Barista bereitete sich ebenfalls einen Kaffee zu. »Also erzählt schon … weshalb seid ihr hier?«

»Francesco hatte schon länger die Vermutung, dass Matteo an einer Sache dran war.«

»Ach ja?« Zeitler ließ von Antonia ab und schenkte Martini seine volle Aufmerksamkeit. »Und wie kommen Sie darauf?«

»Nun, ich hatte ihn vor ein paar Wochen einfach angesprochen. Er tat sehr geheimnisvoll, war sehr beschäftigt, kam früher, ging später … Das war ich einfach nicht von ihm gewohnt. Ich arbeitete schon lange an Matteos Seite.«

Zeitler schmunzelte innerlich über Martinis Worte. So, wie er ihn einschätzte, arbeitete er an niemandes Seite. Doch er behielt seine Gedanken für sich.

»Und? Wie hat er darauf reagiert?«

»Er ging auf wie eine Calzone. So hatte ich ihn noch nie erlebt. Er schien ziemlich unter Druck zu stehen.«

Zeitler nickte verständnisvoll. Doch schien er nicht auf Martini zu wirken, als ob ihn seine Einschätzung interessiert hätte.

»Hören Sie, Signor Zeitler … ein guter Kollege ist gestorben. Ein Freund. Ich weiß sehr wohl, welchen Ruf ich hier rund um den Lago habe. Wenn man mir vorwerfen möchte, dass ich erfolgreich sein möchte und dafür alles tue … bitte schön. Aber auch ich habe eine Grenze. Und ja, die Sache mit Matteo geht mir wirklich … wie sagt man?«

»Nahe.«

»Sì. Nahe.«

Zeitler drehte sich um, schritt zu seiner Vitrine und legte ein paar Cannoli napoletani al limone auf einen Teller, den er in die Mitte auf den Tresen stellte.

»Mir drängt sich mittlerweile vielmehr der Gedanke auf, dass Matteo einfach nur Mittel zum Zweck war.«

»Wie kommst du darauf?«, fragte Antonia überrascht und griff nach einem von Manuel Leones Kunstwerken.

»Es ist nur so ein Gefühl. Aber was, wenn dieser Mord eine Warnung war und diese mir galt?«

»Sie meinen, um Sie zu vertreiben?«

Zeitler zeigte sich erstaunt, wie schnell Martinis Gehirn funktionierte.

»Warum nicht? Wir haben es hier allem Anschein nach mit Schutzgelderpressung zu tun. Ist es nicht möglich, dass ich eingeschüchtert werden sollte, meine Zelte abzubrechen?«

»Ich weiß nicht«, zweifelte Antonia und schnappte sich eine Serviette. »Ich denke, dass es solchen Typen egal ist, ob du Italiener oder Deutscher bist. Du bist auf ihrem Boden. Ich glaube nicht, dass es da einen Unterschied gibt.«

Martini nahm die Tasse und ging ein paar Schritte auf und ab, während er am Cappuccino nippte. »Es wäre jedoch möglich, dass demnächst jemand erscheint. Matteo wäre in dem Fall die Warnung gewesen, um aufzuzeigen, was passiert, wenn Sie nicht zahlen.«

»Etwas zu aufwendig, findet ihr nicht?«, zweifelte Antonia an den Thesen der Männer.

Ein Herr betrat mit der Getränkekarte das Monaco und breitete die Arme aus. »Wird man hier bedient?«

»Oh, entschuldigen Sie. Selbstverständlich«, rief ihm Zeitler entgegen, huschte um den Tresen herum und eilte seinem Gast entgegen. »Ich hatte gerade ... was bekommen Sie denn? Ich hätte feines Gebäck. Vorhin frisch eingetroffen ...«

Nachdem Zeitler den Herrn samt Begleitung und zwei weitere Tische versorgt hatte, kehrte er zurück an den Tresen.

»Herr Martini, Sie kommen so viel herum und kennen Land und Leute. Hand aufs Herz. Wie sieht es aus mit Schutzgelderpressung?«

Martini lachte. »Con tutto l'amore, aber darüber spricht sicher niemand mit einem wie mir.«

»Sie werden bestimmt Freunde und Bekannte in der Szene haben, Herr Martini«, hakte Zeitler nach. »Sie wollen mir doch nicht erzählen, dass Sie da nicht das eine oder andere mitbekommen.«

»Glauben Sie mir, Signor Zeitler, wenn das so wäre, dann würden diese Menschen eine Menge falsch machen. Diese Liste, die Sie der Polizia gegeben haben, ist der beste Beweis dafür. Wenn es sich hierbei um Schutzgeld handelt, ist es eine Kunst, dass niemand darüber spricht. Und das wird einen guten Grund haben.«

Zeitler nickte. »Der Grund heißt Angst.«

Martini stimmte ihm zu und trank den Rest seines Cappuccinos. »Angenommen, der Mord an Matteo war wirklich bloß eine Warnung, die an Sie gerichtet war, weshalb dann der Stick?«

»Wer sagt denn, dass Matteo den Stick dort versteckt hat?«, warf Zeitler die Frage in die Runde.

Martini ging zu dem Tisch in der Ecke und deutete auf den Stuhl. »Ist es dieser hier? Antonia hat mir davon erzählt.« Zeitler nickte. »Was, wenn der Stick zu dem Zeitpunkt, als Matteo an dem Tisch saß, noch nicht dort war?«

Zeitler wurde neugierig. »Worauf wollen Sie hinaus?«

»Vielleicht hat Matteos Mörder den Stick dort platziert.«

Antonia zweifelte an Martinis These. »Egal, wer den Stick versteckt hat, die Spurensicherung hätte ihn sicher gefunden.«

»Diese Frage habe ich mir auch schon gestellt, Antonia. Aber ich kann mich noch ziemlich gut an den Abend erinnern. Die haben mir zwar den Keller auseinandergenommen und jede Toilettenpapierrolle konfisziert, hier oben passierte jedoch ziemlich wenig.« Zeitler blickte sich um und beugte sich etwas über den Tresen. »Mal was ganz anderes … vielleicht ist es auch ein absurder Gedanke. Aber könnte es sein, dass der Commissario mit der ganzen Sache etwas zu tun hat?«

Martini und Antonia zeigten sich erstaunt über diese Frage.

»Wie kommst du darauf?«, fragte Antonia nach. »Du denkst doch nicht, dass Lanza …«

»Wieso nicht? Weißt du noch, welches Restaurant wir vorletzte Nacht in Sirmione ausfindig gemacht hatten, zu dem die Initialen L. V. passen?«

Antonia dachte kurz nach. »Du meinst das von diesem Leonardo …«

»Ventura, ganz genau. Das LEO'S.«

»Was ist damit?«

»Ich war gestern Abend dort.«

Antonia war anzusehen, dass sie sichtlich beeindruckt von Zeitlers Engagement war. Martini wurde neugierig.

»Ventura? Leonardo Ventura? Der ist ebenfalls auf der Liste?«

»Wir vermuten es zumindest«, bestätigte Antonia und bat Zeitler um einen weiteren Kaffee.

»Und … Sie waren also in Sirmione im LEO'S.«

»Nein, nicht *im* LEO'S, aber davor«, stillte Zeitler die Neugierde des Journalisten. »Und nun ratet mal, wer quasi Arm in Arm nachts mit diesem Ventura aus dem Restaurant auftauchte?«

»Lanza.«

Der Barista nickte Martini bestätigend zu.

»Und der hatte den Arm um Ventura? Hätte ich ihm gar nicht zugetraut. Sonst wirkt er immer so steif.«

»Antonia, das sagt man nur so. Ich wollte damit bloß zum Ausdruck bringen, dass die beiden sehr vertraut miteinander waren«, klärte Zeitler auf und stellte eine frische Tasse unter den Auslass der Kaffeemaschine.

»Sie denken also, dass der Commissario etwas mit der Sache zu tun haben könnte?«

»Signor Martini, ich erzähle einfach, was ich gesehen habe«, hielt sich Zeitler dem Journalisten gegenüber mit seiner eigenen Annahme bedeckt. Vielmehr versuchte er, in den Gesichtern der beiden zu lesen, was sie über diese neueste Information dachten. Doch das war nicht nötig. Martini zog es vor, seine Gedanken laut auszusprechen.

»Vielleicht war es Lanza, der den Stick dort im Stuhl platziert hat.«

Antonia prustete. »Also, jetzt wird es verrückt, findet ihr nicht?«

»Warum denn nicht? Vielleicht war es ein Test?«

Antonia lenkte ein, nachdem Martini seine These ausgesprochen hatte.

»Du denkst, er hat ihn auf die Probe gestellt, ob er seinen Fund der Polizia meldet?«

Zeitler stellte Antonia den frischen Kaffee auf den Tresen. »Ich gebe zu, dass mir dieser Gedanke auch schon gekommen ist. Es war jedoch ein blöder Zufall, dass ich auf den Stick gestoßen bin. Der wurde an dieser Stelle versteckt, damit ihn niemand findet. Somit scheidet diese Möglichkeit aus. Hätte ich nicht dummerweise etwas Wein verschüttet, wäre ich nie auf ihn aufmerksam geworden. Vielleicht hat auch eine Person, die wir überhaupt nicht auf dem Schirm haben, den Stick dort schon vor einiger Zeit versteckt, und nicht Matteo oder etwa Lanza. Und die Spurensicherung war nicht gründlich.«

»Womit wir wieder am Anfang wären«, meinte Antonia mit enttäuschter Miene.

»Ich muss mich jetzt ohnehin um meine Gäste kümmern. Eins noch … könnt ihr mit Gewissheit sagen, dass sonst niemand aus eurer Redaktion damit zu tun hat?«

Zeitler sah Antonia an, dass sie in Gedanken die Kolleginnen und Kollegen abklapperte, bevor sie ihm bestätigte, dass sie sich dahingehend sehr sicher sei.

»Wie gesagt, Matteo war ein Einzelgänger. Klar, Palma ging bei ihm zu Hause ein und aus. Aber in der Redaktion waren Francesco und ich so ziemlich die Einzigen, mit denen er näheren Kontakt hatte und auch mal ein privates Wort gewechselt hat«, erklärte sie und schüttete etwas Zucker in ihren Kaffee.

»Und was ist mit eurem Chef? Könnte der …?«

Martini lachte. »Der ist zwar mit allen Wassern gewaschen, doch er ist kein Mörder. Tommaso ist eine Marionette, die von den Fäden, die wir alle ihm zuspielen, gesteuert wird. Ist ihm eine Geschichte zu langweilig, malt er sie aus. Egal, ob es die Wahrheit ist oder nicht. Aber einen Mord traue ich ihm nicht zu.«

»Vielleicht ist Matteo auf etwas gestoßen, das diesem Palma gefährlich werden könnte? Wie wir wissen, gibt es da zwei düstere Typen, die sich allem Anschein nach um die Drecksarbeit kümmern. Es wäre doch möglich, dass eure Marionette seine eigenen Marionetten hat«, ließ Zeitler nicht locker, um diese Möglichkeit völlig ausschließen zu können.

»No«, blieb Martini bei seiner Einschätzung. »Bei allem, was mir heilig ist, er hat sicher nichts damit zu tun. Tommaso Palma mochte Matteo. Er ging bei den Villas ein und aus und umgekehrt.«

Zeitler presste die Lippen aufeinander, während Martini sprach. Da dem Journalisten allem Anschein nach sehr wenig heilig war, konnte er nicht unbedingt viel Gewicht auf dessen Worte legen.

»Matteo konnte jedoch sehr eigenwillig sein, wenn es um die Wahrheit ging. Vielleicht ist er jemandem wirklich zu nahe getreten«, fuhr der Journalist weiter fort. »Ich höre mich ein wenig um und mache ein paar Telefonate. Vielleicht kriege ich etwas heraus.«

Antonia strich ihm über den Oberarm. Zeitler wusste noch immer nicht, was er von Martini halten sollte. Gut möglich, dass hinter dieser aalglatten Fassade doch ein Mann mit Werten steckte. Vielleicht verfügte er aber auch über ein Talent, das auf den ersten Blick nicht ersichtlich war. Nämlich das, sich gut zu verkaufen.

Orlando und Silvestri

Als Lanza am Vormittag mit den beiden Assistenti Serena Ricci und Flavio Marchese die Dienststelle in Bardolino verließ, waren die Wege und Gassen des malerischen Ortes bereits von zahlreichen Menschen gesäumt. Besonders die Uferpromenade war stark frequentiert, da kurz zuvor die Fähre nach Limone angelegt hatte. Egal, wie viele Fahrgäste für die Überfahrt auch an Bord gingen, die Anzahl derer, die an Land kamen, war in etwa die gleiche.

Flavio startete den Motor des Dienstwagens, während Lanza in den weißen Seat Leon stieg. Wahrscheinlich wäre er überrascht gewesen, hätte er gewusst, dass er an diesem Tag bereits Teil der Ermittlungen in einem Café namens Monaco gewesen war, das nur wenige Gehminuten von ihm entfernt lag. Vielleicht hätte es ihn aber auch nicht gekümmert. Einem Mann wie Lanza schien es egal zu sein, was andere über ihn dachten. Er war sicher nicht als Commissario angetreten, um beliebt zu sein. Er überprüfte nochmals das Magazin seiner Waffe, bevor auch er den Motor startete. Ein Ritual, das er sich angewöhnt hatte. Auch wenn man es sich an einem sonnigen Tag wie diesem nur schwer vorstellen konnte, es gab noch etwas anderes als Amore und la dolce vita in dieser Gegend. Er winkte noch den Getränkelieferanten an seiner Motorhaube vorbei, der mit einer Sackkarre ein paar Kisten Limonade über das warme Pflaster schob, bevor er den beiden Kollegen folgte. Mit einem schnellen Handgriff stellte er den Rückspiegel in die richtige Position, jedoch nicht, ohne einen prüfenden Blick hineinzuwerfen. Er fasste sich an die Stelle am Hals unter seinem Bart, die er morgens bei der Rasur vernachlässigt hatte.

Lanza legte sehr viel Wert auf sein Äußeres. Das war bereits vor seiner Ehe so gewesen, währenddessen ebenfalls und hatte sich auch nicht geändert, als sich seine Frau vor knapp drei Jahren von ihm getrennt hatte. Lanza war in Bardolino und darüber hinaus hoch angesehen. Seine Aufklärungsquote konnte sich sehen lassen. Jedoch kam die nicht von ungefähr und war sicher auch der Grund dafür, dass seine Ehe in die Brüche gegangen war. Keine Frau mochte es, die zweite Geige in einer Beziehung zu spielen. Vielleicht die einzige Sache, die ihn mit Zeitler verband.

Lanza öffnete das Fenster einen Spalt und zündete sich eine Zigarette an, während er langsam auf den Streifenwagen zurollte, der an einem Fußgängerüberweg angehalten hatte. Der Commissario rauchte selten. Seine Ex-Frau Mariella hatte es gehasst, wenn er es tat. Gut möglich, dass er sich aus diesem Grund hin und wieder dieses Stückchen Freiheit gönnte, ohne Rechenschaft ablegen zu müssen. Oder es war die Nervosität, die er auf dem Weg zu einem Einsatz zu kompensieren versuchte, was er jedoch niemals zugegeben hätte.

Wie immer hatte Lanza Mühe, auf der Via Gardesana dell'Acqua Richtung Garda an seinem Kollegen dranzubleiben. Der Commissario hielt große Stücke auf seinen Assistente Flavio Marchese. Was er jedoch nicht an ihm mochte, war seine temperamentvolle Art, Auto zu fahren. Er zog noch einmal an seiner Zigarette und warf sie kurz vor Garda aus dem Wagen.

»Cosa vuole da me?«, wetterte Lanza mit Blick in den Rückspiegel, nachdem das Wohnwagengespann mit Kölner Autokennzeichen hinter ihm aufgeblendet und zugleich gehupt hatte.

Er folgte Marchese in die Via Monte Baldo und bremste scharf ab, als ein Lastwagen rückwärts aus einer Einfahrt kam und ihm den Weg versperrte.

»Maledetto! Flavio … piano piano«, fluchte Lanza, als er erkannte, dass der Streifenwagen nicht auf ihn wartete. Er drückte auf die Hupe, um den Fahrer des Lkws anzutreiben. Als der mit einer etwas abfälligen Geste reagierte, konterte Lanza mit seiner blauen Kennleuchte, die er auf das Armaturenbrett schob und erneut hupte. Der Fahrer des Lastwagens gab nach und rollte zurück in die Einfahrt, um ihm den Weg frei zu machen. Energisch trat er aufs Gas, um die Kollegen einzuholen, was ihm zwei Straßen weiter kurz vor dem Ziel auch gelang.

Nur noch wenige Meter zu dem Roller- und Fahrradverleih in Garda, auf den sie es abgesehen hatten. Lanza öffnete sein Fenster komplett, nahm die Kennleuchte vom Armaturenbrett und setzte sie aufs Dach. Flavio schaltete sie ebenfalls an und bog in die Einfahrt des Kleinunternehmens ein, fuhr bis vor den Eingang und blieb mit quietschenden Reifen davor stehen. Lanza versperrte mit seinem Wagen die Einfahrt und stieg aus.

»Das nächste Mal wartest du«, mahnte er den Assistente auf dem Weg zum Eingang. Flavio Marchese zuckte unschuldig mit den Schultern und setzte seine Kappe auf.

Serena Ricci ging unerschrocken voran und trat als Erste in den Laden.

»Polizia!«, rief sie selbstbewusst und legte ihre rechte Hand auf dem Griff ihrer Waffe ab, die im Holster steckte.

Auch Lanza und Marchese machten lautstark auf sich aufmerksam, als sie den Laden enterten. Der Commissario drehte sich nochmals um und warf einen Blick in den kleinen

Innenhof. Dann wies er die Kollegen an, die hinteren Räume zu durchsuchen. Es führte nur eine Tür dorthin, die sich hinter dem provisorisch wirkenden Kassenbereich befand. Marchese hatte sich kaum in Bewegung gesetzt, als ein junger Kerl mit einem Klemmbrett in der Hand hoch konzentriert durch die hintere Tür in den Laden kam. Er erschrak derart, als er dem Assistente in die Augen sah, dass ihm das Klemmbrett aus den Fingern glitt und zu Boden fiel.

»Porca miseria«, fluchte er.

»Tino Orlando?«, fragte Serena Ricci den Mann, der nervös blinzelte.

Er ging nicht auf ihre Frage ein. Stattdessen nahm er die Beine in die Hand, drehte sich um und verschwand wieder durch die hintere Tür.

»Non lasciarlo scappare«, forderte Lanza cool den uniformierten Kollegen auf, die Verfolgung aufzunehmen.

Marchese spurtete los und verschwand ebenfalls durch die hintere Tür, durch die der Flüchtige zu hören war, wie er ein paarmal »Attenzione polizia« schrie.

Serena erkannte schnell, dass der Mann nicht alleine war, und lief durch die Ladentür hinaus ins Freie. Sie wusste wohl, dass an ihrem breit gebauten Kollegen niemand vorbeikam und er ihr die Ganoven in die Arme treiben würde. Voller Tatendrang nahm sie ihre Kappe ab und warf sie auf die Motorhaube des Dienstwagens. Lanza steckte die Hände in die Hosentaschen und stellte sich vor das kleine Schaufenster. Er wusste, dass die beiden vorerst keine Hilfe benötigten.

Wie zu erwarten war, kam der Flüchtige mit einem weiteren Kerl im Schlepptau um das Haus herum nach vorne gerannt, wo Serena bereits wartete. Die beiden Jungs teilten sich auf. Während der eine versuchte, über die kleine Mauer auf der linken Seite des Hofs zu fliehen, wählte der andere den einfachen Weg geradewegs durch die Einfahrt. Doch da machte ihm

Serena einen Strich durch die Rechnung. Entschlossen startete sie durch, holte ihn nach wenigen Schritten ein und brachte ihn mit vollem Körpereinsatz zu Fall. Währenddessen zog Marchese den anderen von der Mauer und warf ihn zu Boden. Serenas Gegner war wieder auf den Beinen und bemühte sich weiter, ihr zu entkommen, während sich draußen auf der Straße bereits ein paar Schaulustige angesammelt hatten. Wie von der Tarantel gestochen flitzte er durch die Neugierigen hindurch, mit dem Ziel, über eine Querstraße abzuhauen. Auch die junge Assistente hatte sich schnell berappelt und nahm erneut die Verfolgung auf. Marcheses Wildfang hob übermütig die Fäuste und fing an, wie ein Boxer im Ring herumzutänzeln. Lanza erkannte ein leichtes Grinsen in Marcheses Gesicht. Er machte sich nicht einmal die Mühe, eine abwehrende Körperhaltung einzunehmen, was den Gegner sichtlich verwirrte. Selbstbewusst ging er auf den Typen zu, der zwei Schritte nach hinten machte, bevor er mit zusammengekniffenen Augen zum Schlag ansetzte. Marchese ging einen Schritt zur Seite, um dem Hieb auszuweichen. Entschlossen packte er den Schläger am Kragen und kickte ihm mit dem linken Fuß die Beine weg, sodass er etwas unsanft zu Boden fiel. Selbstverständlich wurde die Szene wie überall auf der Welt von zahlreichen Handykameras für die Nachwelt festgehalten.

Der durchtrainierte Polizist griff an seinem Gürtel nach den Handschellen und legte sie dem jungen Mann an. Danach zog er ihn in den Stand. Er blickte sich nach seiner Kollegin um, die nicht lange auf sich warten ließ. Auch sie hatte erfolgreich ihre Aufgabe bewältigt und kehrte mit ihrem Fang zurück auf den Hof. Immer wieder zappelte ihr Gefangener wie eine Forelle, die man gerade aus dem See gefischt hatte. Doch Serena ließ keinen Zweifel daran, dass er sich diese Idee aus dem Kopf schlagen konnte. Lanza erkannte durch die Scheibe, dass Antonia Romana sich unter den Schaulustigen befand und das Treiben beobachtete. Er atmete tief durch, ging zur Ladentür und öffnete sie. Seine beiden Assistenti trieben die beiden Männer vor sich her in den Laden. Marchese schloss hinter sich die Tür.

Lanza griff nach zwei Stühlen, die an der Wand links neben dem Kassenbereich hinter ein paar Fahrrädern standen, und platzierte sie so im Laden, dass sie von den Schaulustigen auf der Straße nicht zu sehen waren. Serena und Marchese drückten die beiden Männer auf die Stühle und postierten sich hinter ihnen. Bereit, jederzeit blitzschnell reagieren zu können, sollte einer von ihnen einen weiteren Fluchtversuch wagen.

»Das ist das Schöne bei der Polizei. Wir haben regelmäßig Betriebssport«, sagte Lanza etwas schadenfroh, als er in die verschwitzten Gesichter sah.

Er blieb vor dem linken Kerl stehen. »Tino Orlando, nicht wahr?«

»Ich habe nichts getan.«

»Was sicher auch der Grund war, weshalb Sie beide vor uns davongelaufen sind.«

»Was wollen Sie von uns?«, fragte der andere in ruppigem Ton. Er blutete an der rechten Schläfe. Allem Anschein nach war Serena nicht gerade zimperlich mit ihm ins Gericht gegangen, als sie ihn außer Sichtweite gestellt hatte.

»Und Sie sind?«, forschte Lanza mit neugierigem Augenaufschlag.

Der Kerl drehte sich zu seinem Nebenmann. Als der keine Reaktion zeigte, wandte er sich wieder dem Commissario zu. »Silvestri. Filippo Silvestri.«

»Und … Sie arbeiten ebenfalls hier, Signor Silvestri?«

»Ich bin ein Freund des Hauses«, erwiderte er frech grinsend und lehnte sich lässig zurück.

»Ihnen wird das Lachen schon vergehen«, blieb Lanza ruhig und schlenderte zu der schwarzen Vespa, die in der Ecke neben dem Eingang stand. Er deutete darauf. »Wo haben Sie das schöne Stück her?«

»Woher wohl?«, frotzelte Tino Orlando frech, wofür ihn Marchese gegen die Schulter boxte, um ihn daran zu erinnern, dass man mit einem Commissario anders redete. »Gekauft natürlich. Was sonst.«

Lanza klappte die Sitzbank hoch. Darunter wies der Roller eine etwas andere Farbe auf.

»Hat Ihnen das Blau nicht gefallen?«

Orlando schluckte. »Es hat sich gezeigt, dass schwarze Roller öfter von der Kundschaft geliehen werden.«

»Aha«, tat Lanza interessiert. »Und wenn wir uns jetzt die Fahrgestellnummern der Fahrzeuge hier auf dem Hof etwas näher ansehen, was werden wir dann finden?«

Orlando schwieg. Er wich den Blicken des Commissario aus.

»Na und!«, tat Filippo Silvestri emotionslos. »Was können wir dafür, wenn man uns gestohlene Ware andreht?«

»Ach, dann arbeiten Sie also doch hier?«, folgerte Lanza interessiert, obwohl er längst die Antwort kannte. »Insofern haben Sie sicherlich Fahrzeugscheine, Briefe und Kaufverträge für uns? Ich nehme an, dass Sie beide Ihr Büro erstklassig organisiert haben und alles griffbereit ist?«

»Bei uns wurde vor einem Monat eingebrochen«, fiel Orlando ein, was Serena Ricci dazu veranlasste, die Augen zu verdrehen.

»Haben Sie diesen Einbruch zur Anzeige gebracht?«

»Was soll das bringen?«, stieg der andere mit in diese Ausrede ein. »Was interessiert es die Polizia, ob bei uns eingebrochen wurde? Wir sind doch nur kleine Fische.«

»Wir sind hier, Signor Silvestri. Das verdeutlicht sehr gut, dass wir uns auch für kleine Fische interessieren. Es kommt nicht auf die Größe an, sondern vielmehr auf die Menge. Und mit Ihnen beiden haben wir zwei auf einen Streich.«

»Dann haben wir eben ein paar Roller gestohlen«, tat Orlando desinteressiert. »Habt ihr nichts Besseres zu tun?«

»Momentan nicht«, schmunzelte Lanza und wurde kurz darauf ernst. »Ein paar Roller stehlen, das ist eine Sache. Geldwäsche eine andere. Wer ist sonst noch an diesem … nennen wir es Unternehmen … beteiligt?«

»Was reden Sie da von Geldwäsche?«

Lanza ging nicht auf Orlandos Gegenfrage ein. »Ich verstehe, also nur Sie beide. Dann erzählen Sie mir doch, wer von Ihnen beiden den Werkstattbesitzer niedergeschlagen hat, der Sie vor etwa drei Wochen überrascht hatte, als Sie die Suzuki und diese …« Er wandte sich an den Kollegen Marchese. »Flavio, was war es noch gleich?«

»Eine Aprilia Tuono 125 in Rot.«

»Genau«, stimmte Lanza ihm zu und ging zum Fenster. »Ist das die dort drüben neben der Suzuki? Ach, was für ein Zufall!« Er trat direkt vor Orlando und Silvestri. »Sie beide können von Glück sagen, dass dieser Mann aus dem Koma erwacht ist. Es wird dennoch auf versuchten Totschlag hinauslaufen.«

»Ich habe damit nichts zu tun«, wand sich Silvestri. »Ich war zu diesem Zeitpunkt bereits vor der Werkstatt.«

»Silenzio!«, schrie ihn Orlando an. »Ich sage dir, wenn du nicht sofort …«

»Ganz ruhig, meine Herren. Heben Sie sich Ihre Kräfte für den Haftrichter auf. Sehen Sie, Signor Silvestri. Und schon werden kleine Fische ganz groß.« Er blickte zu den beiden Assistenti. »Schafft mir die beiden aus den Augen.«

Serena und Marchese packten die Ganoven und verließen mit ihnen den Laden. Lanza wartete einen Moment und folgte ihnen. Zwischenzeitlich hatten sich noch mehr Schaulustige hinzugesellt. Der Commissario hielt Ausschau nach einer bestimmten Person, während Tino Orlando in den Streifenwagen verfrachtet wurde. Serena Ricci blieb mit ihrem Fang neben dem Wagen stehen und wartete auf den zweiten Streifenwagen, den ihr Kollege angefordert hatte. Um die Wahrheit hinter den Taten der beiden Männer herauszufinden, war es sicher besser, dass sie sich nicht absprechen konnten.

Lanza wurde zwischenzeitlich fündig, stellte sich neben seinen weißen Seat Leon und winkte Antonia Romana zu sich. Sie ließ sich nicht zweimal bitten, beendete ihr Gespräch und steckte das Handy ein.

»Commissario Lanza … können Sie schon etwas Näheres berichten? Was hat es damit auf sich, dass dieser Zweiradverleih Ziel Ihrer Ermittlungen …«

»Un momento«, fiel ihr Lanza ins Wort. »Ich kann Ihnen überhaupt nichts sagen. Verraten Sie mir jedoch, weshalb Sie so schnell hier waren.«

»Ich bin zufällig vorbeigekommen«, parierte sie keck und fuhr sich durch die Mähne.

»Zufällig … aha. Und es kann nicht sein, dass Sie eventuell einen Informanten haben?«

»Sollte dies zutreffen, werden Sie sicher verstehen, dass ich meine Quelle nicht preisgeben kann. Aber wie gesagt … ich war zufällig in der Gegend, habe die Menschen hier gesehen und wurde neugierig. Was soll ich sagen … Berufskrankheit. Weshalb wurden diese beiden Männer verhaftet? Können Sie unseren Leserinnen und Lesern denn nicht ein bisschen …«

»Signora Romana, nur so viel: Sollte Ihr Informant von der Sache hier gewusst haben, ist es gut möglich, dass er oder sie ebenfalls in diese Sache verwickelt ist. Und diese zwei Herren dort hinten tragen ihr Herz auf der Zunge.«

»Es ist jedoch …«

»Ich bin noch nicht fertig, Signora Romana. Sollte Ihr Kontakt aus meinen Reihen stammen, dann richten Sie bitte

Grüße aus, dass ein solches Vergehen nicht geduldet wird und eine fristlose Kündigung nach sich zieht. Haben wir uns verstanden?«

»Jedes Wort«, bestätigte sie ihm seine Warnung und lächelte höflich.

Lanza richtete ein paar Sätze an die Schaulustigen, um sie zu zerstreuen. Genervt stieg er in seinen Wagen, wendete ihn und brauste davon. Während dieses Prozederes ließ Antonia den Commissario nicht aus den Augen. Vielleicht wollte sie ihm damit zeigen, dass sie sich von seiner Autorität, die er an den Tag gelegt hatte, nicht einschüchtern ließ. Es wäre jedoch auch gut möglich gewesen, dass sie mit ihren Augen an ihm klebte, damit sie nicht aus Versehen zu Serena Ricci hinübersah. Nicht, dass am Ende der Commissario aus diesem Blickkontakt die falschen Schlüsse zog.

Geld regiert die Welt

»Du hättest mich vorwarnen können.«

»Und was hättest du gesagt?«

»Dass er hier gar nicht erst auftauchen soll.« Zeitler sortierte die schmutzigen Gläser, die er vor seinem Café abgeräumt hatte, in den Spüler und tippte eine neue Bestellung in die Kasse.

Antonia bedeutete dem Barista, dass sie einen Anruf annehmen musste, als ihr Handy klingelte. Sie redete wie ein Wasserfall in ihr Telefon, während sie im Café auf und ab ging. Zeitler verstand kein Wort von dem, das sie sagte. Er mochte ihre Stimme, die einen warmen Klang hatte. Dennoch hatte er es ihr etwas übel genommen, dass sie ihn mit Martini überfallen hatte. Während er mit dem Tamper das Kaffeemehl im Siebträger verdichtete, beobachtete er sie heimlich aus den Augenwinkeln, wie sie sich durch die Haare strich, beiläufig einen Stuhl gerade rückte und gleich danach einen Blick auf ihre Fingernägel warf. Sie blieb vor dem Fenster stehen, spähte nach draußen, senkte ihren Kopf und begutachtete ihre weißen Leinensneakers. Noch bevor der letzte Tropfen Kaffee in der Tasse war, hatte er ihr längst verziehen.

»Wie schön«, sagte sie, nachdem sie das Gespräch beendet hatte. »Das war meine Mutter. Meine Tante ist wieder aus dem

Krankenhaus entlassen worden. Ihr Blinddarm wurde entfernt. Und das mit neunundsiebzig.«

»Ich werde aus dieser Sprache nicht schlau.« Zeitler schüttelte den Kopf. »Für mich hat sich das Telefonat angehört, als hättest du mit jemandem gestritten oder zumindest scharf diskutiert.«

»Ach was. Mia madre und ich sind ein Herz und eine Seele.« Sie setzte sich auf den äußersten Barhocker. »Wo waren wir stehen geblieben?«

»Ich sagte, dass ich Martini am liebsten niemals wiedergesehen hätte.«

»Genau. Und aus diesem Grund musste ich dich vor vollendete Tatsachen stellen. Du hättest jedoch immer noch Nein sagen können.«

»O mei!«, entgegnete er lächelnd. »Ich und Nein sagen …«

Sie lächelte ebenfalls. Vermutlich, weil sie ganz genau wusste, wie sie auf Männer in Zeitlers Alter wirkte.

»Paul, ich hätte Martini nicht mitgebracht, wenn ich nicht zu hundert Prozent davon überzeugt wäre, dass er mir in der Sache weiterhelfen kann.«

»Schon gut.«

»Gib es zu, so böse ist er nicht.«

Zeitler stellte die beiden Tassen auf sein Tablett und nahm es auf die Hand. »Und wenn du ihm ein Schleifchen um den Bauch gebunden hättest … ich mag ihn nicht. Aber es reicht ja, wenn du ihn magst.«

»Ich mag ihn auch nicht. Aber ich kann ganz gut mit ihm.«

Zeitler ging um den Tresen herum. »Ist es nicht schön, wenn man von niemandem gemocht wird?«

»Glaub mir, das macht ihm nichts aus«, rief sie Zeitler hinterher, als er die Getränke nach draußen brachte.

Während er seine Gäste bediente, zog Antonia Romana ihre Aufzeichnungen aus der Tasche und überflog, was sie sich notiert hatte.

»Aha«, staunte er, als er zurückkam. »Ein richtiger Block und ein Kugelschreiber. Ich dachte, dass ihr nur noch mit Handy und Diktiergerät unterwegs seid.«

»Wenn du schon einmal zu einem Interview gefahren bist und dir mittendrin die Technik versagt, weißt du Papier plötzlich wieder zu schätzen.«

Er lachte. »Gib es zu, die Batterien deines Diktiergerätes waren leer und du hattest keine neuen dabei.«

»Ich möchte nicht darüber sprechen«, verweigerte sie die Aussage und starrte demonstrativ auf den Block.

»Machst du jetzt mit mir ein Interview?«

»Nein, ich schaue mir nur an, was ich vorhin aufgeschrieben habe. Ich habe Neuigkeiten.«

»Ach ja?«

Antonia vergewisserte sich, dass niemand sonst zuhörte, und senkte ihre Stimme. »Wie es aussieht, arbeitet unser Commissario die Liste ab.«

»Und wie kommst du darauf?«

»Ich komme gerade aus Garda und habe Lanza in Aktion erlebt. Zumindest seine beiden Assistenti.«

»Ach ja? Was war denn? Hast du ihn dabei beobachtet, wie er aus einer Pizzeria mit dem Inhaber Arm in Arm herausgekommen ist? Würde mich nicht wundern.«

»Ganz im Gegenteil«, erklärte sie. »Die haben einen Zweiradverleih hochgenommen. War richtig spektakulär.«

»Zweiradverleih? Was hat das mit der Gastroszene zu tun?«

»Wer sagt, dass die Leute auf der Liste alle aus der Gastroszene stammen müssen?«

»Auch wieder wahr«, lenkte Zeitler ein und zog das Notebook unter dem Tresen hervor. »Und du bist dir sicher, dass dieser Zweiradverleih auf der Liste steht?«

»Nein. Deshalb bin ich ja hier, um das herauszufinden.«

Zeitler klappte das Display hoch und öffnete die Datei. »Um was ging es denn bei diesem Verleih? Die müssen irgendetwas auf dem Kerbholz haben, wenn Lanza tätig wird. Er kann ja nicht rein aus Verdacht mit seiner kleinen Armee dort auftauchen und Radau machen.«

»Erstens weiß ich nicht, was dieses ›Radau‹ bedeutet, zweitens besteht seine Armee aus Serena Ricci, Flavio Marchese und noch so einem, den ich nicht kenne, und drittens weiß ich nicht, was Lanza gegen die in der Hand hatte. Aber ich gebe dir recht, dass er nicht einfach so zwei Leute verhaftet und abführt.«

»Woher wusstest du eigentlich, dass er in Garda einen Einsatz hatte?«

»Du klingst schon wie er.«

Zeitler blickte vom Bildschirm auf. »Hat er dich gesehen?«

»Natürlich. Mich und etwa zwanzig andere Schaulustige.«

»Na, da ist ja doch ein kleiner Unterschied zwischen dir und irgendwelchen Leuten. Er wird sich sicher gefragt haben, weshalb du dort bist, oder?«

»Natürlich.«

»Und? Verrätst du es mir?«

»Ich verrate dir, was ich ihm gesagt habe. Ich war zufällig in der Gegend«, erklärte sie schmunzelnd und drehte das Notebook zu sich.

»Klar. Ich kann mir schon denken, wer dir was gesteckt hat. Und deine Kontaktperson wusste nicht, ob dieser Einsatz in Zusammenhang mit dem Mord an Matteo Villa steht?«

»Das läuft alles ein bisschen anders, als du es dir vielleicht vorstellst«, berichtete sie, ohne die Augen vom Bildschirm zu nehmen. »Ich erfahre, wenn sich etwas tut, was für mich interessant sein könnte. Jedoch nicht alle Einzelheiten und schon gar nicht, wenn es um einen Mord geht.« Sie schob das Notebook von sich. »Da passt nichts.«

Zeitler drehte den Bildschirm zu sich. »Zwei Personen waren es, sagst du? Wie heißen sie denn?«

»Tino Orlando und Filippo Silvestri«, las sie von ihrem Notizblock ab und warf ihn zurück auf den Tresen.

»Und woher hast du diese Namen? Stehen die an der Tür des Verleihs?«

»Nein, ich habe auf dem Weg hierher ein paar Anrufe gemacht und recherchiert.«

»Und wie heißt der Laden?«

»Scooter-Rent.«

Zeitler beugte sich über die Theke. »Antonia, angenommen, du arbeitest hier bei mir im Café. Denkst du, man würde sich an dich wenden, um Schutzgeld zu erpressen?«

»Nein, ich denke nicht.«

»Und an wen würde man sich wenden?«

»Na, an meinen Chef. Also an dich.« Sie musterte ihn fragend. Doch schon kurz darauf dämmerte ihr, was er ihr damit sagen wollte. »Du denkst, die beiden sind nur Angestellte?«

»Du hast deine Kontakte. Finde es heraus«, tat er lässig und fuhr mit einem Handtuch wie in einem Western über den Tresen.

»Du solltest dich beim Commissario bewerben und für die Polizei arbeiten. Er könnte einen wie dich sicher gebrauchen«, meinte sie bewundernd, nahm ihr Handy und wischte mit dem Daumen durch das Adressbuch.

»Polizei? Das ist nichts für mich.« Er hielt eine leere Tasse in die Höhe. »Cappuccino?«

»Gerne«, antwortete sie und wählte eine Nummer.

Zeitler kümmerte sich um den Kaffee. Er grinste in sich hinein. Für einen Moment überlegte er, ob er sie einweihen sollte. Doch schnell wurde ihm klar, dass es besser war, wenn er es nicht tat. Zu viele Fragen würden auf ihn einprasseln und womöglich würde sie sich die Frage stellen, weshalb er als ehemaliger Hauptkommissar den Tod an Matteo Villa nicht hatte verhindern können. Nein, es brachte nichts, ihr davon zu erzählen. Es lag jedoch auf der Hand, dass sein Geheimnis irgendwann ans Tageslicht kommen würde. Lanza wusste davon. Also war es eine Frage der Zeit, bis eine gewiefte Journalistin, wie Antonia eine war, davon Wind kriegen würde.

»Und?«, fragte Zeitler, als Antonia mit betretener Miene auf dem Barhocker Platz nahm und nach dem Cappuccino griff, den er ihr hingestellt hatte.

»Negativ. Der Inhaber ist Tino Orlando.«

»Und der steht nicht auf der Liste?« Zeitler zog das Notebook etwas näher zu sich.

»No, steht er nicht. Also hat diese Sache wohl nichts mit Matteo zu tun.«

»Das würde ich so nicht sagen, Antonia. Zum einen wissen wir nicht, ob diese Liste überhaupt vollständig ist. Wir wissen weder, wann diese Liste erstellt wurde, noch, ob sie nicht zwischenzeitlich erweitert wurde. Was wir haben, ist eine Momentaufnahme.«

Antonia rutschte von dem Barhocker. »Wenn du recht hast, dann wären wir wieder bei Lanza. Vielleicht weiß er doch mehr darüber, was es mit dieser Liste auf sich hat.«

Zeitler schüttelte den Kopf. »Ich denke, wir können Lanza vom Haken lassen. Wie wahrscheinlich ist es, dass er sich diesen Orlando schnappt, wenn der auf irgendeiner Liste stehen würde? Damit würde er sich ins eigene Fleisch schneiden.«

Antonia lachte. »Also, ihr Deutschen habt manchmal eine Art, euch auszudrücken … Wer sollte sich denn selbst schneiden?«

»Das ist ein Sprichwort. Jedes Land hat sie. Sicher auch Italien.«

»Natürlich. Eines davon wird mir jeden Tag klarer, seit ich Journalistin bin. Il denaro fa girare il mondo.«

»Und was bedeutet es?«

»Geld regiert die Welt. Was sicher auch der Grund dafür war, dass Matteo sterben musste.«

Zeitler warf einen Blick nach draußen und bedeutete einer Dame, die an einem Tisch vor seinem Café saß, dass er ihren Wink gesehen hatte.

»Antonia, wir sollten vielleicht unsere Sichtweise ändern. Dieser Tino Orlando wurde von Lanza sicherlich nicht verhaftet, weil er Schutzgeld zahlt. Vermutlich ist der Kerl selbst ein Gauner. Somit ist davon auszugehen, dass jemand von seinen Machenschaften wusste. Und so jemand erpresst kein Schutzgeld, sondern …?«

»Schweigegeld.«

»Ganz genau, Antonia. Du solltest dich an meiner Stelle bei Lanza bewerben. Dich könnte er gut gebrauchen.«

Die Journalistin hielt Zeitler, der mit seinem Tablett nach draußen gehen wollte, am Arm fest. »Es gäbe auch noch eine dritte Option.«

»Die wäre?«

»Dass das alles nichts miteinander zu tun hat.«

Er legte seine Hand auf ihre. »Dann sollten wir beide uns vielleicht doch nicht bei Lanza bewerben. Ich habe schon so viele Krimis in meinem Leben gesehen und es läuft immer auf das Gleiche hinaus. Es ist nicht einfach, einem Mörder auf die Schliche zu kommen.«

»Aufgeben ist keine Option. Matteo hätte das nicht verdient.«

»Wer sagt denn was von aufgeben?« Er lächelte bedeutungsvoll und ging hinaus.

Nächtlicher Besuch

»Was zum …« Zeitler schreckte hoch. Es war finster in seinem Schlafzimmer. Nur der Schein, der von den Straßenlaternen zu ihm in den zweiten Stock fiel, erhellte ein wenig die Zimmerdecke. Er drehte sich zu seinem Nachttisch, auf dem der Wecker stand, und rieb sein Gesicht. Es war kurz nach drei Uhr morgens. Hatte er geträumt? Schlaftrunken saß er in seinem Bett und richtete seine Aufmerksamkeit auf das gekippte Fenster. Vielleicht ein paar Nachtschwärmer, die nicht einsehen wollten, dass die Partynacht längst vorüber war. Erneut vernahm er ein Geräusch, das er nicht einordnen konnte.

»Herrgott, ich bilde mir das doch nicht ein«, grummelte er, schlug die Bettdecke zurück und schlurfte zum Fenster. Um keine Aufmerksamkeit zu erregen, drückte er sanft gegen den Rahmen, drehte den Griff in die entgegengesetzte Richtung und öffnete es. Dann streckte er seinen Kopf über das Fensterbrett hinweg und sah nach unten. Leise fluchte er in sich hinein, als er zwei leere Pizzakartons entdeckte, die auf seinen Tischen entsorgt worden waren.

»Sakra … wenn ich die einmal dabei erwische, dann …«, murmelte er vor sich hin. Still. Das Geräusch war genau unter ihm.

Vorsichtig lehnte er sich noch weiter hinaus und spähte direkt an der Fassade hinunter. Was war das, was da auf den Pflastersteinen vor seinem Café im Licht der Laternen glitzerte? Da hörte er erneut ein Poltern. Er sah zum Haus gegenüber, als er ein Licht in den unteren Scheiben registrierte. War etwa jemand eingebrochen? Zeitler schärfte seinen Blick. Dann erkannte er, dass sich niemand in der Eisdiele gegenüber befand. Das Licht, das er gesehen hatte, spiegelte sich in den Fenstern und kam eindeutig aus dem Monaco. Es gab keinen Zweifel. Jemand war in sein Café eingedrungen.

Schnell zog er seinen Kopf zurück und griff nach den Jeans, die er vor dem Zubettgehen über den Stuhl in der Ecke neben dem Fenster geworfen hatte. Für einen Moment kam ihm in den Sinn, die Polizei zu rufen. Doch dann wäre sein ungebetener Gast längst über alle Berge. Er konzentrierte sich. Angespannt trat er in seinen Flur, schlüpfte barfuß in die Sneakers und griff nach der langen Stabtaschenlampe auf der Kommode, die hervorragend als Waffe zu gebrauchen war. Leise öffnete er seine Wohnungstür und trat in den Hausflur. Instinktiv tastete seine Hand zum Lichtschalter, er entschied jedoch umgehend, ihn nicht zu betätigen. Seine Augen hatten sich an die Dunkelheit gewöhnt und das schwache Licht, das durch das kleine Fenster ins Treppenhaus fiel, reichte aus, um die Stufen schemenhaft zu erkennen. Zeitler fasste nach dem hölzernen Handlauf, der sich an der Außenwand nach unten schlängelte, und machte sich vorsichtig auf den Weg. Auch im Treppenhaus drangen ein paar Laute an seine Ohren, die nur aus seinem Café stammen konnten. Eine Stufe knarrte. Er wusste, dass es die drittletzte vor dem ersten Stock war. Für gewöhnlich übersprang er sie tagsüber aus genau diesem Grund. Als er mit dem Rücken vor der Wohnungstür seiner Vermieterin Sofia Barone stand, hielt er einen Moment inne. Seine Finger umklammerten etwas fester die Taschenlampe, die er in Brusthöhe trug, um jederzeit einen

Angreifer abwehren zu können. Nach einem weiteren Schritt orientierte er sich wieder am Handlauf und setzte seinen linken Fuß auf die erste Stufe, als er hinter sich ein Atmen vernahm.

Instinktiv riss er die Taschenlampe in die Höhe und drehte sich blitzschnell um. Vor ihm stand eine Gestalt mit der gleichen Körperhaltung, wie er sie eingenommen hatte. Gerade als er zuschlagen wollte, erkannte er, dass es sich um seine Vermieterin handelte, die mit einer Rohrzange bewaffnet aus ihrer Wohnung gekommen war. Er konnte gerade noch nach ihrem Arm greifen und verhindern, dass sie ihm das Werkzeug über den Schädel zog.

»Sofia«, flüsterte er. »Was machst du denn da?«

»Ich dachte, du wärst ein Einbrecher. Dort unten im Café ist jemand. Ich habe Glas splittern gehört und aus dem Fenster nach unten gesehen. Die Scheibe ist eingeschlagen. Ich rufe die Polizia.«

»Nein, Sofia. Wenn du sie rufst, kommen die mit Blaulicht und verscheuchen ihn. Ich sehe nach.«

»Das lässt du bleiben, Paolo«, zischte sie. »Wenn dir etwas passiert. Das ist es nicht wert.«

»Lass mich nur machen. Ich weiß schon, was ich tue«, versuchte er, sie zu beruhigen, und löste sich aus ihrem Griff. »Geh du wieder in deine Wohnung, lass niemanden rein und schließ die Tür ab. Ich kümmere mich darum.«

»Paolo, bleib hier. Lass uns hineingehen und die Polizia rufen«, flüsterte sie ihm mit Nachdruck hinterher, als er bereits die zweite Stufe genommen hatte.

Zeitler konzentrierte sich auf das, was vor ihm lag. Er konnte bereits einen Blick zur Haustür werfen. Gegenüber befand sich die Tür, durch die man früher einmal direkt ins Café kommen konnte. Doch diese war verschlossen und wurde seit Jahren nicht mehr geöffnet. Sofia mochte den Gedanken nicht, dass jemand tagsüber unbemerkt ins Treppenhaus gelangen konnte, als sie noch das Café betrieben hatte. Fluch und Segen, wie sich in diesem Moment herausgestellt hatte.

Langsam drückte er die Klinke der Haustür hinunter und streckte seinen Kopf in die Gasse. Sie war menschenleer. Er blieb nah an der Hauswand, während er sich weiter nach vorne zum Eingang des Cafés vorarbeitete. Als er die Ecke erreicht hatte, sammelte er all seine Sinne. Seine Hand, in der er die Taschenlampe hielt, schwitzte. Vorsichtig linste er um die Ecke und sah die Glassplitter seiner Scheibe, die auf dem Boden lagen. Er konnte hören, dass der Einbrecher immer noch im Monaco war.

Zeitler nahm all seinen Mut zusammen, schnellte um die Ecke und stellte sich breitbeinig vor das Café. Noch konnte er nichts erkennen. Hastig schaltete er die Taschenlampe ein, richtete sie ins Innere und trat über die Glasscherben hinweg ins Café.

»Es ist vorbei! Finito! Hörst du?«, schrie er entschlossen ins Dunkle, um keinen Zweifel daran zu lassen, dass er sich jedem, der gleich zum Vorschein kommen würde, mutig entgegenstellte.

Schemenhaft konnte er erkennen, dass einiges zu Bruch gegangen war. Er marschierte weiter in die Mitte des Raumes. Der Lichtkeil der Lampe flog durch die Dunkelheit. Es galt, so schnell wie möglich jeden Winkel zu beleuchten und seine Augen überall zu haben, um keine Überraschung zu erleben. Plötzlich schlug sein Herz schneller. Er lenkte den Schein der Lampe einen Meter zurück und sah in die Augen eines Fremden, der eine Sturmhaube und schwarze Kleidung trug.

»Was machst du hier, du Grattler? Was soll das!«, brüllte Zeitler und brachte sich so in Position, dass es schwer war, an ihm vorbeizukommen.

Er wartete auf eine Reaktion, doch der Einbrecher verharrte regungslos vor ihm. Die Augen, die Zeitler durch den

Schlitz der Haube erkennen konnte, starrten ihn weiter an. Einen Augenblick später bewegte sich der Mann mit langsamen Schritten auf den Barista zu.

»Bleib bloß, wo du bist. Ich schwöre dir, ich ziehe dir das Ding über den Schädel, dass dir die Lichter ausgehen.«

Ihm war bewusst, dass sein Gegner sicher kein Wort seiner Drohungen verstand. Doch das war egal. Zeitler war es wichtiger, dass seine Stimme entschlossen und nicht ängstlich klang. Ob es ihm gelang, dessen war er sich in dem Moment nicht sicher. Er wich keinen Schritt zurück und leuchtete seinem Gegner weiter mitten ins Gesicht.

Plötzlich traf Zeitler ein Hieb von der Seite. Verdammt, der Typ war nicht allein. Damit hatte er nicht gerechnet. Der Treffer kam so überraschend, dass Zeitler die Taschenlampe aus der Hand fiel und unter einem Tisch zum Liegen kam. Er selbst geriet ins Straucheln, prallte gegen einen Stuhl und ging zu Boden. Eine Polizeisirene ertönte. Vermutlich hatte Sofia Barone doch einen Notruf abgesetzt. Die beiden Einbrecher ließen von ihm ab und traten den Rückzug an. Zeitler, der mittlerweile wieder auf den Beinen war, packte den Stuhl, über den er gefallen war, und warf ihn einem der beiden Ganoven hinterher. Der konnte ausweichen, jedoch rief das den anderen auf den Plan. Er stürmte auf Zeitler zu und zog eine Waffe. Instinktiv schnellte die Hand des Ex-Polizisten nach vorne, packte den Arm seines Angreifers und drückte ihn zur Seite. Ein Schuss löste sich und die Kugel bohrte sich in die Wand hinter dem Ex-Kommissar. Zeitler schlug dem Kerl die Waffe aus der Hand und traf ihn mit seiner geballten linken Faust an der Schläfe, wodurch der maskierte Mann in die Knie ging. Der andere kam ihm zu Hilfe, griff in seine Jackentasche und zückte ein Springmesser, dessen Klinge mit einem Mal aus dem Griff schnellte.

Zeitler hielt die Hände schützend vor sich und ging zwei Schritte zurück.

»Ganz ruhig! Alles gut. Haut einfach ab«, sagte er und hörte, wie das Polizeiauto von der Seeseite her um die Kurve kam. Der mit dem Messer wies mit dem Finger auf Zeitler und deutete ihm mit einer Handbewegung unmissverständlich an, dass er ihm die Kehle durchschneiden würde, sollte er ihm nochmals begegnen. Im nächsten Moment flüchteten die beiden aus dem Café, bogen nach links ab und suchten durch die schmalen Gassen das Weite, um der Polizei zu entkommen. Sekunden später stoppte der Streifenwagen mit quietschenden Reifen vor dem Monaco, zwei bewaffnete Beamte sprangen heraus und stürmten das Café.

Zeitler nahm die Hände nach oben und zuckte zusammen, als dabei seine Hüfte schmerzte, mit der er gegen die Stuhllehne gefallen war. Sofia Barone kam hinzu und setzte die beiden Beamten lautstark mit Händen und Füßen ins Bild, dass es sich bei ihrem Fang um den Besitzer des Cafés handelte. Die beiden Assistenti steckten ihre Waffen zurück ins Holster, während die Vermieterin hinter den Tresen trat und den Hauptschalter für das Licht betätigte.

»Ist alles in Ordnung mit dir? Bist du verletzt?«

»Alles bestens«, flunkerte Zeitler und hielt sich die Hüfte.

»Ich konnte nicht anders. Ich musste die Polizia rufen.«

»Das hast du sehr gut gemacht, Sofia.«

Sie sah sich im Café um und schlug die Hände über dem Kopf zusammen. »Maria Madre di Dio«, klagte sie und bückte sich nach einem Zuckerstreuer, der vor ihr auf dem Boden lag.

»Lass nur, Sofia. Ich mach das schon.«

»Was wollten die? Hier wurde noch nie eingebrochen.«

»Tja, irgendwann ist immer das erste Mal«, sagte Zeitler und lächelte dabei, um sie nicht weiter aufzuregen.

Doch innerlich kochte er vor Wut. Er wusste genau, um wen es sich bei den beiden Typen handelte.

Sofia kümmerte sich um die beiden Polizisten, während Zeitler den Tresen ansteuerte. Er ging hinter ihn und bückte sich. Sein Notebook war an Ort und Stelle, und als sein Blick zur Kasse wanderte, waren keine Anzeichen zu finden, dass versucht worden war, sie aufzubrechen.

Endlich dämmerte es ihm. Die Männer hatten nichts gesucht. Sie waren in sein Café eingebrochen, um ihn einzuschüchtern. Da sie dabei nicht sonderlich leise gewesen waren, konnte er davon ausgehen, dass sie es darauf angelegt hatten, dass er sie hörte. Gut möglich, dass er Matteo Villa folgen sollte. Ihm wurde bewusst, dass die nächtliche Begegnung auch anders hätte ausgehen können. Seine Hände zitterten, als er sich nach einer Tasse bückte.

»Ist alles gut bei dir?«, erkundigte sich Sofia.

»Freilich«, beruhigte er sie. »Schau, die Maschine ist noch ganz. Unser Herzstück. Ich glaube, wir können jetzt alle eine Tasse vertragen. Und bevor du etwas sagst: Doch, der geht aufs Haus.«

Sofia lächelte und strich über seine Hand. Geschäftig griff sie nach den Tassen, die hinter dem Tresen im Regal standen. »Lass mich das machen. Sieh du lieber nach, ob etwas fehlt.«

Zeitler wehrte sich nicht gegen das Angebot und trat mitten in sein Café. Dabei entdeckte er die Waffe, die unter einem Tisch neben seiner Taschenlampe lag.

»Was für Schmalspurganoven«, spottete er leise vor sich hin. »Lassen etwas hier, anstatt etwas mitzunehmen.«

Wenn eine Kasse nicht reicht

»Und Sie sagen, es fehlt nichts?«, fragte Lanza, der am nächsten Morgen etwa eine halbe Stunde vor der eigentlichen Öffnungszeit des Cafés vor der zerbrochenen Scheibe stand.

»Wie gesagt, Commissario, es ging nur einiges zu Bruch. Teller, Tassen, zwei Stühle und … Sie sehen ja: die Scheibe eben.«

Lanza bückte sich nach einer kleinen Glasscherbe, die Zeitler wohl übersehen hatte, und warf sie in den Eimer, der im Café in der Ecke stand. »Können Sie sich vorstellen, weshalb Ihr Café ins Visier dieser Männer geraten ist?«

»Keine Ahnung. Vielleicht hatten alle anderen Glück. Darf ich Ihnen einen Kaffee anbieten?«

»Nein, danke«, schlug Lanza das Angebot aus und betrachtete einen kaputten Stuhl, der auf dem Boden neben dem Eimer lag. »Mein Assistente sagte, dass die Männer Masken trugen?«

»Tja, die Mode der Einbrecher. Hat sich seit Jahrzehnten bewährt.«

»Demnach können Sie die Männer also nicht beschreiben?«

»Wie ich bereits Ihrem Assistente erzählt habe: beide etwa so groß wie ich, muskulös, schwarz gekleidet, schwarze Masken«, erklärte Zeitler und fegte weiter den Bereich vor seinem Tresen. Dann lehnte er den Besen an einen Barhocker und trat vor Lanza. »Man könnte fast glauben, Sie wären überrascht, dass so etwas passiert ist.«

»Was meinen Sie?«

»Ich denke, dass Sie genauso gut wie ich wissen, weshalb mir diese Männer heute Nacht einen Besuch abgestattet haben. Es geht um die Geschichte mit Matteo Villa, um die Liste, Schutzgeld, Einschüchterung … soll ich ausführlicher werden?«

Lanza spitzte die Lippen und schritt zur hinteren Wand des Cafés, in die der abgefeuerte Schuss eingeschlagen war. »Ich weiß ja nicht, was Sie zu wissen glauben, Signor Zeitler. Aber wenn Sie meine Meinung so interessiert, dann bin ich gerne bereit, sie mit Ihnen zu teilen. Ich denke, dass Sie sich selbst in Gefahr bringen, und kann mich nur wiederholen: Sie sind kein Polizist mehr. Und selbst wenn, dann außerhalb Ihres Zuständigkeitsbereichs. Lassen Sie uns unsere Arbeit erledigen und kümmern Sie sich um Ihr Café. Gut möglich, dass Sie dann von weiteren Besuchen verschont bleiben.«

»So, wie Sie das sagen, hört es sich fast wie eine Drohung an.«

»Es ist ein gut gemeinter Rat und auch eine Warnung«, wurde Lanza abermals in scharfem Ton deutlicher.

»Commissario, wer außer Ihnen und mir weiß von der Liste?«

»Worauf wollen Sie hinaus?« Lanza musterte das Einschussloch in der Wand.

»Nun, ist es nicht komisch, dass ich ausgerechnet Besuch von ein paar Schlägern bekomme, nachdem ich Ihnen den Datenstick zugespielt habe? Vielleicht sind gewisse

Informationen auf der Dienststelle der Polizia Locale nicht sicher?«

Lanza stockte einen kurzen Augenblick, dann drehte er sich um. »Sie überschreiten Ihre Kom…, wie sagt man bei Ihnen?«

»Kompetenz. Das mag sein, Commissario. Ich spreche auch nicht zu Ihnen als ehemaliger Polizist, sondern als Bürger dieses Ortes, der letzte Nacht überfallen wurde. Und als dieser bin ich um meine Gesundheit besorgt. Sie werden sicher verstehen, dass ich mir die Frage stelle, ob es eine gute Idee war, Ihnen den Datenstick zu übergeben. Schauen Sie sich um. Es liegt auf der Hand, dass es darum ging. Das waren keine Spinner, die sich einfach nur austoben wollten. O nein, Commissario. Ich überschreite keine Kompetenz.«

Lanza nickte, während er weiter durch das Café wanderte. Er streckte seine Hand nach einer Getränkekarte aus, die auf einem Tisch lag, und stellte sie auf. Zeitler sah ihm an, dass dieses Nicken keine Zustimmung war. Vielmehr war es eine einfache Geste, ihm zu zeigen, dass er seinen Monolog zur Kenntnis genommen hatte. Lanza schien die Aussage des Barista zu verarbeiten, um dann zum Gegenschlag ausholen zu können. Doch dieser blieb aus. Hätte Lanza seine Stimme erhoben und die Autoritätskeule geschwungen, hätte dies nur eines bewiesen. Dass er sich entweder ertappt fühlte oder in diesem Fall mit dem Rücken zur Wand stand. Der Commissario reagierte genauso, wie es die Situation und vielleicht auch sein Wesen von ihm verlangten. Er blieb ruhig und besonnen und signalisierte mit jeder Phase seines Körpers, dass man ihn nicht aus der Reserve locken konnte. Zugegeben, das gefiel Zeitler.

»Ihre ersten Gäste kommen«, sagte Lanza und deutete nach draußen vor das Café. »Wenn Ihnen doch noch etwas einfällt … Sie kennen das Prozedere.«

»Mir fällt da soeben wirklich etwas ein.«

Lanza stoppte auf dem Weg nach draußen und drehte sich um. »Ach ja? Und was wäre das?«

»Hier schleichen neuerdings ein paar Gestalten in den Gassen herum, die Sie sich vielleicht etwas näher ansehen sollten«, wagte sich Zeitler weiter vor, wohl wissend, dass ihm dieser Tipp vielleicht auch zum Verhängnis werden könnte.

»Und welche Gestalten sollten das sein?«

Zeitler zuckte mit den Schultern. »Dunkle Haare, Sonnenbrillen, Dreitagebart … treten gerne zu zweit auf …«

Lanza legte seine Stirn in Falten. »Sie beschreiben gerade etwa zwanzig Prozent der italienischen Männer. Geht es etwas genauer?«

»Wie wäre es mit einem Alfa Romeo Giulia?«

»Kennzeichen?«

»Das kann ich Ihnen nicht sagen, dafür die Farbe. Schwarz.«

Lanza schmunzelte. Es wirkte jedoch nicht, als ob ihn Zeitlers Beschreibung erheitern würde. Vielmehr hatte es den Anschein, als würde er den Barista in diesem Augenblick nicht ernst nehmen.

»Wissen Sie, wie viele schwarze Alfa Romeo Giulia rund um den Gardasee angemeldet sind? Das ist … wie sagt man bei Ihnen? Die berühmte Nadel im Heuhaufen.«

»Egal, wie Sie es nennen wollen. Zu meiner Zeit als Hauptkommissar nannten wir es eine Spur.«

»Und diese Zeit ist vorbei, nicht wahr?«, rief ihm Lanza noch zu, während er nach draußen verschwand.

Fast zeitgleich drang der unvergleichliche Klang einer Ape an Zeitlers Ohren, die nur Manuel Leone gehören konnte. Sekunden später bremste der knallrote Flitzer direkt vor seinem Café ab.

»Amico mio!«, rief Leone, als er Zeitler in seinem Café entdeckte. Zielstrebig steuerte er auf ihn zu, bevor er auf die zerbrochene Scheibe aufmerksam wurde.

»Pass ein bisschen auf, Manuel. Da könnten noch ein paar Splitter liegen.«

»Santa Maria!«, schlug der Konditor die Hände über dem Kopf zusammen. »Was ist passiert?«

»Ich sag mal so, Manuel, die Kunden haben sich in den letzten Jahren stark verändert. Besonders die, die nachts kommen.«

»Bei dir wurde eingebrochen?«

Zeitler nickte und kehrte vorsichtshalber ein zweites Mal vor dem Café, um sicherzugehen, dass kein Glas mehr auf dem Boden lag.

»Und wer war das? Wurde jemand gefasst? War die Polizia schon da?«

»Keine Ahnung, nein und ja«, beantwortete Zeitler die Fragen des aufgeregten Konditors. »Hattest du eigentlich zwischenzeitlich wieder Besuch von deinen Freunden? Du weißt schon, wer.«

»Ach was!«, tat Leone die Sache ab. »Wie gesagt, das kann mal passieren. Ein paar Kerle, Testosteron, es ist ja nichts geschehen.«

»Manuel, wollen wir das ganze Theater nicht endlich lassen und du erzählst mir, was wirklich los ist? Schau dich doch um. Du weißt genau, wessen Handschrift das ist. Das waren exakt die gleichen Typen, die dich neulich in der Mangel hatten. Und du kennst sie, nicht wahr?«

Leone drehte sich um und ging zu seiner Ape. »Ich habe heute wieder etwas ganz Besonderes für dich mitgebracht. Pistazienkrokant aus Sizilien, köstlichen Panettone und die besten Croccanti alla nocciola, die du je gegessen hast. Ein altes Rezept von meiner Familia. Komm, hilf mir. Ich muss heute noch viel ausliefern.«

Zeitler spürte, dass ihm der Konditor auswich. Doch er wollte ihn nicht so leicht vom Haken lassen. Er drückte die

Heckklappe der Ape zurück ins Schloss und sah Leone eindringlich an.

»Manuel, wenn du etwas weißt, dann musst du mir das sagen, bevor noch jemand zu Schaden kommt. Du erinnerst dich sicher, was vor nicht allzu langer Zeit in meinem Café passiert ist. Dann der Überfall auf dich, jetzt der Einbruch … Das alles hängt doch zusammen.«

»Ich weiß nichts.«

»Du hast Angst, Manuel. Und das ist verständlich. Aber es wird nicht besser, wenn du etwas für dich behältst. Du kannst mir vertrauen.«

Leone schob Zeitlers Hand von der Heckklappe und öffnete sie. Dann griff er hinein, holte eine Transportbox heraus und drückte sie dem Barista in die Hände.

»Ich nehme die andere. Das dürfte dann für heute alles sein«, sagte er und ging voran ins Café.

Zeitler atmete tief durch, bevor er ihm mit der anderen Box folgte.

»Manuel, ich …«

»Chi butta paglia sul fuoco può bruciarsi la mano«, fiel ihm Leone mit finsterem Blick ins Wort.

Zeitler gab ihm einen Moment. So hatte ihn der Konditor noch nie angesehen. Dann lächelte er ihn an, um etwas deeskalierend auf ihn einzuwirken, und breitete die Arme aus.

»Manuel, du weißt, dass ich kein Wort von dem, was du gerade gesagt hast, verstanden habe.«

»Wer Stroh wirft … in das Feuer … kann verbrennen sich die Hände«, wiederholte er auf seine Art und wirkte dabei, als würde er einen Zauberspruch aufsagen.

Emsig sortierte er noch ein wenig in den Transportboxen die Leckereien, die während der Fahrt ihre ursprüngliche Position verloren hatten.

»Manuel, ich vermute, dass du dir längst die Finger verbrannt hast. Willst du, dass dir etwas Schlimmes passiert? Oder deiner Frau? Ich kenne Typen wie diese. Die fackeln nicht lange. Hast du dir etwas zuschulden kommen lassen? Was ist es, das dich schweigen lässt? Im Vertrauen, Alessandro von nebenan hatte kürzlich nicht so viel Glück wie du.«

Leone merkte auf und schluckte. Offensichtlich haderte er mit sich selbst. Doch er blieb eisern. Wer auch immer ihn in der Hand hatte, flößte ihm gehörige Angst ein.

»Ruf mich an, wenn noch etwas fehlt. Und probier die Croccanti alla nocciola.«

Leone verließ das Café und ging zu seiner Ape. Als er die Fahrertür geöffnet hatte, sah er für einen Moment nach nebenan zum BELLA VITA. Dann stieg er ein, startete den Motor und brauste davon. Zurück blieb wie immer eine graue Dunstwolke, die erst nach Minuten vollständig verflogen war.

Zeitler wedelte mit der Hand vor seinem Gesicht, als er draußen ankam und gerade noch die Rücklichter der Ape um die Kurve verschwinden sah.

»Ah, war Leone hier?«, wollte Sofia Barone wissen, als sie plötzlich neben ihm stand.

»Ah, guten Morgen, Sofia. Konntest du dich noch etwas hinlegen nach der ganzen Aufregung?«

»Ich habe kein Auge zugetan.«

»Ich auch nicht. Sag mal, Sofia, hattest du jemals Schwierigkeiten, als du das Café geleitet hast?«

»Was meinst du? Welche Schwierigkeiten?«

»Du weißt schon. Dass jemand vorbeikommt, etwas aufdringlich wird … und dann regelmäßig …«

»Ah, das meinst du.« Sie lächelte. »Und nein, mit so etwas hatte ich nie zu tun. Warum fragst du?«

Zeitler legte die Hand auf ihre Schulter. »Nichts, Sofia. Nur so.«

»Übrigens, Edoardo kommt in einer Stunde vorbei.«

»Wer ist Edoardo?«

»Der Glaser. Er hat die ganze Front damals erneuert und kennt die Größe. Er setzt sie noch am Vormittag ein.«

»Großartig, Sofia. Wenn ich dich nicht hätte.«

Als er an Sofia vorbeisah, entdeckte er Alessandro Burati, der im selben Augenblick sein Restaurant aufsperrte und mit ein paar Kisten beladen war. Seine Nase zierte ein weißes Pflaster, das einen starken Kontrast zu seiner bläulich verfärbten Augenpartie bildete. Burati blinzelte zu Zeitler herüber, nickte kurz und schaffte seine Kartons ins Restaurant.

»So, jetzt reicht's mir«, wetterte Zeitler entschlossen. »Sofia, könntest du kurz auf das Café aufpassen? Ich bin gleich wieder da.«

»Natürlich. Was ist denn los?«

»Ich muss nur eben was klären«, rief er ihr zu und marschierte schnurstracks zum BELLA VITA hinüber, zog die Tür auf und ging hinein.

»Alessandro?«

»In cucina!«, rief Burati zurück, woraufhin Zeitler seiner Stimme folgte und durch die silberne Schwingtür in die Küche eilte.

Burati stand mit dem Rücken zu ihm. Er lugte kurz über die Schulter, dann räumte er weiter ein paar Flaschen Olivenöl ins Regal.

»Was ist denn bei dir da drüben passiert? Deine Scheibe ist kaputt.«

»Gut, dass du es sagst. Ist mir noch nicht aufgefallen.«

Burati drehte sich um. »Was kann ich für dich tun?«

»Das weißt du ganz genau. Sag mir, wer dafür verantwortlich ist«, forderte Zeitler und deutete auf das lädierte Gesicht des Gastronomen.

»Ich habe es dir doch schon gesagt. Das waren …«

»Alessandro, verkauf mich nicht für dumm«, unterbrach ihn Zeitler und machte ein paar Schritte auf ihn zu. »Manuel Leone ist letztens auf offener Straße von ein paar Schlägern überfallen worden, in meinem Café wurde jemand umgebracht und du siehst auch nicht gerade nach dolce vita aus. Heute Nacht wurde ich von zwei Typen besucht, die mein Café auf links gedreht haben. Ach ja, so ganz nebenbei wurde auch noch eine Waffe abgefeuert.«

Burati wich Zeitlers stechendem Blick aus. »Ich kann dir wirklich nicht weiterhelfen.«

»Na gut. Wenn du mir nichts erzählen kannst, dann der Polizei. Ich habe nichts gesagt, weil es deine Angelegenheit war, was in deinem Restaurant passiert ist. Jetzt aber geht es um mich. Und ich werde nicht tatenlos herumsitzen, bis ich das nächste Mal besucht werde.«

»Verdammt, Paolo!« Burati fegte wütend mit der Hand einen Satz Töpfe von der Arbeitsplatte.

Zeitler zuckte bei dem unangenehmen Geräusch zusammen, als sie zu Boden fielen. Doch das machte nichts. Er hatte Burati so weit, dass er reden musste. Sein Wutausbruch war ein Garant dafür, dass es nun kein Zurück mehr für ihn gab.

»Alessandro, auch wenn es momentan nicht so für dich aussieht, ich bin dein Freund. Und Freunde reden miteinander. Also?«

Burati zog sein Sakko aus und lehnte sich gegen die Arbeitsplatte. Nervös krempelte er die Hemdsärmel hoch. Seine Stirn glänzte.

»Du kennst meine beiden Küchenhilfen?«

»Matilda und … wie heißt er noch gleich?«

»Marco.«

»Was ist mit den beiden?«

Burati verschränkte die Arme. »Es gibt sie eigentlich nicht.«

»Du meinst, du hast sie nicht angemeldet?«

Burati nickte. »Sie arbeiten nun schon seit vier Jahren bei mir. Matilda hat auch keine Arbeitserlaubnis. Bist du jetzt zufrieden?«

»Du wirst mir doch nicht sagen, dass du zusammengeschlagen wurdest, weil du zwei Mitarbeiter schwarz beschäftigst«, zweifelte Zeitler an Buratis Worten.

Burati stieß sich von der Arbeitsplatte ab und hob einen der Töpfe auf, von dem bei dem Aufprall ein Griff abgebrochen war. »Maledetto!«, fluchte er und warf den Topf in den Mülleimer. »Natürlich ist das noch nicht alles. Ich arbeite mit zwei Kassen«, fügte er kleinlaut hinzu.

Zeitler sah ihm an, dass er sich dafür schämte. Zu Recht, wie er fand. Ein Mann mit seinem Ruf, dessen Restaurant jeden Abend bis auf den letzten Platz ausgebucht war, sollte es nicht nötig haben, Geld beiseitezuschaffen.

»Warum, Alessandro? Du hast doch alles. Reicht dir nicht, dass du …«

»Ich habe nichts! Verstehst du? Nichts!«

»Was meinst du damit?«

Burati stemmte sich gegen den großen Gasherd, der mitten in der großzügigen Küche stand. Er atmete tief durch, während er auf die Brenner starrte.

»Ich bin ein Spieler, Paolo. Bist du endlich zufrieden?«

Zeitler zeigte keine Regung. Er war vorsichtig, um ihn nicht mit einem falschen Wort zu verurteilen. Er hatte während seiner Zeit in München weiß Gott wie oft mit Menschen zu tun gehabt, die dieser Sucht verfallen waren. Und er wusste zu gut, wie schnell man sich in diesem Strudel verfangen konnte, aus dem man nur schwer alleine wieder herausfand.

»Wie lange geht das schon?«

Burati lachte übertrieben. »Paolo, Paolo … vor dir steht ein Mann, der sich schon zu Schulzeiten im Pausenhof sein Geld für das Pausenbrot mit Wetten verdient hat.«

»Hast du dir von den falschen Leuten Geld geliehen? Ist das der Grund, weshalb du so aussiehst?«

»Ach was, senza senso«, tat Burati die Frage ab. »Ich bin vielleicht ein Spieler, aber nicht dumm.«

Zeitler ging ebenfalls zum Gasherd und positionierte sich ihm gegenüber. Durch den tief hängenden Dunstabzug konnte er Burati gerade so in die Augen sehen. »Was wollen die Typen von dir, Alessandro?«

»Sie lassen es sich gut bezahlen, dass sie mich nicht an die Finanzbehörde oder die Polizei verpfeifen. So einfach ist das.«

»So einfach nun auch wieder nicht«, widersprach Zeitler. »Woher wissen sie, dass du doppelte Kasse machst oder ein paar Angestellte schwarz beschäftigst?«

»Das habe ich Antonio zu verdanken, meinem ehemaligen Chefkoch. Er hatte in alles Einblick. Hat selbst die Hand kräftig aufgehalten. Bis wir eines Tages auseinandergegangen sind. Und das leider nicht im Guten. Er wollte immer mehr. Es ging so weit, dass ihm schon fast das Restaurant gehörte. Also habe ich ihn hinausgeworfen. Das war ein Fehler, wie ich heute weiß.«

Zeitler schlenderte um den Herd. »Weißt du sicher, dass er dich verraten hat?«

»Ich kann es nicht beweisen, aber die Typen tauchten das erste Mal hier auf, da war Antonio noch keine Woche aus dieser Küche.« Er drehte sich zu Zeitler um und blickte ihn mit müden Augen an. »Verstehst du nun, weshalb ich nicht zur Polizei gehen kann? Ich habe mir diese Suppe eingeschenkt, ich muss sie auch alleine essen.«

»Eingebrockt und auslöffeln heißt es eigentlich.«

»Wie auch immer«, tat Burati gleichgültig und versenkte die Hände in den Hosentaschen.

»Trotzdem wird es niemals enden, wenn du nicht zu deinen Taten stehst.«

Burati kniff die Augen zusammen. »Du sprichst wie unser Pastore. So weiß wird deine Weste auch nicht sein. Es wird enden. So oder so. Irgendwann wird vielleicht ein anderer schwach und stellt sich. Ich weiß, dass diese Typen hier monatlich um den See herum ihre Runde machen. Vielleicht habe ich Glück und mein Name taucht nirgendwo auf.«

Zeitler stockte, nachdem er Buratis kleinen Hoffnungsschimmer vernommen hatte. Er wusste, dass dessen Name auf der Liste stand. Wenn auch nur abgekürzt. Doch der Commissario würde seine Hausaufgaben schon erledigt haben und die Liste früher oder später entschlüsseln.

»Und wenn du kein Glück hast, bis dieser Tag eintritt? Was, wenn diese Männer ausgerechnet bei dir eines Tages einen Schritt weiter gehen? Ist es das wert?«

»Damit muss ich leben«, sagte Burati entschlossen.

»Kennst du die Männer? Weißt du, wie sie heißen?«

Burati lachte. »Man merkt, dass du keine Ahnung hast. In diesen Kreisen fragst du nicht nach einem Namen, verstehst du? Wenn du das tust, war das die letzte Frage, die du in deinem Leben gestellt hast.«

»Denkst du, die beiden sind alleine? Oder steckt da noch jemand dahinter?«

Burati zuckte mit den Schultern. »Wie gesagt, ich frage nicht nach. Und? Was wirst du nun machen? Verlässt du jetzt dieses Restaurant und läufst zur Polizia?«

Zeitler drehte sich um und ging ein paar Schritte zur Schwingtür. Dann bückte er sich nach einem Topfdeckel, der zuvor ebenfalls Buratis Wutausbruch zum Opfer gefallen war. Er hob ihn auf und legte ihn auf der Arbeitsplatte ab.

»Alessandro, ich bin zu dir gekommen als Freund und ich gehe auch als Freund durch diese Tür. Lass es mich wissen, wenn du Hilfe benötigst. Und pass gut auf dich auf.«

Zeitler verließ die Küche und spazierte zurück zum Café. Was Burati ihm anvertraut hatte, beunruhigte ihn. Nicht nur, dass sein Nachbar in großer Gefahr war. Es lag auf der Hand, dass auch Manuel Leone eine Leiche im Keller hatte, wegen der er erpresst wurde. Der Barista befand sich in der Zwickmühle. Er konnte nun alles daransetzen, die zwei Männer ausfindig zu machen, um ihnen das Handwerk zu legen. Dies hätte jedoch zur Folge, dass er Leone und Burati ebenfalls ans Messer liefern würde. Doch einen Tod musste er sterben. War nur die Frage, welchen.

Die blonde Lisa könnte sich erinnern

»Nein, mir ist nichts passiert. Mach dir keine Sorgen. Nur etwas Geschirr und ein paar andere Sachen. Nichts, was man nicht ersetzen könnte. Gestohlen wurde nichts. Ich weiß natürlich nicht, ob das daran lag, dass ich die Burschen überrascht habe. Was sagst du?« Er lachte. »Du bist ja wieder bestens informiert. Ja, wurde von Lanzas Männern sichergestellt«, bestätigte er Antonia den Verbleib der Waffe, während er mit seinem Handy am Ohr vor der neuen Scheibe stand, die etwa eine halbe Stunde zuvor eingesetzt worden war.

»Wir sollten jedenfalls vorsichtig sein. Wenn ich in deren Visier bin, dann haben sie vielleicht auch ein Auge auf dich. Nein, damit möchte ich dich überhaupt nicht beunruhigen. Mir wäre wohler, wenn du einen Gang herunterschalten würdest. Was? Ach, das ist so eine Redensart. Damit meine ich, du solltest langsamer machen. Ja, genau. Die Scheibe? Die ging zu Bruch. Nein, ist bereits erneuert. Ich stehe gerade davor. Sie ist so klar, dass ich überlege, diese Vogelaufkleber zu besorgen, damit ich nicht aus Versehen dagegen renne. Wie bitte? Sorry, draußen ist es heute etwas laut. Wer die … ah, der Typ heißt

Edoardo. Falls du mal eine neue Scheibe benötigst, ich kann ihn dir wärmstens empfehlen. Guter Mann. Nein, Sofia, meine Vermieterin, hat sich darum gekümmert.«

Zeitler zuckte innerlich zusammen, als er durch das klare Glas einen Mann auf sein Café zusteuern sah, auf den er an diesem Tag gerne verzichtet hätte.

»Sag mal, Antonia … hast du deinem Freund gesagt, er soll bei mir vorbeischauen? Na, wer wohl? Martini. Der kommt nämlich geradewegs auf mich zu. Das weiß ich nicht, was er will. Ich dachte, du … verstehe. Ja, vielleicht bis später. Ciao.«

Er steckte das Handy in die Tasche und tat, als hätte er Martini noch nicht entdeckt. Er schnappte sich sein Tablett, räumte draußen leere Gläser vom Tisch und nahm eine Bestellung auf. Dann drehte er sich um.

»Ah, Signor Martini«, begrüßte er mehr oder weniger freundlich den Journalisten, der am vordersten Tisch Platz genommen hatte. »Was führt Sie zu mir?«

»Ich wollte mich erkundigen, wie es Ihnen geht.«

»Wie soll es mir gehen? Die Sonne scheint, ich habe zu tun und die Presse kommt zu Besuch. Sie sehen, es geht mir blendend.«

»Ich spielte eigentlich auf den Einbruch heute Nacht an.«

»Ah«, tat Zeitler überrascht. »Hat sich das schon herumgesprochen?«

Martini lachte. »Ein nächtlicher Polizeieinsatz mit Sirene, es wurde geschossen, Glas ging zu Bruch … selbstverständlich spricht sich so etwas schnell herum.«

»Mir geht es gut, Signor Martini. Danke der Nachfrage. Darf es etwas sein?«

»Gerne. Cappuccino, ein Glas Leitungswasser und … lassen Sie mich überlegen … gibt es Aragostine?«

»Nein.«

»Tartelette al limone?«

»Nein, aber ich könnte Croccanti alla nocciola anbieten. Heute frisch eingetroffen.«

»Leone?«

»Von wem sonst?«

»Gerne.«

Zeitler ging zurück und nahm im Vorbeigehen Davides leere Espressotasse mit. Der reagierte nicht, weil sein Spielpartner Riccardo kurz zuvor seine Dame in Bedrängnis gebracht hatte und er vor der Entscheidung stand, ob er lieber seinen Turm oder den Springer opfern sollte.

Während die Kaffeemühle lief, beobachtete Zeitler seinen jüngsten Gast, der zwischenzeitlich seine Sonnenbrille aufgesetzt hatte und das Treiben in der belebten Gasse studierte. Er stellte sich die Frage, ob einer wie Martini in genau diesem Augenblick einfach nur die Seele baumeln ließ oder in der Hoffnung auf eine Inspiration für eine neue Story an diesem Tisch Platz genommen hatte. Er erinnerte sich an die Zeit, als er noch Hauptkommissar gewesen war. Auch nach Feierabend hatte er sein Umfeld kritisch beäugt. Es hatte lange gedauert, bis er diese Angewohnheit abgelegt hatte. Er musste sich jedoch eingestehen, dass er seit der Geschichte mit Matteo Villa rückfällig geworden war. Jeder Gast, der an einem seiner Tische Platz nahm, wurde von ihm gründlich gescannt, um präventiv reagieren zu können.

Er deponierte Martinis Bestellung auf dem Tablett und ging nach draußen.

»Was ist eigentlich mit Burati passiert? Ich habe mir sagen lassen, er hätte ein blaues Auge?«

Zeitler servierte den Cappuccino sowie das Gebäck und klemmte sich das Tablett unter den Arm. »Sie sind ja wirklich bestens unterrichtet. Man könnte meinen, Sie bezögen Ihre Informationen aus erster Hand.«

Martini lachte. »Wäre das nicht ein genialer Schachzug? Aber im Ernst … hatte er einen Unfall?«

»Das kann ich nicht sagen, Signor Martini. Ich habe ihn seit Tagen nicht gesprochen.«

»Setzen Sie sich doch für einen Moment zu mir. Darf ich Sie auf etwas einladen?«

Zeitler schmunzelte, während er einen Stuhl unter dem kleinen Tisch hervorzog und sich setzte. »Danke, nein. Ich habe ganz gute Beziehungen zu diesem Laden. Ich bekomme hier alles aufs Haus.«

»Köstlich«, bemerkte Martini, als er von seinem Croccante abgebissen und sich den Mund mit der kleinen Papierserviette abgewischt hatte. Dann nahm er die Sonnenbrille wieder ab und steckte sie in die Haare.

»Und? Was macht das Journalistenleben? Heute schon eine Existenz zerstört?«

»Sie gehen hart mit mir ins Gericht, Signor Zeitler. Ich dachte, wir beide wären etwas weiter und spielten mittlerweile in derselben Mannschaft.«

Zeitler legte das Tablett auf dem Stuhl neben sich ab und lehnte sich zurück. »Ach, ich glaube, Sie können solche Seitenhiebe gut vertragen.«

»Ich gelobe Besserung«, versuchte Martini, mit erhobenen Händen glaubhaft zu vermitteln. »Und ich verspreche, dass ich nie wieder ein böses Wort über Sie und Ihr Café schreiben werde. In dem Fall schicke ich dann einen Kollegen vorbei.«

Zeitler konnte nicht umhin, auf diese kleine Retourkutsche mit einem Lächeln zu reagieren, das ihm unkontrolliert über die Lippen kam.

»Wer ist bei Ihnen eingebrochen? Weiß die Polizei schon etwas?«, bohrte Martini unverblümt und biss erneut von dem Gebäck ab.

»Nein, da wird auch nicht viel dabei herauskommen. Die Männer waren vermummt, schwarz gekleidet … hätte jeder sein können. Aber mal eine ganz andere Frage, wo Sie doch so viel herumkommen. Sind Ihnen schon einmal zwei Männer aufgefallen? Dunkle Haare, sehr autoritäres Auftreten, meist mit Sonnenbrille, fahren einen Alfa Romeo Giulia …«

Martini legte seinen Kopf in den Nacken und runzelte die Stirn. »Schwierig. Was Sie mir hier beschreiben, ist nicht sonderlich auffällig. Weshalb fragen Sie?«

»Nur so. Ich hatte da kürzlich eine Begegnung, die etwas unangenehm war«, tat Zeitler beiläufig und beließ es dabei.

»Ich habe mich übrigens zwischenzeitlich ein wenig in der Redaktion umgehört. Dabei ist leider nichts herausgekommen. Ich habe so etwas jedoch schon befürchtet. Wie gesagt, Matteo war kein Mann, der viel über seine Arbeit mit Kollegen sprach.«

»Was hatten Sie eigentlich für ein Verhältnis zu Signor Villa? Ein gutes?«

»Beschreiben Sie, was Sie unter einem guten Verhältnis verstehen«, warf Martini den Ball zurück und gab etwas Zucker in seinen Cappuccino.

»Mei, mit guten Kollegen redet man über Privates, über die Familie, Sorgen oder freudige Ereignisse. Mit den anderen übers Wetter.«

Martini nickte. »Dann war Matteo wohl der andere. Er hat nicht viel über sein Privatleben gesprochen. Vermutlich gibt es Kolleginnen und Kollegen in der Redaktion, die nicht einmal wussten, dass er verheiratet war.« Er rührte mit dem Löffel im Cappuccino und blickte nebenbei zu Zeitler. »Wie war das bei Ihnen und Ihren Kollegen, bevor Sie dieses Café übernommen haben? Waren Sie schon immer in der Gastronomie tätig?«

»Ich? Jaja, schon ewig«, flunkerte er, ohne mit der Wimper zu zucken.

»Auch in einem Café oder …«

»Mal hier, mal da. Restaurants, Cafés oder auf dem Oktoberfest …«

»Das Oktoberfest … ich war einmal dort. Total verrückt. Das Bier ist sehr stark.«

»Ja, das verträgt nicht jeder«, kürzte Zeitler das Prozedere ab, um nicht weiter auf seine Fragen einzugehen. »Ich muss dann auch wieder. Nicht, dass meine Gäste denken, ich hätte nichts zu tun.«

»Ich zahle auch gleich. Ich höre mich weiter um. Das bin ich Matteo schuldig«, sagte Martini, griff in die Hosentasche und zog eine Geldklammer heraus, die gut bestückt war. »Und … ein kleiner Tipp. Sollte wieder einmal nachts jemand in Ihr Café einbrechen, lassen Sie die Gauner ziehen. Das ist es nicht wert. Es hätte schlimmer ausgehen können. Lassen Sie solche Sachen lieber die Polizei erledigen.«

»Sie scheinen ja richtig besorgt um mich zu sein«, wunderte sich Zeitler und schob den Stuhl wieder unter den Tisch.

»Überrascht deswegen?«

»Ich würde sagen, zu Tränen gerührt«, scherzte Zeitler. Er zog es vor, mit Martini an der Oberfläche zu bleiben. Ein Mann seines Kalibers würde allein von Berufs wegen sicher jedes Wort, das er sagte, aufsaugen, um es zu gegebener Zeit auf die Öffentlichkeit loszulassen.

Martini trank noch einen Schluck von dem Leitungswasser, legte einen Schein auf den Tisch und stand auf. »Ich fahre heute Abend nach Malcesine. Ich habe dort einen Kontakt, der sehr viele Menschen aus der Gastronomie kennt und gut vernetzt ist. Vielleicht kann der mir ja etwas sagen. Ich melde mich, wenn ich noch etwas weiß. Ach und … halten Sie sich Leone warm. Das Croccante war molto bene.«

»Ich werde es mir merken«, quittierte der Barista Martinis Rat.

Der Journalist setzte die Sonnenbrille auf die Nase und spazierte hinunter Richtung Ufer.

»Ich mag ihn einfach nicht«, grummelte Zeitler, als er den Schein in seine Börse steckte. Dann langte er in seine Hosentasche, weil sein Handy vibrierte.

Schnell wischte er über das Display und las eine Nachricht von Antonia, die ihm mitteilte, dass sie sich auf den Weg nach Garda machte, um Matteos Frau, Giovanna Villa, zu besuchen. Er wusste nicht, was sie sich davon versprach. Vielleicht war es auch nur ein Besuch, um der Frau ihr Beileid zu bekunden.

Seine Gedanken darüber zerstreuten sich, als Lisa, seine Nachbarin aus der Boutique nebenan, zu ihm herüberlächelte. Er winkte ihr, was sie erwiderte. Lisa schaffte es immer wieder, ihn mit ihrer positiven Ausstrahlung auf andere Gedanken zu bringen. Sie zuckte mit den Augenbrauen. Er spielte das Spiel mit und zuckte ebenfalls. Dann lächelte sie erneut auf eine Art, dass ihm warm ums Herz wurde. Herrgott, wenn doch nur dieser große Altersunterschied nicht wäre, klagte er in sich hinein und schmolz innerlich dahin, weil sie ihm zunickte, als würde sie mit ihm flirten.

»Wieso nicht?«, flüsterte er vor sich hin und nickte zurück. Doch die Reaktion darauf war nicht wie erwartet. Jetzt bedeutete sie ihm, dass er sich umdrehen sollte. Als er ihrem Fingerzeig folgte, erkannte er, dass seine Nachbarin nicht mit ihm flirtete, sondern ihn nur auf die nächste Herausforderung seines angespannten Tages aufmerksam machen wollte. Hinter ihm kam ein schlanker, grau melierter Mann mit Dreitagebart und einer windschnittigen Sonnenbrille des Weges auf ihn und sein Café zu. Er hatte ihn schon einmal gesehen und musste nicht lange überlegen, wo, als er auch die Frau erkannte, die sich bei ihm untergehakt hatte. Ihr blaues weiß gepunktetes Sommerkleid umwehte sie bei jedem Schritt elegant und passte perfekt zu den roten langen Haaren, die eine Gesichtshälfte fast verdeckten und die sie mit dem nächsten Schritt nach hinten warf wie ein Model, das bei einem Werbeshooting sein ganzes Können unter Beweis stellte.

Der Gedanke drängte sich auf, seine Nachbarin Lisa erneut zu bemühen. Hoffnungsvoll drehte er sich zu ihr um und sah nur noch, wie sie ihm nochmals zuwinkte und danach breit grinsend in ihrer Boutique verschwand.

»Guten Tag, ist hier noch frei?«, fragte der Graumelierte und deutete auf den Tisch am vordersten Eck.

»Sì sì, naturalmente. Perché no?«, haute Zeitler den einzigen Satz raus, den er nach all der Zeit in Italien perfekt beherrschte. »Nehmen Sie doch Platz, ich bin gleich bei Ihnen«, versprach er und zog einladend einen der beiden Stühle etwas zurück. Im nächsten Moment flüchtete er hinter seinen Tresen.

Er hatte zwar keine Bestellung abzuarbeiten, fummelte jedoch geschäftig mit dem Siebträger umher, um sich zu sammeln, bevor er sich für eine Bestellung an den Tisch seiner Ex-Frau und ihres Zahnarztes wagte. Er wollte nicht nervös oder gar überrumpelt wirken, um ihr nicht das Gefühl zu geben, dass sie ihn mit ihrem Begleiter aus der Fassung brachte.

Verstohlen linste er hinaus und beobachtete die beiden. Als sie vor ihm gestanden hatte, war ihm aufgefallen, dass ihre Wangen leicht gerötet waren, was nicht nach einem Sonnenbrand aussah. Vermutlich war es nicht ihre Idee gewesen, erneut das Monaco aufzusuchen. Weshalb sollte sie sich selbst der Gefahr aussetzen, dass ihr Neuer davon Wind bekam, dass der Mann, der ihm seinen Cappuccino servierte, sein Vorgänger war. Trotzdem konnte er sich sicher sein, dass sie sich die größtmögliche Mühe gegeben hatte, hinreißend auszusehen, was ihr zugegebenermaßen auch gelungen war.

Er grinste bei der Vorstellung, sie zu fragen, ob sie sich für ihn so schick gemacht hatte. Was bildete sich der Typ ein, eine Frau wie Kerstin im Urlaub sich selbst zu überlassen, nur, um mit ein paar Freunden in hautengen Trikots ein paar Kilometer herunterzuschrubben? Doch er verwarf diese Idee schnell wieder. Er als ihr Ex war nicht dazu da, um seinen Nachfolger in partnerschaftliche Gepflogenheiten einzuweisen.

Zeitler schüttelte innerlich jeden weiteren Gedanken darüber ab. Sonst würde er sich am Ende des Tages noch selbst die Frage stellen müssen, ob er eifersüchtig gewesen war. Allerdings, es schwang ein komischer Beigeschmack mit, die beiden vor seinem Café sitzen zu sehen. Vielleicht wäre es einfacher für ihn gewesen, wenn er sie verlassen hätte. Im Gegensatz zu ihr passte sie in sein Lebensmodell.

»So, die Herrschaften, was darf es denn sein?«, fragte Zeitler, als er ein paar Minuten später mit seinem kleinen Block vor den beiden aufkreuzte.

»Für mich einen Cappuccino … für dich auch, Kerstin, oder hättest du lieber einen Latte?«

»Für mich bitte einen normalen Kaffee und einen Prosecco«, orderte sie für sich selbst, während ihre Augen stetig an ihrem Ex-Mann vorbeiwanderten.

»Hui, noch vor Sonnenuntergang«, bemerkte der Zahnarzt. »Na, was solls, wir sind ja im Urlaub. Sagen Sie, ich hatte letztens so ein tolles Gebäck. Wir sind extra deshalb wieder hierhergekommen.«

»Wenn Sie mir verraten, was es war, dann könnte ich nachsehen, ob ich damit dienen kann.«

Doktor Schüler überlegte. »Herrje, Ihre nette Angestellte hatte die empfohlen. Ist sie vielleicht da?«

»Wie sah sie denn aus?«, flunkerte Zeitler, als hätte er eine ganze Armee hinter sich, die das Monaco am Laufen hielt.

»Schatz, die war blond, nicht wahr? Ganz hellblonde, lange Haare. Sportliche Figur, gut gekleidet …«

Zeitlers Blick wanderte flüchtig zu Kerstin, der das alles sehr unangenehm war, wie er ihr ansehen konnte. Nach vielen Jahren

Ehe genügte eine gewisse Körperhaltung, um das Wohlbefinden des Partners einschätzen zu können.

»Das ist jetzt blöd, weil alle vier meiner Angestellten blond sind. Auch der einzige Kerl. Aber ich denke, es war Lisa. Sie hat die letzten Tage hier bedient. Aber ob die sich an Sie erinnern kann? Vielleicht beschreiben Sie mir das Gebäck?«

Doktor Schüler blätterte in seinen Gedanken, bis er mit seiner messerscharfen Beschreibung glänzte. »Das war so ocker. Oder nein, viel mehr goldbraun.«

»Das macht es nicht einfacher. Wie sieht es denn mit der Füllung aus? Welche Farbe hatte die denn?«, bot der Barista seinem Gast den größtmöglichen Service.

»Ich bin mir nicht so ganz sicher. Kerstin, du hast es doch auch probiert. Ging es mehr ins Grünliche oder war es eher weiß?«

Kerstins Gesichtsausdruck sprach Bände. Jedoch war nicht ersichtlich, wen von ihren beiden Männern sie in diesem Moment mehr zum Mond schießen wollte. Zeitler entschied, sie von ihrem Leid zu erlösen.

»Mein Herr, ich mache Ihnen einen Vorschlag. Ich spendiere Ihnen beiden eine kleine Auswahl aufs Haus. Denn ganz ehrlich, es ist alles köstlich.«

»Das ist doch mal ein Wort. Wissen Sie was? Dann bringen Sie mir doch auch so einen Sekt oder Prosecco … das, was sie hat.«

Zeitler nickte die Bestellung ab und verschwand ins Café. »Was sie hat«, äffte er den Zahnarzt nach. Nebenbei feierte er sich für seine schauspielerischen Fähigkeiten, mit denen er sich selbst den Tag versüßte.

Es dauerte nicht lange und Kerstin kam ins Café und steuerte die Treppe an, die zu den Toiletten in den Keller führte.

»Hauptsache, du hast deinen Spaß«, zischte sie ihm im Vorbeigehen zu und schaute so finster drein, dass es Zeitler für sicherer hielt, hinter seinem Tresen zu bleiben.

»Das Kleid steht dir hervorragend«, warf er ihr ein ernst gemeintes Kompliment zu, das sie jedoch nur mit einem weiteren bösen Blick quittierte, bevor sie nach unten ging.

Noch bevor sie wieder zurückkehrte, servierte er bereits die Bestellung. Doktor Schülers Augen leuchteten, als er die Auswahl von Manuel Leones Kunstwerken auf dem kleinen Teller entdeckte.

»Das sieht ja hervorragend aus«, lobte er das Handwerk des Zuckerbäckers.

»Ja, wir sind auch sehr stolz darauf.«

Der Zahnarzt griff nach Zeitlers Arm und zog ihn etwas näher an sich heran. »Sagen Sie, die kleine Blonde von neulich, diese Lisa … Wann ist die denn wieder mal hier?«, flüsterte er und ließ den Eingang des Cafés nicht aus den Augen.

»Vielleicht nächste Woche. Wieso? Waren Sie unzufrieden?«

»Nein«, flüsterte er. »Ich meinte nur so. Vergessen Sie es schnell wieder. Alles gut«, tat er plötzlich etwas nervös. Grund dafür war Kerstin, die von der Toilette zurückgekehrt war.

»Dann lassen Sie sich das Gebäck schmecken. Und sehr zum Wohle«, wünschte Zeitler seinen Gästen und vermied es, seine Ex-Frau dabei anzusehen.

Als er sich umdrehte, stand Lisa mit einer Kundin vor ihrer Boutique und präsentierte ein paar Blusen, die an einem Kleiderständer hingen. Er steckte zwei Finger in den Mund und pfiff zu ihr hinüber. Als sie zu ihm herübersah, winkte er freudig. Dann wandte er sich noch kurz zu Kerstins Begleiter, der Lisa ebenfalls entdeckt hatte. Sein

Gesichtsausdruck erheiterte Zeitler erneut, als er zu seinem Tresen ging.

»Dass ich nicht lache«, schüttelte er den Kopf. »Nie im Leben ist der wegen der Aragostine noch mal gekommen. Der Stelzbock hat ein Auge auf Lisa geworfen. Kerstin, Kerstin … aufgepasst bei der Partnerwahl.«

Die geheime Notiz

Antonia Romana überquerte gemächlich die Piazza Catullo und atmete tief durch, als sie wenig später vor dem Haus stand, in dem Giovanna Villa wohnte. Sie ging nochmals einen Schritt zurück und blickte die Fassade hinauf zu dem Balkon mit dem Zitronenbaum, von dem ihr Matteo hin und wieder eine Frucht mitgebracht hatte.

Sie mochte Garda und schlenderte oft abends an den Eisdielen, Cafés und Restaurants auf der Uferpromenade vorbei, wo sie sich hin und wieder einen Platz suchte, um die Seele bei einem Glas Vino baumeln zu lassen. Antonia erinnerte sich an einen Tag im späten Frühling, als sie gerade beim IL NUOVO GIORNALE angefangen und Matteo nach Feierabend nach Hause gefahren hatte, weil sein Wagen streikte. Zum Dank hatte er sie in sein Lieblingsrestaurant zu Fettuccine Alfredo eingeladen, mit dem Versprechen, dass es die besten wären, die sie jemals gegessen hätte. Seine Frau war damals noch hinzugekommen. An diesem Abend hatte sie Giovanna kennengelernt und es hatte nur Minuten gedauert, bis sie mit ihr warm geworden war. Die Herzlichkeit, die die Villas an diesem Abend versprüht hatten, ließ sie wünschen, auch irgendwann das Glück zu erfahren, das ihr gegenübersaß.

Sie hatte damals gespürt, weshalb er gegenüber der restlichen Welt etwas reserviert war. Es waren diese Momente, die er für sich und seine Giovanna beschützen wollte, weshalb er auch zu seinem Umfeld auf Abstand ging. Heute wusste sie, welch großes Vertrauen er ihr entgegengebracht hatte, als er sie mit in seinen innersten Kreis aufnahm. Im Laufe der Zeit, als sie mitbekam, wie er sich gegenüber den restlichen Kolleginnen und Kollegen verhielt, begriff sie, welche Ehre ihr zuteilgeworden war.

Umso schlimmer war es nun, den Finger auf den Klingelknopf zu legen. Gerade als sie ihre Hand ausstreckte, öffnete sich die Tür und zwei kleine Jungs rannten aus dem Haus. Antonia verhinderte mit ihrem Fuß, dass die Tür wieder ins Schloss fiel, und trat in das alte Treppenhaus. Es roch nach Bohnerwachs. Dazu mischte sich etwas Küchengeruch, der aus der Wohnung im Erdgeschoss kam, deren Tür nur angelehnt war.

Antonia trat auf die erste Stufe, die etwas knarrte, und stieg den Weg hinauf zu Giovannas Wohnung. Dort angekommen überlegte sie nochmals kurz, ob sie Matteos Frau mit einem Lächeln begrüßen sollte. Angesicht der Tatsache war es vielleicht nicht angebracht und sie sollte etwas betroffen wirken, was immer noch ihr Innerstes widerspiegelte. Vielleicht war es jedoch auch besser, auf die Mimik zu reagieren, die ihr entgegengebracht wurde. Antonia drückte den Klingelknopf und trat einen Schritt von der Tür zurück, damit Giovanna sie durch den Türspion gut sehen konnte, falls sie hindurchschaute.

Es dauerte einen Moment, bis sich die Tür öffnete. Giovanna Villa wischte sich die Hände an einer Schürze ab, die sie über einem leichten Sommerkleid trug, und blieb erstarrt stehen, als sie ihren Besuch erkannte.

»Sie?«, fragte sie erstaunt, bevor ihr Gesichtsausdruck ernster wurde. »Ich habe keine Zeit«, schoss es aus ihr heraus. Dann senkte sie ihren Kopf und machte sich daran, die Tür wieder zu schließen.

»Wie geht es Ihnen, Signora Villa? Kann ich etwas für Sie tun?«, fragte Antonia besorgt und trat einen Schritt näher.

Signora Villa hielt die Tür für einen Moment einen Spalt offen.

»Es tut mir so leid, was mit Matteo passiert ist. Uns allen in der Redaktion. Ich wollte schon früher kommen, aber …« Sie verstummte, als die Tür sich komplett öffnete und Signora Villa hinaus in den Hausflur trat.

»Bisher hat sich niemand bei mir blicken lassen. Weshalb jetzt? Wenn es Ihnen und allen anderen vom IL NUOVO GIORNALE so leidtut, weshalb erscheint dann nichts in der Zeitung? Kein Nachruf?« Sie hatte Tränen in den Augen.

Antonia hatte mit diesem Gegenwind nicht gerechnet.

»Signora Villa, ich wusste ja nicht, dass …« Antonia Romana hielt inne. Alles, was sie in diesem Moment von sich gegeben hätte, wären nur Ausflüchte gewesen.

Sie sah Signora Villa so lange in die wässrigen Augen, bis ihr selbst die Tränen kamen. Sie senkte ihren Kopf, trat ein paar Schritte zur Seite und legte ihre Hand auf das Treppengeländer.

»Warten Sie … wollen Sie ein Stück Kuchen?«

Antonia schloss die Augen, als diese warmen Worte ihre Ohren erreichten. Dann drehte sie sich um, ging auf Giovanna Villa zu und nahm sie in den Arm. Es dauerte eine Weile, bis die beiden Frauen sich voneinander lösten und sich die Tränen von den Wangen wischten.

»Nennen Sie mich Antonia«, bot die junge Journalistin noch im Flur an. Die Witwe wich einen Schritt zur Seite und Antonia trat in die Wohnung.

»Geh ruhig durch in die Küche. Ich habe Zitronenkuchen gebacken.«

Antonia setzte sich an den kleinen Tisch neben der Küchenzeile und atmete tief durch. »Es war Matteos Lieblingskuchen. Er hat immer davon geschwärmt, wenn er ein Stück dabeihatte. Es war nie einfach, ihm ein kleines Stück abzuluchsen«, lächelte Antonia verträumt und legte ihre Tasche neben dem Stuhl ab.

»Du warst wirklich die Einzige, die ihn fast so gut kannte wie ich«, sagte Signora Villa und nahm einen Papierfilter aus der Packung. »Du magst doch Kaffee?«

»Ja, gerne, Signora Villa.«

»Ich heiße Giovanna. Du musst verzeihen, es ist nur Filterkaffee. Matteo und ich hatten es nicht so mit der Kaffeekultur. Die paar Tassen, die wir ...« Sie beließ es dabei.

»Für mich völlig in Ordnung«, legte Antonia nach, die spürte, dass es wohl mehrmals am Tag vorkam, dass Signora Villa redete, als wäre Matteo noch bei ihr.

Sie legte die Schürze ab und schüttete ein paar Löffel Kaffeepulver in den Filter. »Matteo hat so oft von dir gesprochen. Man hätte meinen können, du wärst seine Tochter gewesen. Ich wusste schnell, woran das lag.«

»Ach ja?«

Signora Villa lachte. »Natürlich. Ich kannte Matteo fast mein ganzes Leben. Du hast ihn an sich selbst erinnert, als er als Journalist begann. Dieser Eifer, mit dem du seit dem ersten Tag in der Redaktion an die Arbeit gegangen bist ... davon hat er noch Monate später erzählt. Ich konnte ihn gut verstehen. Schließlich hatte ich dich ziemlich früh kennengelernt. Weißt du noch?«

»Ich musste erst vorhin daran denken, als ich über die Piazza Catullo gegangen bin. Es war ein schöner Abend.«

Giovanna hörte, dass Antonias Stimme zitterte. Sie trat neben sie und legte die Hand auf ihre Schulter. »Was ist mit dir, mein Kind?«

»Es schmerzt noch mehr, wenn ich höre, dass er oft über mich gesprochen hat. Er fehlt mir wirklich sehr. Matteo war es, der sich um mich gekümmert hat, als ich neu in der Redaktion …« Sie behielt die restlichen Worte für sich.

Was wollte sie einer Frau ihr Leid klagen, die gerade ihren Mann verloren hatte? Giovanna Villa ging an das Regal über der Spüle und griff nach zwei Tassen.

»Ich weiß, wovon du sprichst, Antonia. Die meisten Menschen wussten nicht, wen sie vor sich hatten. Wer konnte es ihnen auch verdenken? Matteo war kein Mann, der mit Offenheit um sich warf. Er suchte sich die Menschen sehr sorgfältig aus, denen er Vertrauen schenkte. Und glaube mir, man konnte sie an zwei Händen abzählen. Vielleicht ist das genau der Grund, weshalb sich die Leute ihre eigenen Geschichten über ihn zusammenreimen.«

»Ach, die Leute. Sie wollen meist die Wahrheit nicht hören. Aber darf ich dich etwas fragen, Giovanna?«

»Natürlich, mein Kind. Was bedrückt dich?«

»Was ist an dem Tag vorgefallen, an dem Matteo …«

Signora Villa stellte die beiden Tassen auf den Tisch. »Du klingst wie der Commissario.«

»Bitte verzeih, Giovanna. Ich wollte nicht …«

»Schon gut«, beruhigte die ältere Frau sie. »Früher oder später muss ich mich damit abfinden, dass er nicht mehr nach Hause kommt. Vielleicht ist es gut, über ihn zu sprechen.« Sie setzte sich neben Antonia. »Glaub mir, es vergeht keine Stunde, in der ich mir nicht eine dieser tausend Fragen stelle. Ja, er war anders an diesem Tag. Er hat eine Kleinigkeit gefrühstückt, gab mir einen Kuss und ist losgefahren. Er hat morgens nie viel gesprochen, war oft in Gedanken. Deshalb hatte ich mir auch weiter nichts dabei gedacht.«

»Hast du das auch dem Commissario gesagt?«

»Ich weiß es nicht mehr. Vielleicht habe ich es mir auch nur eingebildet. So oder so, es bringt mir meinen Matteo nicht wieder.«

»Weißt du, ob er an irgendeiner Story gearbeitet hatte?«

»Solltest du das nicht besser wissen als ich?«, stellte Giovanna die Gegenfrage. »Er hat kaum über seine Arbeit geredet. Die Zeit zu Hause war ihm heilig. Es war sehr selten, dass er in sein Büro nach nebenan ging.«

Antonia nickte verständnisvoll. »Zu mir sagte er immer, wenn ich ihn fragte: ›Nichts Besonderes. Nur langweiliges Zeug.‹«

Giovanna lächelte. »Ja, das klingt nach meinem Matteo.« Dann wurde sie wieder etwas ernster. »Sag, Antonia, das Café, in dem … kennst du das?«

»Ja, das Monaco in Bardolino.«

»War Matteo oft dort?«

»Ich, ich …«

»Du musst mir sagen, wenn du etwas weißt«, bat Giovanna und legte ihre Hand auf Antonias Arm. »So viele Fragen, die mir gestellt werden. Dabei habe ich selbst so viele …«

»Ich kann dich gut verstehen. Doch ich weiß es wirklich nicht.«

»Hat sich Matteo vielleicht mit einer anderen Frau getroffen?«

Diese Frage überraschte Antonia. Sie konnte verstehen, dass dieser Gedanke in Giovanna aufgekommen war. Ihr Mann, ermordet in einem Café nicht weit von ihrem Wohnort entfernt, von dem er noch nie gesprochen hatte. Dass sich da die Möglichkeit aufdrängte, er hätte vielleicht eine Affäre gehabt, lag näher als alles andere.

»Giovanna, ein Mann wie Matteo, der so oft von dir gesprochen hat, traf sich sicher nicht mit anderen Frauen.«

Signora Villa stand auf und schnitt den Kuchen an. »Ganz tief in mir weiß ich das auch.«

Antonia bemerkte eine Trauerkarte, die auf dem Tisch lag. Darauf war eine Schwarz-Weiß-Fotografie einer Gondel zu sehen, wie man sie aus Venedig kannte.

»Eine schöne Karte ist das.« Sie deutete darauf, als Giovanna sich umdrehte.

»Die ist von deinem Kollegen Francesco Martini. Mit ihm hat Matteo am längsten bei der Zeitung gearbeitet. Ich habe mich darüber gefreut.« Sie hielt einen Moment inne. »Hat eigentlich Tommaso Palma etwas über Matteo erzählt? Ich meine, war er es, der euch informiert hat? Du weißt schon, über …«

»Ich weiß, was du meinst. Ja, er hat warme Worte für ihn gefunden. Ich … wir alle konnten ihm ansehen, dass es ihm sehr naheging. Weshalb fragst du?«

Giovanna stellte die Teller mit dem Kuchen auf den Tisch. »Das weißt du vielleicht nicht, aber Tommaso war sehr oft bei uns und wir bei ihm zu Hause. Im Grunde war es die einzige Bekanntschaft, die wir pflegten, wenn du verstehst. Aber … er hat mich bis jetzt nicht einmal besucht.«

Antonia blickte wieder zur Karte. »Bitte sag ihm das nicht, aber alle in der Redaktion halten ihn für einen harten Hund, der noch nie Gefühle gezeigt hat. Umso mehr hat alle seine Ansprache überrascht, nachdem Commissario Lanza ihn informiert hatte. Ich selbst sehe ihn seither mit anderen Augen. Vielleicht findet auch ein Chefredakteur einer Zeitung manchmal keine Worte? Bestimmt wird er dich bald besuchen.«

Giovanna wirkte, als würde sie anderer Meinung sein. Gerade als sie sich setzen wollte, klingelte das Telefon. Signora Villa erkannte die Nummer auf dem Display. »Das ist meine Schwester aus Genua. Sie wollte mich in den nächsten Tagen besuchen. Bitte verzeih, aber ich muss kurz …«

»Natürlich. Das ist wichtig. Sag, darf ich kurz die Toilette benutzen?«

»Den Gang hinten, vorletzte Tür.«

Signora Villa nahm das Gespräch an. Die ersten Worte deuteten darauf hin, dass sich die Schwester nach ihrem Wohlergehen erkundigte. Antonia verließ die Küche und ging den Flur entlang. Sie griff nach der Türklinke und wollte sie gerade öffnen, als sie auf das Zimmer nebenan aufmerksam wurde, dessen Tür einen Spalt offen stand.

Sie spähte hinein und erkannte sofort, dass es sich um Matteos Büro handelte. Die Journalistin verspürte den unbändigen Drang, in das Zimmer zu gehen. Sie schaute zur Küche, aus der sie noch immer Giovannas Stimme hörte. Vielleicht sollte sie später fragen, ob sie einen kurzen Blick hineinwerfen dürfte. Doch was würde sie als Grund angeben? Es hätte den Anschein gehabt, als hätte sie ihr nur einen Besuch abgestattet, um herumschnüffeln zu können. Nein, das konnte sie ihr nicht antun. Plötzlich übermannte sie das Gefühl, dass sie sich diese Chance nicht entgehen lassen durfte, und sie stand Sekunden später in Matteos Büro.

Gehetzt von der Angst, erwischt zu werden, steuerte sie den Schreibtisch an, blätterte in den losen Blättern, die sich darauf stapelten, öffnete die Schubladen und suchte an der Pinnwand gegenüber nach irgendwelchen Hinweisen, die ihr nützlich sein konnten. Wieder horchte sie in den Flur, um sich davon zu überzeugen, dass das Telefonat noch andauerte. Dann wetzte sie zum Aktenschrank und scannte ihn so schnell wie möglich. Eine Fotoausrüstung, Familienalben, Batterien und Bücher über Porzellanfiguren des letzten Jahrhunderts waren darin zu finden. Im Regal darunter Zeitungsausschnitte. Antonia überflog ein paar der Überschriften. Es war kein Muster zu erkennen, weshalb er sie aufgehoben hatte. Einige der Berichte hatte Matteo selbst verfasst, andere wiederum Martini oder Tommaso. Einige wiederum stammten von anderen Zeitungen, die es neben dem IL NUOVO GIORNALE in der Region auch noch gab.

Erneut nahm sie sich den Schreibtisch vor. Sie schob den Stuhl beiseite und zog den Papiereimer hervor, der darunter stand. Darin befanden sich zwischen ein paar zerrissenen Werbeprospekten viele zerknüllte Notizzettel. Sie entfaltete ein paar davon. Doch auch hier wurde sie nicht fündig. Schnell stellte sie den Eimer zurück und lenkte die Räder des Stuhls in die Kuhlen, die sie zuvor über Tage hinweg in den Teppich gedrückt hatten. Es ergab keinen Sinn, auf die Schnelle konnte sie hier nichts Relevantes entdecken. Sie überzeugte sich davon, dass sie das Büro wieder so verließ, wie sie es vorgefunden hatte. Dabei fiel ihr auf, dass sie den Mülleimer nicht genau dorthin gestellt hatte, wo er gewesen war. Schnell bückte sie sich danach und korrigierte dieses Versäumnis. Dabei sah sie erneut die Notizzettel, die sich zuhauf darin befanden. Sie erinnerte sich, dass Matteo jede noch so kleine Information an seinem Schreibtisch in der Redaktion notiert hatte. Es ergab keinen Sinn, diese ganzen Notizen zu durchforsten, die er weggeworfen hatte. Es war nur eine wichtig. Die letzte, die er vor seinem Tod geschrieben hatte.

Ihr Blick wanderte zur Schreibtischablage. Neben seinem Computerbildschirm wurde sie fündig. Doch das oberste Blatt war leer. Schnell griff sie in den runden Stifthalter und zog einen Bleistift heraus. Mit flinken Bewegungen schraffierte sie das oberste leere Blatt des Notizblocks, bis die gesamte Fläche grau war. Dann steckte sie den Bleistift zurück und riss das Blatt ab. Ihr Herz pochte schneller, als sie die Notiz las, die sie sichtbar gemacht hatte.

»Bardolino, Café Monaco«, flüsterte sie. Darunter standen eine Uhrzeit und das Datum, an dem Matteo getötet worden war.

Unter der Schreibunterlage auf dem Tisch lugte ein Blatt hervor. Als sie es etwas weiter herauszog, erkannte sie eine Auflistung mehrerer Restaurants, von denen auch ein paar auf der Liste waren, die sich auf dem Datenstick befand. Antonia vernahm aus den Worten Giovannas, die durch die angelehnte Bürotür an ihr Ohr drangen, das sich das Telefonat dem Ende zuneigte. Hastig schob sie die Liste wieder zurück unter die Schreibunterlage, stopfte den Notizzettel in die Hosentasche und verließ das Büro. Anschließend eilte sie ins Badezimmer, schloss leise die Tür, drückte die Spülung der Toilette und wartete einen Augenblick, bis sie das Wasser am Waschbecken anstellte. Als sie zurück in den Flur trat, stand Giovanna vor ihr.

»Geht es dir nicht gut?«, fragte die Witwe besorgt und verwundert zugleich.

»Ich … ich habe mir wohl etwas den Magen verdorben. Geht schon wieder.«

»Ich habe den Kaffee bereits eingegossen.«

Antonia lächelte. »Da freue ich mich drauf.«

»Geh ruhig schon vor, ich komme gleich nach«, sagte Giovanna und wartete, bis Antonia in der Küche verschwunden war.

Dann wandte sie sich zu Matteos Bürotür. Sie war verschlossen. Sie öffnete sie, trat hinein und sah sich flüchtig um. Neben dem Papiereimer fiel ihr ein Papierschnipsel eines Werbeprospekts auf. Sie bückte sich danach und warf ihn in den Eimer. Daraufhin wartete sie einen kurzen Moment und ging zurück zur Küche. Auf halber Strecke drehte sie sich nochmals um. Sie hatte die Ordnung wiederhergestellt. Matteos Bürotür war wieder leicht angelehnt. So, wie er es zu Lebzeiten immer getan hatte.

Eine Cohiba für ein Lächeln

»Emilio! Serena! Flavio!«, rief Commissario Lanza am frühen Samstagvormittag erneut aus seinem Büro heraus, als niemand ans Telefon ging. Er blickte auf seine Uhr. »Maledetto …«

Genervt stand er von seinem Schreibtisch auf, stürmte nach draußen und an Serena Riccis Apparat, der unaufhörlich läutete.

»Polizia Locale, Commissario Lanza, cosa posso fare per lei?«

»Ist dort die Polizia? Bitte helfen Sie mir«, raunte eine Frauenstimme aufgeregt in Lanzas Ohr.

»Wer ist denn da?«

»Signora Guerra. Hier sind zwei Personen in das Büro des Chefs eingedrungen und haben die Tür …« Die Stimme verstummte.

»Hallo? Signora Guerra? Sind Sie noch …«

»Schnell. Die tun Signor Vitale noch was an. Bitte beeilen Sie sich.«

Der Commissario schnappte sich einen Zettel. »Wer ist Signor Vitale?«

»Der Besitzer des Hauses.«

»Adresse?«

»Hotel Tramonto, in der Via Preele numero …«

»Ja, ich kenne das Tramonto. Zwei Personen, sagen Sie?«

»Zwei Männer.«

»Bewaffnet?«

»Das weiß ich nicht. Bitte be…«

»Ja, wir beeilen uns. Bleiben Sie, wo Sie sind.«

Lanza legte den Hörer auf und spurtete zurück in sein Büro. Er schnappte sich seine Waffe, steckte sie ins Holster und warf sein Sakko über. »Emilio! Flavio!«, rief er etwas lauter als zuvor.

»Sind draußen beim Rauchen«, informierte ihn Serena Ricci, die ihren Kopf in Lanzas Büro streckte.

»Und wo warst du?«

»Toilette.«

»Einsatz. Hotel Tramonto. Zwei Männer, möglicherweise bewaffnet. Vermutlich Geiselnahme. Du kommst mit mir.«

Die Assistente schritt voran. Jedoch nicht, ohne ihre Dienstmütze vom Schreibtisch zu nehmen. Dann lief sie zum Ausgang.

»Und treib mir die beiden anderen auf«, rief er noch hinterher und folgte ihr nach draußen.

Serena hatte derweil vermutlich mit eindringlichen Blicken dafür gesorgt, dass die beiden Assistenti ihre Zigaretten weggeschnippt hatten und einsatzbereit waren. Allem Anschein nach war dies nicht das erste Prozedere mit genau diesem Ablauf. Lanzas Autorität, die er auf sein Team ausstrahlte, war zweifellos von erster Güte. Er konnte sich jedes weitere Wort sparen, da seine Körpersprache bereits alles gesagt hatte, als er aus dem Gebäude gerannt kam und in seinen Seat stieg.

Lanza fuhr stets selbst. Das hatte nichts damit zu tun, dass er seinem Team nichts zutraute. Vielmehr wollte er damit zum Ausdruck bringen, dass er selbst mit anpacken konnte und nicht zu einem Tatort chauffiert werden musste, wenn die Drecksarbeit längst getan war. Vielleicht war es das, was ihm von Anfang an Respekt eingebracht hatte, sowohl bei Serena Ricci als auch bei den anderen beiden Kollegen.

Der Commissario verließ den Standort am Ufer mit quietschenden Reifen, was zu etwas Empörung bei einigen Urlaubern führte, die sich zu dieser Tageszeit in ihrer Ruhe gestört fühlten. Während er zügig durch die Gassen rangierte, instruierte er Emilio und Flavio via Funk, was sie am Zielort vermutlich erwartete.

Flavio Marchese saß am Steuer des Streifenwagens und wich Lanza nicht von der Stoßstange. Sein Kollege Emilio hatte es aufgegeben, ihn ständig zu ermahnen, dass er nicht bei jeder Fahrt ans Limit gehen sollte. Emilio war kein Draufgänger wie Flavio. Dafür gab es zwei gute Gründe. Zum einen war er gute acht Jahre älter als sein Kollege und hatte sich die Hörner bereits abgestoßen. Zum anderen lag es an seinem zehnjährigen Sohn, dass er etwas mehr Vorsicht walten ließ.

Nach etwa fünf Minuten erreichten die beiden Fahrzeuge die Via Preele. Die letzten Meter gab der Commissario nochmals auf der Geraden Vollgas. Direkt vor dem Eingang des Hotels Tramonto blieb er stehen und sprang aus dem Wagen, gefolgt von der Assistente Ricci. Dicht hinter den beiden schlossen Flavio und Emilio auf und zückten ihre Waffen. Es bedurfte keiner weiteren Worte seitens des Commissario. Jeder wusste, was er zu tun hatte.

Auf der Terrasse vor dem Hotel herrschte noch reger Frühstücksbetrieb für Langschläfer. Lanza konnte davon ausgehen, dass niemand außer Signora Guerra etwas von dem, was im Haus vor sich ging, mitbekommen hatte. Umso mehr waren die Hotelgäste überrascht, als vier bewaffnete Herrschaften das Hotel betraten und sich an Brötchen, Aufstrichen und Wurstplatten vorbei Richtung Rezeption bewegten. Lanza war noch nie ein Freund des leisen Auftritts gewesen. Er war Polizist und sorgte dafür, dass sich die Menschen in und um Bardolino sicher fühlen konnten. Er musste nicht auch noch so tun, als wäre er dabei unsichtbar.

»Wo ist das Büro von Signor Vitale?«, fragte Lanza die Rezeptionistin in einem schicken hellblauen Kostüm, bei der im selben Augenblick ein Ehepaar auscheckte. Dem Mann schien diese Vordrängelei überhaupt nicht zu gefallen, weshalb er ansetzte, etwas zu sagen. Er entschied sich in letzter Sekunde dafür, seinen Unmut für sich zu behalten, als er die Waffe bemerkte.

»Diesen Flur dort entlang. Wen darf ich melden?«, erkundigte sich die junge Dame freundlich und griff nach dem Hörer. Lanzas Hand schnellte über den Tresen und hinderte sie daran, dass sie ihn vom Telefon abnahm.

»Es soll eine Überraschung sein. Finden wir auch Signora Guerra dort hinten?«

»Sie ist seine Sekretärin. Sagen Sie mir bitte, was hier vor sich geht?«

»Wir haben alles im Griff. Bitte sorgen Sie dafür, dass dieser gesamte Bereich hier geräumt wird. Wer ist sonst noch außer Signora Guerra und Signor Vitale dort hinten?«

Die Augen der jungen Angestellten schnellten zwischen Lanza und den drei Assistenti hin und her. »Sonst … sonst niemand.«

Lanza pirschte die linke Seite des Flurs entlang, gefolgt von Serena Ricci. Die beiden Kollegen nahmen die rechte Seite und orientierten sich mit jedem Schritt am Commissario, der langsam vordrang. Er hatte die Pistole im Anschlag und zielte auf die Tür am Ende des Flurs. Es waren vereinzelt Geräusche zu hören, die der Commissario nicht zuordnen konnte. Er wandte sich an Emilio und Flavio und wies die beiden an, das Gebäude von der Rückseite her abzusichern. Sofort verließen die beiden das Hotel über den Haupteingang. Serena wechselte die Seite und arbeitete sich parallel zu Lanza weiter zur Tür am

Ende des Ganges vor. Situationen wie diese erforderten höchste Aufmerksamkeit. Sie wussten nicht, was sie hinter dieser Tür erwartete.

Lanza setzte einen Fuß vor den anderen. Da hörte er einen Aufschrei eines Mannes, dem allem Anschein nach übel mitgespielt wurde. Dahinein mischte sich ein Wimmern, das eindeutig von einer weiblichen Person kam. Er erkannte an Serenas Haltung, dass auch sie es vernommen hatte. Kurz vor Vitales Büro drang Licht in den Flur, das aus einem Raum davor kam. Serena sicherte den Commissario, bis er neben dem Türstock angekommen war. Lanza wagte einen flüchtigen Blick in das Zimmer und entdeckte eine Frau, die weinend auf dem Boden neben dem Schreibtisch kauerte und ihn erschrocken anstarrte. Er vermutete, dass es sich bei der Frau um Signora Guerra handelte, die ihn angerufen hatte.

Mit einer hektischen Geste bewegte er sie dazu, dass sie aufstand und zu ihm kam.

»Signora Guerra?«, flüsterte er. Sie nickte. »Ist die Tür verschlossen?«

»Von innen«, hauchte sie ängstlich und zitterte dabei.

Der Commissario bedeutete ihr, dass sie das Hotel über den Haupteingang verlassen sollte.

Es war ihr anzusehen, dass sie unter Schock stand und deshalb in Duldungsstarre neben ihrem Schreibtisch gehockt hatte, bis jemand die Zügel für sie in die Hand nahm. Signora Guerra blickte nochmals kurz zur Bürotür, bevor sie den Anweisungen des Commissario Folge leistete und sich in Sicherheit brachte.

Lanza und Serena Ricci waren an ihrem Ziel angekommen. Die Assistente brachte sich in Stellung, während Lanza all seine Sinne auf das Kommende konzentrierte. Dann stellte er sich entschlossen vor die Bürotür, hob sein rechtes Bein und stieß sie mit aller Kraft auf. Ohne auch nur einen kleinen Moment verstreichen zu lassen, schrie er »Polizia« und eine Salve weiterer

Aufforderungen, die dazu dienten, die unerwünschten Besucher zu überraschen und bestenfalls einzuschüchtern. Es kam nur selten vor, dass Einbrecher und sonstige Gauner sofort alles von sich warfen und sich umgehend ergaben, sobald sie einen Polizeibeamten sahen.

Serena Ricci stand in Lautstärke und Wortwahl ihrem Vorgesetzten in nichts nach und erhöhte den Druck auf die Männer, die mitten im Raum den Hotelier in der Mangel hatten. Den beiden Gesetzeshütern bot sich ein eindeutiges Bild, was in diesem Büro vor sich ging. Der Hotelbesitzer kniete auf dem Boden vor einem der beiden muskulösen Männer, der ihn zuvor eindeutig geschlagen hatte. Der andere stand hinter ihm und hatte sich wohl mit seinem Kollegen abgewechselt.

Diego Vitale blieb regungslos am Boden, während die beiden Männer instinktiv an ihre Hüften griffen, um eine Waffe zu ziehen.

»No, no, no!«, rief Lanza unmissverständlich und nahm die Stirn dessen, der ihm am Nächsten stand, ins Visier, während Serena sich um den anderen kümmerte, der wohl die beste Entscheidung seines Lebens traf, indem er die Hand langsam wieder nach vorne brachte.

Ohne die beiden Männer aus den Augen zu lassen, ging sie an ihnen vorbei und öffnete die große Doppeltür, die auf die hintere Terrasse führte. Emilio und Flavio kamen zur Unterstützung hinzu und bezeugten den beiden Männern, dass es nun völlig sinnlos war, sich einer Verhaftung zu widersetzen. Ohne ein Wort zu verlieren, drehten sich beide um und nahmen die Hände hinter den Kopf. Die einzige Emotion, die beide zeigten, war ein hämisches Grinsen. Lanza konnte es nicht einordnen, jedoch interessierte es ihn jetzt auch nicht. Er steckte seine Waffe zurück in das Holster und wartete, bis die Assistenti die Männer von ihren Waffen und sonstigen Gegenständen befreit hatten.

Serena Ricci half dem Hotelier auf die Beine, als einer der beiden Männer seinen Kopf zu Vitale drehte.

»Sag ihnen, dass wir dir helfen wollten, nachdem du gestürzt bist«, befahl er immer noch grinsend und ließ es über sich ergehen, dass ihm Flavio Marchese die Handschellen anlegte.

»Es … es ist, wie er sagt«, erklärte Vitale wenig überzeugend mit schwacher Stimme. »Ich bin hingefallen und die beiden Herren waren so nett, mir aufzuhelfen.«

»Genau«, fügte der andere hinzu. »Ich würde sagen, wir vergessen die Sache und ersparen Ihnen einen Haufen Papierkram.«

Lanza trat vor Diego Vitale und betrachtete ihn genauer. »Und wie oft sind Sie hingefallen? Einmal oder zehnmal? Und erklären Sie mir bitte bei der Gelegenheit auch, wo genau Sie sich diese Verletzungen im Gesicht zugezogen haben. Auf diesem Teppichboden vielleicht?« Er ging zu der Stelle, an der Vitale zuvor gekniet hatte. »War es genau hier?«

Der Hotelier wich Lanza aus und spähte wieder zu den beiden Männern, die ihm mit ihrer Mimik zu verstehen gaben, dass es an ihm lag, wie es um seine künftige Gesundheit bestellt war, sollte er sich gegen sie stellen. Der Commissario erkannte schnell, dass es in diesem Augenblick keinen Sinn ergab, auf eine vernünftige Aussage von Vitale zu hoffen. Er wies Serena an, ihn hinauszubringen und einen Krankenwagen zu rufen.

Nachdem die Assistente mit Vitale das Büro verlassen hatte, betrachtete der Commissario das Hab und Gut, das seine Kollegen den beiden Männern abgenommen und auf dem Schreibtisch aufgereiht hatten. Vor ihm lagen eine Pistole, ein Messer, zwei Schachteln Zigaretten, ein Schlagring und diverser Schmuck. Außerdem befanden sich auf dem Tisch ein Handy, zwei gut bestückte Geldscheinklammern, ein Feuerzeug und eine kleine Umhängetasche aus schwarzem Leder, wie sie

Männer quer über die Brust trugen, die modisch ganz vorne dabei sein wollten.

»So eine Waffe haben wir erst kürzlich gefunden«, bemerkte Lanza, als er einen Blick auf die Pistole warf. »Gehen Sie beide abends gerne in Cafés? Auch hin und wieder in welche, die schon geschlossen haben?«

»Ich weiß nicht, wovon Sie sprechen.«

Der Commissario schenkte den leeren Worten des Mannes, der etwas muskulöser als sein Kollege war, keine weitere Beachtung. Er zog ein paar Handschuhe an und öffnete den Reißverschluss der Tasche.

»Wie viel ist das?«, fragte er den anderen, nachdem er ein prall gefülltes Kuvert mit Geld darin gefunden hatte.

Der Typ zuckte nur mit den Schultern. »Zählen Sie nach, Commissario.«

»Das tun wir.« Er legte das Kuvert auf den Tisch und zog einen Personalausweis aus der Tasche. Er klappte ihn auf und verglich das Bild darin mit den beiden Männern.

»Omar Moro, vierunddreißig Jahre«, sagte Lanza, als er den Besitzer des Ausweises identifiziert hatte. »Sie sehen älter aus.«

»Das liegt an der vielen Arbeit«, reagierte der wenig beeindruckt.

»Ach ja? Was arbeiten Sie denn?«

»Geschäfte.«

»Sind diese Geschäfte so gefährlich, dass Sie sich bewaffnen müssen?«

»Was soll ich sagen«, antwortete Moro gelangweilt. »Sie wissen es selbst am besten. Die Menschen werden immer unberechenbarer.«

Lanza wandte sich an seinen Kompagnon. »Wo ist Ihr Ausweis?«

»Vergessen.«

»Verstehe«, tat der Commissario wenig überrascht und zog das Letzte aus der Tasche heraus, das sich darin befand. Es handelte sich um eine handgeschriebene Liste, die der auf dem Datenstick, der im Café Monaco aufgetaucht war, sehr ähnlich war.

»Was ist das?«, fragte er Omar Moro, dem das Blatt offensichtlich gehörte.

»Eine Einkaufsliste, nichts weiter. Deshalb auch das Geld.«

»Ich habe genug gesehen. Führt die beiden ab und bringt sie in die Dienststelle«, wies Lanza die Kollegen an und zog die Handschuhe von seinen Fingern.

Während Serena Ricci die Fundstücke in ein paar Asservatenbeutel packte, inspizierte Lanza oberflächlich das Büro des Hoteliers. Zwei große Ölgemälde zierten die Wände, ein überdimensionaler Schreibtisch vor der großen Fensterfront und eine gut bestückte Bar mit erlesenen Spirituosen waren nur ein kleiner Auszug dessen, was sich in dem Raum an kostspieligen Dingen befand. Omar Moro hatte allem Anschein nach einen guten Walfisch an Land gezogen, den sie ausnehmen konnten. Blieb nur die Frage, ob sie dies willkürlich taten, oder ihn aus bisher unerfindlichen Gründen in der Hand hatten.

»Ich bringe die Sachen schon mal nach draußen«, informierte die Assistente den Commissario.

»Ich komme auch gleich«, erwiderte er und öffnete einen edlen Humidor, der auf dem Beistelltisch einer kleinen Sitzgruppe stand.

Er kannte sich nicht sonderlich gut mit Zigarren aus. Doch so viel wusste er, dass die Namen Cohiba und Davidoff in einer höheren Preisklasse angesiedelt waren. Entweder war Diego Vitale ein äußerst erfolgreicher Geschäftsmann und Hotelier, oder er lebte weit über seine Verhältnisse. Wie auch immer, es waren beides gute Gründe, um zwei Männer wie diesen Omar Moro und seinen Kollegen auf sich aufmerksam zu machen.

Der Commissario griff nach einer Cohiba und roch daran. Er lächelte und steckte sie in die Innentasche seines Sakkos. Dann schloss er den Humidor und verließ das Büro.

Geheimnisse

Der Parkplatz hinter dem Redaktionsgebäude des IL NUOVO GIORNALE in Riva war fast leer gefegt, als Antonia Romana an diesem Samstagnachmittag in ihrem feuerroten Fiat 500 auf das Gelände fuhr. Nur ein paar Mitarbeiter parkten vor der hauseigenen Druckerei, die sich hinter dem Gebäude befand. Dies war nicht ungewöhnlich, da sich samstags die Redaktionszeiten nur sehr selten bis nach Mittag ausdehnten.

Um kein unnötiges Aufsehen zu erregen, stellte sie ihren Wagen am Rand des Parkplatzes ab, der von der Druckerei aus nur schwer einsehbar war. Als sie ihren Wagen abschloss, hörte sie die Stimmen zweier Männer, die nicht weit von ihr entfernt sein konnten. Sie drehte sich um und erkannte zwei Mitarbeiter der Druckerei, die aus dem Gebäude kamen und den Raucherbereich ums Haus herum ansteuerten. Antonia wartete noch einen Moment, bis sie um die Ecke waren, anschließend huschte sie ins Redaktionsgebäude. Zur Vorsicht rief sie einmal in den Flur hinein, um sicherzugehen, dass sie auch wirklich alleine war. Auf dem Weg zum Großraumbüro warf sie in jedes der Büros einen prüfenden Blick. Auch die Toiletten kontrollierte sie, bevor sie geradewegs bis zum Ende des Flurs lief und die große Glastür aufzog. Die Luft war stickig, was der kaputten Klimaanlage zuzuschreiben war, weshalb Tommaso Palma höchstpersönlich ein paar Ventilatoren besorgt hatte, die jedoch nur die schlechte Luft umwälzten.

Antonia ging zu ihrem Schreibtisch und legte ihre Tasche ab. Nervös lehnte sie sich dagegen und fuhr sich durch die Mähne. Sie war sich nicht sicher, was sie hier zu finden glaubte. Schließlich hatte sie bereits mehrmals ihre Fühler ausgestreckt und nach Hinweisen gesucht, genau hingehört, wenn sich Kollegen unterhielten, und auch in unbeobachteten Momenten Matteo Villas Schreibtisch untersucht. Sie drehte ihren Kopf zur Seite. Der Schreibtisch war bis dato leer geblieben, seit Matteo nicht mehr in der Redaktion erschienen war. Es würde sicher ein komisches Gefühl sein, wenn jemand anderes als er eines Tages dort Platz nähme.

Sie erinnerte sich an die Notiz in Matteos Büro, die sie sichtbar gemacht hatte. Die Journalistin glaubte fest daran, dass er sich mit jemandem aus der Redaktion im Monaco hatte treffen wollen. Er hatte dieses Treffen entweder persönlich Auge in Auge vereinbart oder telefonisch. Sie wusste, dass Matteos aus- und eingehende Telefonate an seinem Arbeitsplatz von der Polizia überprüft worden waren. Und die Polizei hatte sicher auch einen Blick auf sein Handy geworfen. Sollte er mit einem Kollegen kurz vor seinem Tod gesprochen haben, dann wäre dies nichts Ungewöhnliches. Sie war sich dessen bewusst, dass ihre These auf wackligen Beinen stand, doch sie musste auch diesem Gedanken nachgehen. Wie auch dem anderen zuvor.

Giovanna Villa kam ihr in den Sinn. Sie hatte berichtet, dass sich Tommaso Palma bisher nicht bei ihr gemeldet hätte. Es war zu spüren gewesen, dass Matteo und er ein freundschaftliches Verhältnis miteinander gepflegt hatten. Das fiel umso mehr auf, da Matteo ein Einzelgänger gewesen war. Sie hatte es zwar nur beiläufig erwähnt, doch es war Enttäuschung in Giovannas Stimme mitgeschwungen. Warum hatte er ihr bisher noch nicht persönlich sein Beileid bekundet? Schmerzte es ihn zu sehr? Zugegeben, Tommaso war kein Mann, der Gefühle zeigte. Jedoch war es gut möglich, dass er das nicht tat, um seine verletzliche Seite zu verbergen. Als Chefredakteur einer Zeitung wie dem IL NUOVO GIORNALE durfte man nicht angreifbar sein. Oder er konnte Giovanna Villa nicht in die Augen sehen, weil er ein Geheimnis bewahrte. Entweder, weil er in Matteos Geheimnis involviert war, oder aber, weil er selbst Matteos Geheimnis war.

Antonia hielt geradewegs auf Tommaso Palmas Büro zu, das durch eine große Glasscheibe vom Redaktionsbüro getrennt war. Die Tür war offen. Trotz der stickigen Luft, die im gesamten Gebäude herrschte, roch sie sein Parfum, von dem er immer etwas zu viel auftrug. Das lag vermutlich daran, dass alles in diesem Raum schon einmal damit in Berührung gekommen war, wenn er kurz vor einem Außentermin den Flakon aus der Schreibtischschublade zog und sich einnebelte. Sie hatte ihn oft beobachtet, wie er eingehüllt in eine Wolke aus Patschuli, Sandelholz und Moschus aus der Tür kam und nicht selten dabei hüstelte.

Vorsichtig öffnete sie die oberste Schublade des Schreibtisches. Die Journalistin überlegte sich jeden Handgriff, den sie tat, um keine Spuren zu hinterlassen. Alles sollte so bleiben, wie es Palma verlassen hatte. Sie schmunzelte. Allem Anschein nach sah in allen Schreibtischen auf dieser Welt der Inhalt des obersten Schubfachs gleich aus: Klebestifte, Radiergummis, Büroklammern und unzählige Stifte, die sicherlich zu über der Hälfte längst ausgetrocknet waren. Auch der Inhalt der weiteren Schubfächer war unauffällig. Ein paar alte Zeitungen, Überstundenabrechnungen und verschiedene Recherchen, denen Tommaso Palma nicht weiter nachgegangen war. Hinter dem Schreibtisch lag auf dem hüfthohen

Aktenschrank die Ausgabe des IL NUOVO GIORNALE, auf der Paolo Zeitler das Titelblatt zierte.

Auf dem Whiteboard an der Wand befanden sich ein paar Kritzeleien und ein Bild von Emma, einer italienischen Sängerin, die er sehr verehrte. Antonia bückte sich und öffnete den Aktenschrank. Sie war sich dessen bewusst, dass sie eine Minute später ohne Job gewesen wäre, wenn der Chefredakteur sie in diesem Augenblick erwischt hätte. Seine Kontakte waren rund um den Gardasee hervorragend. Vermutlich hätte sie im Umkreis von hundert Kilometern niemand mehr eingestellt.

Nacheinander las sie die Aufschriften, die auf den Rücken der Ordner standen. In den Ordnern befanden sich die Personalakten aller Journalisten der Redaktion sowie aller Angestellten der Druckerei. Sie zog den Ordner heraus, der mit »Matteo Villa« beschriftet war, legte ihn auf den Schreibtisch und klappte ihn auf. Zu ihrer Überraschung war darin über ihren verstorbenen Kollegen nichts zu finden. Bestimmt lag diese Akte neben anderen Unterlagen, die Matteo betrafen, im Büro des Commissario. Sie stellte den Ordner wieder zurück und war kurz davor, der Versuchung nachzugeben, sich ihre eigene Personalakte etwas näher anzusehen. Antonia schloss jedoch den Aktenschrank wieder. Sie selbst war überzeugt davon, dass sie dem GIORNALE gute Dienste leistete. Zu lesen, dass Palma vielleicht anderer Ansicht war, spielte keine Rolle für sie.

Die Journalistin stemmte die Hände in die Hüften. Sie konnte jetzt nicht aufgeben. Dafür war sie bereits viel zu weit gegangen. Nirgendwo sonst kam dermaßen viel Wissen über die Region zusammen wie in dieser Redaktion. Es musste Hinweise geben, die sie bisher übersehen hatte. Niemand brachte einen Mann wie Matteo Villa einfach so im Vorbeigehen um. Ihr Bauchgefühl sagte ihr, dass er seinen Mörder gekannt hatte. Und da Matteo außerhalb der Redaktion kaum Kontakte pflegte, hatte irgendjemand in diesem Umfeld etwas mit dem Mord zu tun.

Sie verließ Palmas Büro, ging zu Villas Schreibtisch und setzte sich. Es war der letzte an der Fensterseite. Von dort aus hatte er alle seine Kolleginnen und Kollegen im Blick. Nein, stimmte nicht. Ihr fiel auf, dass er von seinem Platz aus ihren Schreibtisch nicht sehen konnte, weil sich eine Säule dazwischen befand. Bisher hatte sie das noch nie bemerkt. Sie zog das LAN-Kabel etwas weiter aus dem Loch der Schreibtischplatte, bevor es darin verschwand. Matteos Computer war nach Lanzas Besuch in der Redaktion von seinen Männern abgebaut und mitgenommen worden. Dann griff sie nach dem Telefonhörer und hob ihn ab. Als das Display leuchtete, tippte sie durchs Menü und rief die Anruferliste auf. Sie war leer. Ebenso die Liste der ausgehenden Telefonate, die er geführt hatte. Antonia lauschte noch ein wenig nach dem Freizeichen, das aus dem Hörer kam, bevor sie ihn wieder auflegte. Dann lehnte sie sich nach hinten und spähte unter den Schreibtisch zum Papiereimer. Er war ebenfalls leer. Obwohl es die logische Konsequenz war, dass dieser Arbeitsplatz komplett resettet worden war, als klar war, dass Matteo nicht mehr kommen würde, fühlte es sich dennoch komisch an.

Die Journalistin stand auf, schob den Stuhl zurück unter den Tisch und schlenderte um die Schreibtische ihrer Kollegen herum. Hier und da öffnete sie eine Schublade, las Notizen, die an den Computerbildschirmen hafteten, und roch an einem Parfumflakon, den ein Kollege in seiner untersten Schublade verstaut hatte. Er stand Tommaso Palma in der Menge, die vom Duftwasser aufgetragen wurde, in nichts nach. Nicht nur einmal hatte Francesco Martini den Feuerlöscher aus dem Flur ins Redaktionsbüro geholt, nur für den Fall, dass es eine Verpuffung geben würde. Dies sorgte stets für große Erheiterung, der sich selbst der ernsthafte Matteo nicht hatte entziehen können.

Martinis Schreibtisch war seit jeher der unordentlichste der Redaktion. Er behauptete, dass hinter dieser Unordnung ein ausgeklügeltes System steckte. Doch Antonia vermutete, dass er dadurch neugierige Blicke auf seine Unterlagen abwehrte, die im Vorbeigehen unter seinem Chaos nicht zu entziffern waren. Sie selbst hatte sich schon oft dabei ertappt, ebenfalls neugierig auf seinen Schreibtisch zu spähen, um herauszufinden, welche Sensationsmeldungen er in petto hatte. Es war ihm zuzutrauen, dass er ein paar falsche Fährten gelegt hatte, um neugierige Kollegen aufs Glatteis zu führen. Martini war mit allen Wassern gewaschen, und sie war froh, dass er ein gutes Verhältnis zu ihr pflegte. Sie traute ihm auch zu, dass er seine Unterlagen auf dem Schreibtisch so hindrapiert hatte, um sofort zu sehen, ob sich ein Schnüffler über seine Sachen hergemacht hatte. Aus diesem Grund vermied sie es, irgendetwas daran zu verändern.

Antonias Zeigefinger wanderte zum Griff der mittleren Schublade von Martinis Schreibtisch. Sie konnte das Büro nicht verlassen, ohne wenigstens kurz die Sachen von einem der erfolgreichsten Journalisten zwischen Riva und Peschiera zu inspizieren. Die beiden Designersonnenbrillen, die sich darin befanden, wunderten Antonia keineswegs. Martini legte sehr viel Wert auf sein Äußeres. Zwei Männermagazine, ein paar Visitenkarten bekannter Herrenausstatter aus der Region und eine Flasche Grappa entsprachen dem, was man am Arbeitsplatz eines Journalisten vermuten würde. Im Schubfach darunter lag unter ein paar Sportzeitschriften und weiteren Magazinen ein kulinarischer Reiseführer, der ihr Interesse weckte. Um alles an Martinis Schreibtisch unverändert zu lassen, setzte sie sich auf den Platz daneben und blätterte ein wenig darin. Ein Mann wie Martini wusste sicherlich, wo man rund um den Gardasee die beste Seezunge bekam. Es war nicht verwunderlich, dass Manuel Leone einen Platz in dem Führer bekommen hatte. Auch Alessandro Burati war darin zu finden. Sein BELLA

VITA wurde in den höchsten Tönen gelobt, mit dem Hinweis, unbedingt vorab zu reservieren, was Antonia bestätigen konnte. Sie blätterte zu Leone zurück, dann wieder zu Burati. Martini hatte beide Seiten mit einem Eselsohr markiert. Vielleicht, weil er sie kannte und bereits in den Genuss ihrer Gaumenfreuden gekommen war. Das LEO'S von Leonardo Ventura hatte Martini ebenfalls markiert. Es sei ganz besonders wegen der Vielfalt an Meeresfrüchten die erste Wahl, aber auch für die Steinofenpizzas wäre es immer eine Reise wert.

Antonia schloss den Reiseführer, lehnte sich zurück und schlug die Beine übereinander. Martini wusste von ihr und Zeitler, welche Restaurants sie auf der Liste den Initialen zugeordnet hatten. Vielleicht hatte er sie sich daraufhin etwas genauer angesehen, um einen Zusammenhang zu entdecken.

»Die besten Mittel gegen Haarausfall«, las sie auf dem Titel des Männermagazins, das aus Martinis Schublade hing, aus der sie zuvor den Führer gezogen hatte.

Sie schmunzelte über ihren eitlen Kollegen, der sich gerne mal über andere in der Redaktion lustig machte, wenn sie sich etwas zu lange im Spiegel betrachteten. Die Journalistin stand auf und streckte sich nach dem Magazin. Als sie sich damit wieder setzen wollte, blieb ihr Blick an der Schublade hängen. Irgendetwas stimmte nicht. Der Reiseführer, ein paar Zeitschriften und Magazine und der Platz reichte nicht mehr für eine Samstagsausgabe des IL NUOVO GIORNALE? Erneut öffnete sie das Fach darüber. Darin stand eine Grappaflasche, die um einiges höher war als der Inhalt des Fachs darunter.

Sie legte das Magazin als Maß an die beiden Schubfächer. Die Höhe war äußerlich identisch. Jetzt wollte sie es genau wissen, deponierte das Magazin neben sich auf dem Boden und kniete sich vor Martinis Schreibtisch. Schnell räumte sie den Rest aus und entdeckte einen leichten Spalt zwischen dem Boden der Lade und der Blende. Sie versuchte, mit den Fingern dazwischenzukommen, was ihr jedoch nicht gelang. Dann zog sie ihren Autoschlüssel aus den Jeans. Geschickt schob sie den Schlüssel in den Schlitz und setzte den Hebel an. Antonia hatte sich nicht getäuscht. Martinis Schreibtischfach hatte einen doppelten Boden.

***

In der Zwischenzeit betrat Commissario Lanza das Zimmer neben seinem Büro, das um diese Tageszeit abgedunkelt war, damit die Sonne es nicht zu sehr aufheizte. Dies war einer der wenigen Räume der Dienststelle in Bardolino, der nicht in den Genuss einer Klimaanlage kam. Es wurden auch keine großen Bemühungen gemacht, an diesem Zustand etwas zu ändern. Lanza zog es vor, die Befragung bestimmter Personengruppen in diesem Zimmer durchzuführen, da es sich in den letzten Jahren zu diesem Zweck bewährt hatte.

»Igor Pozzi«, sagte Lanza, nachdem er eine Aktenmappe auf den Tisch gepfeffert hatte. Der Commissario wollte die beiden Gauner getrennt voneinander vernehmen. Pozzi war im Büro des Hoteliers nicht sonderlich gesprächig gewesen. Erfahrungsgemäß war es clever, mit ihm zu beginnen. Lanza sah noch kurz auf den Mann hinab, bevor er sich auf Augenhöhe gegenüber an den Tisch setzte. Flavio Marchese stand am Fenster und spähte durch die Lamellen der Jalousie nach unten auf die Uferpromenade.

Igor Pozzi lümmelte mit ausgestreckten Beinen und verschränkten Armen auf dem Stuhl und betrieb etwas Gesichtsgymnastik. Vermutlich wollte er damit seine Unbekümmertheit ausdrücken. Vielleicht kompensierte er aber auch seine Anspannung, die er sonst mit einer dunklen Sonnenbrille übertünchte, wie man sie bei ihm gefunden hatte. Für einen gewöhnlichen Gauner war er zu gut gekleidet. Vermutlich hatte er Kleidung am Leib, die mehr gekostet hatte, als Lanza am Monatsende ganz unten auf seinem Lohnzettel stehen hatte.

»Wo ist Omar?«

Lanza visierte sein Gegenüber an. Anschließend zog er die Augenbrauen nach oben, während er sich die Hemdsärmel hochkrempelte.

»Omar ist in guten Händen«, antwortete der Commissario und öffnete die Aktenmappe. »Sie waren sehr erfolgreich in Ihrem bisherigen Leben. Ihre Karriere begann im Alter von elf Jahren, nicht wahr?«

»Ich dachte, diese Einträge werden nach ein paar Jahren gelöscht?«

Lanza schüttelte den Kopf und blätterte in der Akte. »Wie wir sehen, ist das nicht der Fall. Ich dachte schon, ich muss in unserem Drucker Papier nachlegen, so viel hat der Computer über Sie ausgespuckt. Autodiebstahl in Verona, Einbruch in San Bonifacio, ein Tankstellenraub in Padua und … ach, schau an … Hausfriedensbruch im Vatikan. Was hatten Sie denn vor? Wollten Sie sich Ihre bisherigen Taten absegnen lassen?«

»Das war ein Missverständnis und die Sache wurde damals auch eingestellt.«

»Und der bewaffnete Raubüberfall in San Marino? War das auch ein Missverständnis? Wollte der Juwelier Ihnen den Schmuck, den man in Ihrer Wohnung sichergestellt hatte, in Wirklichkeit schenken?«

Igor Pozzi schwieg sich aus. Lanza erkannte sofort, dass er nicht der harte Hund war, für den er sich ausgeben wollte. Er hatte schon oft mit Typen seines Kalibers zu tun gehabt. Pozzi war ein Schläger. Der Mann fürs Grobe. Fürs Denken war er nicht zuständig.

»Besitzen Sie für die Pistole einen Waffenschein?«

»Die habe ich gefunden. Letzte Woche.«

»Natürlich haben Sie das.« Lanza seufzte und warf einen Blick zu Marchese, der die Augen verdrehte. »Und die Summe Geld, die Sie bei sich trugen? Haben Sie das auch gefunden?«

»Was geht es die Polizei an, wie viel Geld ich habe. Ich frage Sie auch nicht danach, was Sie in der Tasche haben.«

Lanza griff in seine Hosentasche und legte den Inhalt auf den Tisch. »Zehn, fünfzehn, vierzig … knapp fünfzig Euro. Also? Woher stammt das Geld?«

»Verdient. Was sonst?«

Der Commissario blätterte weiter in der Mappe. »Hier steht, Sie sind arbeitssuchend. Ist das nicht mehr aktuell? Ich gratuliere. Was arbeiten Sie denn?«

Pozzi prustete nur. Es war ihm anzusehen, dass es in ihm brodelte. Er spürte, dass ihn Lanza nicht ernst nahm. Und bestimmt wäre er längst über den Tisch gesprungen, wäre sein Gegenüber nicht ein Mann des Gesetzes gewesen.

»Lassen Sie mich raten. Sie arbeiten in der Sicherheitsbranche. Ich weiß auch, wer Ihre Kundschaft ist. Und damit kommen wir schon zum nächsten Thema.« Lanza zog aus der Mappe die Liste heraus, die in der Umhängetasche gewesen war, und legte sie vor Pozzi auf den Tisch. »Sind das Ihre Kunden?«

»Omar hat doch schon gesagt, dass das eine Einkaufsliste ist. Was weiß ich, was er da aufgeschrieben hat.«

»Dann ist es also Signor Moros Liste?«

Pozzi stutzte. Er setzte an, etwas zu entgegnen, doch dann zog er es vor, lieber zu schweigen.

»Leonardo Ventura, Alessandro Burati, Manuel Leone … diese Personen gehören unter anderem zu Ihrem Kundenkreis, nicht wahr?«

»Wer soll das sein? Diese Namen habe ich noch nie gehört.«

»Was wissen Sie über diese Männer, dass Sie und Omar Moro Schutzgeld von ihnen kassieren?«

Pozzi lachte übertrieben und wischte die Liste vom Tisch. Das rief Marchese auf den Plan, der ihn von hinten am Kragen seiner Jacke packte, um seine Aggression zu kontrollieren. Pozzi schnellte reflexartig hoch und holte mit seinem linken Arm aus. Marchese war schneller, packte den Arm und drehte ihn nach hinten. Zwischenzeitlich packte er ihn am Hals und drückte ihn zurück in den Stuhl. Das tat er mit so großer Überzeugungskraft, dass Pozzi einlenkte und sich ergab.

Marchese baute sich vor dem Ganoven auf, hob den Zeigefinger und sah ihn mit finsterem Blick an. Dann stellte er sich wieder hinter ihn. Lanza hob die Liste vom Boden auf und legte sie an die gleiche Stelle auf den Tisch.

»Ich würde sagen, da habe ich doch den Nagel auf den Kopf getroffen, nicht wahr?«, bemerkte Lanza freundlich lächelnd und lehnte sich im Stuhl zurück. »Ich denke, wir kürzen das Ganze ab. Ich verrate Ihnen jetzt, wie es weitergeht. Sie kommen in Untersuchungshaft und in den nächsten vierundzwanzig Stunden werden Sie und Ihr Freund dem Haftrichter vorgeführt. Bei der Beweislage sieht es sehr finster für Sie beide aus. Und dabei wissen wir noch nicht einmal, ob die Waffe, die wir bei Ihnen sichergestellt haben, schon einmal bei einer anderen Straftat Verwendung fand.«

»Ich habe doch schon gesagt, dass ich die Pistole …«

»Das glaubt Ihnen niemand, Signor Pozzi«, fiel ihm Lanza ins Wort, um den Druck auf ihn kontinuierlich zu erhöhen. »Die Beweislage ist erdrückend. Außerdem werden wir Ihnen beiden den Einbruch in das Café Monaco nachweisen.«

»Welches Café?«, wand sich Pozzi. »Ich kenne das nicht.«

»Ach, ich denke, Sie beide kennen es sehr gut. Ich helfe Ihnen gerne auf die Sprünge. Es ist das, in dem einer von Ihnen beiden den Journalisten Matteo Villa auf der Toilette getötet hat.«

Pozzi riss die Augen auf. »Ich habe niemanden umgebracht.«

»Ob Sie es waren oder Ihr Kumpel … das ist mir eigentlich egal. Sie sind beide dran.«

Erneut setzte Pozzi an aufzustehen, was Marchese jedoch umgehend zu verhindern wusste.

»Ich habe niemanden umgebracht«, protestierte er und schlug mit der Faust auf den Tisch.

»Also war es Omar Moro?«

»Keiner von uns beiden«, schwor er. »Ja, wir sind in das Café eingedrungen. Aber mehr auch nicht.«

»Was wollten Sie im Café Monaco?«

Pozzi atmete erregt. Seine Stirn glänzte vom Schweiß, den er sich mit dem Handrücken abwischte.

»Signor Pozzi! Was wollten Sie im Café Monaco!«, wiederholte Lanza etwas lauter seine Frage und schlug ebenfalls mit der Faust auf den Tisch.

Pozzi atmete schneller, während sein Kinn nervös zuckte. »Diesem Barista etwas Angst machen!«

»Um später zurückzukommen, um ebenfalls Schutzgeld von ihm zu verlangen?«

»Nein! Das ist alles ganz anders. Wir sollten das einfach tun. Ich frage nicht nach!«, fügte er lautstark hinzu.

Lanza hatte ihn so weit. Pozzi war an einem Wendepunkt angelangt. Er stand vor dem Abgrund und war im Begriff zu fallen. Und wenn der Commissario Glück hatte, dann riss er mindestens noch einen seiner Kollegen mit in die Tiefe.

»Wer ist der Auftraggeber?«

Pozzi wich den Blicken des Commissario aus. Er schien abzuwägen, was das geringere Übel für ihn war.

»Sie haben die Wahl. Ich kann auch gleich zu Moro nach nebenan gehen. Er wird es mir bestimmt erzählen. Und wissen Sie, warum? Weil er schlau ist. Er lässt Sie über die Klinge springen und zieht seinen Kopf aus der Schlinge. Also noch einmal. Wer von Ihnen beiden hat Matteo Villa getötet? Sie oder Moro?«

»Che cazzo vuoi?! Ich habe es schon einmal gesagt, ich habe noch nie von diesem Mann gehört!«

»Gut, dann von vorne: Was wollten Sie bei Diego Vitale? Und lassen Sie den Blödsinn, dass Sie ihm helfen wollten, weil er hingefallen sei.«

Pozzi ballte die Fäuste, dann löste sich seine Anspannung und seine Schultern senkten sich.

»Er wollte die vereinbarte Summe nicht mehr zahlen. Ganz einfach. Da haben wir ihm ein wenig auf die Sprünge geholfen und ihn daran erinnert, wer den Ton angibt.«

»Und das sind Moro und Sie. Ich verstehe. Weshalb sollte er eine bestimmte Summe zahlen? Schutzgeld?«

»Ach was«, tat Pozzi genervt. »Er war unartig. Nennen wir es einfach eine Versicherung, damit sein Geheimnis niemand erfährt.«

»Heute ist jedoch der Tag, an dem alle Geheimnisse aufgedeckt werden. Was wissen Sie über Vitale? Weshalb sollte er Schweigegeld zahlen?«

»Vitale beschäftigt Schwarzarbeiter. Einer wie er sollte hier sitzen! Nicht ich!«

Der Commissario ging nicht auf Pozzis Protest ein. Er dachte vielmehr an jemanden, den er auf der Liste ebenfalls hatte identifizieren können und dessen Name ihm sehr vertraut war.

»Was ist mit Ventura in Sirmione? Was wisst ihr über den?«

»Das LEO'S?« Pozzi schnaubte. »Jedes zweite Essen läuft nicht über die Kasse. Zufrieden?«

»Noch lange nicht«, prophezeite Lanza. »Woher wissen Sie das alles? Typen wie Sie und Moro sind nicht die hellsten Kerzen auf der Torte. Hatte also doch Matteo Villa diese Sachen herausgefunden und Sie beide beauftragt? Und als Sie beide genügend Einnahmequellen beisammenhatten, wollten Sie nichts mehr an ihn abgeben? War es das? Musste er deshalb sterben?«

»Zum allerletzten Mal, ich kenne diesen Villa nicht.«

»Ich bestimme, wann das letzte Mal ist«, wies ihn der Commissario zurecht und stand auf.

»Was ist mit Manuel Leone?«

»Was weiß ich? Wir fragen nicht nach. Wir treiben das Geld ein und behalten vierzig Prozent.«

Lanza beugte sich über den Tisch. »Und wer kassiert die anderen sechzig Prozent?«

»Die bekommt Vincenzo. Ein Bekannter. Und der gibt das Geld einmal die Woche weiter.«

»An wen?«

»Keine Ahnung.«

Lanza setzte sich wieder. »Wie heißt dieser Vincenzo weiter?«

»Weiß ich nicht. In unserer Branche fragt man nicht nach. Er hat den Kontakt hergestellt. Er ist keiner, der sich die Finger schmutzig macht.«

Lanza zückte einen Stift und zog die Mappe zu sich. »Wo finden wir diesen Vincenzo?«

»Kann ich nicht sagen. Er findet Sie, wenn er das will.«

»Wie läuft die Übergabe zwischen Ihnen ab?«

Pozzi schaute den Commissario an. »Ich möchte von Ihnen hören, dass sich das alles hier für mich …«

»Ich werde sehen, was ich tun kann«, kürzte Lanza die Sache ab. »Ich bin kein Richter. Also?«

Pozzi setzte sich wieder auf. »Wir rufen ihn an, verabreden einen Treffpunkt und übergeben das Geld. Er gibt es dann weiter. Oder so. Es ist mir auch egal, solange die Kasse für uns stimmt.«

»Weiß Moro, wer der Auftraggeber ist?«

»Nein, weiß er nicht!«, vermittelte Pozzi eindringlich. »Und wissen Sie auch, weshalb? Weil es in dieser Branche gesünder ist, wenn man nur so viel weiß, wie man wissen sollte, um ein Geschäft zu erledigen.«

»Ich glaube Ihnen nicht«, entschied Lanza und klappte die Aktenmappe zu. Abrupt stand er auf. »Sie wollen, dass ich ein gutes Wort für Sie beim Richter einlege? Dafür muss schon etwas mehr kommen. Wie gesagt, ich bin mir sicher, dass Ihr Freund Moro etwas geständiger ist als Sie. Zumal er in diesem Augenblick mitkriegt, wie lange diese Unterhaltung mit Ihnen bereits dauert. Vermutlich ist er der Ansicht, dass Sie längst alles verraten haben.«

Der Commissario klemmte die Mappe unter den Arm und wandte sich zur Tür.

»Warten Sie!«, rief ihm Pozzi nach. »Ich habe da mal etwas aufgeschnappt.«

»Zu spät. Ich erfahre es sowieso von Moro.«

»Der Typ, der Vincenzo beauftragt hat, arbeitet wohl bei einer Zeitung«, schob Pozzi hinterher.

Lanza blieb an der Tür stehen. Langsam drehte er sich um und ging wieder zurück.

»Welche Zeitung?«

»Es war mal die Rede von diesem Nuovo ...«

»IL NUOVO GIORNALE?«

»Ja. Wir sollten einmal diesem Typ vom BELLA VITA ausrichten, dass am nächsten Tag alles in dieser Zeitung steht, wenn er nicht zahlt.«

»Sie sprechen von Alessandro Burati?« Pozzi nickte. »Und wer von dieser Zeitung?«

Pozzi zuckte mit den Schultern.

»Ist die Handynummer von diesem Vincenzo in dem Handy gespeichert, das wir bei Ihnen beiden gefunden haben?«

»Ja.«

»Unter welchem Namen?«

»Na … Vincenzo.«

»Natürlich«, erwiderte Lanza, ging erneut zur Tür und öffnete sie.

»Was ist denn nun? Ich habe alles gesagt, was ich weiß!«, rief ihm Pozzi hinterher.

Lanza reagierte darauf nicht. Er verließ den Raum und zog die Tür hinter sich zu.

Wettlauf nach Riva

Antonias Puls schoss in die Höhe, als sie auf ein kleines Büchlein starrte, das in dem Geheimfach in Martinis Schreibtisch lag. Sie steckte den Autoschlüssel wieder in die Tasche. Eine innere Stimme sagte ihr, dass in diesem Büchlein sicher keine Adressen von Francescos Verwandten und Freunden standen. Wenn er sich die Mühe machte, es zu verstecken, dann gab es einen Grund dafür. Sie riet ihr auch, dass sie es zurücklegen und ihre Spuren verwischen sollte.

Antonia verfluchte in diesem Moment ihre Neugierde und den unbedingten Willen, Matteos Mörder aufzuspüren. Angst durchfuhr ihren Körper, als ihre Finger über das Fundstück strichen. Dann wagte sie den nächsten Schritt und klappte es auf. Sie überflog die erste Seite, dann die zweite, überblätterte ein paar, fuhr mit den Fingern über die Zeilen, während ihre Lippen die Worte formten, die sie dort las, ohne sie laut auszusprechen. Was sie in ihren Händen hielt, war eine detaillierte analoge Ausgabe der Liste, die sich auf dem Datenstick befand. Sie war sich sicher, dass Matteo hinter Martinis Geheimnis gekommen war. Auch er hatte lange vor ihr dieses kleine Buch entdeckt. Ihre Gedanken überschlugen sich. Was, wenn Martini herausfand, dass auch sie nun davon wusste? Er würde vor ihr ebenfalls nicht haltmachen. Vielleicht würde sie das gleiche Schicksal ereilen wie Matteo. Der Gedanke übermannte sie so sehr, dass sie das Fundstück zurück in das Schubfach warf wie einen Klumpen aus tausend Grad heißer Lava, dessen Verbrennungen sie umgehen wollte.

»Tu diavolo«, flüsterte sie voller Verachtung ihrem Kollegen gegenüber und wich etwas vom Schreibtisch zurück.

Wie in Schockstarre verharrte sie auf dem Boden des Redaktionsbüros, bis sie wieder einen klaren Gedanken fassen konnte. Entschlossen griff sie erneut nach dem Büchlein und holte ihr Handy aus der Tasche.

Zeitler war gerade im Begriff, einen Tisch abzuräumen, als er die Melodie des Klingeltons seines Handys hörte, das im Café hinter dem Tresen lag.

»Entschuldigung, können wir zahlen?«

»Freilich«, bestätigte Zeitler den Wunsch seines Gastes. »Ich bin gleich bei Ihnen. Bar oder mit Karte?«

»Bar.«

Der Barista wetzte mit dem Tablett ins Café, stellte es ab und griff nach dem Handy.

»Caffè Monaco, buonasera?«

»Ich bin es.«

»Antonia! Du, das ist grad ganz schlecht. Ich hab alle Hände voll zu tun. Ist es dringend?«

»Ich weiß, wer Matteo umgebracht hat.«

»Was?«

»Ich sagte, ich weiß …«

»Ja, das habe ich verstanden. Es war vielmehr … ich meine, woher …«

»Ich bin hier in der Redaktion.«

Zeitler blickte um sich und wartete gespannt auf weitere Informationen.

»Bist du noch dran?«, hauchte die Stimme am anderen Ende.

»Ja, natürlich. Du bist in der Redaktion. Wie kommst du darauf, dass …«

»Ich habe etwas in einem Schreibtisch gefunden. Es ist eindeutig.«

»In welchem Schreibtisch?«

»In dem von …« Die Stimme verstummte, nachdem er einen kurzen Aufschrei gehört hatte.

»Hallo? Antonia? Hörst du mich? Was ist … Antonia?«

Sie antwortete nicht auf seine Frage. Zeitler wandte sich von dem Lärm ab, der von draußen in sein Café drang, und hielt sich das andere Ohr zu. Er vernahm ein paar Geräusche. Antonia hatte nicht aufgelegt. Der Barista schwieg und versuchte, das Knacksen und Rauschen, das er hörte, zu deuten. Er war sich sicher, dass jemand das Handy in der Hand hatte. Dann vernahm er ein angestrengtes Atmen, das eindeutig nicht von Antonia stammte. Zeitler spürte, dass eine andere Person Antonias Handy am Ohr hatte. Er wagte nicht, ein Wort zu sagen. Angespannt lauschte er der Stille, die einzig durch rhythmische Atemstöße unterbrochen wurde. Nach einer Weile beendete die Person auf der anderen Seite der Leitung die Verbindung.

Der Barista starrte auf das Handydisplay. Die junge Journalistin war in Gefahr. Und er war derjenige, den sie angerufen hatte. Lanza, Villa, Antonia … all die Namen kreisten in seinen Gedanken wild um ihn herum. Er musste einen kühlen Kopf bewahren. Antonia hatte gesagt, sie sei in der Redaktion. Also war sie in Riva. Schnell wählte er die Nummer seiner Vermieterin und zog nebenbei seine Schürze aus.

»Sofia? Ich bin es. Wo bist du?«

»Oben in meiner Wohnung. Ich wollte gerade …«

»Kannst du runterkommen und das Café übernehmen?«

»Das ist schlecht, weil ich …«

»Es ist ein Notfall.«

»Natürlich«, kam es umgehend von ihr zurück.

Sie kannte ihn gut genug, um zu wissen, dass er ihre Hilfsbereitschaft nicht willkürlich einfordern würde, wenn es nicht unbedingt sein musste.

»Sofia, ich mache es wieder gut. Ich bin weg.«

»Aber wo musst …«

Zeitler hatte das Gespräch beendet, bevor Sofia Barone ihre Frage beenden konnte. Er schnappte sich die Autoschlüssel und verließ das Café.

»Hey! Was ist denn nun?«, rief ihm der Gast, der seine Rechnung begleichen wollte, hinterher. Doch Zeitler reagierte nur mit einem Handzeichen und rannte die Gasse hinauf in Richtung Parkplatz.

Nachdem sich Flavio Marchese darum gekümmert hatte, dass Igor Pozzi und Omar Moro ins Gefängnis nach Brescia überstellt wurden, zündete er sich vor der Tür der Dienststelle eine Zigarette an. Der Commissario kam hinzu und lehnte sich gegen die Hauswand.

»Du rauchst zu viel«, stellte Lanza fest und verneinte das Angebot, sich ebenfalls eine aus der Schachtel zu nehmen.

»Die zwei sind auf dem Weg nach Brescia. Denkst du, dass sich in der Haftanstalt heute noch jemand um die beiden kümmert?«

Lanza linste auf die Armbanduhr. »Wird schwierig. Na ja, wenigstens sind sie dort gut aufgehoben und können keinen weiteren Schaden anrichten.«

»Glaubst du ihm?«

»Pozzi? Ich denke schon.«

Marchese pustete den Rauch zum Himmel. »Was wirst du tun?«

»Ich denke, dass wir uns die Redaktion in Riva noch mal vornehmen. Allen voran diesen Tommaso Palma.«

»Und wann willst du das tun?«

Lanzas Handy vibrierte in seiner Hosentasche. »Moment«, vertröstete er den Kollegen und nahm das Gespräch an.

»Commissario Lanza?«

»Herr Kommissar, Sie müssen nach Riva zum IL NUOVO GIORNALE kommen. Antonia Romana ist in Gefahr.«

»Signor Zeitler? Sind Sie das?«

»Ja. Und beeilen Sie sich.«

»Signor Zeitler? Hallo? Mannaggia …«, wetterte Lanza, weil das Gespräch beendet worden war. Er wählte die Nummer, die ihn soeben angerufen hatte. Doch Zeitler nahm das Gespräch nicht an.

»Idiota!«, schimpfte er erneut.

»Was ist?«

»Du fragtest doch gerade, wann wir nach Riva fahren. Jetzt fahren wir nach Riva!«

»Das wird dauern«, prophezeite Marchese. »Du weißt, was um diese Uhrzeit an einem Samstag für ein Verkehr herrscht?«

»Dann nehmen wir das Boot. Wir verständigen die Kollegen, dass sie uns in Riva an der Anlegestelle abholen sollen. Und sag Serena Bescheid, sie soll sich mit dem Wagen auf den Weg machen.«

»Wohin soll sie in Riva fahren?«

»Zur Redaktion des IL NUOVO GIORNALE.«

Marchese warf die Zigarette zu Boden und drückte sie mit seinem Stiefel aus, bevor er in die Dienststelle lief, um die Schlüssel zu holen. Lanza versuchte erneut, Zeitler zu erreichen, während er die Uferpromenade überquerte und auf die Anlegeplätze zusteuerte. Doch die Versuche blieben erfolglos. Der Commissario sprang in das Boot der Polizia Provinciale und fing einen Moment später die Schlüssel, die ihm Marchese zugeworfen hatte, bevor er die Leinen losmachte.

Lanza startete den Motor und wartete einen Moment, bis auch der Assistente im Boot war. Unter den sensationslustigen Augen einiger Schaulustiger verließen die beiden den kleinen Hafen. Marchese warf noch einen Blick zurück und bemerkte, dass sie von einigen Handys ins Visier genommen wurden. Er stellte sich neben Lanza und schaltete das Blaulicht ein, das sich auf dem Dach der Rio 650 befand. Der Commissario verdrehte die Augen. Doch das störte den Assistente nicht. Er sah sich als Polizist, der nicht nur für Sicherheit sorgte, sondern auch für das nötige Entertainment.

***

»Du?«, fragte Antonia überrascht und ängstlich zugleich, als sie auf dem Fußboden der Redaktion wieder zu sich kam.

Mit schmerzverzerrtem Gesicht hielt sie sich den Hinterkopf und setzte sich auf. Ihre Hand zitterte, als sie etwas Blut an ihren Fingern entdeckte. Sie wollte aufstehen, doch ihre Beine waren zu schwach, weshalb sie sich an Francesco Martinis Schreibtisch lehnte.

»Antonia, Antonia … was soll ich nur mit dir machen …«, tat Martini enttäuscht, während er sich einen Stuhl heranzog und sich verkehrt herum draufsetzte. Anschließend legte er seine Arme auf der Lehne ab und schüttelte den Kopf.

Sie begriff, dass er sie nicht nur gefunden hatte. Martini selbst war es gewesen, der sie niedergeschlagen hatte.

»Was hast du getan?«

»Ach, Antonia, warum musstest du unbedingt deine Nase in Dinge stecken, die dich nichts angehen? Haben wir nicht alle an Matteos Beispiel gesehen, worauf das hinauslaufen kann?«

»Damit kommst du nicht durch«, prophezeite sie ihm entschlossen. Wut stieg in ihr hoch, als sie spürte, dass ihr Kollege sich nicht einmal die Mühe machte, seine Tat zu leugnen.

»Du hättest noch so viel von mir lernen können. Du bist talentiert. Das habe ich Tommaso schon immer gesagt. Was du nicht weißt … ich habe ihm damals geraten, dich einzustellen. Ist das hier der Dank, den du mir entgegenbringst?«

»Tommaso? Steckt der mit dir unter einer Decke?«

Martini lachte. »Du weißt doch, wie er ist. Tommaso ist viel zu sehr mit sich selbst beschäftigt. Er will nur gute Storys. Alles andere interessiert ihn nicht.«

»Du bist ein Mörder«, klagte ihn Antonia mit abfälligem Blick an und fasste sich erneut an den Hinterkopf.

»Was für ein starkes Wort … Mörder.« Er stand auf und ging im Redaktionsbüro auf und ab. Dann blieb er stehen. »Folgendes Szenario. Ein Mann wird von einem anderen Mann erpresst. Es geht um seine gesamte Existenz. Alles, was er sich aufgebaut hat, droht einzustürzen. Würdest du dich nicht auch wehren, wenn es dich betreffen würde?«

»Du bist es, der Menschen erpresst. Und Matteo ist dir auf die Schliche gekommen.«

Er setzte sich wieder auf den Stuhl. Gelassen griff er in sein Sakko, holte Zigaretten heraus und steckte sich eine an.

»Ich bin doch kein Erpresser«, verteidigte er sich ohne großen Elan, nachdem er den Rauch des ersten Zuges gegen die Bürodecke gepustet hatte. Er wedelte mit dem kleinen Büchlein, das er ihr abgenommen hatte. »Ich bin Geschäftspartner all dieser Männer und Frauen hier drinnen. Sie beteiligen mich, dass ich gewisse Sachen für mich behalte. Das ist keine Erpressung. Das ist Geschäftssinn. Wir sind alle eine große Familie. Es hilft niemandem, wenn ein Restaurant schließen muss. Ich biete den Leuten eine Dienstleistung an.« Martini deutete auf seine Stirn.

»Ich sammle ihre Geheimnisse und sperre sie hier oben ein. Jedes Bankschließfach kostet Gebühren. Das ist nur fair.«

»Sag das dem Commissario. Ich denke nicht, dass er deiner Ansicht ist.«

»Der Commissario!«, rief Martini aufgebracht. »Was willst du ihm denn erzählen?«

»Du weißt, dass er die Liste ebenfalls hat. Einer deiner sogenannten Geschäftspartner wird schon reden.«

Martini nahm einen langen Zug. Es gefiel Antonia nicht, wie selbstsicher er sich ihr gegenüber gab. Alle Anschuldigungen ihrerseits prallten wie an einem Schutzschild von ihm ab. Er schien sich seiner Sache sicher zu sein.

»Sie können gerne reden. Alle können sie reden«, verkündete er und aschte auf den Boden. »Sollte wirklich einer von ihnen das Bedürfnis haben, sein Gewissen bei unserem Commissario zu erleichtern ... nur zu. Dann wird der Commissario erfahren, dass zwei dunkelhaarige Männer jeden Monat vorbeigekommen sind, um ein Kuvert abzuholen. Mich interessiert das nicht.«

Antonia kniff die Augen zusammen. »Natürlich schickt einer wie du ein paar Handlanger los, die für dich die Drecksarbeit erledigen. Einer wie du macht sich nicht selbst die Hände schmutzig.«

Er schmunzelte und nahm einen letzten Zug von der Zigarette, bevor er sie auf den Boden fallen ließ und austrat. »Wie du vorhin schmerzlich feststellen musstest, gibt es trotzdem Sachen, um die ich mich selbst kümmern muss.«

»Verstehe. Wie bei Matteo, den du heimtückisch ermordet hast.«

Martini spitzte die Lippen und setzte einen gespielt empörten Gesichtsausdruck auf. »Na, na, na, Antonia. Heimtückisch ... was für ein böses Wort. Glaubst du mir, wenn ich dir sage, dass ich nicht vorhatte, ihn zu töten?«

»Eher nicht.«

»Es ist aber so«, widersprach er mit erhobenem Zeigefinger. Er stand auf und setzte sich auf Matteos Schreibtisch, vor dem Antonia immer noch auf dem Boden hockte. »Im Grunde habe ich ihn dafür bewundert, dass er den Schneid hatte, sich mir in den Weg zu stellen. Da hat er mich überrascht. Hätte ich ihm nicht zugetraut, dem alten Matteo. Zuerst dachte ich, es ginge ihm nur um die Story seines Lebens, der er schon ewig lange hinterhergerannt ist.«

»Matteo war ein guter Journalist. Er wollte die Leser erfreuen und nicht nur mit Schreckensmeldungen füttern, wie es sensationshungrige Reporter, wie du einer bist, tagtäglich tun.«

Erneut lachte er. »Wie sagt unser lieber Tommaso immer so schön: ›Die Menschen wollen sich in ihrem Ärger über Gott und die Welt bestätigt fühlen. Deshalb kaufen sie unsere Zeitung. Wenn sie ein gutes Gefühl haben wollen, sollen sie sich mit einem Glas Wein ans Seeufer setzen und den Sonnenuntergang genießen. Den kriegen sie kostenlos.‹ Glaub mir, Antonia, dein lieber Matteo hatte die Richtung geändert. Er hat mich erpresst. Er war es, der sich mit mir treffen wollte. Und das sicher nicht, um mich auf den Pfad der Tugend zurückzuführen. Er wollte den Preis für sein Schweigen aushandeln. Vermutlich hatte er kurz vor seinem Ruhestand doch begriffen, dass man nicht nur von Luft und Liebe leben kann. Seine Frau Giovanna hat einiges in die Ehe mitgebracht. Da wäre es doch schade gewesen, wenn er am Ende seiner Karriere nicht auch etwas hätte beisteuern können. Im Grunde konnte ich ihn sogar verstehen.«

Antonia unternahm einen weiteren Versuch, sich aufzurichten. Martini griff nach ihrer Schulter und drückte sie zurück zu Boden. Sie packte seine Hand und entfernte sie unsanft von ihrem Körper.

»Du hast Matteo aufgelauert und den richtigen Moment abgewartet, bis du ihn töten konntest. Das war vorsätzlicher Mord. Die Polizia wird das genauso sehen.«

»Das stimmt nicht ganz, meine Liebe. Eigentlich wollte ich ihn vor Bardolino auf halber Strecke abfangen, falls es eine Falle war und er bereits mit der Polizei gesprochen hatte. Was soll ich sagen … ich habe ihn verpasst. Ich hatte wohl vergessen, wie überpünktlich er immer war. Also bin ich zum Café gefahren und habe mich gegenüber in die Eisdiele gesetzt und ihn beobachtet. Und weißt du, was ich da gesehen habe?«

Sie blickte über ihre Schulter hinweg zu ihm hoch, drehte jedoch gleich wieder den Kopf von ihm weg. »Ich will es nicht wissen.«

»Ich will aber, dass du mich verstehst. Ich habe Angst gesehen. Angst in seinen Augen, Angst in seinem Gesicht … in seinem ganzen Körper steckte Angst. Und die ist ein ganz schlechter Geschäftspartner. Weißt du auch, warum? Weil man sie weder kalkulieren noch kontrollieren kann. Er hätte mir viel versprechen oder erzählen können. Vielleicht hätten wir uns auch irgendwie geeinigt. Womöglich hätte ich ihm sogar eine gute Story zugeschoben, wer weiß. Noch einmal eine Schlagzeile auf der Titelseite, bevor er in Rente ging. War das nicht immer sein Traum? Ich gebe zu, er fehlt mir. Jetzt, wo wir über ihn sprechen …«

»Du widerst mich an.«

»Antonia, geh doch bitte nicht so hart mit mir ins Gericht. Jeder erfolgreiche Mensch würde das verstehen, der sich mit viel Schweiß und Fleiß etwas aufgebaut hat. Es ist wie ein Baby. Das muss man doch schützen. Ja, es war die Angst in seinen Augen, die mir signalisierte, dass es nur einen Ausweg gab. Dann ist er auf die Toilette gegangen. Das war meine Gelegenheit. Den Rest kennst du ja …«

»Francesco Martini … ich hasse dich.«

»Und ich muss zugeben, das schmerzt mich. Ich für meinen Teil empfinde durchaus etwas für dich.«

»Ersticke daran. Es ist aus. Du wirst für deine Tat geradestehen müssen. Und ich bete dafür, dass du in der Hölle landest.«

Martini sprang voller Elan vom Schreibtisch. »Irgendwann sicherlich. Aber noch nicht heute, morgen oder in naher Zukunft.«

»Die Liste wird dich überführen.«

»Diese hier?« Erneut wedelte er mit seinem kleinen Büchlein vor ihrem Gesicht herum. Sie schlug seine Hand beiseite. »Die, meine Liebe, wird in ein paar Minuten verschwunden sein.«

»Lanza hat immer noch die Datei, mit der Matteo dich zur Vernunft bringen wollte.«

»Du hast es nach wie vor nicht begriffen!« Er lachte dreckig. »Dein Matteo war kein Heiliger. Aber gut, ich will dich in dem Glauben lassen.«

Er musterte sie eine Weile, dann ging er vor ihr in die Hocke. »Erpresst hat er mich und wie ein schlechter Privatschnüffler diese Daten hier aus dem Buch abgetippt. Was soll das beweisen? Dass ein Mann einen Computer bedienen kann? Zugegeben, für Matteo war das eine große Leistung. Immerhin war er einer der Letzten in dieser Redaktion, der unser Faxgerät am Laufen hielt. Ansonsten sind das alles nur Buchstaben und Zahlen. Jedes Kind könnte so etwas erstellen. Dein Commissario hat überhaupt nichts. Und auch nicht dein neuer Freund, der Deutsche. Aber ich muss sagen, es hat mir große Freude bereitet, mit euch zusammen auf Verbrecherjagd zu gehen. Wie eifrig ihr bei der Sache wart … herrlich.«

Sie warf ihm einen verächtlichen Blick zu. »Wie kannst du dich nur im Spiegel betrachten?«

»Ich finde, ich sehe ganz gut aus für mein Alter.«

Nach diesen Worten stand er auf, stellte den Stuhl zurück und griff nach seinem Kurzmantel, der auf dem gegenüberstehenden

Schreibtisch lag. Er schlüpfte hinein und richtete den Kragen. Er ließ das Büchlein in die linke Manteltasche gleiten und holte aus der rechten eine 9-Millimeter-Beretta heraus. Antonia erschrak, als sie die Waffe sah, und griff über ihre Schulter, um sich an der Tischplatte hochzustemmen. Doch Martini fackelte nicht lange und zog ihr mit seinem Bein den Boden unter den Füßen weg. Unsanft landete sie wieder dort, wo sie die letzten Minuten verbracht hatte.

»Es sind Arbeiter in der Produktion. Den Schuss wird man hören«, versuchte sie, ihn von dem befürchteten Vorhaben abzubringen.

»Oh, gut, dass du mich daran erinnerst«, bedankte sich Martini gespielt freundlich lächelnd und langte abermals in die seitliche Tasche seines Mantels. Er zog einen Schalldämpfer heraus und drehte ihn auf die Mündung der Beretta. »Hast du gewusst, dass so ein Schalldämpfer nur im Film ein leises ›Plopp‹ von sich gibt? In Wirklichkeit ist es etwas lauter. Was für ein Glück, dass im Nebengebäude soeben die Druckmaschinen angeworfen wurden.«

»Ich dachte nicht, dass du dazu fähig bist«, kam es leise von Antonia, während ihr Tränen über die Wangen liefen.

Das Lächeln verschwand aus seinem Gesicht, während sich die Mundwinkel nach unten bewegten, und sein Blick wurde kalt. Für einen Moment schloss er die Augen und atmete tief durch. Dann sah er sie mit leeren Augen an.

»Antonia Romana … du weißt nicht, wozu Menschen fähig sein können.«

Zwei Schuss, ein Treffer

Zeitler preschte mit seinem metallicblauen Punto auf das Redaktionsgelände des IL NUOVO GIORNALE in Riva und bremste vor dem Haupteingang scharf ab. Schnell verließ er den Wagen und rannte zur Tür des Haupteingangs der Redaktion. Sie war verschlossen. Instinktiv lief er um die Redaktion herum. Hinten angekommen entdeckte er vor dem Rückgebäude ein paar Autos sowie einen feuerroten Fiat 500, den er Antonia zuschrieb, der neben einem weißen Mercedes E-Klasse parkte. Vorsichtig näherte er sich den Fenstern und spähte durch die Scheiben. Eine nach der anderen nahm er sich vor, doch es war nichts zu erkennen. Er versuchte sein Glück am Hintereingang und drückte die Türklinke herunter. Sie war offen. Sein Puls schlug bis zum Hals. Es war lange her, dass er sich in einer Situation wie dieser befunden hatte.

Vorsichtig betrat er das Gebäude. Vor ihm lag ein langer Flur. Einige der Bürotüren standen offen. Zeitler tastete sich weiter vor und warf einen flüchtigen Blick in jeden Raum, den er passierte. Kalter Zigarettenrauch drang aus ein paar Zimmern hinaus in den Flur. Dann plötzlich vernahm er eine leise Frauenstimme. Er wagte es nicht, sich zu erkennen zu geben. Sein Gefühl sagte ihm, dass es besser war, so lange wie möglich unbemerkt zu bleiben. Mit leisen Schritten folgte er der Stimme geradewegs durch den Flur und drang immer tiefer ins Gebäude ein. Je mehr er sich annäherte, desto wachsamer wurde er. Zu der leisen Frauenstimme gesellte sich eine weitere, die Zeitler verriet, dass sich mindestens noch eine weitere Person im Gebäude aufhielt. Er suchte Deckung in einem der zahlreichen Büros, zückte sein Handy und wählte Antonias Nummer. Als er ein Freizeichen hatte, hörte er zeitgleich einen Klingelton aus der Richtung läuten, aus der auch die Stimmen kamen. Er hatte also die Gewissheit, dass der Fiat vor der Tür Antonia gehörte und sie sich unweit von ihm entfernt im Gebäude befand. Ein paar Klingeltöne später sprang die Mailbox an. Um seiner List nicht selbst zum Opfer zu fallen, stellte er sein Handy auf lautlos.

Zeitler verließ die Deckung und arbeitete sich den Flur entlang weiter vor. Die Stimmen wurden lauter, seine Schritte langsamer. Dann blieb er stehen, als er zwei Zimmer weiter Martini erkannte, der mit dem Rücken zur Tür stand. Schnell wechselte er die Seite des Flurs, um sich unbemerkt weiter anschleichen zu können. Zentimeterweise arbeitete er sich an das Großraumbüro heran, bis er an der Wand neben der Tür stehen blieb. Seine Hände zitterten. Es gab kein Zurück mehr. Er dachte an Lanza und fragte sich, ob der seinen Anruf überhaupt ernst genommen hatte.

Vorsichtig spähte er in das Büro hinein und erkannte Antonia, die vor Martini an einen Schreibtisch gelehnt auf dem Boden saß. Er sah ihr an, dass sie Angst hatte. Als er in Martinis Hand die Waffe erspähte, wusste er, weshalb. Antonia bemerkte Zeitler und konzentrierte schnell wieder ihren Blick weiter auf Martini, damit der den Besucher nicht wahrnahm.

Zeitler zählte innerlich bis drei, bevor er das Überraschungsmoment nutzte und blitzschnell seine Deckung verließ. Entschlossen sprintete er zu Martini, der im selben

Moment auf ihn aufmerksam wurde. Antonia bündelte ihre Kräfte, um auf die Beine zu kommen.

»Maledetto!«, brüllte Martini, als er den Deutschen erkannte. Er riss die Waffe herum, weil er den Angreifer abwehren wollte. Doch Zeitler war bereits zu nah. Beherzt lenkte er Martinis Hand nach oben. Ein gedämpfter Schuss löste sich und schlug in der Decke ein.

Antonia griff von der anderen Seite an, was Martini nicht verborgen blieb. Mit einem harten Hieb wehrte er sie ab und traf ihr Gesicht. Sie taumelte ein paar Schritte, bevor sie gegen einen Schreibtisch stieß und bewusstlos zu Boden fiel. Zeitler packte den Arm mit der Beretta, um seinen Gegner zu entwaffnen. Doch Martini erwies sich als hartnäckiger Widersacher.

»Ein Fehler, hierherzukommen«, fauchte der Journalist, während er versuchte, sich aus dem festen Griff des Barista zu befreien.

»Nicht der erste in meinem Leben«, entgegnete Zeitler mit wilder Entschlossenheit und kämpfte weiter um die Waffe. Ein weiterer Schuss löste sich und traf einen Computerbildschirm, dessen Splitter sich auf dem gesamten Schreibtisch verteilten. Martini trat nach seinem Angreifer, was jedoch ohne Erfolg blieb. Zeitler ließ für einen Moment von seinem Gegner ab, ballte eine Faust und verpasste ihm einen Schlag in den Magen, was den für einen kurzen Moment zusammensacken ließ. Diesen Moment nutzte der Ex-Polizist und schlug mit voller Wucht gegen Martinis Waffe. Der Journalist konnte nicht anders, als sie loszulassen. Kaum dass sie zu Boden gefallen war, kickte Zeitler sie weit von sich. Als er sich wieder Martini zuwandte, traf ihn dessen Faust an der linken Schläfe, was ihn aus dem Gleichgewicht brachte. Um sich auf den Beinen zu halten, angelte er nach einem Bürostuhl, der jedoch nicht verhindern konnte, dass er in die Knie ging.

Martini nutzte die Chance und spurtete in die Ecke, in die seine Beretta gerutscht war. Zeitler sammelte all seine Kräfte und war schnell wieder auf den Beinen. Beherzt sprang er auf einen Schreibtisch, überwand zwei weitere und hechtete auf Martinis Rücken, als der sich nach der Waffe bückte. Mit aller Wucht, die er durch den Sprung mitbrachte, riss er ihn zu Boden.

»Polizia! Identificati!«, hörte man Männer über den Flur schreien.

»Siehst du, Martini, jetzt kommt die Kavallerie. Nun ist es aus mit dir«, spottete Zeitler, während er mit ihm auf dem Boden rang.

Martini dachte jedoch nicht daran, bereits aufzugeben. Er schlug mit dem Ellbogen aus und versetzte Zeitler einen Hieb, durch den er sich befreien konnte.

»Polizia! Identificati!«, kam es erneut etwas lauter aus dem Flur.

»Hier hinten!«, brüllte Zeitler der Polizei zu und war wieder auf den Beinen. Kampfbereit ballte er seine Fäuste und baute sich vor Martini auf. Doch statt in dessen Gesicht blickte er in den Lauf der Beretta, die der Journalist auf ihn gerichtet hielt.

»Mit wem ist es jetzt aus, Kaffeemann?«, stellte Martini wütend die Gegenfrage.

»Polizia!«, schrie Lanza mit der Waffe im Anschlag entschlossen, als er in der Tür des Großraumbüros auftauchte. Wie auch der uniformierte Kollege, der neben ihm stand, zielte er auf Martini.

Der Journalist stand wie versteinert da und ließ sich von Lanza nicht beeindrucken. Er dachte nicht daran, die Waffe von Zeitler abzuwenden. Ohne die Augen von ihm zu lassen, ging er rückwärts zu einem der Fenster und öffnete es. Lanza rückte langsam mit seinem Kollegen nach, auf Abstand, um Martini nicht zu sehr zu provozieren.

»Alle bleiben ganz ruhig«, sagte der Journalist mit cooler Stimme, als er vor dem offenen Fenster stand. »Wir wollen doch nicht, dass irgendjemand verletzt wird, nicht wahr?«

»Werfen Sie die Waffe weg, Martini«, wies der Kommissar ihn an und behielt ihn im Visier.

Martini ließ sich von den Anweisungen des Commissario nicht beeindrucken. Während er weiterhin auf Zeitler zielte, setzte er sich auf das Fensterbrett und zog seine Beine an. Dann stand er auf.

»Arrivederci«, rief er Zeitler zu und sprang aus dem Fenster.

Der Assistente Flavio informierte per Funk seine Kollegin, die im selben Moment auf das Gelände gefahren war, dass Martini auf der Flucht sei. Der Commissario warf Zeitler einen mahnenden Blick zu. Doch das interessierte den Barista nicht. Er sorgte sich vielmehr um Antonia, die regungslos auf dem Boden lag. Schnell rutschte er über einen der Schreibtische und kniete sich vor sie. Vorsichtig strich er ihr eine Strähne aus dem Gesicht und hob ihren Kopf an.

»Antonia«, versuchte er, sie wach zu bekommen, und tätschelte ihre Wangen. Seine Bemühungen zeigten Wirkung. Langsam öffnete sie ihre Augen und blinzelte gegen die Deckenbeleuchtung.

»Buongiorno«, sagte sie mit schwacher Stimme.

Zeitler schmunzelte. »Wohl eher buonasera«, verbesserte er sie. Dann schaute er zu Lanza. »Ich glaube, ich habe mich noch nie so darüber gefreut, Sie zu sehen, wie gerade eben.«

»Wir sprechen uns noch«, verkündete der Commissario mit ernster Miene, verließ das Büro und lief mit dem Uniformierten den Flur entlang zurück zum Hintereingang.

»Was … was ist passiert?«

»Ein Martini hat dich umgehauen. Aber nicht der mit Olive«, feixte Zeitler und war sichtlich froh, dass der jungen Journalistin nicht mehr passiert war.

Antonia fasste sich wieder an den Hinterkopf. Stöhnend versuchte sie aufzustehen.

»Na, dann schauen wir mal, dass wir dich in ein Krankenhaus schaffen«, sagte Zeitler und half ihr auf die Beine.

»Wo ist Martini?«

»Um den kümmert sich der Commissario.«

»No, no, no, no, no«, rief Serena Ricci mit der Waffe im Anschlag Martini zu, als der zu seinem Mercedes gehetzt war und einsteigen wollte.

Er zog die Finger vom Griff der Fahrertür, die er bereits geöffnet hatte, und hob drohend die Hand an, in der er die Pistole hielt.

»Die Waffe ganz langsam auf den Boden legen!«, rief sie ihm unmissverständlich in strengem Ton zu und bewegte sich langsam auf ihn zu.

Im selben Augenblick kam ein weiterer Mitarbeiter der Druckerei mit seinem Wagen angefahren und zog die Aufmerksamkeit der jungen Polizistin auf sich. Diesen Moment nutzte Martini, um seine Flucht zu Fuß fortzusetzen. Er verschwand zwischen den Sträuchern, die das Gelände des Il NUOVO GIORNALE von der Straße abgrenzten.

Lanza stürzte mit dem Kollegen aus dem Gebäude und sah gerade noch, wie der Journalist hinter ein paar Lieferwagen verschwand. Sofort rannte er gemeinsam mit Flavio Marchese dem Flüchtigen hinterher. Serena Ricci stieg in den Streifenwagen, mit dem sie gekommen war, und nahm ebenfalls die Verfolgung auf.

Lanza erkannte schnell, dass Martini den See ansteuerte. Kein Parkplatz lag auf diesem Weg so kurz vor dem Ufer, was den Commissario zu der Annahme veranlasste, dass Martini vorhatte, die Flucht über das Wasser fortzusetzen. Der Journalist lief die Via Giuseppe Mazzini hinunter. Es gelang ihm nicht, den Abstand zwischen ihm und seinen Verfolgern auszubauen, da ihm die beiden Polizisten konditionell in nichts nachstanden. Ein paar Schritte später hatte er die Piazza del Brolio erreicht und eilte nach rechts weiter am Brunnen vorbei zur kleinen Anlegestelle.

Lanza und Marchese ließen von ihm ab und bogen nach links zum Jachthafen des Segelclubs ab, wo die beiden zuvor mit dem Polizeiboot angelegt hatten.

Martini zweifelte kurz, ob er nicht den falschen Weg eingeschlagen hatte, als er die knapp zwanzig Tretboote sah, die am Ufer festgezurrt auf ihre Ausflügler warteten. Zu seinem Glück kam gerade eine Frauscher 747 Mirage Air von einer Tour zurück. Der Skipper half einem Paar auf den kleinen Steg, als Martini angerannt kam und mit einem Satz das Boot enterte.

»Che cazzo vuoi?«, schrie der Skipper empört und packte den Journalisten am Arm. Diesen ließ er jedoch schnell wieder los, als Martini seine Waffe zückte.

Ohne ein weiteres Wort verließ der Skipper seine Frauscher und musste mitansehen, wie sich der Dieb mit hoher Geschwindigkeit mit seinem Boot vom Steg entfernte.

Zwischenzeitlich hatten auch Lanza und Flavio Marchese das Polizeiboot erreicht. Während der Assistente die Motoren startete, beobachtete Lanza, wie Martini mit dem Flitzer zwischen ein paar Segelbooten hindurchfegte und auf den See hinausbretterte. Selbst ein Laie hätte erkannt, dass Martini die Maximalgeschwindigkeit von zwanzig Knoten, die auf dem Gardasee erlaubt war, weit überschritten hatte.

Lanza wusste, dass sie mit ihrem Rio 650 der Polizia Provinciale schlechte Karten gegen dieses Boot hatten. Doch er wusste auch, dass der See keine Möglichkeiten bot, um sich gänzlich unerkannt zu entfernen. Marchese gab Vollgas und funkte zwischenzeitlich mit Serena Ricci, die mit dem Dienstfahrzeug an Land die Verfolgung auf der Ostseite aufgenommen hatte.

Lanza ließ Martini nicht aus den Augen, der gefährlich nah an ein paar weiteren Seglern vorbeizog und sich schnell der Autofähre näherte, die von Limone aus nach Malcesine übersetzte. Da zum Ufer hin am späten Samstagnachmittag viele Boote unterwegs waren, entschied Martini, am Bug der Fähre vorbeizufahren, um sich etwas weiter vom Westufer zu entfernen. Das spielte Lanza und Marchese in die Karten, da er auf diese Weise etwas von seinem Vorsprung aufgeben musste.

Lanza erkannte, dass es immer gefährlicher wurde, den Flüchtigen mit hoher Geschwindigkeit vor sich herzutreiben. Doch er wollte ihn auch nicht davonkommen lassen. Martini konnte jederzeit eine Gelegenheit wahrnehmen, einen Haken zu schlagen, um ein Ufer anzusteuern. Es bestand keine Chance, alle Anlegeplätze des Sees polizeilich abriegeln zu können.

Der Commissario zog seine Waffe und entsicherte sie. Da die Frauscher keinen Außenborder hatte, musste er etwas tiefer ansetzen, um den im Rumpf des Bootes verbauten Motor zu treffen. Zumindest sollte es möglich sein, die 220 PS auszuschalten. Er wies Marchese an, Kurs zu halten, und zielte auf den Bereich unterhalb der Sonnenliegefläche am Heck. Dann drückte er ab und die Kugel verließ mit einem großen Knall den Lauf, um der Frauscher hinterherzujagen. Es blieb Martini nicht verborgen, dass Lanza ernst machte. Noch bevor der Journalist wieder das Westufer ansteuern konnte, um die Distanz zu seinen Verfolgern zu vergrößern, drückte Lanza ein zweites Mal ab. Wie erhofft schlug die Kugel hinter Martini ins Heck des Bootes ein. Die Frauscher verlor an Fahrt, während etwas Rauch aus dem hinteren Teil des Luxusbootes emporstieg und der Motor ins Stocken geriet. Martini zog hektisch die Hebel vor und zurück und drückte ein paar Knöpfe, was jedoch erfolglos blieb.

Da vermutlich noch nicht alle Hobbykapitäne bemerkt hatten, was mitten auf dem See vor sich ging, stellte Marchese die

Sirene an, um auf sich aufmerksam zu machen. Währenddessen visierte Lanza mit seiner Dienstwaffe Martini an und signalisierte ihm durch ein paar unmissverständliche Zurufe, dass die Fahrt an diesem Punkt zu Ende war. Martini lenkte ein, stellte den ohnehin lädierten Motor ab und legte die Waffe sichtbar neben das Steuerrad. Marchese dockte steuerbords an das Schnellboot an, sodass Lanza mit einem Satz zu Martini hinüberspringen konnte. Während der Commissario dem Journalisten die Handschellen anlegte, wurde er von seinem Assistente gesichert.

Es dauerte nicht lange, bis die Kollegen mit einem zweiten Boot zur Unterstützung herankamen. Die hatten jedoch viel mehr damit zu tun, Schaulustige vom Geschehen fernzuhalten. Wer mochte es ihnen verdenken? Szenen wie diese sah man für gewöhnlich nur im Kino.

Ein Tisch im BELLA VITA

Martini saß entspannt auf dem Stuhl neben Lorenzo Lanzas Schreibtisch in der örtlichen Polizeidienststelle an der Uferpromenade Bardolinos. Er wirkte, als hätte er bei dem Commissario einen Termin als Journalist, um die letzten Ereignisse für einen wöchentlichen Bericht im IL NUOVO GIORNALE abzufragen.

Der Assistente Flavio Marchese nahm seine Kappe ab und legte sie auf einen Tisch, auf dem unter anderem verschiedene Akten darauf warteten, noch bearbeitet zu werden. Immer wieder warf er Martini einen unmissverständlichen Blick zu, der ihm verdeutlichen sollte, dass er nicht viel von ihm hielt. Das lag sicherlich nicht zuletzt daran, dass Martini mit seiner unverblümten Meinung in der Vergangenheit auch vor der Polizei rund um den Gardasee keinen Halt gemacht hatte.

Lanza betrat das Büro, warf das kleine Büchlein, das er Martini bei der Festnahme abgenommen hatte, auf seinen Schreibtisch und setzte sich. Er musterte den Journalisten einen Moment, dann griff er nach den Aufzeichnungen, lehnte sich zurück und blätterte darin.

»Wussten Sie, dass man sich Dinge besser merken kann, wenn man sie sich notiert? Während des Schreibens speichern wir sie schneller ab, als wenn wir sie nur lesen oder hören. Verblüffend, nicht wahr?«

Martini nickte wohlwollend und beäugte Lanza dabei, wie er die Notizen auf den Seiten überflog. Lanza drehte das Büchlein und deutete auf ein Kürzel, das darin verzeichnet war. »Das hier ist Diego Vitale, nicht wahr? Was hat er denn angestellt, dass er Ihre Dienste in Anspruch nahm? Oder sollte ich besser sagen, Ihr Schweigen?«

»Weshalb fragen Sie nicht ihn?«

»Machen wir, Signor Martini. Das machen wir sogar ganz bestimmt. Schließlich können wir nicht einfach alles glauben, was irgendwo geschrieben steht, nicht wahr?«

»Ist das hier etwas Persönliches?«, fragte Martini, der den Seitenhieb sehr wohl verstanden hatte.

Lanza ging darauf nicht ein. Er war ein Mensch von der Sorte, die sich nicht verpflichtet fühlte, auf jede Frage zu antworten. Schon gar nicht in seiner Position als Commissario. Konzentriert blätterte er in dem Büchlein weiter und zeigte Martini erneut eine Zeile.

»M. L. ... vermutlich Manuel Leone, nicht wahr? Dahinter steht der niedrigste Betrag von allen hier drin, wenn ich nicht irre. Nach welchen Kriterien wählten Sie denn die Beträge, die Sie von Igor Pozzi und Omar Moro haben eintreiben lassen? Nach Sympathie oder der Schwere dessen, was Sie in Erfahrung gebracht hatten? Ach ja, bevor Sie sich selbst diese Frage stellen ... wir haben Ihre beiden Geschäftskollegen auf frischer Tat ertappt. Ich habe mit den beiden ein interessantes Gespräch geführt.«

»Ach ja? Da beglückwünsche ich Sie.«

»Oh, herzlichen Dank.« Lanza legte das Büchlein vor sich auf den Schreibtisch. »Ich habe übrigens soeben mit Ihrer Kollegin Antonia Romana telefoniert und mich nach ihrem körperlichen Zustand erkundigt. Sie ist wohlauf ... für den Fall, dass es Sie interessiert.«

»Schön zu hören. Bestellen Sie ihr die besten Genesungswünsche«, klang Martini nun etwas genervt. Er wusste, dass sein Kartenhaus, das er sich aufgebaut hatte, längst eingestürzt war.

»Ich habe lange mit ihr geredet, Signor Martini. Sie haben ihr viel erzählt.«

»Wir können diese Spielchen lassen, Commissario. Wir wissen beide, dass ich Matteo umgebracht habe.«

»Oh«, zeigte sich Lanza erstaunt. »Ich hätte viel eher damit gerechnet, dass Sie uns eine andere Geschichte auftischen wollen.«

»Natürlich nicht«, schnaubte Martini. »Ich bin ein Mann der Ehre.«

Marchese räusperte sich, was dem Commissario, der sich daraufhin zu ihm umdrehte, nicht verborgen blieb.

»Warum Matteo Villa? Ein Mann wie Sie wird sich doch nicht einschüchtern lassen? Ich kann Ihnen sagen, was passiert ist, Martini. Sie konnten es nicht verkraften, dass ein unscheinbarer Mann wie Villa Ihnen die Stirn geboten hat, nicht wahr? Das hat Sie in Ihrer Ehre gekränkt. Niemand legt sich mit einem Francesco Martini an. Ist es nicht so?«

»Sind Sie jetzt auch noch Psychologe?«

Lanza schmunzelte. »Nun, das eine bringt das andere im Lauf der Jahre mit sich.«

Martini tippte auf das kleine Büchlein auf dem Schreibtisch. »Da drinnen stehen die wahren Verbrecher. Einer musste sich ja um die kümmern.«

»Unbescholtene Bürger melden es für gewöhnlich der Polizei, wenn ihnen Missstände jeglicher Art auffallen. Für das Kümmern sind wir da. Um was handelte es sich denn bei diesen Sachen hier in diesem Buch? Steuerhinterziehung?

Schwarzarbeit? Ist vielleicht jede zweite Pizza nicht in die Kasse getippt worden?«

»Das wissen Sie doch längst«, erwiderte Martini, ohne den Commissario anzusehen. Er erkannte wohl selbst, dass man seinen Mord nicht mit diesen kleineren Delikten aufwiegen konnte.

»Ich wollte es nur von Ihnen hören. Warum haben Sie nicht mehr für Ihr Schweigen genommen?«

Martini atmete tief durch. »Man darf nicht gierig sein.«

»Falsch, Signor Martini. Ein höherer Betrag hätte vielleicht den einen oder anderen ermutigt, sich selbst anzuzeigen, nicht wahr? Kleinere Beträge konnten alle zähneknirschend ertragen.«

»Wenn Sie das sagen …«

»Und Matteo Villa hatte Sie also erpressen wollen. Was hat er denn verlangt? Sollten Sie reinen Tisch machen oder wollte er Sie dazu bringen, Ihre Geschäfte einzustellen? Wollte er Geld oder vielleicht sogar Ihr Ansehen beschädigen, indem einer wie er Sie in die Knie zwang?«

»Wie wir beide wissen, ist er gescheitert.«

Lanza zeigte sich erstaunt über so viel Kälte, die in diesem Satz mitschwang. Er dachte an Matteo Villas Frau und musste sich sehr zusammenreißen, um seinem Unmut nicht freien Lauf zu lassen.

»Signor Martini, Sie werden sich für Mord, versuchten Mord und Erpressung verantworten müssen. Wie mir scheint, haben Sie damit die größte Schlagzeile Ihres Lebens geschrieben. Damit haben Sie es vermutlich auf die Titelseite geschafft.«

Martini zuckte mit den Schultern. »Tja, das unterscheidet mich eben von anderen Journalisten. Für eine gute Story gebe ich alles.«

»Nur dieses Mal ist es etwas anders: Jemand anderes erntet die Lorbeeren für Ihre Geschichte. Wie auch immer …«, tat Lanza belanglos und wies Marchese an, Martini abzuführen.

Er saß noch eine Weile regungslos an seinem Schreibtisch. Dann griff er abermals nach Martinis Aufzeichnungen und blätterte darin. Er las den vollen Namen seines langjährigen Freundes Leonardo Ventura, dem das LEO'S in Sirmione gehörte. Dann öffnete er seine Schreibtischschublade, warf das Büchlein hinein und verließ das Büro.

***

Zeitler saß noch am selben Abend am hintersten Tisch in der Ecke seines Cafés und trank einen Espresso auf Matteo Villa. Lisa von nebenan klopfte an die Scheibe und winkte ihm zu, bevor sie laut den Namen ihrer kleinen Chihuahua-Dame rief und ihr mit schnellen Schritten hinterherjagte. Er mochte sie dafür, dass es ihr immer wieder gelang, ihn zur rechten Zeit abzulenken. Dies geschah jedoch meist ungewollt, woran Principessa oftmals nicht ganz unschuldig war.

Unaufhörlich blitzten Bilder in seinem Kopf auf. Wie Martini die Waffe auf ihn gerichtet hatte, Antonia bewusstlos auf dem Boden lag … Fahrig rieb er mit den Händen über sein Gesicht, stand auf und stellte die leere Tasse in den Spüler. Erneut klopfte jemand gegen die große Scheibe am Eingang. Doch diesmal war es nicht Lisa, sondern Antonia, die zu ihm hereinschaute. Zeitler war mehr als erstaunt, sie zu sehen, und eilte zur Tür.

»Antonia! Bist du aus dem Krankenhaus geflüchtet?«

»Sie haben mich entlassen, weil ich versprochen habe, mich nicht zu sehr anzustrengen.«

»Und da dachtest du dir, du stürzt dich an einem Samstagabend am besten ins Nachtleben von Bardolino?«

Sie ließ ihren Blick über die leeren Tische und Stühle des Cafés streifen. »Ja, so ungefähr habe ich es mir vorgestellt. Besonders im Monaco tobt um diese Uhrzeit das Leben.«

Er lachte. »Na, dann komm schon rein. Wie geht es deinem Kopf?«

Sie betrat das Café und nahm die schneeweiße Baseballmütze ab. Dann drehte sie ihm den Hinterkopf zu.

»Aua! Genäht?«

»Mit drei Stichen«, bestätigte sie.

»Tut es noch weh?«

»Dank der Schmerzmittel nicht. Ich soll jedenfalls viel trinken, sagte der Arzt.«

»Was darf ich dir anbieten? Wasser? Saft?«

Sie kniff die Augen zusammen. »Hast du noch etwas von diesem Lugana Riserva?«

»Äh, ja. Natürlich.«

Sie setzte sich an den Tresen und zog ihre Jeansjacke aus. »Wie geht es dir?«, erkundigte sie sich, während sie ihm dabei zusah, wie er die Flasche öffnete.

Er grinste übertrieben. »Du meinst, weil ich einen Zweikampf mit einem Journalisten hinter mir habe und der auch noch vorhatte, mich zu erschießen? Was soll ich sagen … ein Tag wie jeder andere.«

»Wie konnte ich mich so in diesem Mann täuschen?«

»Mach dir das nicht zum Vorwurf«, beruhigte er sie. »Es gibt Menschen, die können ihr wahres Ich sehr gut verbergen. Dazu gehört Martini.«

»Dich hat er nicht täuschen können. Du mochtest ihn von Anfang an nicht.«

»Nun, aber auch bei mir hatte sich zwischenzeitlich das Blatt gewendet. Ich dachte mir, wenn du ihn magst, kann er so schlecht nicht sein.«

Zeitler stellte ihr den Lugana auf den Tresen.

»Ich dachte, meine Menschenkenntnis wäre besser.«

»Das hat damit nichts zu tun. Du bist eben eine empathische Frau. Du siehst das Gute im Menschen. Wie bei Matteo Villa.«

Sie griff nach dem Glas und wirkte dabei verloren. »Auch in ihm habe ich mich getäuscht.«

Er griff nach seinem Glas, ging um den Tresen und setzte sich neben sie. »Nun geh nicht so hart mit dir und ihm ins Gericht. Nur weil Matteo einmal einen falschen Weg eingeschlagen hat, war er noch lange kein schlechter Mensch.«

»Aber … er hat versucht, Martini zu erpressen. Da spielt es keine Rolle, dass der selbst ein Gauner war. Er hätte andere Wege einschlagen können als diesen.«

Sie stieß mit ihm an und trank einen Schluck. Plötzlich zischte sie und fasste sich an den Hinterkopf.

»Schmerzen?«

»Etwas. Ich glaube, die Medikamente lassen nach.« Sie umfasste ihr Glas mit beiden Händen und sah verloren drein.

Zeitler merkte ihr die Enttäuschung an. Wer mochte es ihr verdenken? Er selbst hatte während seiner Dienstzeit in München kaum Kollegen derart nah an sich herangelassen, dass sie ihn hätten so tief enttäuschen können, wie es bei Antonia der Fall gewesen war. Was jedoch auch mit sich brachte, dass das Miteinander am Arbeitsplatz nur auf Oberflächlichkeiten beruht hatte.

»Weißt du, Antonia, ich denke, Matteo hatte gute Gründe, weshalb er das getan hat.«

Sie sah ihn erwartungsvoll an. »Und welche sollten das gewesen sein?«

»Vielleicht hat er es aus Liebe zu seiner Frau getan. Sie war zeit seines Lebens diejenige, die an ihn geglaubt hat. Was, wenn er ihr beweisen wollte, dass er es mit der ganzen Welt aufnehmen konnte, wenn sie an seiner Seite ist? Und zu dieser Welt gehörte nun einmal Martini.«

»Er hat ihn um Geld erpresst.«

»Das behauptet Martini. Vielleicht will er so seine Tat vor sich selbst rechtfertigen. Vielleicht wollte er ihn einfach nur dazu bewegen, mit der Sache aufzuhören, weil er sonst damit an die Öffentlichkeit gehen würde.«

Antonia trank vom Wein und starrte eine Weile vor sich hin auf die Gläser, die hinter der Theke im Regal fein säuberlich aufgereiht waren.

»Der Gedanke gefällt mir. Gut möglich, dass ich ihn übernehme.«

»Tu das, Antonia. Alles andere ist reine Spekulation und passt überhaupt nicht zu dem Matteo Villa, von dem du mir erzählt hast. Behalte ihn so in Erinnerung, wie du ihn kennengelernt und geschätzt hast.«

Wieder zuckte sie zusammen und hielt die Hand an ihren Hinterkopf.

»Und … du bist sicher, dass der Wein gut für dich ist?«

»Ganz sicher«, murmelte sie mit schmerzverzerrtem Gesicht und streckte ihm das leere Glas entgegen, damit er es auffüllen konnte.

Zeitler zog die Flasche zu sich und entsprach Antonias Wunsch.

»Was denkst du, wird nun mit den Menschen auf der Liste passieren?«, warf der Barista ein und füllte bei der Gelegenheit auch sein Glas auf.

»Ich denke, dass Lanza der Sache nachgehen und es Konsequenzen für sie haben wird. Vorausgesetzt natürlich, man findet etwas, das man ihnen anlasten kann. Ich konnte einen kurzen Blick in Martinis Büchlein werfen. Dort standen im Gegensatz zu unserer Liste noch einige mehr und ein paar davon sogar mit vollem Namen. Somit bleibt wenig Spielraum für jegliche Interpretationen.«

»Noch ein Grund, der meine These mit Matteo Villa untermauert«, fügte Zeitler hinzu. »Er war vorsichtig, für den Fall, dass seine Liste in die falschen Hände geriet. Deshalb hat er ausschließlich Initialen benutzt.«

Antonia atmete tief durch. »Wenn du weiter so von Matteo sprichst, müssen wir ihn am Ende doch noch heiligsprechen.«

Zeitler gefiel der Gedanke und er trank darauf. Dann überlegte er und schaute die Journalistin aus den Augenwinkeln heraus an.

»Taucht eigentlich in dem Buch auch mein Name auf?«

»Wieso? Sollte dein Name in dem Buch stehen?«

»Nein, nein!«, tat er cool. »Dennoch wäre es ja möglich, dass irgendjemandem meine Nase nicht gefällt und ich bei Martini angeschwärzt wurde. Vielleicht hat er sich bei dem einen oder anderen Kandidaten etwas aus den Fingern gesogen und die Leute haben aus Angst gezahlt, um nicht in Verruf zu geraten.«

Antonia musterte ihn eine Weile. »Ich finde deine Nase ganz okay.«

»Dann habe ich ja nichts zu befürchten«, tat er beruhigt und linste auf die Uhr. »Hast du schon etwas gegessen?«

»Ein paar Schmerztabletten.«

»Na, dann komm. Ich lade dich ins BELLA VITA ein. Immerhin haben wir beide heute Martini überlebt. Das verbindet.«

»Um diese Uhrzeit?«, staunte sie. »Einen Tisch im BELLA VITA?«

»Klar. Ich habe immerhin nachbarschaftliche Beziehungen. Zur Not können wir uns ja etwas mitnehmen.«

Antonia griff nach ihrer Jeansjacke. »Erzählst du Burati von dem, was heute …«

»Ich denke, das sollten wir für uns behalten. Das macht nur die Leute nervös.«

Als Antonia in ihre Jacke schlüpfte, fiel ein Kuvert aus ihrer Tasche zu Boden.

»Was ist das?«, fragte Zeitler und bückte sich danach.

»Ach, das hätte ich fast vergessen. Das ist für dich.«

Zeitler drückte mit seinen Fingern die Öffnung des Kuverts auseinander. »Das ist ein Foto von Matteo Villa.«

»In der Redaktion gibt es eine Wand, an der jeder Mitarbeiter des IL NUOVO GIORNALE hängt. Ich dachte, vielleicht fällt dir dazu etwas Schönes ein.«

Zeitler ließ diesen Moment für sich sprechen. Er nickte nur und legte das Kuvert unter den Tresen. Dann löschte er das Licht, schnappte sich Handy und Schlüsselbund und ging voran.

Es war noch warm an diesem Abend. Der feine Geruch, der aus der Küche des BELLA VITA drang und die Gasse erfüllte, ließ ihn schnell vergessen, was an diesem Tag geschehen war. Auf halber Strecke blieb er stehen.

»Was hättest du eigentlich mit Martinis Buch gemacht, wenn er dich nicht überrascht hätte?«

Sie presste die Lippen aufeinander und atmete tief durch. »Das habe ich mich heute im Krankenhaus, als ich auf den Arzt gewartet habe, auch schon gefragt.«

»Auf der einen Seite hättest du Martini damit überführt. Zusammen mit dem Datenstick und der Aussage seiner zwei Schläger hätte das sicher gereicht. Andererseits hättest du somit aber auch alle, die in dem Buch stehen, ans Messer geliefert.«

»Diese Entscheidung hat mir Martini heute abgenommen. Und letztendlich Lanza, der ihn gefasst hat.«

Alessandro Burati stand vor seinem Lokal und tat das, was er am besten konnte. Ein kurzer Small Talk hier, ein Küsschen dort, Komplimente zur Kleidung, zur neuen Frisur … Ja, jeder, der das BELLA VITA betrat, war ein Stammgast. Auch wenn er das erste Mal dort war.

»Paolo!«, rief er überschwänglich mit ausgebreiteten Armen, als er seinen Nachbarn registrierte. »Kommst du zu mir?«

Burati lächelte Antonia Romana auf eine Art an, die unmissverständlich signalisierte, dass er sich jederzeit ihrem Charme ergeben würde. Ganz oldschool gab ihr einen angedeuteten Handkuss und verfehlte damit bei ihr nicht seine Wirkung.

»Natürlich wollen wir zu dir«, antwortete Zeitler. »Vorausgesetzt, wir bekommen einen Tisch.«

»Willst du mich beleidigen?«, tat Burati künstlich empört. »Für Paolo und seine hübsche Begleitung ist immer ein Tisch frei. Kommt herein. Ich sage nur … Sogliola alla griglia. Ein Gedicht. Musst du probieren.«

Zeitler nickte zufrieden und folgte Antonia, die von einem Ober an einen Tisch gebracht wurde. Er schmunzelte innerlich. Denn er war sich selbst nicht sicher gewesen, ob er an einem Samstagabend ohne Reservierung im BELLA VITA einen Tisch ergattern würde.

Mit dem Tandem zum Traualtar

»Oggi chiuso« war auf dem Schild zu lesen, das Zeitler am nächsten Morgen an die Tür seines Cafés hängte. Es stand außer Frage, dass es während der Hauptsaison nicht die beste Entscheidung war, auf den Umsatz eines sonnigen Sonntags zu verzichten. Andererseits war es an der Zeit, das Monaco wieder in den Zustand zu versetzen, das es bei der Übergabe gehabt hatte.

»Pass gut auf mein Baby auf«, hatte Pauline noch gesagt, als sie ihm die Schlüssel in die Hand gedrückt hatte. Seitdem hatten sich ein paar Spinnweben an den Deckenleuchtern angesammelt, an zwei Wänden hatte sich etwas Putz verabschiedet und in der Herrentoilette musste der Spiegel erneuert werden. Sicherlich hätte es in naher Zukunft einen besseren Zeitpunkt dafür gegeben als am Tag nach einem Besuch bei Alessandro Burati, der auf die glorreiche Idee gekommen war, nach Restaurantschluss einem ausgewählten Kreis von Freunden und Geschäftspartnern ein paar edle Tropfen zu servieren. Es verstand sich von selbst, dass auch er sich zu dieser geschlossenen Gesellschaft hatte zählen dürfen. Antonia hatte sich schon früh verabschiedet, was sicher die klügere Entscheidung gewesen war.

Etwas hilflos stand er in abgewetzten Jeans und einem weißen Shirt mitten in seinem Café und überlegte, mit welcher der ungeliebten Arbeiten er nun beginnen sollte. Weit kam er nicht, da jemand gegen die Scheibe klopfte.

»Herrschaftszeiten, könnt ihr denn alle nicht lesen. Da steht doch groß und breit …« Er verstummte, als er seine Besucherin erkannte. Mit dem Staubwedel in der Hand öffnete er die Tür.

»Kerstin! Was machst du hier? Ich dachte, ihr seid längst abgereist.«

»Guten Morgen. Heute reisen wir ab.« Sie blickte auf die Uhr. »Du hast geschlossen? Heute am Sonntag? Wie ungewöhnlich.«

»La dolce vita! So machen wir das hier. Einfach mal zwischendrin die Seele baumeln lassen«, flunkerte er. Sicher die bessere Wahl, als sie in die Geschehnisse der vergangenen Tage einzuweihen. Nebenbei gefiel ihm die Vorstellung, dass Kerstin mit der Gewissheit zurück nach München reiste, ihr Ex-Mann sei ein erfolgreicher Barista, der sein Leben in vollen Zügen auskostete.

Sie deutete auf den Staubwedel. »Gehört das Ding da auch zu la dolce vita?«

»Der? Ach, den hat … magst einen Kaffee?«, bot er an und öffnete die Tür einen wenig mehr.

»Nein, danke«, schlug sie sein Angebot aus und trat dennoch ins Café.

Um nicht den Eindruck zu erwecken, er hätte doch geöffnet, schloss er die Tür wieder und warf den Staubwedel in die Ecke.

»Wo ist denn dein Halbgott in Weiß?«

»Bernd ist Zahnarzt und kein Herzchirurg in der Universitätsklinik.«

»Ah, sind da die Götter … Und? Wo ist er?«

»Er dreht mit seinen Kumpels eine Abschiedsrunde, bevor es zurückgeht.«

Zeitler nickte wohlwollend und setzte sich auf einen der Tische, die er für seine Reinigungsarbeiten zusammengeschoben hatte. Dann nahm er sein Baseballcap ab, legte es neben sich und fuhr sich durch die Haare.

»Kerstin, ich will ja nichts sagen, aber kann es sein, dass dein Bernd versucht, seiner Midlife-Crisis davonzufahren?«

»Gegenfrage: Kann es sein, dass du deine in Milchschaum ertränkst?«

»Touché«, antwortete er. »Ich wusste gar nicht mehr, dass du so schlagfertig bist.«

»Vielleicht war ich das während unserer Ehe nicht?«

Zeitler beließ es dabei. Sie war sicher nicht hier, um sich mit ihm einen Schlagabtausch zu liefern.

»Was kann ich für dich tun, wenn es schon kein Kaffee sein darf?«

»Ich wollte nicht einfach so wieder nach Hause fahren, ohne mich zu verabschieden.«

Er spürte innerlich, dass diese Geste nicht spurlos an ihm vorüberging. Und er war sich sicher, dass sie dieser Abschiedsbesuch Überwindung gekostet hatte.

»Das weiß ich zu schätzen. Ich freue mich, dass du noch mal vorbeischaust.«

»Ja? Ich hatte fest damit gerechnet, dass ich dich vielleicht in der Boutique nebenan suchen muss.«

Er rutschte vom Tisch und ging zu ihr. »Ganz fest versprochen, wenn du wieder mal in der Gegend bist, bin ich da. Sogar, wenn du deinen Rennfahrer dabeihast. Gibt es eigentlich Heiratspläne? Ihr könntet mit dem Tandem zum Traualtar fahren.«

Sie gönnte es ihm nicht, auf seinen Witz zu reagieren. Doch er sah ihr an, dass sie schwer kämpfte, ihr Lachen zu unterdrücken.

»Manche Dinge ändern sich wohl nie, oder?«

»Du weißt, ich konnte schon immer gut dumm daherreden.«

Sie ging einen Schritt auf ihn zu und küsste ihn auf die Wange. Noch bevor er den Kuss erwidern konnte, löste sie sich von ihm.

»Mach's gut.«

»Du auch«, sagte er und steckte seine Hände in die Hosentaschen. Sie nickte ihm zu, verließ das Café und bog in Richtung See ab.

Er ging zur Tür, trat nach draußen in die Gasse und blickte ihr hinterher. Ihre rote Mähne wippte mit jedem Schritt hin und her und leuchtete in der Morgensonne. Dann lächelte er, atmete tief durch und strich mit den Fingern über die Wange, die ihre Lippen berührt hatte. Tief in Gedanken an frühere Zeiten griff er blind nach dem Türgriff und drehte sich um. Das Augenpaar, in das er plötzlich schaute, holte ihn ins Hier und Jetzt zurück.

»Commissario … jetzt haben Sie mich aber …«

»Scusi. Ich wollte Sie nicht erschrecken.«

»Was verschafft mir die Ehre an diesem wunderschönen Morgen?« Zeitler ging zurück ins Café.

»Sie haben geschlossen? Heute? Am Sonntag?«, fragte Lanza und folgte ihm.

»Ja. Kaffee?«

»No. Grazie.«

Zeitler ging zu der Ecke, in die er zuvor den Staubwedel geworfen hatte, und hob ihn auf.

»Und, Commissario? Ist das nun der Besuch, den ich bereits erwartet habe? Erzählen Sie mir jetzt, wie fahrlässig es war, alleine in die Redaktion zu fahren, und dass ich mich hätte aus dieser Sache raushalten sollen?«

Lanza schüttelte den Kopf. »No.«

Das verunsicherte den Barista. Wurde er vielleicht doch in Martinis Aufzeichnungen erwähnt? Aus welchen Gründen auch immer? Er versuchte, cool zu bleiben, um nicht den Anschein zu erwecken, der sonntägliche Besucher würde ihn nervös machen.

»Was ist es dann? Wollen Sie mich anheuern?«

Lanza ließ sich zu einem kleinen Lächeln hinreißen. »Nein, sicher nicht. Ich wollte Ihnen mitteilen, dass Martini den Mord an Matteo Villa gestanden hat.«

»Aha.« Zeitler legte den Staubwedel ab und marschierte hinter den Tresen. »Sie sind sich sicher, dass Sie keinen Kaffee möchten? Ich mach mir jetzt einen. Das ist schließlich ein Café.«

»Ganz sicher.«

Der Barista nutzte den Moment, in dem er dem Commissario den Rücken zuwandte, um etwas zur Ruhe zu kommen. Es fuchste ihn, dass Lanza diese Wirkung auf ihn hatte. Routiniert befüllte er den Siebträger und klemmte ihn unter die Maschine. Danach stellte er die Pumpe an.

Der Commissario schlenderte im Café umher und blieb vor den Tischen stehen. Dann deutete er auf das Baseballcap.

»Ist das das Cap, das Sie getragen haben, als Sie uns den Datenstick in den Briefkasten geworfen haben?«

Zeitler schluckte. Erneut stieg diese Unruhe in ihm hoch, die der Commissario in ihm auslöste. Er drehte sich flüchtig um und blickte auf die Mütze.

»Ja, ist es. Es ging also um ein kleines Buch?«

»Richtig«, bestätigte ihm Lanza. »Sie stehen übrigens nicht drin.«

»Und … was sagt Ihnen das über mich?«

Lanza zuckte mit den Schultern. »Nichts.«

»Und was passiert nun mit denen, deren Namen drinstehen?«

Lanza steuerte auf die große Fensterfront am Eingang des Cafés zu, blieb davor stehen und schaute nach draußen.

»Sehen Sie all diese Menschen dort? Sie lieben Bardolino. Die meisten von ihnen kommen immer wieder hierher. Seit Jahren. Ein paar schon seit Jahrzehnten. Wissen Sie, warum? Weil das Leben hier so unbeschwert ist. Sie übernachten in Hotels, essen in Restaurants, zwischendurch eine kleine Sünde aus einer Konditorei, für die Bambini ein Eis …« Er drehte sich um und kehrte zurück zum Tresen. Im nächsten Moment sah er Zeitler an. »Würden Sie diesen Menschen das nehmen wollen?«

»Natürlich nicht«, kam es von Zeitler wie selbstverständlich.

»Sehen Sie, Signor Zeitler. Bei Ihnen in München wird es nicht anders gewesen sein. Solange sich niemand an einer Sache stört, ist sie nicht da. Wir haben Wichtigeres zu tun. Dove non ci sono capelli mal si pettina.«

»Ja, da sagen Sie was«, stimmte Zeitler verlegen lächelnd zu.

Lanza schmunzelte. Er wusste genau, dass ihn der Deutsche nicht verstanden hatte.

»Das ist ein Sprichwort und bedeutet: ›Wo keine Haare sind, kann man schlecht kämmen.‹ Der Gardasee lebt vom Tourismus. Würden wir hier ein Lokal nach dem anderen schließen, blieben die Gäste aus. Und … damit wir uns verstehen … ich habe das nie gesagt.«

Zeitler stellte die Tasse in die Spüle und schmunzelte. »Das bedeutet also, dass Sie mir nicht mehr misstrauen?«

Lanza schwieg für einen Augenblick, bevor er eine Gegenfrage stellte. »Haben Sie ein Patente nautica da diporto?«

»Ein was?«

»Führerschein für Schiffe.«

»Ach so, einen Sportbootführerschein … äh, nein. Ich wollte schon immer einen machen, aber mir fehlte bis dato die Zeit. Ich komme nicht mal zum Fotografieren.«

»Unten am Hafen liegt meine Riva. Hatten Sie gerade etwas vor?«

Zeitler kratzte sich am Hinterkopf und schaute sich im Café um. »Ich wollte ein paar Ausbesserungen machen, die Deckenlampen entstauben und unten im Keller … Ja, ich habe Zeit.«

»Na, dann kommen Sie. Sie haben mich gefragt, ob ich Ihnen vertraue. Man weiß erst, mit was für einem Menschen man es zu tun hat, wenn man ihm das Steuer überlässt.«

»Ist das auch ein Sprichwort? Von wem ist das?« Zeitler setzte das Baseballcap auf.

»Das ist von mir. Ich muss Sie übrigens warnen. Meine Riva hat dreihundert PS.«

»Das wird schon reichen«, feixte der Barista und verließ nach Lanza das Café. Anschließend schloss er die Tür ab und folgte dem Commissario zum kleinen Hafen.

»Oggi chiuso«, knurrte ein Herr in kurzen Shorts, Poloshirt und Ledersandalen, als er das Schild entdeckte, nachdem er am Türgriff des Monaco gerüttelt hatte. »Schließen an einem Sonntag ihr Café. Scheinen es wohl nicht nötig zu haben«, wetterte er noch weiter, als er sich umdrehte und die Eisdiele gegenüber ansteuerte. »Komm, Maria, die haben auf.«

Seine Frau ignorierte den Unmut ihres Mannes. Sie betrachtete das Foto, das im Fenster des Cafés hing, auf dem ein freundlich wirkender Mann abgebildet war. Als sie erkannte, dass darunter etwas geschrieben stand, ging sie etwas näher heran und las leise die Worte.

»In Gedenken an Matteo Villa. Der Espresso geht aufs Haus, wo auch immer Sie jetzt sind.«

Sie trat einen Schritt zurück und schenkte Matteo Villa ein Lächeln. Dann drehte sie sich um und folgte ihrem Mann.

ENDE

LESEN SIE AUCH VON DIESEM AUTOR

Die »Tischler«-Reihe

Prost, auf die Wirtin (Tischlers erster Fall)

Prost, auf die Erben (Tischlers zweiter Fall)

Prost, auf die Jugend (Tischlers dritter Fall)

Prost, auf die Nachbarn (Tischlers vierter Fall)

Prost, auf die Singles (Tischlers fünfter Fall)

Prost, auf die Gaukler (Tischlers sechster Fall)

Prost, auf die Feinschmecker (Tischlers siebter Fall)

Prost, auf die Pfennigfuchser (Tischlers achter Fall)

Prost, auf die Künstler (Tischlers neunter Fall)

Die »Herbert«-Reihe

Ich bin Single, Kalimera

Wie Champagner

Männerferien

Alpengriller

Gipfelträumer

Profipfuscher

Inselhippies

sowie

Das Leben ist kein Zweizeiler

Sie haben Ihr Ziel erreicht

Gruppentherapie

Hearts on Fire – Marie

Folge dem Autor auf Amazon

Wenn dir dieses Buch gefallen hat, folge Friedrich Kalpenstein auf Amazon. Dann erhältst du eine Benachrichtigung, wenn der Autor sein nächstes Buch veröffentlicht. Um dem Autor zu folgen, gehe bitte folgendermaßen vor:

Desktop:

1) Suche auf Amazon.de oder in der Amazon App nach dem Namen des Autors.
2) Klicke auf den Namen des Autors, um auf die Autorenseite zu gelangen.
3) Klicke auf den »Folgen«-Button.

Smartphone und Tablet:

1) Suche auf Amazon.de oder in der Amazon App nach dem Namen des Autors.
2) Klicke auf einen Titel des Autors.
3) Klicke auf den Namen des Autors, um auf die Autorenseite zu gelangen.
4) Klicke auf den »Folgen«-Button.

Kindle eReader und Kindle App:

Wenn du dieses Buch auf einem Kindle eReader oder in der Kindle App liest, wird dir automatisch angeboten, dem Autor zu folgen, nachdem du die letzte Seite des Buches gelesen hast.

Made in the USA
Monee, IL
27 August 2024

64022212R00187